LE DÉSERT DE LA MORT

DES MÊMES AUTEURS
CHEZ LE MÊME ÉDITEUR

Série Nora Kelly

La Montagne de la mort, 2024.
L'Antre du diable, 2023.
Le Dard du scorpion, 2021.
Tombes oubliées, 2020.

Série Pendergast

L'Ange de la vengeance, 2025.
Le Cabinet du Dr Leng, 2024.
La Cité hantée, 2022.
Rivière maudite, 2020.
Offrande funèbre, 2019.
Nuit sans fin, 2018.
Noir Sanctuaire, 2017.
Mortel Sabbat, 2016.
Labyrinthe fatal, 2015.
Tempête blanche, 2014.
Descente en enfer, 2013.
Vengeance à froid, 2012.
Fièvre mutante, 2011.
Valse macabre, 2010.
Croisière maudite, 2009.
Le Livre des trépassés, 2008.
Danse de mort, 2007.
Le Violon du diable, 2006.

(Suite en fin d'ouvrage)

DOUGLAS PRESTON
& LINCOLN CHILD

LE DÉSERT DE LA MORT

Une aventure de Nora Kelly

traduit de l'anglais (États-Unis)
par Sebastian Danchin

l'Archipel

Ce roman a été publié sous le titre
Badlands
par Grand Central Publishing, New York, 2025.

Notre catalogue est consultable à l'adresse suivante :
www.editionsarchipel.com

Éditions de l'Archipel
92, avenue de France
75013 Paris

Contact : info@lisez.com

ISBN 978-2-8098-5248-6

1

Août 2020 – Date précise inconnue

La femme s'arrêta, releva la tête, et son regard courut jusqu'à l'horizon frémissant. Elle battit des paupières, aveuglée par un soleil implacable. Un paysage morne s'étalait sous ses yeux à l'infini, parcouru de cheminées de fée : de longues aiguilles rocheuses surmontées d'énormes blocs qui tremblaient de façon inquiétante dans l'air surchauffé. Une masse de roche et de sable sous un ciel sans nuages. Aucun signe de vie. Aucune végétation, sinon de rares figuiers de barbarie difformes au squelette végétal décharné.

La femme reprit péniblement sa route, un pied devant l'autre, en direction du nord. Il lui fallait impérativement atteindre son but.

Pour la première fois de son existence, elle comprit ce que voulait vraiment dire « une soif ardente ». Elle pensait pourtant avoir déjà ressenti les effets de la soif par le passé, mais elle s'était trompée. Elle repensa au poème de Samuel Taylor Coleridge qu'elle avait si souvent enseigné à ses élèves et dont les vers tournaient inlassablement dans sa tête. Le vieux marin de la *Complainte* de Coleridge avait dû éprouver le même sentiment en voyant le bois de son navire se recroqueviller sur lui-même sous la morsure du soleil. La soif qui étreignait la femme monopolisait son esprit, bloquant toute autre pensée. Le sang lui martelait les tempes, les muscles de ses jambes flageolantes tremblaient.

Son palais s'était transformé en parchemin depuis des kilomètres déjà, sa langue était gonflée dans sa bouche qu'envahissait un goût métallique de sang.

S'arrêter n'était pas une option. Elle devait continuer à marcher.

Pour ne plus penser à sa soif, elle s'efforça de repasser dans sa tête le film de ces derniers jours, mais seules quelques images éparses remontaient à la surface. Une longue succession de trajets en bus nocturnes sur des routes poussiéreuses, un supermarché Walmart avec ses rayons de vêtements bon marché, les toilettes sordides d'une station-service, des bennes à ordures derrière un McDo. Elle se souvenait du moment où elle avait brûlé son argent, sa fascination à la vue des billets de vingt dollars qui se racornissaient à la chaleur des flammes. Se débarrasser de son téléphone s'était révélé plus difficile, mais elle avait fini par en venir à bout en l'arrosant d'essence à briquet.

Un pied devant l'autre.

Brusquement prise de vertige, elle s'appuya d'une main contre un rocher. Elle prit longuement sa respiration, vida péniblement ses poumons. Au-dessus de sa tête, le soleil découpait dans le tissu du ciel un trou incandescent. Elle cracha le sang qui gonflait sa langue et repartit.

Tenir, avant tout. *Tenir.* Elle voulut prononcer le mot à voix haute, mais seul un souffle rauque franchit la barrière de ses lèvres. La chaleur était étouffante, et nulle part aussi torride qu'au niveau du sol. Elle en sentait la brûlure à travers les semelles de ses baskets. C'était un miracle que leur caoutchouc n'ait pas fondu. Elle avait lu un jour que la température du sable, en plein soleil, dans le désert, pouvait dépasser les cent cinquante degrés.

Les minutes s'écoulaient et elle marchait toujours. Elle finit par s'arrêter en titubant, animée par…

Par quoi, en vérité ? Elle aurait été bien incapable de traduire en mots ce qu'elle ressentait. Plus rien n'était pareil. À cet instant précis, dans cet enfer, elle avait entamé sa métamorphose. Les sensations n'étaient plus les mêmes que celles éprouvées un quart d'heure plus tôt. Elles étaient surtout à des années-lumière de ce qu'elles avaient été, au début, lorsqu'elle s'était aperçue qu'elle avait perdu son chemin.

Un sentiment de délivrance. *Délivrance.* Le mot résonnait en elle à l'infini avec une force qui prenait le pas sur tout le reste : la chaleur insupportable, et même la soif qui l'étouffait. *Délivrance.*

Le poids infernal du soleil s'écrasait directement sur son crâne. Elle compta dix pas.

Elle retira sa chemise, qu'elle voulut enrouler autour de sa tête et qui tomba à ses pieds.

Dix pas de plus.

Elle dégrafa son soutien-gorge et s'en débarrassa. Les rayons du soleil traversèrent aussitôt sa peau.

Elle s'apprêtait à enlever son short lorsqu'elle aperçut un mouvement, du coin de l'œil. Elle se précipita derrière un rocher. Ce n'était pas la première fois que la lumière aveuglante lui jouait des tours.

Cette fois, ce n'était ni un fantôme ni un mirage. Le point qui se mouvait dans le lointain était une forme humaine.

Comment expliquer la présence, au milieu de nulle part, de cette silhouette féminine à la tête d'un troupeau de quelques moutons ? Elle se trouvait à plus d'un kilomètre et avançait dans la direction opposée. L'avait-elle vue ?

La femme attendit, cachée derrière son rocher. Rien. Enfin sûre que la silhouette aux moutons s'était effacée, elle repartit. Elle déboutonna son short qu'elle laissa dans son sillage, se délesta de sa culotte.

Elle retira ensuite ses baskets, puis ses chaussettes. La brûlure qu'elle ressentit lorsque ses pieds touchèrent le sable était insoutenable et elle faillit tomber à genoux.

Elle repoussa la douleur en se concentrant sur ses ultimes possessions : deux petits objets auxquels, contrairement à l'argent ou aux vêtements, elle ne devait pas, ne *pouvait* pas renoncer.

Elle avait l'impression d'avancer sur des braises. Son corps, davantage que son cerveau, l'avertissait qu'elle ne tiendrait pas longtemps. Pourtant elle n'avait rien à craindre. Rien du tout.

Un pas. Et puis un autre.

Soudain, ses jambes la lâchèrent sans prévenir et elle tomba à genoux, sa peau tel un morceau de viande sur un gril. Elle laissa échapper un cri et se jeta en arrière dans l'espoir insensé d'échapper au sable brûlant qui fit naître instantanément des cloques sur sa peau. Celle-ci laissa échapper des émanations séreuses avec un crépitement sinistre. Elle poussa un hurlement en comprenant qu'elle *cuisait. Son corps tout entier cuisait...*

Ses cris s'éteignirent, brièvement rappelés par leur écho, et le silence retomba sur le paysage désertique. Le corps de la femme se fit tout mou sur le sable dans une atroce illusion de confort retrouvé, alors que les premiers symptômes de mort se manifestaient avec le relâchement des muscles.

Seuls les poings de la femme restèrent serrés.

2

Aujourd'hui

Les premières lueurs de l'aube apparurent au-dessus des bad-lands d'Ashislepah, aux confins de la partie orientale des terres navajos, tandis que le bleu de nuit du ciel virait peu à peu au jaune pâle.

— On est en train de louper les plus belles lumières, reprocha le réalisateur à son droniste Alex Bondi, accroupi près de la petite plate-forme d'atterrissage sur laquelle il préparait un appareil équipé d'une caméra. *On est en train de louper les plus belles lumières !*

Sourd à ses injonctions, Bondi procédait imperturbablement aux derniers réglages et autres calibrages. Autant éviter de rappeler au réalisateur qu'ils étaient en retard parce qu'il avait passé la nuit à faire la teuf. Pour assister au lever du jour à six heures du matin dans ce coin perdu, il leur avait fallu se lever à deux heures et passer une éternité sur des chemins impossibles avec ce fichu réalisateur qu'on avait dû aider à grimper dans le véhicule tant il était ivre. Et si les cahots du trajet s'étaient chargés de dégriser le cinéaste, sa gueule de bois le rendait d'une humeur massacrante.

Bondi en arrivait à regretter d'avoir accepté ce job de directeur de la photo pour le film, un western indépendant nommé *Steele* que finançaient des barons du pétrole de Houston. L'idée de départ était plutôt séduisante, cinq semaines à Santa Fe au Lazy C Movie Ranch pour ses décors de cinéma, logé en maison d'hôte près de la Plaza, en plein centre-ville. La rumeur disait pourtant que le réalisateur, Luke Desjardin, était « légèrement cinglé sur les bords », mais ce n'était pas la première fois que Bondi travaillait pour le compte d'un siphonné. Bondi s'était montré trop optimiste car Desjardin n'était pas un allumé du dimanche : c'était un vrai dingue, qui passait son temps à boire de la Clase Azul, à fumer des Montecristo et à sniffer de la coke sans jamais dormir, ce qui le rendait d'autant plus intolérant dès qu'il s'agissait du sommeil d'autrui.

L'équipe de tournage était constituée d'une bonne vingtaine de personnes : des techniciens lumière, des assistants de prod, des cameramen, et même un cuistot pour le petit déjeuner. On avait installé sur place un camping-car équipé de toilettes et il était clair que la production ne manquait pas d'argent. Une toile de tente avait été dressée de façon à permettre à tous d'échapper au soleil de ce mois de juillet, avec des fontaines d'eau glacée sur les tables. Les types qui finançaient le film n'étaient pas radins, c'était déjà ça ; ou bien alors ils avaient compris que le meilleur moyen de voir exploser les coûts aurait été de filmer sans un minimum de confort, dans ce lieu reculé.

Le calibrage du drone achevé, Bondi se redressa.

— Prêt à voler.

— Pas trop tôt ! Le soleil se lève dans moins de cinq minutes, réagit Desjardin d'une voix aiguë qui déchira l'air du désert avec le tranchant d'une lame de couteau.

Il reprit sa respiration.

— Voilà ce que je veux. Un plan qui balaye longuement les bad-lands au moment où apparaissent les premiers rayons dorés en projetant des ombres interminables.

— Pas de souci.

L'assistant de Bondi se posta à côté de lui, des jumelles à la main. Son boulot consistait à ne pas perdre le drone de vue, dans la mesure du possible. De toute façon, Bondi avait appris à suivre le vol de ses drones en se fiant uniquement aux images retransmises sur sa console.

— Tu me survoles le pic qu'on aperçoit là-bas, insista le réalisateur. Tu vois lequel ?

Bondi acquiesça. Il aurait été difficile de manquer la colonne de roche noire de quinze mètres de hauteur en forme de doigt crochu qui menaçait le ciel, avec son sommet aplati. Elle dressait sa silhouette à plus d'un kilomètre, au milieu d'un labyrinthe de cheminées de fée parcouru de minuscules ravins et de lits de torrent asséchés. Il fallait bien avouer que le lieu était génial, Bondi n'avait jamais vu un paysage aussi torturé.

— Tu survoles le piton, tu décris un cercle tout autour en relevant l'objectif de façon à ne jamais perdre de vue la colonne et tu me fais un « pano » arrière. C'est bon pour toi ?

— Aucun problème.

Bondi connaissait son taf, il était payé pour ça. Sa seule angoisse était que le drone, victime d'une panne mécanique quelconque, se perde dans cet enfer.

— C'est bon. Ça tourne.

Bondi fit décoller le petit appareil et le positionna en vol stationnaire à trois mètres de hauteur, le temps de s'assurer que son GPS avait trouvé le satellite, puis il le fit grimper à vingt mètres afin de survoler les formations rocheuses. Il dirigea le drone vers le nord à vitesse moyenne pendant que Desjardin surveillait les images sur l'écran par-dessus son épaule, l'haleine du réalisateur empestant le cigare.

— Vole plus bas.

Bondi positionna l'appareil à seize mètres de hauteur.

— Encore plus bas.

Le drone descendit à treize mètres, ce qui n'était pas sans risque puisque certaines cheminées de fée étaient plus élevées. Mais Bondi connaissait son affaire et n'aurait aucun mal à les éviter, d'autant que le drone était équipé d'un système de protection radar qui l'empêchait de heurter le moindre obstacle. S'il coupait généralement le radar pour les plans les plus rapprochés, il préféra s'en abstenir dans ce paysage tourmenté.

— Bien... bien... super... continue, murmura Desjardin sans quitter des yeux l'écran.

— Je l'ai perdu de vue, signala l'assistant de Bondi, les yeux collés aux œilletons de ses jumelles.

— C'est pas un souci, commenta Bondi. Je l'ai bien en main.

Putain de paysage! Un vrai tableau surréaliste, avec tous ces rochers perchés en haut de leurs colonnes et ces arches dont les ombres interminables traversaient les lits de torrents asséchés. Desjardin était peut-être marbré, mais il savait ce qu'il faisait. Ces images étaient extraordinaires, Bondi comprenait pourquoi le réalisateur s'était donné autant de mal.

Le drone arrivait en vue du pilier tronqué. Pour être aussi proéminent, celui-ci devait forcément porter un nom. Sous les doigts de Bondi, l'appareil dépassa le pylône de roche, après quoi il effectua un large virage tandis que le droniste relevait lentement l'objectif de la caméra. Un rayon de soleil naissant embrasa brièvement l'écran de contrôle et l'image se fixa sur la colonne. Bondi comprit qu'il avait opéré la manœuvre à la perfection en sentant monter en lui une bouffée d'adrénaline.

— OK, dit Desjardin. Bien... maintenant, baisse l'objectif en direction du sol.

Bondi s'exécuta et la terre sablonneuse apparut plein cadre, telle une mare de feu dans la lumière de l'aurore.

— Plus bas, ordonna Desjardin.

Bondi obtempéra, veillant à laisser l'objectif dirigé vers le sol.

— Attends une seconde, s'écria le réalisateur. C'est quoi ce truc?

Le détail n'avait pas échappé à Bondi non plus. Une forme à même le sable qui s'effaça aussitôt de l'écran alors que le drone s'éloignait.

— Reviens en arrière, décida Desjardin, et Bondi fit exécuter un demi-tour à l'appareil.

— Là ! s'exclama le réalisateur.

Bondi plaça le drone en vol stationnaire au-dessus d'un objet blanchâtre en partie recouvert de sable.

— C'est quoi ce délire ? On dirait un crâne !

— Ouais, approuva Bondi.

— Et là... des ossements... Tu les vois ?

— Oui.

— Mais c'est un squelette ! fit Desjardin. Seigneur ! Les restes de quelqu'un qui a trouvé la mort ici !

Bondi, effectuant un panoramique autour de la dépouille humaine, dévoila la présence un peu plus loin d'une chemise en lambeaux et d'une basket toute racornie.

— Éloigne le drone d'une centaine de mètres en direction du nord, suggéra Desjardin, et reviens en arrière de façon à survoler le crâne.

— D'accord, mais...

— Fais ce que je te dis !

Bondi obéit.

— C'est bon. Maintenant, recommence en prenant un peu de hauteur de façon que l'horizon entre dans le champ, et effectue un pano sur le squelette.

— Mais enfin, s'étonna timidement Bondi, on ne peut tout de même pas considérer ça comme un élément de décor.

— Rien à battre. C'est trop génial.

Cobb, l'assistant de production, s'interposa.

— Bon sang, Luke ! Il n'y a aucun squelette dans le scénario.

— T'inquiète pas pour ça. Je peux t'assurer qu'il y en aura un, désormais !

Bondi fit voler son engin au-dessus des ossements en réalisant un panoramique.

— Ce sont des restes humains, insista Cobb. Jamais on n'aura l'autorisation de garder ça au montage.

— Parce que je vais me gêner, peut-être? On voit bien pire tous les jours aux infos à la télé. OK, Bondi. Refais-moi un pano, le premier était limite.

La télécommande du drone émit un bip et l'écran clignota, signe que le niveau de la batterie baissait.

— Il faut que je le ramène, dit Bondi.

— Merci du tuyau, je sais lire... Il te reste quinze pour cent. On a le temps d'un dernier passage.

— Le drone se trouve à plus d'un kilomètre, j'ai tout juste assez de jus pour le ramener ici.

— Fais ce que je te dis!

Bondi ne chercha pas à discuter. Après tout, ce n'était pas son drone. Il effectua un nouveau survol du squelette, mais ses doigts tremblaient légèrement si bien que l'image paraissait hésitante.

— Recommence!

Le bip se fit plus pressant.

— Il faut que je le ramène, insista Bondi. Tout de suite.

— Un dernier passage!

Le droniste éloigna l'appareil d'une centaine de mètres et exécuta un demi-tour. Soudain, l'image se pixélisa, le bip résonna une dernière fois et l'écran vira au noir. Quinze secondes plus tard, un message d'alerte s'affichait sur la télécommande: ATTERRISSAGE D'URGENCE CONFIRMÉ.

— On l'a perdu, dit Bondi en baissant la télécommande.

— Va chercher le drone de rechange.

— Je te rappelle qu'il s'est crashé. On en attend un autre en remplacement.

— Putain! gronda Desjardin, au comble de la frustration. *Putain de merde!*

Il entama une ronde furieuse en multipliant les jurons. Autour de lui, tout le monde l'observait sans piper mot. Ce n'était pas la première fois depuis le début du tournage qu'il pétait les plombs.

Il se tourna brusquement vers Bondi.

— Tu sais où il a atterri, au moins ?

— J'ai ses coordonnées GPS.

— Le message d'alerte précisait bien qu'il ne s'est pas écrasé puisqu'il a effectué un atterrissage d'urgence. Allez, on va le chercher.

Un silence accueillit sa décision.

— Tu n'es pas sérieux ? finit par demander Cobb.

— Ça veut dire quoi ? grinça Desjardin en faisant volte-face.

— Se taper plus d'un kilomètre dans le désert en plein mois de juillet ? Il fait déjà quarante degrés. On ne va tout de même pas risquer notre peau ?

— Depuis quand tu es spécialiste des bad-lands ?

Cobb refusa de céder.

— Je ne te demande pas de me croire, Luke. La vue de ce squelette devrait te suffire. Je ne veux pas m'exprimer au nom des autres, mais je n'ai aucune envie de connaître le même sort.

Comme le réalisateur affichait un visage rouge de colère, l'assistant de production ajouta :

— On ferait mieux d'appeler les flics.

3

— C'est encore loin ? s'enquit l'inspecteur Sharp, les mains posées sur le volant.

Son éternel regard engourdi, à demi voilé par de lourdes paupières, était fixé droit devant lui comme s'il assistait paisiblement à un tournoi de golf, au lieu de rouler dans ce paysage désolé peuplé d'armoises, à cent kilomètres de la moindre habitation.

Corrie Swanson se pencha sur l'écran de son portable. L'appareil se trouvait hors de portée de tout relais, mais elle avait pris la précaution de télécharger l'image satellite de la région proposée par Google Earth.

Un petit point bleu signalait leur position.

— Encore huit kilomètres.

— Huit kilomètres, répéta son tuteur. J'en déduis qu'on devrait commencer à s'amuser.

Sharp étant aussi comique que pouvait l'être un agent du FBI, Corrie se demanda ce qu'il entendait par là. De l'autre côté de la vitre défilaient à perte de vue des buissons dont le mauve se confondait avec le bleu des montagnes en arrière-plan. Entre les deux s'étendaient les bad-lands, parsemées d'étranges pylônes de roche friable coiffés d'énormes blocs d'une grande dureté.

Sharp tourna brusquement le volant et le véhicule dévala une pente dont Corrie n'aurait jamais soupçonné l'existence. L'instant suivant, ils cahotaient douloureusement sur un chemin de terre infiniment plus accidenté que le précédent, perdus au milieu de ces concrétions géologiques monstrueuses.

— Putain, laissa échapper Corrie en s'agrippant aux accoudoirs.

— Alors vous comprenez à présent pourquoi la langue anglaise a emprunté le mot *bad-lands* à l'expression française « mauvaises terres », répliqua Sharp en haussant la voix afin de couvrir le vacarme.

Corrie, accrochée à la poignée de sa portière, ne répondit pas. Contempler un paysage aussi vaste et étrange n'était déjà pas banal, le traverser sur ce qui tenait davantage d'une piste que d'une route l'était moins encore. Les photos qu'elle avait pu voir des bad-lands ne rendaient pas justice à la réalité. Certaines formations rocheuses ressemblaient à des amas d'intestins gonflés, d'autres à des champignons monstrueux ou à des papilles linguales géantes dont les nodules se dressaient de façon répugnante.

— Les autochtones ont donné le nom de cheminées de fée à ces rochers, reprit Sharp.

— On se croirait sur la face cachée de la Lune, commenta sa jeune collègue.

D'un coup d'œil à son rétroviseur latéral, elle constata que la camionnette de l'unité de police scientifique du Bureau les suivait tant bien que mal, à demi cachée par le nuage de poussière soulevé dans leur sillage.

Le châssis du 4 × 4 racla le sol alors qu'il franchissait un lit de torrent à sec. Corrie, qui aurait aimé voir son tuteur ralentir, n'osa rien dire. La ressemblance avec la face cachée de la Lune tenait de l'euphémisme. Il aurait été plus juste de dire que cet endroit était le dépotoir où Dieu avait cru bon de se débarrasser des paysages les plus déformés lors de la création du monde.

Ils venaient de franchir un nouveau gué à sec lorsque Corrie aperçut dans le lointain un petit cabanon en rondins de forme hexagonale, coiffé de mottes de terre.

— Je croyais qu'il n'y avait pas de vie sur Mars, dit-elle d'une voix étonnée.

À mesure que Sharp s'en approchait, elle distingua derrière la hutte une vieille caravane entourée d'enclos.

— Seigneur, murmura-t-elle. Regardez, il y a quelqu'un !

Une femme, attirée par le bruit, venait d'apparaître à l'entrée de la masure.

— Une Navajo, expliqua Sharp. Ce coin s'appelle l'Échiquier.

— Je vous demande pardon ?

— C'est lié à une vieille querelle au sujet de la propriété de ces terres. Pour rester simple, les terres de la nation Navajo dessinent des secteurs de quelques kilomètres carrés imbriqués au milieu de zones fédérales. Les secteurs en question abritent quelques Indiens âgés qui y vivent en marge de la société en maintenant leurs traditions. Certains d'entre eux ne parlent même pas anglais.

— Mais… je croyais que vous n'étiez jamais venu par ici ?

— Je n'ai jamais visité ce coin précis, mais je suis déjà allé dans d'autres parties de l'Échiquier, ainsi qu'à Chaco Canyon, à une quinzaine de kilomètres plus au sud.

Corrie, qui avait entendu parler des ruines extraordinaires de Chaco Canyon, s'était toujours promis de s'y rendre lorsqu'elle aurait des congés. À condition de ne pas être enlevée auparavant par des extraterrestres dans ce décor d'un autre monde.

Alors que Sharp portait un costume bleu impeccable, comme à son habitude, Corrie avait préféré une tenue de circonstance : chaussures de marche, short, chemisette et chapeau à large bord, sans oublier une gourde isotherme Camelbak. Seul le badge accroché à un cordon autour de son cou rappelait son appartenance à la police fédérale. Le contraste n'en était que plus saisissant avec Sharp, vêtu comme s'il se rendait à la convocation d'une commission parlementaire.

Ils contournaient une cheminée de fée particulièrement impressionnante lorsque Corrie distingua soudain la haute toile de tente blanche abritant les véhicules de l'équipe de tournage, dont un grand camping-car garé sur l'un des rares espaces plats du secteur. N'apercevant aucune silhouette humaine, elle crut deviner que les membres de l'équipe s'étaient réfugiés dans le camping-car climatisé.

— Alors, mademoiselle Swanson ? Prête à remettre les mains dans le cambouis ? demanda Sharp.

— Oui, monsieur, répondit-elle, oubliant provisoirement le décor extraordinaire qui l'entourait.

— Comme ce secteur fait partie de l'Échiquier, nous agissons de concert avec la police de la nation Navajo. Crownpoint nous envoie un inspecteur du nom de Benally.

— Une sorte de Joe Leaphorn ?

La question fit naître un léger sourire sur les lèvres de Sharp.

— En espérant que ce Benally soit un enquêteur aussi doué que le héros des romans de Tony Hillerman. J'ai déjà eu l'occasion de travailler avec la police tribale navajo, ce sont d'excellents professionnels. Ils nous ouvriront bien des portes, en cas de besoin.

Il laissa s'écouler un battement.

— C'est vous qui prenez la direction de l'enquête, mademoiselle Swanson, ajouta-t-il.

Elle hocha la tête.

— Je vous remercie, monsieur.

Cette décision, à laquelle elle s'attendait, n'avait rien d'une surprise, mais elle n'en était pas moins reconnaissante à son tuteur. Comme toutes les nouvelles recrues du FBI, elle était en période de formation et cette enquête la changeait des vieilles affaires non résolues et des interrogatoires de témoins sans intérêt qu'on lui confiait.

Sharp rejoignit la toile de tente et rangea le 4 × 4 à côté du camping-car. Un mur de chaleur les attendait lorsqu'ils ouvrirent leurs portières. Trois individus descendirent du camping-car à leur arrivée. L'après-midi touchait à sa fin et la température commençait heureusement à baisser. Les nouveaux venus se présentèrent : Luke Desjardin, le réalisateur ; Alex Bondi, son directeur de la photo, ainsi qu'un certain Cobb. Desjardin, coiffé d'un grand chapeau de paille posé sur un bandana rouge, portait une chemise tie and dye et un pantalon baggy. Il avait oublié de se raser, ce qui le rendait plus laid encore. Bondi, beaucoup plus jeune, avait une allure normale. Quant à Cobb, il était petit et nerveux.

Corrie rassembla ses pensées et s'adressa à Bondi, l'interlocuteur le plus prometteur des trois :

— Bien. Nous avons visionné la vidéo que vous nous avez envoyée. Il s'agit à l'évidence de restes humains relativement récents. Merci de nous avoir contactés. L'un de vous s'est-il rendu sur place ?

— Non, nous avons préféré attendre votre arrivée, répondit Bondi.

— Sage décision, approuva Corrie. Si j'ai bien compris, vous disposez de coordonnées GPS précises ?

— Oui. Vous voyez cette colonne noire ? fit Bondi en désignant une formation rocheuse. Les restes humains que nous avons découverts grâce au drone se trouvent à une cinquantaine de mètres au sud-est. Notre appareil, parce que ses batteries étaient épuisées, a effectué un atterrissage d'urgence tout près de là.

Corrie embrassa du regard le paysage torturé. L'aiguille noire, de loin la plus proche de toutes celles disséminées aux alentours, se situait à un kilomètre et demi, à vue de nez. Ils allaient devoir agir vite s'ils ne voulaient pas être interrompus par la nuit.

— Savez-vous s'il est possible de se rendre sur place avec un 4 × 4 ?

— Je crains fort que non, répliqua Bondi. Faute de piste, vous allez devoir crapahuter jusque-là.

Corrie acquiesça. Une telle randonnée ne serait pas une partie de plaisir, mais du moins la chaleur commençait-elle à baisser. Elle se donna du courage en se souvenant de la devise du Bureau : « Fidélité, courage, intégrité. »

La camionnette arriva sur ces entrefaites dans un nuage de poussière et se gara près du 4 × 4. Ses occupants sautèrent à terre et se mirent à décharger leur matériel. Quelques instants plus tard, les deux techniciens de l'identité judiciaire et leur chef, Cliff Gradinski, rejoignaient le petit groupe. Corrie n'avait jamais eu l'occasion de travailler avec Gradinski et Sharp s'était montré réticent lorsqu'elle lui avait demandé ce qu'il pensait de lui. Mince, la quarantaine, il avait des cheveux bruns coupés court, de petits yeux bleus, un cou allongé et un visage lisse au teint hâlé dont l'expression supérieure respirait l'autosatisfaction.

Le temps de procéder aux présentations, Corrie allait donner ses instructions lorsque Gradinski la devança.

— Bon. Écoutez-moi tous, dit-il d'une voix grave et suffisante. Nous disposons de deux heures avant le coucher du soleil, il n'y a pas une minute à perdre.

Corrie ressentit un pincement d'agacement, sachant qu'elle était théoriquement sa supérieure hiérarchique, en sa qualité de chargée d'enquête. D'un coup d'œil en coin, elle crut lire dans le regard de Sharp une lueur d'amusement, ou peut-être de défi. Elle ravala son irritation en se souvenant qu'ils étaient venus recueillir des indices : il n'était pas anormal que les techniciens prennent le pas.

— Chapeaux ? Eau ? Matériel ? poursuivit Gradinski. Allez, les gars, prenez vos affaires, on y va.

Corrie passa autour de ses épaules les bretelles de son sac à dos contenant un carnet, un crayon, un appareil photo fourni par le Bureau, une petite trousse de secours, une lampe frontale, une boussole et une gourde isotherme. Voyant que Sharp ne bougeait pas, elle s'étonna :

— Vous ne venez pas ?

— Dans cette tenue ? répondit-il dans un murmure, avec un sourire fatigué, en montrant son costume, sa chemise blanche et ses souliers noirs. Je préfère attendre tranquillement à l'ombre l'arrivée de l'inspecteur Benally. L'enquête vous appartient, mademoiselle Swanson. Bonne chance.

4

Gradinski prit la tête du petit groupe en direction de l'aiguille noire, empruntant un lit de torrent desséché qui serpentait entre les cheminées de fée et les colonnes de grès des bad-lands. Les ombres commençaient à s'allonger sous le regard du soleil. La chaleur restait forte, mais le trajet dura moins longtemps que ne l'avait redouté Corrie. Vingt minutes plus tard, ils atteignaient leur but.

— Allez, les gars, dit Gradinski. Au travail.

Les gars. Corrie sentit poindre son agacement de plus belle, mais elle préféra ne rien dire et procéda à l'examen des lieux.

Le crâne et les ossements gisaient sur une fondrière, au pied d'une colonne baptisée « Doigt de sorcier » par les autochtones. Quelques figuiers de barbarie rabougris avaient trouvé le moyen de pousser là, au milieu d'une flore désertique que Corrie n'aurait pas été capable d'identifier. Le drone, posé un peu plus loin sur le sable, ressemblait à une araignée géante.

Le crâne reposait sur la nuque, ses orbites creuses tournées vers le ciel, mâchoires écartées. Les autres ossements jonchaient le sol caillouteux : un bassin, plusieurs os de forme allongée, des vertèbres, un reste de cage thoracique. Une masse de cheveux blonds reposait à côté du crâne.

Corrie n'eut aucun mal à identifier des traces animales. Il était clair que les os, griffés de marques de dents, avaient été rongés.

Derrière elle, Gradinski donnait ses instructions aux deux techniciens. Les trois hommes commencèrent par prendre des photos, puis ils plantèrent de petits drapeaux avant de réunir les ossements et de les glisser dans des boîtes à scellés. Ils travaillaient vite, avec l'efficacité due à une longue expérience.

Corrie en profita pour examiner le site. Elle s'était à peine éloignée du corps de quelques pas qu'elle découvrait, partiellement enfouie dans le sable, ce qui ressemblait à une culotte de dentelle en piteux état. En longeant la fondrière, elle trouva un peu plus loin un short kaki. Un peu plus au sud, elle tombait sur ce qu'il restait d'une chemise, puis une première chaussette et une chaussure de sport racornie, suivies de leurs jumelles.

Le tout formait une ligne droite.

Corrie fut prise d'un pressentiment étrange. Ces vêtements ne s'étaient pas retrouvés là par hasard, éparpillés par le vent ou déplacés par des animaux. La victime s'en était débarrassée elle-même. Elle s'était déshabillée de façon méthodique avant de rejoindre l'endroit où elle avait trouvé la mort. Si personne ne l'avait tuée.

Elle rebroussa chemin et trouva Gradinski agenouillé près d'un fémur partiellement enfoui qu'il dégageait de son lit de sable.

— Monsieur Gradinski ?

— Oui ? répondit-il sans lever la tête.

— Les vêtements de la victime ont été abandonnés en ligne droite…

Il releva la tête à regret.

— Que disiez-vous, mademoiselle Swanson ? Excusez-moi, j'étais distrait.

— Je disais que la victime s'est apparemment débarrassée de ses vêtements l'un après l'autre le long de la fondrière, en ligne droite. Je voulais m'assurer que vos hommes et vous procéderiez à un repérage précis avant de les photographier et de les récupérer.

— Bien évidemment, laissa tomber Gradinski en retournant à son travail.

Corrie reprit ses explorations, sans rien découvrir d'intéressant cette fois. Son petit tour terminé, elle rejoignit les techniciens, occupés à réunir jusqu'au moindre ossement. À présent qu'elle avait examiné les lieux de plus près, elle constatait à quel point les indices étaient rares. En présence d'une victime morte dans des circonstances suspectes ou inhabituelles, il était courant de retrouver des douilles de balles, des taches de sang, des signes de lutte. Ce n'était nullement le cas ici, dans cet endroit perdu où ne subsistaient que des ossements et quelques vêtements abandonnés.

Sa jeune expérience avait montré à Corrie que chaque scène de crime racontait une histoire. Un récit muet dépassant le témoignage d'un simple squelette et d'une poignée d'indices. Dans la mesure où ceux-ci étaient peu nombreux, le mieux était encore de tout emporter, sans avoir l'assurance que certains étaient en lien avec la victime. D'autant qu'ils n'auraient pas l'occasion de revenir.

— Monsieur Gradinski ?

Il était toujours agenouillé dans le sable.

— Oui ?

— J'aurais souhaité collecter plusieurs éléments, en plus des restes de la victime et de ses vêtements.

— Lesquels ?

— Je peux vous les montrer, si vous voulez bien… euh, vous relever quelques instants.

Il s'exécuta en affichant son mécontentement.

— Très bien. Quoi, en particulier ?

— Tout d'abord ces morceaux de bois décomposé.

— Mais… ils se trouvent là naturellement.

— Au cas où.

Il leva les yeux au ciel.

— Quoi d'autre ?

— J'ai repéré là-bas une vieille languette de canette de soda. Ainsi que des pierres de forme étrange le long du corps, notamment ces deux cailloux verts près du crâne, ces petites pierres rouge et jaune à côté des vertèbres, ou encore ces éclats de silex voisins du bassin, d'origine préhistorique, si je ne m'abuse.

— Vous voulez qu'on emporte des cailloux ?

— Euh… oui, s'il vous plaît.

— Des *cailloux* ?

Le ton dédaigneux de son interlocuteur énerva Corrie au plus haut point.

— Ils n'ont peut-être aucune valeur pour l'enquête, mais je préfère en avoir trop que pas assez. Je ne suis pas certaine que ces pierres soient originaires d'ici.

Elle reprit sa respiration.

— Je vous demanderai également de photographier les plantes qui poussent dans le coin : ces cactus chollas, les figuiers de barbarie et ces autres plantes dont je ne connais pas le nom. Sans oublier de photographier les environs immédiats, notamment cette formation rocheuse. Il s'agit d'enregistrer au mieux les abords, si vous voyez ce que je veux dire.

Gradinski posa sur elle un regard incrédule.

— Mademoiselle Swanson, je dirige des équipes de police scientifique depuis vingt ans et je pense avoir du flair lorsqu'il s'agit de recueillir des indices. Je suis capable de distinguer ce qui est intéressant de ce qui ne l'est pas. Puis-je vous demander respectueusement de nous accorder votre confiance ? Au cas où vous ne l'auriez pas remarqué, le temps nous est compté.

En scrutant le visage suffisant de son interlocuteur, elle perça sans peine le secret de sa pensée : *Pas question de me laisser dicter ma conduite par une jeune inspectrice tout juste sortie de l'école.*

Très bien, songea Corrie, qui venait de comprendre la signification du petit sourire qu'elle avait vu flotter sur les lèvres de Sharp. Ce n'était pas sans raison qu'il s'était montré évasif lorsqu'elle lui avait parlé de Gradinski. Connaissant Sharp, confier à Corrie la tâche de collecter des indices avait valeur de test. Eh bien, elle n'allait pas se laisser emporter par la colère, pour une fois…

— Je sais que vous jouissez d'une excellente réputation, mentit-elle en s'efforçant de s'exprimer sur un ton aimable. Vous n'en avez peut-être pas conscience, mais les jeunes recrues parlent de vous quasiment comme d'une légende vivante. Je ne devrais pas vous l'avouer : nous rêvons tous de vous avoir avec nous lors de nos enquêtes.

Corrie avait soigneusement veillé à gommer toute trace d'ironie de sa voix.

— Je n'avais pas l'intention de vous le dire, mais j'ai beaucoup de chance que vous ayez été choisi pour cette affaire.

Il haussa les sourcils.

— Vraiment ? Ravi de l'apprendre.

Corrie constata que ses viles flatteries avaient produit l'effet désiré en voyant son interlocuteur rosir de satisfaction.

— J'ai bien conscience que ma requête n'est pas habituelle, enchaîna-t-elle. Pour ma défense, j'espère que vous comprendrez la nécessité pour une jeune enquêtrice comme moi de prendre certaines décisions. J'ai sans doute tort, mais je veux être certaine que rien ne nous échappe.

— Je comprends très bien. Nous apprenons tous de nos erreurs. Je serai heureux d'accéder à votre requête.

Corrie n'en revenait pas de la rapidité avec laquelle il avait changé de registre.

— Je veillerai à ce que nous récupérions ces… ces cailloux. Ainsi que le reste. Et tout ce qu'il vous plaira, à la vérité. Cette solution vous convient ?

— Je vous en suis très reconnaissante. Et n'oubliez pas de prendre aussi cette pointe de lance, près du bassin de la victime.

Gradinski, surpris, se retourna d'un bloc, se pencha et examina l'objet, les paupières mi-closes.

— Regardez-moi ça ! Quelle merveille ! Nous allons la joindre au reste, bien évidemment. Vous avez l'œil, mademoiselle Swanson !

Il ponctua son compliment par une petite tape sur l'épaule de la jeune femme, un large sourire aux lèvres.

Corrie n'aurait su dire si elle devait rire ou pleurer, mais elle parvint à dissimuler ses pensées derrière un masque amical. Observant la suite en silence, elle veilla surtout à ce que Gradinski recueille les éléments indiqués. Elle constata avec plaisir que c'était le cas et que l'unité de police scientifique opérait avec tout le professionnalisme requis, photographiant, repérant, collectant, scellant, étiquetant et emballant chaque indice.

5

Lorsque Corrie regagna le 4 × 4, le soleil s'était couché et le crépuscule enveloppait les bad-lands d'une lueur d'un rose poussiéreux. Le Doigt du sorcier découpait sa silhouette inquiétante sur un ciel rougeoyant, flanqué des sentinelles tout aussi sinistres qui montaient la garde dans le lointain.

Tandis que les techniciens chargeaient la camionnette, Corrie rejoignit Sharp sous la toile de tente. Assis à l'ombre, il tenait en main un gobelet rempli d'eau glacée. Un jeune Navajo en uniforme de police impeccable, lunettes d'aviateur sur le nez, lui faisait face. Il avait des pommettes saillantes, une coupe en brosse et un nez aquilin. Une chemisette bleue serrée lui emprisonnait le torse et Corrie crut deviner qu'il fréquentait assidûment les salles de sport.

— Je vous présente l'inspecteur Jack Benally, de la police navajo, affecté à la juridiction de Crownpoint, récita Sharp. Vous conduirez l'enquête en concertation avec lui. Je lui ai longuement parlé de vous et de notre dernière enquête dans les monts Manzano.

Corrie serra la main du policier.

— Enchantée.

— Moi de même, fit Benally en se levant. J'ai cru comprendre que votre dernière affaire avait été mouvementée. J'espère que celle-ci ne sera pas aussi... dramatique.

— Je l'espère aussi, avoua Corrie.

— Un verre d'eau glacée ? proposa Sharp en lui tendant un gobelet en carton.

— Avec plaisir !

Elle se désaltéra longuement, par petites gorgées. Elle reposait le gobelet lorsqu'elle s'aperçut que Benally l'observait d'un air songeur.

— Avez-vous déjà eu l'occasion d'enquêter dans la réserve ?

— Non. Je débute dans le métier. J'ai été nommée à l'antenne d'Albuquerque il y a tout juste un an et demi, je n'avais jamais visité le Nouveau-Mexique auparavant.

Il hocha la tête.

— Bienvenue dans la nation Navajo.

— Je vous remercie. Je suis ravie de travailler avec vous.

Corrie était sincère. Benally était plus familier de la région qu'elle ne pourrait la connaître en l'espace d'une vie. Elle repensa à ce que lui avait dit Sharp : la police navajo lui ouvrirait bien des portes. Elle fut prise d'une idée.

— À quelques kilomètres d'ici, nous sommes passés à côté d'une hutte flanquée d'une caravane.

— Vous parlez sans doute d'un hogan.

— Exactement, un hogan. Nous avons aperçu une dame âgée sur le pas de la porte.

— Oui, acquiesça Benally. Il s'agit d'Emma Bluebird.

— Elle vit là depuis longtemps ?

— Depuis toujours ou presque, probablement.

— Je me demandais s'il serait envisageable de lui poser quelques questions. Il est possible qu'elle ait remarqué un détail quelconque. Ou qu'elle ait vu la victime. Elle pourrait même avoir une idée de ce qu'il s'est passé.

Benally ne put retenir un gloussement.

— Bien vu. Le souci, c'est qu'elle a toujours un fusil à portée de main et qu'elle n'aime pas que des *Bilagáana*, des Blancs, viennent chez elle. Non pas qu'elle soit raciste, mais l'expérience lui a montré que les Blancs qui venaient frapper à sa porte étaient rarement porteurs de bonnes nouvelles.

— Dans ce cas, pourquoi ne pas m'accompagner et lui expliquer de quoi il retourne ?

Benally sourit.

— Elle n'aime pas vraiment les flics non plus, mais on peut tenter notre chance.

— Quand ?

— Autant battre le fer pendant qu'il est chaud.

— On ne risque pas qu'elle nous tire dessus, au moins ?

Il éclata de rire.

— Son fusil n'est pas chargé. Sans compter que c'est une créature pacifique. À vrai dire, elle est très appréciée pour son travail de tisserande. Elle vend chaque année un nouveau tapis tissé avec la laine de ses moutons qu'elle file et teint elle-même. Elle fabrique ses propres teintures à partir d'insectes et de plantes récoltées dans le coin. Elle vit de son artisanat.

— C'est vrai ? Incroyable.

Benally haussa les épaules.

— Si on n'arrive à rien avec elle ce soir, je peux vous mettre en contact avec le négociant qui lui achète ses tapis. Il tient un petit magasin à Crownpoint.

— Je vous remercie.

Sur ces mots, chacun regagna son véhicule. Sharp s'installa au volant, Corrie à côté de lui, et suivit le pick-up blanc de Benally aux portières ornées de l'écusson vert et jaune de la Navajo Nation Police.

Les dernières lueurs du jour s'éteignaient et les premières étoiles s'allumaient dans le ciel lorsque Benally s'engagea sur le chemin de terre menant à la caravane. Il s'arrêta loin de la maison, éteignit ses phares et attendit. Sharp, garé derrière, coupa son moteur.

— Pourquoi ne pas toquer à la porte ? demanda Corrie alors que l'attente s'éternisait.

— Parce qu'il est mal élevé, dans la culture navajo, de frapper chez les gens. On envahit déjà leur espace personnel, en s'approchant autant. Elle sait que nous sommes là. Il faut patienter.

Plusieurs minutes s'écoulèrent. La lueur d'une lampe à pétrole brillait à l'intérieur de la caravane et l'ombre de la vieille femme se déplaçait à l'intérieur, derrière les rideaux. La porte finit par s'ouvrir et une silhouette se découpa dans la lumière jaune. Benally n'avait pas exagéré, la vieille femme tenait un fusil, le canon pointé vers le sol.

Benally descendit de son véhicule et la salua en navajo, lui adressant un geste de la main sans approcher pour autant. Elle lui répondit dans la même langue et une brève conversation suivit. Sans saisir ce qui se disait, Corrie comprit que la vieille dame n'était pas contente. Elle finit par rentrer chez elle en claquant la porte.

Benally rejoignit le 4 × 4 et se pencha vers la vitre de Corrie.

— Je suppose que vous aurez compris. Elle refuse de nous parler et nous demande de quitter au plus vite sa propriété.

— Dommage…

Benally secoua la tête.

— Vous n'arriverez à rien avec elle. Pour être honnête, je doute qu'elle dispose de la moindre information utile. Sinon, peut-être que le propriétaire du magasin dont je vous ai parlé pourra-t-il vous aider.

Quelques instants plus tard, les deux véhicules repartaient en cahotant sur la piste. Lorsqu'ils atteignirent enfin la grand-route, Benally bifurqua vers Crownpoint tandis que Sharp et Corrie se dirigeaient vers Nageezi et Albuquerque.

Sharp se tourna vers sa passagère.

— Dites-moi un peu, comment ça s'est passé, avec Gradinski ?

— Très bien. Nous sommes devenus copains.

— Vraiment ?

— Vous n'aurez qu'à lui poser la question. Il m'a même donné une petite tape amicale sur l'épaule.

Elle laissa s'écouler un silence avant de reprendre.

— Alors… j'ai réussi mon test ?

Sharp pouffa.

— Oui, et à plus d'un titre.

Elle posa sur son tuteur un regard perplexe.

— Je ne comprends pas.

Ils avaient parcouru plusieurs kilomètres lorsque Sharp se décida enfin à éclairer sa lanterne.

— Vous savez, Corrie, à la suite de notre enquête consacrée à la Montagne morte[1]… *votre* enquête, devrais-je dire, je me suis dit que vous servir de tuteur n'avait plus vraiment de sens. Vous voir opérer à nouveau aujourd'hui m'a conforté dans mon impression.

Corrie se figea sur son siège, la gorge sèche.

— À mon avis, vous méritez votre titularisation. Pour des raisons purement administratives, nous attendrons les cinq mois restants, de sorte que je reste officiellement votre tuteur, mais je compte bien me mettre en retrait et voir comment vous vous débrouillez.

Sharp n'était pas l'individu le plus transparent de la terre, mais Corrie ne s'attendait pas à une telle décision. Surtout au départ d'une nouvelle enquête. Elle avait quelque part l'impression d'être jetée dans le grand bain.

— Mais, inspecteur…

— Vous m'avez parfaitement entendu. Je compte bien garder un œil sur vous, Swanson, mais je n'interviendrai

1. Lire *La Montagne morte* (L'Archipel, 2024).

pas, à moins que vous ne partiez en vrille… ou que vous me sollicitiez.

Corrie reporta son attention sur la route qui défilait au-delà du pare-brise comme dans un brouillard, dans l'espoir de prendre la mesure de la situation. Tout en cherchant comment évaluer une telle annonce.

D'un côté, elle s'était habituée à la présence rassurante d'un tuteur.

De l'autre, à présent qu'elle se trouvait dans le grand bassin, il lui fallait bien reconnaître que l'eau était bonne.

6

Le laboratoire de police scientifique de l'antenne du FBI à Albuquerque était flambant neuf et Corrie aimait y travailler. Détruit par un incendie quelques mois plus tôt[1], il avait été doté depuis d'équipements dernier cri, à commencer par un microscope électronique à balayage, un appareil de radiographie et bien d'autres outils de référence. Depuis la mise en retraite anticipée du précédent responsable des lieux, un vieil Anglais fastidieux, Corrie était la seule spécialiste de criminalistique de l'antenne.

Elle contempla le décor de la pièce d'un regard circulaire et ne put s'empêcher de penser que tout cet espace lui appartenait.

Elle avait disposé les ossements de la victime sur un brancard à roulettes et placé sur une table voisine l'ensemble des éléments recueillis sur le site. Le contraste était frappant entre les quelques os mastiqués par des animaux et la masse des indices dans leurs boîtes à scellés. Sans doute ceux-ci étaient-ils trop nombreux. Gradinski avait raison, elle avait fait du zèle, mais elle n'en était pas mécontente. Cela représentait davantage de travail, mais du moins avait-elle la quasi-certitude de ne pas passer à côté d'un indice important.

Elle tourna autour de la table roulante en examinant une nouvelle fois les restes de façon à laisser parler son intuition.

1. Lire *L'Antre du diable* (L'Archipel 2022).

Corrie n'aurait pas su dire précisément ce qu'elle aurait aimé trouver, mais ses années d'études à l'Institut John Jay, tout comme l'expérience acquise depuis son entrée au FBI un an et demi plus tôt lui avaient prouvé qu'un squelette pouvait se montrer parlant.

Son instinct lui dictait que ces ossements avaient une histoire. En dépit des avanies infligées par les animaux sauvages, Corrie se trouvait en présence des restes d'une personne jeune et en bonne santé. L'apparence gracile du squelette signalait une femme. Les dents, parfaitement alignées, étaient d'une blancheur éclatante, dépourvues de caries et épargnées par les soins dentaires. Quant aux cheveux récupérés sur place, ils étaient blonds.

Elle avait envoyé quelques échantillons à un laboratoire spécialisé et l'obtention du séquençage ADN ne devrait pas poser de problème, au vu de l'état de conservation des os. En attendant, à moins que l'ADN de la victime figure déjà dans une base de données officielle, ce qui était peu probable, retrouver son identité grâce aux sociétés privées d'analyse ADN telles que 23andMe pourrait prendre des mois.

En clair, cela signifiait qu'elle allait devoir procéder à une reconstruction faciale. Cet aspect de son travail la passionnait. Diplômée en anthropologie criminelle, elle avait également étudié la sculpture et la peinture. En temps ordinaire, un spécialiste de police criminelle procédait à la reconstruction du visage avant de laisser un sculpteur modeler les traits, dessiner les lèvres et les oreilles, déterminer la couleur des cheveux et de la peau, mais Corrie était particulièrement fière de sa capacité à réaliser le tout par elle-même.

On frappa un petit coup à la porte et Sharp pénétra dans la pièce. Il enfila un masque tout en observant la pièce en silence, de son regard de lézard.

— Bienvenue, inspecteur, l'accueillit Corrie, inquiète à l'idée qu'il puisse être revenu sur sa décision de lui laisser la bride sur le cou.

— Je vous remercie, Swanson, répondit-il en faisant le tour du chariot sur lequel étaient exposés les ossements. Je me trouvais dans les parages. Ça vous ennuierait de m'expliquer de quels éléments vous disposez ? Entre collègues...

— Eh bien, se lança Corrie d'un ton docte, nous sommes en présence de ce qui est probablement une victime de sexe féminin entre vingt-cinq et quarante ans, mesurant un mètre soixante-dix-huit, blonde, apparemment en bonne santé.

— Elle était grande, nota Sharp.

— Oui. Il a été procédé à un examen visuel, stéréoscopique et radiographique des os. Aucune trace de blessure ni d'anciennes fractures, d'implants orthopédiques ou de traumatismes majeurs. Excellente hygiène dentaire, denture parfaite, aucune intervention dentaire. Aucun ossement ne présente le moindre signe de travail physique inhabituel ou de gestes répétitifs.

— Aucune intervention dentaire, dites-vous ? C'est dommage. Pour l'identification.

Corrie acquiesça.

— Un certain nombre d'ossements manquent à l'appel. En particulier un fémur, les deux cubitus, un radius, un humérus, les deux tibias ainsi que quelques autres, de plus petite taille. Comme ce sont les os les plus grands, on peut penser qu'ils ont été emportés par des coyotes ou d'autres animaux sauvages. Ceux qui restent présentent de nombreuses traces de dents, essentiellement des morsures de rongeurs.

Sharp hocha la tête.

— Depuis combien de temps le corps se trouvait-il là, à votre avis ?

— Il est difficile de répondre à cette question. Au vu des dégradations dues au soleil, je penche pour un minimum de deux ans et un maximum de sept, ce que confirme l'état des vêtements.

— Hmmm, à peu près cinq ans, réagit Sharp. Un délai important, si l'on veut s'intéresser aux personnes disparues.

— J'espère en apprendre davantage grâce au séquençage ADN…

Sharp s'approcha de la table, au-dessus de laquelle il s'inclina, les mains dans le dos.

— Je constate que vous ne manquez pas d'indices.

— En effet, répliqua Corrie, sur la défensive. Je tenais à m'assurer que nous ne laisserions rien passer.

Sharp opina du chef.

— Commençons par les vêtements, reprit Corrie. On peut noter qu'ils sont de qualité médiocre, fabriqués en Chine et au Viêtnam, en polyester et autres matériaux bon marché peu adaptés à un séjour en plein désert. Même constat à propos de ses chaussures de sport, vendues particulièrement peu cher dans le commerce. J'ai vérifié sur Internet, elles sont proposées à 8,99 dollars. Quasiment aucune trace d'usure sur les chaussures et les vêtements. J'émets l'hypothèse que la victime s'est procuré le tout peu avant sa mort, chez Walmart ou dans les rayons d'une enseigne à bas prix similaire. Nous sommes en présence de marques grand public, ce qui rend impossible toute datation et tout traçage de leur origine précise.

— Comme si la victime avait cherché à brouiller les pistes.

— C'est également ce que j'ai pensé.

— Pas de gourde ou de bouteille d'eau ?

— Non, et pas de chapeau non plus. Rien dans les poches. Quant au reste des éléments prélevés sur place…

Elle embrassa d'un geste la collection de pierres, de plantes et de morceaux de bois.

— … ils ne nous fournissent aucune indication, pour la plupart. À l'exception de cette pointe de lance, trouvée à proximité immédiate du corps, dont j'ai pensé qu'elle aurait pu servir d'arme.

Il haussa les sourcils.

— L'arme du crime, peut-être ?

— C'est possible. Elle mesure un peu moins de huit centimètres. Donc assez longue pour poignarder quelqu'un. Je compte l'examiner à l'aide du microscope électronique à balayage, mais aussi procéder à des tests pour rechercher la présence de sang et de protéines.

Il marqua son approbation muette et Corrie crut deviner qu'il était curieux d'entendre la suite.

— J'ai l'intention de chercher parmi les personnes dont la disparition a été signalée au cours des sept dernières années, en quête d'une femme blonde d'un mètre soixante-dix-huit aux dents parfaites. Et… je voudrais aussi me lancer dans une reconstruction faciale.

Elle n'alla pas plus loin, résistant à son instinct qui lui soufflait de solliciter la permission de son tuteur.

Sharp se contenta d'un hochement de tête.

— Je me doute que la question est prématurée, mais quelles sont vos *impressions* au sujet de la victime ?

Corrie hésita.

— Eh bien, je crois deviner que c'était une femme intelligente et réfléchie.

Les sourcils en accent circonflexe de Sharp trahirent son étonnement.

— Intelligente, dites-vous ? Une femme qui traverse le désert dans une tenue pareille, sans chapeau et sans eau ?

— Ce serait idiot de sa part uniquement si elle s'est lancée dans un tel périple par ignorance.

— Je ne suis pas certain de vous suivre.

Corrie allait répondre lorsqu'elle se reprit.

— Je ne suis pas sûre de savoir moi-même ce qui me fait dire ça.

Le visage impassible de Sharp s'anima d'un léger sourire.

— Peut-être le saurez-vous la prochaine fois que nous nous croiserons.

7

Le claquement d'un coffre de voiture vint troubler le chant des oiseaux et le murmure cristallin du ruisseau. Une voix s'éleva :

— Nora, tu es prête ?

— Je termine mon café, répondit-elle.

Pendant une ou deux minutes, la rumeur de la nature reprit ses droits, puis Lucas Tappan gravit les marches de la véranda où se trouvait la jeune femme et se laissa tomber dans un fauteuil d'extérieur en bois. Elle lui tendit sa tasse et ils burent en silence pendant quelques minutes, les pieds sur la rambarde, jouissant de la vue sur la réserve naturelle North Star.

Cela faisait près de neuf mois que Tappan sortait avec Nora. Elle ne l'avait pas beaucoup vu au cours de cette période car il avait passé plusieurs mois dans l'Est pour le lancement d'un parc éolien offshore. À son retour, Nora s'était mise à redouter le moment où il s'agenouillerait devant elle avec un écrin de velours noir contenant un diamant à peine plus petit que le Cullinan. Ce n'était pas tant la crainte de se fiancer qui la taraudait. Son défunt mari, Bill, n'aurait rien trouvé à y redire, il l'aurait même encouragée en sachant qu'elle allait devenir riche, mais elle ne se sentait pas prête. Lucas avait sans doute perçu ses atermoiements, à moins qu'il ne soit lui-même hésitant, car il n'avait jamais fait allusion à un tel renforcement de leur relation.

Elle vida sa tasse et Lucas la rapporta à la cuisine où il la rinça. C'était l'un des traits que Nora aimait chez lui. En dépit de sa fortune estimée à plus d'un milliard de dollars, il adorait cuisiner et ne rechignait jamais à laver la vaisselle. Plus généralement, il détestait se laisser servir. Loin de vouloir se vautrer dans le luxe de l'un des nombreux établissements d'Aspen réservés aux plus fortunés, ils avaient loué ce modeste chalet disposant d'une vue magnifique sur les montagnes environnantes. C'est vrai, la réalité ne manquerait pas de les rattraper dès leur retour à l'aéroport d'Aspen-Pitkin où les attendait le jet privé de Lucas. Ce dernier devait bientôt regagner la côte Est, où il retrouverait ses affaires et leur lot de difficultés. Il serait absent pendant plusieurs mois tandis qu'elle reprendrait son travail à l'Institut, raison pour laquelle ils avaient voulu profiter de la moindre minute de ces vacances ensemble.

Bercée par le bruit de l'eau du robinet dans la cuisine, elle fut prise d'une pensée coquine qui la fit rougir comme une écolière. Pourquoi ne pas faire l'école buissonnière ? S'accorder un jour de plus ? Nora avait sa petite idée sur la façon la plus efficace de parvenir à ses fins.

— Lequel tu as préféré ? demanda-t-elle en haussant la voix afin qu'il puisse l'entendre. Castle ou Maroon ?

Il ferma le robinet et laissa flotter quelques secondes de silence avant de répondre.

— Maroon. L'ascension est beaucoup plus technique, mais quel sommet !

Ils avaient consacré leurs congés à l'ascension des Fourteeners, les sommets du Colorado dépassant les quatorze mille pieds d'altitude. Nora adorait les randonnées et l'alpinisme depuis l'enfance. À l'époque où elle travaillait au Muséum d'Histoire naturelle de New York, elle avait même escaladé les quarante-six sommets de plus de quatre mille pieds des monts Adirondacks, y compris ceux qui n'étaient pas dotés de chemins de randonnée. Le défi était nettement plus rude ici, dans le Colorado, au moins sur le plan de l'altitude. L'alpinisme, l'une des passions qu'elle partageait avec Lucas, était son meilleur atout à cet instant précis.

— Moi aussi, dit-elle. La montée était rude, mais le jeu en valait la chandelle.

Elle laissa s'écouler un battement.

— Cette balade m'a fait repenser au mont Algonquin, le deuxième sommet le plus élevé de l'État de New York. C'est vrai, Maroon et le pic Pyramid ne jouent pas dans la même cour, mais on emprunte presque le même chemin pour s'y rendre, non ?

À l'énoncé de ce qui avait tout l'air d'une question, Lucas regagna la véranda.

— Tu es en train de me dire quelque chose ?

— Je crois.

Lucas resta silencieux, le front barré d'un pli, la ride qui lui traversait le menton soudain accentuée, ses yeux gris dissimulés derrière ses boucles noires. Nora sentit monter en elle une bouffée de tendresse.

— On a bouclé les bagages.

— Rien qu'un jour.

Il consulta sa montre.

— Il est déjà huit heures et demie.

— Le trajet jusqu'à Maroon n'est pas long. Et comme je le disais, on emprunte en partie la même route pour aller au pic Pyramid. Le chemin est plus facile et plus court, le dénivelé moins important. C'est une randonnée de classe trois, rien de très technique.

Comme il s'entêtait dans le silence, elle ajouta :

— Ça me permettrait d'atteindre la barre des dix dans ma collection des Fourteeners. Et ce serait ton vingtième, non ?

Lucas hocha la tête, un sourire aux lèvres.

— D'accord. Je sais m'incliner quand je tombe sur plus fort que moi… Après tout, le projet Icarus peut bien se passer de moi un jour de plus.

Elle bondit sur ses jambes et l'embrassa.

— Allons-y tout de suite. La voiture est déjà chargée, il suffira de sortir le matériel en arrivant sur place.

Elle rentrait dans le cabanon lorsque son téléphone bourdonna. Nora avait bien prévenu ses collègues que ces cinq jours de congés étaient sacro-saints, aussi se demanda-t-elle, non sans agacement, qui pouvait bien l'appeler. Elle sortit son téléphone de sa poche et vit le nom de Corrie Swanson s'afficher.

J'aurais dû m'en douter, pensa Nora. Corrie avait le don de toujours l'appeler au pire moment.

— Tiens, tiens, dit Tappan en regardant l'écran par-dessus l'épaule de Nora. Une inspectrice.

— Je ne vais pas répondre, affirma Nora, décidée à éteindre son téléphone sans autre forme de procès.

— Attends une seconde, tempéra Tappan. Corrie ne t'appelle sans doute pas pour prendre de tes nouvelles. C'est généralement sérieux quand elle cherche à te joindre.

Nora poussa un soupir.

— Voilà bien ce qui m'inquiète.

Elle décrocha.

— Allô ?

— Nora ? Corrie à l'appareil. J'espère que je ne vous dérange pas…

— Vous me dérangez toujours, plaisanta Nora. On fait de l'alpinisme dans le Colorado, avec Lucas. Vous êtes sur haut-parleur.

— Ah, désolée. Salut, Lucas ! Je ne vous embête pas longtemps, j'aurais juste besoin de votre avis. J'en ai pour une seconde, promis juré.

Tappan ne put retenir un ricanement en voyant la tête que faisait sa compagne.

— De quoi s'agit-il ?

— Je voudrais que vous jetiez un œil à quelques photos. Quand vous aurez une minute. En rentrant, par exemple.

— Des photos de quoi ?

— Les restes d'une jeune femme qu'on a retrouvés en plein désert au nord de Chaco Canyon. Une inconnue. Elle était là depuis au moins deux ans, il ne subsistait plus qu'une partie de ses ossements. J'ai déniché une pointe de lance sous son squelette et j'aurais aimé que vous y jetiez un œil.

Nora sentit s'éveiller sa curiosité, avant de se reprendre. C'était invariablement de cette façon qu'elle se laissait entraîner.

— Je viens de vous envoyer les photos, se hâta d'ajouter Corrie. À nouveau désolée de vous avoir dérangée !

Au même instant, un carillon signala l'arrivée d'un message. Corrie avait la puissance d'un typhon quand elle s'y mettait.

— Au nord de Chaco ? s'étonna Tappan. C'est une *terra nullius*.

— À qui le dites-vous, répliqua Corrie.

Une série d'images s'affichèrent sur l'écran du téléphone de Nora. On y voyait des ossements éparpillés, ainsi que quelques gros plans de la pointe de lance, que Nora fit défiler.

— Joli, dit Tappan, penché au-dessus de l'épaule de sa compagne.

— Superbe, jugea Nora. Une pointe paléo-indienne de Folsom cannelée. Elle est magnifique.

Elle examina plus attentivement les images suivantes.

— Cette pointe aurait-elle pu servir à commettre un meurtre ? s'enquit Corrie.

— J'en doute.

Tout en parlant, Nora faisait défiler les photos. Elle s'arrêta brusquement en découvrant l'un des clichés.

— À votre avis, sa présence sur place serait une simple coïncidence ? insista Corrie.

Nora, hypnotisée par la photo, ne répondit pas. La pointe de lance, photographiée de loin, apparaissait sur le sable au milieu des ossements et des rochers.

— Nora ? demanda Corrie.

Nora élargit l'image de deux de ses doigts.

— Nora, vous êtes là ? … Allô ?

— J'arrive, rétorqua l'archéologue en regardant sa montre. Je serai là vers cinq heures.

— Vous arrivez ? Mais où ça ? Vous voulez dire, à l'antenne d'Albuquerque ? Vous souhaitez avoir cette pointe de lance en main ?

— Je vous expliquerai tout à l'heure.

Elle mit fin à la communication. En relevant les yeux, elle découvrit Tappan face à elle, les yeux écarquillés.

— C'est quoi, cette histoire ? Tu venais tout juste de me convaincre de rester un jour de plus et… tu veux t'en aller ?

— Je sais. Je suis désolée. Il y a sur cette photo un détail que je veux vérifier.

— Corrie attendra un jour de plus.

— Peut-être, reconnut Nora, mais pas moi.

8

— Par ici !

Corrie fit signe à Nora d'entrer dans le laboratoire et l'entraîna jusqu'à la table sur laquelle reposaient les indices dans leurs sachets.

— Vous avez collecté un nombre de trucs incroyable, s'étonna Nora en ouvrant de grands yeux.

On aurait pu croire que Corrie avait récupéré dans le désert tout ce qui s'y trouvait, ou presque...

— J'y suis peut-être allée un peu fort, reconnut la jeune femme en rosissant. Je ne voulais rien laisser passer d'important. Je vais vous chercher la pointe de lance.

Elle fouilla au milieu des sachets jusqu'à ce qu'elle trouve celui qui l'intéressait.

Nora était curieuse de voir la pointe de silex, mais ce n'était pas ce qui avait attiré son attention sur l'un des clichés.

Corrie décacheta le sachet dont elle exhuma, à l'aide d'une pince à embouts de caoutchouc, une pointe de huit centimètres qu'elle déposa sur un plateau. Elle proposa à Nora une loupe.

L'archéologue se pencha afin d'examiner l'objet. La pointe de silex blanc taillé, cannelée mais dépourvue de hampe, était en parfait état.

— C'est bien ce que je pensais, déclara-t-elle. Une pointe Folsom, vieille de dix mille ans.

— Une pointe Folsom ? répéta Corrie, perplexe.

— Oui, attachée à la culture Folsom. Les populations de l'époque se servaient de ces pointes pour chasser le bison, expliqua Nora, dont l'impatience grandissait. À présent, j'aimerais voir un autre objet.

— Une seconde, modéra Corrie. Vous auriez une idée de ce que faisait cette pointe près du corps ? On l'a découverte en même temps que les ossements.

Nora fut prise d'une hésitation.

— L'inconnue l'avait dans sa poche ?

— Elle n'en avait pas. Elle était entièrement nue.

— *Quoi ?!*

— L'information est confidentielle, mais elle traversait le désert et elle s'est déshabillée en semant ses vêtements dans son sillage avant de mourir. Je me demandais si cette pointe pouvait avoir un rapport avec ce qui lui est arrivé. Si quelqu'un avait pu s'en servir pour la poignarder, ou bien si elle l'avait utilisée pour se défendre.

Nora examina la pierre de plus près.

— Vous auriez des gants ?

Corrie lui en tendit une paire, que Nora enfila avant de saisir la pointe et d'en scruter toutes ses faces, s'attardant avec la loupe sur les bords acérés.

— Elle est restée à l'air libre pendant plusieurs millénaires, dit-elle. On voit qu'elle a été polie par le sable sous l'effet du vent, de sorte que ses bords sont très émoussés. Pour répondre à votre question de tout à l'heure, je ne pense pas qu'on aurait pu s'en servir de façon offensive, à moins qu'elle ait été fixée à l'extrémité d'une lance.

Elle détailla la masse des indices.

— Et tout indique que vous n'avez pas récupéré de lance sur place.

— Il n'y en avait pas, non, se défendit Corrie. En attendant, je serais curieuse de savoir comment cette pointe a pu atterrir là.

Nora haussa les épaules.

— Simple coïncidence, répondit-elle, pressée de passer à la suite.

— Vous croyez ?

— Les bad-lands abritaient des bisons il y a dix mille ans, de sorte que la présence de cette pointe n'a rien d'extraordinaire.

Elle reposa le silex taillé, que Corrie rangea à regret dans son sachet.

— Mais ce n'est pas ce que je suis venue voir en priorité, enchaîna Nora. J'aimerais jeter un coup d'œil aux cailloux.

— Quels cailloux ?

— Les deux petites pierres verdâtres qui se trouvaient sous les ossements. On les voit bien, sur la photo. J'espère que vous les avez récupérées, au moins.

Corrie fouilla les différents sachets et finit par mettre la main sur celui qui contenait les deux pierres rondes.

— Les voici, déclara-t-elle en les posant sur le plateau.

Chacune d'elles, de la taille d'une balle de golf, était d'un vert luminescent sous la lumière vive des projecteurs.

Nora, fascinée, sentit les battements de son cœur s'accélérer. Elle ne s'était donc pas trompée et n'avait pas mis un terme prématuré à ses vacances pour rien. Elle examina les pierres à la loupe. Elle avait peine à y croire.

— De quoi s'agit-il ? s'enquit Corrie.

— Une petite seconde.

Toujours gantée, une pierre dans chaque main, elle tendit à la lumière les deux cailloux qui brillaient d'un jaune verdâtre irréel.

— Qu'ont-elles de particulier ? insista Corrie.

Avant de répondre, Nora voulut procéder à une dernière vérification.

— Ça vous ennuierait d'éteindre toutes les lumières, Corrie ? Plus il fera noir, mieux ça vaudra.

Corrie s'exécuta. Le laboratoire, situé en sous-sol, n'était éclairé par aucune fenêtre et la pièce se trouva plongée dans le noir absolu.

— Regardez bien, conseilla Nora.

Elle frotta les pierres l'une contre l'autre et une lumière verte les illumina de l'intérieur brièvement, les transformant en deux boules d'émeraude.

— C'est quoi ce délire ?! s'exclama Corrie.

— Vous pouvez rallumer.

Un claquement d'interrupteur troua le silence et Nora constata que Corrie l'observait, les sourcils froncés.

— Comment avez-vous fait ? demanda-t-elle.

— Ce sont des prasiolites, couramment appelées « pierres de foudre », expliqua Nora. On les reconnaît aux centaines de minuscules griffures obtenues à force de les frotter ensemble. Comme je viens de le faire.

— Ce geste a une signification ?

— Les archéologues pensent que les anciens Indiens pueblos s'en servaient lors de cérémonies chamaniques organisées dans leurs kivas. En principe, les pierres de foudre sont des blocs de quartz blanc, mais la couleur verte avait une valeur sacrée aux yeux des peuples précolombiens. Elle symbolisait la vie et les minéraux verts étaient extrêmement prisés. Je vous ai dit tout à l'heure que la prasiolite était rare ? Eh bien, c'est un euphémisme. À vrai dire, il n'existe à ma connaissance qu'une seule paire de prasiolites de cette couleur.

— Mais ces étincelles ?

— On parle de triboluminescence, un phénomène encore mal compris. Ces pierres étaient à l'origine des blocs de cristal que l'érosion s'est chargée d'arrondir pendant des millions d'années. Leur partie centrale est totalement transparente, mais ces pierres possèdent des vertus électriques qui font naître des étincelles quand on les frotte l'une contre l'autre.

— Comment expliquer la présence de pierres aussi rares dans cet endroit ? demanda Corrie. Vous croyez encore à une coïncidence ?

Nora fronça les sourcils.

— Non. Les pierres de foudre possédaient un tel caractère sacré qu'on les conservait précieusement dans les kivas, dont elles ne sortaient jamais, sachant que la kiva était un sanctuaire religieux pour les Pueblos.

— Vous pensez que la victime a pu les apporter là ?

— C'est l'hypothèse la plus probable. J'aimerais pouvoir emporter ces pierres à l'Institut afin de les étudier.

Corrie secoua la tête.

— Je suis désolée, mais je ne suis pas autorisée à laisser sortir d'ici des éléments liés à l'enquête.

Nora, qui s'y attendait, n'en fut pas moins déçue.

— Puis-je au moins les prendre en photo ?

— Bien sûr.

Nora dégaina son portable, à l'aide duquel elle mitrailla les pierres sous tous les angles. Elle croyait se souvenir que les deux autres prasiolites dont elle connaissait l'existence appartenaient à un collectionneur privé. Il serait intéressant d'en remonter la piste afin de savoir où elles avaient été découvertes, par qui, et dans quel cadre archéologique. Après tout, ces nouvelles pierres pouvaient très bien avoir la même provenance.

Nora les reposa sur le plateau.

— Vous dites que cette femme s'est débarrassée de ses vêtements en plein désert avant de mourir ?

À présent que sa curiosité était satisfaite, elle prenait brusquement la mesure de l'horreur du drame.

— Vous avez pu l'identifier ? poursuivit-elle.

— Non, répondit Corrie, mais je sais à quoi elle ressemblait.

Elle conduisit l'archéologue jusqu'à une alcôve protégée par un rideau qu'elle tira, révélant un espace de travail équipé d'une petite table ronde. Nora y découvrit la reconstruction faciale en couleur d'une tête de femme.

— Waouh ! réagit-elle en ouvrant de grands yeux. Qu'elle est belle !

Le buste était celui d'une femme d'une quarantaine d'années dont la longue crinière blonde était nattée dans le dos. Elle avait des yeux bleus, le teint pâle, un nez droit et fin, un menton bien dessiné et des fossettes.

Nora se tourna vers Corrie. Celle-ci était manifestement ravie du compliment même si elle s'efforçait de ne pas le montrer.

— C'est incroyable. Comment avez-vous fait ?

— Eh bien, c'est un mélange d'ingénierie et d'interprétation artistique. Vous partez d'un moulage du crâne sur lequel vous fixez de petits picots qui montrent l'épaisseur de la chair à plusieurs dizaines d'endroits sur le visage. Après quoi il suffit de replacer chaque muscle l'un après l'autre. Vous ajoutez une fine couche de graisse et de peau, vous lissez le tout, vous peignez le résultat... et *voilà*, conclut-elle fièrement en utilisant le mot français.

— Comment avez-vous pu déterminer qu'elle avait les yeux bleus ?

— On a retrouvé sur place une partie de ses cheveux, qui étaient blonds. Et non teints. Statistiquement parlant, soixante-dix pour cent des personnes naturellement blondes ont les yeux bleus.

— Et les fossettes ?

Corrie sourit.

— Disons que c'est un choix artistique.

— Comment pouvez-vous être sûre de la ressemblance ?

— Sans avoir de certitude à cent pour cent, je peux vous dire qu'on n'est pas loin de la vérité. On sait qu'elle n'était pas obèse puisqu'elle bénéficiait de jointures saines. L'examen au microscope des attaches musculaires au niveau des bras et des jambes signale une femme en excellente forme physique. Quant aux dents, elles étaient soignées et parfaitement entretenues. Vous réunissez le tout et vous obtenez une femme d'un poids idéal avec un joli teint et de beaux cheveux, probablement issue d'un milieu favorisé.

Nora secoua la tête. Elle en arrivait à oublier ses pierres de foudre.

— C'est fou de penser qu'une personne comme celle que vous décrivez puisse disparaître sans que nul ne cherche à la retrouver.

— Je suis du même avis. Je vois mal comment une femme aussi… avec un tel port de reine aurait pu disparaître sans laisser de trace.

Nora contempla à nouveau le visage. La reconstitution, d'un réalisme saisissant, en était intimidante, avec sa peau presque transparente.

— Comment avez-vous pu obtenir un résultat aussi réaliste en ce qui concerne la peau ?

— Je me suis servi d'encaustique. Les peintures à la cire chaude donnent une apparence beaucoup plus vivante que les mélanges acryliques. Il s'agit…

Prise d'une légère hésitation, elle ajouta avec fierté :

— Il s'agit d'une innovation personnelle.

— Bien joué, Corrie.

Nora avait toujours su que la jeune enquêtrice était intelligente, mais cette reconstruction faciale trahissait un talent exceptionnel.

— Si vous voulez mon avis, dit-elle d'une voix lente, la clé de l'énigme viendra de ce visage… et des pierres de foudre.

9

Installée dans son box de l'antenne du FBI à Albuquerque, Corrie tenta de remettre ses pensées en ordre. La reconstitution du visage de la victime terminée, il lui fallait passer à l'étape suivante : percer l'identité de cette femme blonde aux yeux bleus qui avait renoncé un beau jour au cours normal de son existence pour s'enfoncer dans le désert et marcher jusqu'à ce que mort s'ensuive.

Depuis quelques années, l'omniprésence d'Internet et la prolifération des bases de données avaient révolutionné les recherches liées aux personnes disparues, sachant que chaque individu laissait des empreintes numériques dans son sillage. L'affaire n'en était pas moins atypique. En premier lieu, la disparition n'était pas récente, puisqu'elle était vieille de deux à sept ans, un créneau particulièrement large. Plus d'un demi-million d'individus disparaissent chaque année aux États-Unis. Ceux dont le corps n'a pas été enfoui, comme l'a probablement été celui du syndicaliste mafieux Jimmy Hoffa, sont retrouvés rapidement, en règle générale, mais il reste des milliers de cas pour lesquels on ne sait rien. Corrie disposait d'un squelette et d'un visage, restait à établir un lien avec une affaire non élucidée.

Pour résoudre ce mystère, il lui fallait ratisser large. Très large.

Elle essaya de se mettre à la place de l'inconnue, de comprendre ce qui l'animait. Il était impossible qu'elle ait disparu sans que personne ne dépose un signalement, n'entame des recherches, ne se manifeste bruyamment. Il pouvait s'agir d'une personne dérangée mentalement, de quelqu'un qui avait voulu se suicider ou qui avait été victime d'un crime. Il était toutefois plus probable qu'elle se soit tout bonnement perdue et qu'elle ait perdu la tête sous l'effet de la chaleur. Ses ossements ne dénotaient aucune forme de violence. Nora avait raison au sujet de la pointe de lance, nulle trace de sang ou de protéines humaines n'avait été détectée à sa surface. Tout indiquait qu'elle n'avait pas servi à tuer la victime.

S'interroger au sujet de la pointe de silex fit repenser Corrie à ces deux pierres étranges retrouvées près du corps. Les pierres de foudre, ainsi que les appelait Nora. Cette dernière lui avait bien précisé qu'on les trouvait uniquement dans des kivas précolombiennes et que les vertes étaient extrêmement rares. Corrie avait d'abord soupçonné l'inconnue d'avoir voulu s'enfuir après les avoir volées, mais une vérification lui avait montré qu'aucune disparition de pierres de ce type n'avait été signalée. En dehors de celles auxquelles Nora avait fait allusion, on n'en connaissait pas d'autres. La femme n'avait pas été tuée par quelqu'un qui voulait s'en emparer puisqu'on les avait retrouvées sous le corps. Et comme l'inconnue s'était entièrement déshabillée, elle avait forcément gardé les pierres à la main. Bizarre. Mise à part la reconstruction faciale, ces prasiolites étaient le seul indice dont disposait Corrie.

Elle sortit de sa rêverie. Quelle que soit la façon dont cette femme avait disparu, quelqu'un avait *forcément* effectué un signalement officiel. Le tout était de mettre la main dessus. Corrie prenait plaisir à effectuer des recherches numériques de ce type. Elle savait se servir d'un ordinateur, en bien comme en mal, depuis l'époque où elle avait piraté le système informatique de son lycée afin de s'attribuer une pluie de bonnes notes tout en collant une nuée de zéros à un abruti qui s'en prenait régulièrement à elle.

Corrie aimait travailler le soir, quand tous ses collègues étaient partis et qu'elle pouvait écouter Caravan Palace à fond sur ses écouteurs. Elle jeta un coup d'œil en direction de la pendule. Elle se sentait capable d'y passer la nuit au besoin.

— Alors, vous tenez votre homme ? Votre femme, en l'occurrence ?

Corrie releva la tête et découvrit l'inspecteur Sharp sur le seuil de son box.

— Les dés sont jetés, inspecteur.

— Bien.

Il s'avança et s'assit sur la chaise voisine de celle de Corrie.

— J'ai dépêché sur place un second hélico. Ces badlands sont immenses, il faut s'assurer qu'il n'y a pas d'autres corps dans les environs.

— Je vous remercie, répondit Corrie, qui ne disposait pas des autorisations nécessaires pour prendre une telle mesure de son propre chef. En attendant, si c'est possible, je voudrais demander à Bellamy et O'Hara de m'assister. J'aurais certaines missions à leur confier.

— C'est votre enquête…

Corrie fut prise d'une hésitation.

— Je m'apprêtais à effectuer des recherches sur NamUs, si… si ça vous intéresse.

Il souleva ses paupières mi-closes, une rare marque d'intérêt chez lui.

— Avec plaisir, à condition de ne pas vous déranger. Le vieux singe que je suis est toujours friand de nouvelles grimaces.

« NamUs », surnom du National Missing and Unidentified Persons Systems, était l'immense base de données du ministère de la Justice regroupant l'ensemble des informations dédiées aux personnes disparues ou non identifiées. Crée en 2009, le système d'origine avait été remplacé en 2018 par une version 2.0 intégrant un logiciel d'intelligence artificielle particulièrement efficace. Corrie avait remarqué que ses collègues plus âgés s'en servaient peu. En dépit de sa modernité affichée, le FBI n'avait pas vraiment rompu avec l'époque où J. Edgar Hoover collectionnait les empreintes digitales et les fiches cartonnées, surtout lorsqu'il s'agissait d'agents de l'ancienne génération.

Sharp en faisait partie aux yeux de Corrie, si bien que lui proposer d'observer ses recherches était une façon de lui renvoyer l'ascenseur pour lui avoir confié la direction de l'enquête. Sharp était vif et curieux de nature, elle savait d'avance qu'il lui serait reconnaissant de partager avec lui son savoir-faire.

Sharp approcha son siège de l'écran et Corrie ouvrit son compte sur la page d'accueil de NamUs. Plusieurs dossiers d'affaires dont elle avait la charge apparurent, une dizaine au total, tous inactifs. Elle en créa un nouveau en utilisant les éléments relatifs à l'inconnue dont elle disposait : ethnicité, taille, genre, dernière localisation. Elle s'employa ensuite à remplir le cadre consacré à la description et aux vêtements, laissant vierges plusieurs cases, notamment celles concernant les circonstances et la date du dernier contact. Moins les détails étaient précis et plus le champ des recherches serait étendu, mais elle devrait se contenter de ce qu'elle avait sous la main.

— J'ajoute à présent une photo de la reconstruction faciale, expliqua-t-elle à son tuteur. Ce n'est pas une photo de la personne à proprement parler, mais je contourne l'obstacle en limitant le nombre de paramètres, de façon à tenir compte des erreurs que j'ai pu commettre en reconstituant le visage.

— Jusqu'à quel point étendez-vous le champ de vos recherches ?

— J'ai pensé qu'il serait préférable, dans un premier temps, de m'intéresser à l'État dans lequel a été découvert le corps. En fonction des résultats, on pourra au besoin élargir les recherches au Sud-Ouest, voire au pays tout entier.

À présent qu'elle avait entré tous les éléments à sa disposition, il ne lui restait plus qu'à cliquer sur un carré bleu afin de déclencher la recherche. Un message s'afficha au bout de quelques secondes :

1 304 résultats possibles

— Aïe, réagit Sharp.

Par curiosité, Corrie élargit le champ de ses recherches à tout le Sud-Ouest.

14 937 résultats possibles

— Que le Bon Dieu et tous les anges du paradis nous viennent en aide, murmura Sharp.

Quinze mille résultats. Face à l'ampleur de la tâche, Corrie vit s'afficher dans sa tête une vision imaginaire du passé : une immense salle dans laquelle flottait une odeur de transpiration et de vieux papiers, plusieurs rangées de tables de bibliothèques soigneusement alignées, des tourbillons de poussière traversant les rayons de soleil que filtraient des stores, le portrait du président Nixon accroché au mur et une nuée d'agents, tous des mâles blancs en manche de chemise, penchés sur de vieux dossiers couverts de chiures de mouche, traquant patiemment une aiguille dans une botte de foin. Décidément, le FBI avait bien changé.

Elle ne jugea pas utile d'effectuer des recherches dans le reste du pays, du moins dans un premier temps. Elle croyait disposer d'un atout caché qui pourrait bien gommer l'expression laconique qui se lisait sur le visage de Sharp. Elle commença par refermer la fenêtre des résultats, puis elle cliqua sur le menu des outils avancés.

— De quoi s'agit-il ? s'enquit Sharp.

Corrie réprima un sourire.

— On va passer derrière le rideau.

Passionnée par les nouvelles technologies, Corrie s'était intéressée de près à l'émergence fulgurante de l'intelligence artificielle depuis quelques années. Les développeurs souhaitaient désormais mettre leurs technologies de pointe sur le marché tout en veillant à apaiser les inquiétudes de ceux qui craignaient de voir l'IA acquérir une « conscience » et décider que l'humanité était un fléau à éliminer, comme le montraient trop souvent les films de science-fiction. Cette démarche les avait poussés à vulgariser l'IA et Corrie s'était amusée à en tester le fonctionnement sur les versions bêta de NamUs 3.0. Cette recherche allait lui permettre de jauger concrètement les capacités de l'IA.

Une nouvelle fenêtre s'afficha à l'écran, au centre de laquelle clignotait un pointeur. Elle était flanquée de deux cadres étroits : sur celui de gauche s'affichaient les paramètres rentrés un peu plus tôt, sur son jumeau de droite la liste des bases de données disponibles.

— Je viens d'activer le copilote de NamUs, s'expliqua Corrie. Comme notre recherche est assez vague, je tiens à m'assurer qu'il dispose d'un maximum de paramètres avant de le lancer.

— Un « copilote » ? Seigneur, ne me dites pas qu'il s'agit d'un nouveau Clippy proposé par Microsoft ?

Corrie laissa échapper un gloussement en reconnaissant l'appellation de « l'assistant » en ligne ridicule en forme de trombone créé par le créateur de logiciel bien des années plus tôt.

— Non. Le terme « copilote » est un mot utilisé pour contribuer à son lancement commercial. Il disparaîtra probablement quand les gens auront pris l'habitude de s'en servir.

— On en parle beaucoup, mais ces outils d'IA sont-ils vraiment efficaces ? Comment être certain qu'ils comprennent réellement ce que vous voulez ?

— Le meilleur moyen d'apprendre est encore de regarder, répliqua Corrie.

Brusquement consciente de s'être montrée pour le moins cavalière, elle s'empressa d'ajouter :

— À condition de vous assurer que vos critères de recherche sont assez larges et que vous disposez de données en nombre suffisant, l'IA prouve son efficacité en encodant votre recherche de façon contextuelle, ce qui lui permet d'écrémer les informations inutiles et le bruit de fond de façon à créer une… euh, une base de données vectorielles.

— J'allais vous le dire, réagit Sharp, pince-sans-rire.

Corrie s'aperçut qu'elle jargonnait, emportée par son enthousiasme.

— L'IA a été programmée de façon à effectuer des recherches comme un être humain, en procédant par déduction logique, en mettant de côté les informations inutiles, en recherchant des schémas récurrents et, d'une certaine manière, en faisant preuve d'intuition.

— Les ordinateurs sont capables d'intuition ?

— Plus ou moins. Les intuitions humaines s'appuient sur l'expérience. L'IA procède de façon comparable. Elle propose un certain nombre de suggestions, à ceci près qu'elle est capable de fouiller plus de bases de données que n'importe qui en l'espace d'une vie, si bien que son « expérience » est bien supérieure à la nôtre.

Elle entama un dialogue avec le copilote :

Mes paramètres de recherche sont-ils formatés convenablement ?

Oui

Le GML peut-il entamer ses recherches sans éléments de contexte additionnels ?

Oui

Je recherche une personne disparue à partir d'éléments généraux avec un faible coefficient de précision. J'ai besoin d'un dossier en version <plaintext>

Le curseur recommença à clignoter.

— Vous êtes en train de discuter avec la machine ? s'étonna Sharp.

— Exactement. En jargon informatique, on donne le nom d'« ingénierie de prompt » aux commentaires et aux corrections ordinaires que l'on utilise pour mettre l'IA sur la piste du résultat souhaité.

Une réponse s'afficha à l'écran :

Recherche terminée.
712 559 dossiers enregistrés sur 0001.txt

— C'est l'inverse de ce qu'on veut, non ? s'enquit Sharp.

— Le logiciel fait un simple échauffement, si je puis dire. Essayons maintenant d'affiner la recherche.

Corrie entama une brève conversation avec la machine :

Effectuez les mêmes recherches avec plus de précision
Recherche terminée.
14 442 dossiers enregistrés sur 0002.txt

— Vous remarquerez que ce résultat est proche de celui obtenu tout à l'heure en procédant à une simple recherche ordinaire.

— Il vous propose 1 500 dossiers de moins. J'ose espérer que ce tri s'est fait à partir de critères justifiés.

— Si jamais ce n'est pas le cas, on pourra toujours incriminer les nouvelles technologies, non ?

— Si vous arrivez en fin de compte à obtenir un nombre de dossiers gérable, je veille à ce qu'on vous attribue un SUV Lincoln Navigator comme voiture de service.

Corrie prit le temps de réfléchir.

— On a déjà fourni à la machine la plupart des informations dont nous sommes certains. Ce qui signifie que notre cible peut être n'importe lequel des 14 442 dossiers proposés. Aucun moyen d'échapper à cette logique-là. En revanche, rien ne nous interdit d'ajouter à l'équation nos propres supputations et intuitions. En supposant, par exemple, que la victime était un ancien mannequin ou une ancienne actrice. Ou qu'elle avait étudié l'archéologie du Sud-Ouest et détenait peut-être même un diplôme dans cette discipline. Elle a très bien pu découvrir l'existence de ces pierres de foudre lors d'une campagne de fouilles.

— Je comprends. Dans ce cas, pourquoi ne pas ajouter à la liste les gens qui travaillent pour les Affaires indiennes, les collectionneurs et les antiquaires ?

— Excellente idée.

Corrie s'affaira sur le clavier, précisant sa recherche à l'aide de phrases ordinaires, mais de façon plus détaillée. Elle demanda au copilote de reformuler la requête à sa façon afin de s'assurer qu'il avait bien saisi, après quoi elle appuya sur la barre d'envoi. Cette fois, la réponse lui parvint après plus d'une minute.

Recherche terminée. Indexage terminé.
1 071 dossiers enregistrés sur 003.txt

— La liste des résultats reste importante, nota Corrie. Mais à ce que nous *savons* déjà de la victime, nous avons ajouté ce que nous *croyons* savoir d'elle. Et c'est à ce stade que ça devient intéressant, puisque le logiciel classe ses propositions en fonction de leur pertinence. Il suffit de commencer par le premier dossier et de continuer dans l'ordre, en espérant toucher le jackpot bien avant d'avoir atteint la fin de la liste. C'est toute la différence entre l'IA et un logiciel traditionnel.

— C'est fascinant, dit Sharp. Et entièrement nouveau pour moi.

Ce compliment implicite fit rougir Corrie.

— C'est la tâche que je comptais confier à Bellamy et O'Hara, proposa-t-elle.

Sharp gloussa d'amusement.

— Ils vont adorer. Puis-je suggérer, pour votre bien, que vous me laissiez leur annoncer la bonne nouvelle ?

Il hésita avant de poursuivre :

— Vous connaissez la maison. La voie hiérarchique, et tout le reste.

— Je vous en serais très reconnaissante.

Sharp se leva.

— Vous avez effectué un travail exceptionnel, mademoiselle Swanson.

Elle n'avait pas totalement réussi à chasser l'air endormi qui ne quittait jamais son tuteur, mais il était clairement impressionné et Corrie ne bouda pas son plaisir.

10

L'imposant SUV noir avançait cahin-caha sur la piste avec une lenteur exaspérante et Nora en profita pour scruter le paysage à travers sa vitre. Elle vivait au Nouveau-Mexique depuis longtemps, ce qui lui avait déjà donné l'occasion de faire des randonnées dans les Bisti Badlands. Les formations rocheuses qu'elle découvrait n'avaient rien pour l'étonner, mais elle n'en éprouvait pas moins un sentiment de malaise à la vue de leurs silhouettes menaçantes.

— C'est un peu plus loin, annonça Corrie, alors que le véhicule contournait une cheminée de fée particulièrement élevée et débouchait enfin sur un espace plat. C'est ici que s'était installée l'équipe de tournage.

Elle immobilisa le 4 × 4, dont elle descendit, imitée par l'archéologue. Une vague de chaleur les enveloppa aussitôt.

— Les caravanes étaient garées là-bas, on voit encore l'empreinte de leurs pneus. Il nous reste un peu plus d'un kilomètre et demi à parcourir.

Nora fit des yeux le tour du site.

— Les Navajos ont un mot pour ces formations rocheuses : *denazin*, un synonyme de grue.

— On comprend pourquoi.

Nora humidifia un bandana qu'elle noua autour de son cou.

— Vous en avez un ? demanda-t-elle à Corrie en voyant que celle-ci observait son manège.

— Non.

Nora sourit.

— J'en ai pris un autre… au cas où.

Elle tira le second foulard de son sac de randonnée et le tendit à Corrie, qui le mouilla à son tour.

— Merci du tuyau, dit-elle. Je m'en souviendrai à l'avenir.

Nora endossa un sac à eau. On était en juillet et la température avoisinait les quarante degrés, mais l'air était sec et fluide, agité par un vent vif qui procurait une sensation agréable.

— Je vous suis, dit-elle à Corrie.

La jeune enquêtrice se mit en route en direction du piton noir qui les toisait un peu plus loin, se frayant un chemin entre les monolithes. Au terme d'une vingtaine de minutes de marche, les deux femmes arrivèrent à destination.

— Les ossements étaient éparpillés là, précisa Corrie en désignant la forêt des petits drapeaux plantés par Gradinski et ses hommes. Les deux pierres vertes se trouvaient là, à cinquante centimètres l'une de l'autre. Et la pointe de lance gisait là. Quant aux vêtements de la victime, ils dessinaient une ligne droite dans cette direction.

Nora observa longuement le site, dont elle mémorisa tous les détails. Il se dégageait de cet endroit une impression indicible. Instinctivement, ce lieu lui parlait, mais de façon inquiétante.

Elle montra d'un mouvement de tête le doigt rocheux qui s'élevait vers le ciel.

— En géologie, on appelle ça un culot volcanique. On en voit fréquemment, dans le coin. La lave est venue boucher une ancienne cheminée et la roche s'est érodée tout autour, laissant derrière elle cette colonne. Un peu comme la cheminée d'une maison qui a brûlé.

Corrie hocha la tête.

— Celle-ci est particulièrement sinistre. Il n'est pas impossible qu'elle ait revêtu une importance spéciale aux yeux des autochtones à l'époque précolombienne.

— Une sorte de lieu sacré ?

— Sacré… ou maléfique. Je vais jeter un coup d'œil alentour.

Tête baissée, elle parcourut lentement le site, à la recherche d'objets lithiques, d'artéfacts ou de toute autre découverte digne d'intérêt. Elle arpenta d'abord de long en large la fondrière, après quoi elle fit le tour du doigt rocheux, sans rien voir d'intéressant en dehors d'une mer de sable parsemée de cactus.

Elle rejoignit Corrie, réfugiée dans une poche d'ombre au pied de la cheminée. Elle commença par se désaltérer longuement, puis elle s'assit afin de se reposer.

— Pourquoi cette femme a-t-elle retiré tous ses vêtements ?

— Vous me posez une colle. Je n'ai pas voulu aller trop loin dans mes suppositions en présence de Sharp, mais j'en arrive à me demander si ce n'était pas une forme de suicide.

— Tout est possible, bien évidemment. Mais quitte à se donner la mort, mourir de chaleur et de déshydratation est une option particulièrement atroce…

— À qui le dites-vous.

— Et s'il y avait avec elle quelqu'un qui l'aurait obligée à venir jusqu'ici ?

— C'est une hypothèse, répliqua Corrie. Vous vous souvenez du hogan devant lequel on est passées tout à l'heure ? Il est habité par une vieille Navajo. J'aurais bien voulu l'interroger.

— Vous avez essayé ?

— Oui. Elle a refusé de nous répondre. À moi comme au policier navajo concerné par l'enquête. C'est tout juste si elle ne nous a pas truffé les fesses de chevrotine. J'ai contacté le type qui vend les tapis de cette vieille femme, mais il ne m'a été d'aucune utilité.

— Laissez-moi tenter ma chance sur le chemin du retour. Je parle un peu le navajo.

Corrie afficha une moue dubitative et ajouta :

— C'est bon ? Vous avez tout vu ?

— Oui. Je ne serai pas fâchée de retrouver l'habitacle climatisé de votre Tahoe.

11

Le 4 × 4 avait parcouru plus de six kilomètres sur le chemin caillouteux lorsque Corrie ralentit et s'engagea sur une allée de terre. Nora aperçut un peu plus loin un hogan derrière lequel stationnait une caravane bordée d'un enclos à mouton.

— On est arrivées, annonça Corrie.

— Arrêtez-vous là.

Corrie se gara à une bonne centaine de mètres de la caravane.

— Je vais descendre. De votre côté, restez au volant.

— N'oubliez pas qu'elle a un fusil, avertit Corrie.

— C'est le cas de tout le monde ici.

Nora ouvrit sa portière, assaillie par la chaleur, mit son chapeau, s'adossa à la carrosserie et attendit. L'éclat du soleil était trop puissant pour qu'elle puisse distinguer quoi que ce soit à l'intérieur de la caravane ; quant à la porte du hogan, elle était fermée. Tout indiquait que l'endroit était désert, mais Nora soupçonnait la vieille femme de ne pas se trouver loin. Les moutons, dans leur enclos, étaient tapis à l'ombre d'un abri.

Cinq minutes s'étaient écoulées lorsque la porte du hogan s'écarta sur la silhouette d'une femme aux cheveux gris. Un fusil ouvert dans le creux de son coude, elle affichait une expression hostile. Elle adressa aux visiteuses un geste du bras afin de les chasser.

— *Yá'át'ééh shimasani*, dit Nora à voix haute en usant de l'expression consacrée pour saluer une grand-mère.

Elle pria le Ciel que sa prononciation ne soit pas trop mauvaise.

La femme fronça les sourcils et lui fit à nouveau signe de repartir.

— *Haa'íílá ńt'é ?*

La femme, à qui Nora demandait si elle allait bien, se renfrogna.

On distinguait derrière elle, dans l'ombre du hogan, un métier à tisser sur lequel la vieille femme confectionnait un tapis.

— *Bilagáana bizaadísh dinits'a' ?*

Cette fois, la vieille dame manifesta son étonnement.

— *Bilagáana bizaadísh dinits'a' ?* répéta Nora en se demandant, avec une langue aussi compliquée à prononcer, si elle n'avait pas commandé du porc chinois au lieu de demander à son interlocutrice si elle parlait anglais.

— *Haash yinilyé ?*

Le visage de la femme à qui Nora demandait son nom se rida. L'archéologue craignit un instant que son interlocutrice ne veuille glisser deux cartouches dans le double canon du fusil, avant de comprendre que la vieille femme riait. Un caquètement traversa l'air, semblable à la stridulation d'un grillon.

— Euh... vous allez bien ? s'inquiéta Nora.

Son interlocutrice se tenait les côtes.

— Vous parlez très mal le navajo, dit-elle.

— Je suis désolée, s'excusa Nora, vexée.

— Où avez-vous appris à le parler aussi mal ?

— J'ai suivi quelques cours à Santa Fe.

La femme redoubla d'hilarité.

— Parlez-moi encore un peu.

— En navajo, vous voulez dire ?

La femme acquiesça.

— Euh...

Nora chercha dans sa mémoire parmi les quelques expressions qu'elle avait mémorisées.

— *Háázhó'ógo bee ádíní.*

« Parlez moins vite, s'il vous plaît. » Une expression bien utile.

La femme laissa échapper un nouveau caquètement joyeux et Nora s'aperçut qu'elle n'avait plus de dents.

Corrie descendit sa vitre.

— Que se passe-t-il ? demanda-t-elle à mi-voix.

— Elle se moque de la façon dont je parle navajo.

— Parce que vous parliez navajo ? J'ai cru que vous aviez avalé de travers.

Nora oublia son agacement en voyant la vieille femme, posant son fusil contre le mur du hogan, leur faire signe de la rejoindre.

— *Ahéhee' shimasani*, la remercia Nora.

Corrie descendit du 4 × 4 et suivit Nora jusqu'à la caravane.

L'intérieur, d'une grande propreté, n'abritait qu'une baignoire remplie d'eau, un réchaud de camping relié à une bonbonne de gaz et deux bancs installés de part et d'autre d'une table de bois brut, ainsi qu'un poêle à bois, fort heureusement éteint.

— Bienvenue, fit la vieille femme dans un anglais parfait. Voulez-vous du café ?

— Avec plaisir, accepta Nora. Je m'appelle Nora Kelly et je vous présente mon amie Corrie Swanson.

La vieille femme les salua d'un mouvement de tête sans fournir son propre nom, puis elle alluma le gaz sous une cafetière en fer-blanc.

— *Gohwééh*, dit-elle. Du café.

— *Gohwééh*, répéta Nora.

Le visage de la femme exprima à nouveau son amusement. Elle prit dans un placard trois tasses émaillées qu'elle posa sur la table avec un bocal de Cremora et un sucrier. Elle s'assit en attendant que le café soit prêt.

Un long silence s'installa. Nora avait vécu suffisamment longtemps au contact des Navajos pour savoir que le silence, considéré comme normal, ne nécessitait nullement d'être meublé par des banalités.

Préserver le silence était même une marque de respect. Elle en profita pour observer la femme. Elle n'aurait pas su lui donner d'âge. Au terme d'une longue vie passée au soleil, son visage abondamment ridé était troué de deux yeux noirs très vifs qui brillaient comme des billes. Un menton prononcé, des pommettes saillantes et une masse de cheveux gris retenus en chignon par un ruban de soie bleu complétaient le tableau. Elle portait la tenue traditionnelle des siens : un chemisier de veloutine violet, un collier indien, des boucles d'oreilles en turquoise, une ceinture de coton tissé et une longue robe de toile orange. Nora s'émerveilla de voir que leur hôtesse faisait l'effort de s'habiller de façon aussi noble alors qu'elle ne croisait jamais personne, surtout par cette chaleur. Ce souci en disait long sur son amour-propre et sa dignité.

Le café réchauffé, la femme se leva et remplit les tasses. Elle versa du sucre et du Cremora en abondance dans la sienne. À l'inverse de Nora qui préféra s'abstenir, Corrie se versa à son tour du sucre et de la crème en poudre en grande quantité.

Nora porta la tasse émaillée à ses lèvres et sourit, en dépit du goût âcre du café qui devait bouillir depuis plusieurs jours sur le gaz. Sentant que le moment était venu de s'exprimer, elle se lança :

— Vous avez sans doute vu passer des voitures et des camping-cars devant chez vous la semaine passée ?

— Oui.

— Il s'agissait d'une équipe de cinéma qui tourne un western intitulé *Steele* dans les bad-lands, poursuivit Nora.

— De beaux camping-cars, approuva la femme avec un sourire édenté.

— Ils ont découvert des restes humains dans le désert.

À ces mots, le visage de la femme se ferma, sa gaieté aussitôt oubliée. Nora n'en fut pas étonnée, sachant combien les Navajos étaient mal à l'aise dès qu'il était question d'évoquer les morts.

— Le corps était celui d'une femme décédée il y a plus de deux ans. Nous cherchons à savoir qui elle était.

La vieille femme se tortilla sur son banc sans rien dire.

— Nous aimerions pouvoir prévenir sa famille.

L'argument fit mouche.

— Où avez-vous retrouvé le corps ?

— Au pied de cette cheminée noire en forme de doigt, à quelques kilomètres d'ici.

Cette fois, le visage de la femme trahit son inquiétude. Elle secoua longuement la tête.

— C'est un endroit maléfique. Un endroit *ch'į́į́dii.*

Nora reconnut le mot navajo désignant un fantôme.

— Je peux ? s'interposa Corrie en tirant d'une enveloppe kraft une photo grand format de la reconstruction faciale, qu'elle montra à leur hôtesse.

— Auriez-vous vu par ici une personne qui ressemblait à ce portrait ?

La femme prit la photo, qu'elle examina longuement. Elle finit par hocher lentement la tête.

— Elle est passée ici il y a cinq ans.

Corrie se pencha vers la femme, les yeux brillants d'excitation.

— Il y a cinq ans ? Pourriez-vous me fournir une date plus précise ?

Son interlocutrice secoua la tête.

— Je ne me soucie pas beaucoup du temps, mais je sais que c'était l'été. Je l'ai vue passer sur la route, là-bas. Elle marchait très lentement, même que j'ai eu peur. Elle avait l'air très bizarre, je ne l'ai jamais revue.

— Vous ne saviez pas qu'elle était morte tout près de cette cheminée noire ?

— Je ne m'en approche jamais, frissonna-t-elle. C'est un repaire de *yee naaldlooshii*.

— Des skinwalkers, traduisit Nora à mi-voix à l'intention de Corrie.

— Je ne m'en approche jamais, répéta la vieille.

Des skinwalkers. Corrie connaissait le mot, pour avoir déjà entendu parler de ces chamans malveillants propres à la culture navajo.

— Pourquoi dites-vous que c'est un repaire de skinwalkers ? s'enquit-elle.

— Je ne sais pas, répliqua la femme, terrorisée. Je ne sais pas. C'est comme ça depuis la nuit des temps.

12

— Putain, ce type doit être blindé ! s'exclama Skip alors que sa sœur remontait l'allée de la propriété en direction de l'immense maison en adobe posée sur une crête dans le quartier huppé de Circle Drive, à Santa Fe.

Nora ne répondit pas. Elle avait longuement hésité à emmener Skip, connaissant le caractère imprévisible de son cadet. S'il était parfois capable de se comporter de façon gênante, il pouvait également se montrer charmeur. À la suite des déboires qu'il avait connus dans les monts Manzano, il avait repris son travail de responsable des collections de l'Institut archéologique, ce qui ne l'empêchait pas de se plaindre de l'ennui depuis quelque temps. Nora avait pensé que ce rendez-vous serait pour lui un intermède bienvenu.

Elle gara la Jeep sur l'espace gravillonné jouxtant un mur d'adobe percé d'une imposante porte en bois de mesquite ornée de ferrures en laiton. Avant même que son frère et elle soient descendus de voiture, la porte s'écartait et le maître des lieux en personne s'avançait, un large sourire aux lèvres, afin d'accueillir ses visiteurs.

Edison Nash était un collectionneur d'objets indiens précieux. Nora avait surtout demandé à le rencontrer car il était l'heureux propriétaire des deux seules pierres de foudre connues jusqu'à la découverte de celles ramassées près du corps de l'inconnue des bad-lands.

Nash, d'allure sportive, avait des traits taillés au burin et des cheveux noirs bouclés qui dansaient sur son front. Vêtu d'un jean slim, d'une chemise de cow-boy et de bottes en cuir d'autruche, il donnait une image à laquelle Nora ne s'attendait pas. Connaissant ses rapports conflictuels avec le monde de l'archéologie en général et l'Institut en particulier, elle s'était imaginé un personnage âgé et hautain, d'allure banale. Et voilà qu'elle se trouvait en face d'un type jeune, branché, accueillant.

Nash lui tendit la main.

— Vous êtes la professeure Kelly, je présume ?

— Appelez-moi Nora, je vous en prie.

— Et moi Edison, réagit Nash en donnant à sa visiteuse une poignée de main ferme avant de se tourner vers Skip.

— Skip Kelly, se présenta l'intéressé en serrant la main de leur hôte avec enthousiasme. J'ai beaucoup entendu parler de vous !

Nash les invita à franchir le portail et ils remontèrent l'allée de pierre menant à la maison. À l'intérieur, ils découvrirent un immense hall d'entrée aux murs de plâtre blanc éclairés par un puits de lumière. Un coffre ouvragé de l'époque coloniale espagnole meublait un côté du hall, en face d'un retable baroque mexicain figurant l'Immaculée Conception. Les murs voisins accueillaient de nombreux objets anciens. Nora identifia d'un coup d'œil un sac à feu cree, un tissage chilkat, ainsi que plusieurs masques kwakiutls. L'ensemble était si spectaculaire qu'elle en resta comme saisie.

— Je vois que vous admirez mes collections, déclara fièrement Nash.

— Ces objets sont remarquables.

— J'en possède beaucoup d'autres, précisa-t-il en entraînant ses visiteurs vers le couloir conduisant à son bureau.

Celui-ci était plus impressionnant encore, avec ses murs couverts de trésors amérindiens en perles, ses parflèches colorés, ses masques, ses porte-bébés peints, ainsi qu'une chemise rituelle lakota d'une extrême rareté. Nora avait pris la précaution, avant de venir, de s'informer sur Nash et ses collections. Celles-ci lui avaient été léguées par son grand-père, un self-made man qui avait fait fortune dans l'industrie avant de consacrer les dernières années de sa vie à écumer le pays en quête de reliques amérindiennes. Le petit-fils avait repris le flambeau avec passion en réunissant ce qui était peut-être la plus belle collection privée au monde dans sa catégorie.

— Asseyez-vous, je vous en prie, offrit Nash en leur laissant le choix entre plusieurs fauteuils en cuir et un canapé.

Nora s'installa confortablement sur celui-ci tandis que Skip optait pour le fauteuil voisin. Un âtre de kiva avait été aménagé dans un coin de la pièce, dont l'un des murs était couvert de livres. Nash tira à lui le fauteuil roulant de son bureau et s'assit à son tour.

— Je reçois rarement la visite de personnes attachées à l'Institut, dit-il en croisant les mains, penché vers ses visiteurs. J'ai cru comprendre que je n'y étais pas en odeur de sainteté.

— Pour quelle raison ? demanda naïvement Skip.

Nash laissa échapper un gloussement.

— J'en sais autant sur les objets indiens que n'importe lequel de leurs archéologues, mais je suis tout juste titulaire d'une licence, ce qui déplaît fort à tous ces gens qui ont glané leur thèse en suant sang et eau dans des sous-sols de musées. Sans compter qu'on m'accuse de ne pas respecter l'éthique de la profession en achetant au prix fort des objets précieux.

Il fit un grand geste de la main.

— Tous ces mandarins passent leur temps à me bourdonner autour d'un air réprobateur. Ils estiment que seuls les musées devraient avoir le droit de posséder des collections.

— Euh… je comprends, s'interposa Nora, soucieuse d'arrêter Nash avant que la conversation ne dérape.

La brouille avec Nash remontait à l'époque où l'Institut avait refusé un panier à plumes pima précolombien que le collectionneur comptait lui offrir, au prétexte qu'il n'en connaissait pas la provenance exacte. Un tel refus sous-entendait que le panier en question était le fruit d'un pillage, ou bien qu'il avait été acquis illégalement.

— Je comptais sur vous pour nous aider à retracer l'origine de deux pièces rares récemment découvertes, poursuivit Nora précipitamment.

— Avec plaisir. Dites-moi de quoi il est question.

— Il s'agit de deux pierres de foudre. Des prasiolites similaires à celles que vous avez en votre possession, sauf erreur de ma part.

Nash, un instant sans voix, retrouva rapidement toute sa jovialité.

— Vous parlez d'une découverte ! Pouvez-vous m'en dire davantage ?

Nora s'était demandé avant de venir jusqu'à quel point elle pouvait se montrer transparente avec lui. En fin de compte, elle avait estimé que le mieux était encore de lui fournir un minimum d'informations.

— Je collabore actuellement à une enquête du FBI dont je ne suis pas censée révéler les détails.

— Le FBI ? s'étonna à nouveau Nash. Vous m'intriguez, professeure. Je m'engage à garder pour moi ce que vous voudrez bien me confier.

— Je vous remercie. Les pierres en question ont été retrouvées près de restes humains dans les bad-lands d'Ashislepah. Tout indique que la victime les avait avec elle lorsqu'elle est morte, il y a environ cinq ans. On m'a confié la mission d'identifier leur provenance et de déterminer de quelle façon la victime a pu entrer en leur possession.

Nash, penché en avant, ne cherchait pas à masquer son intérêt.

— De quoi est-elle morte ?

— Nous n'en savons rien, sans doute d'un coup de chaleur.

— Incroyable.

Il resta songeur quelques instants.

— Et vous venez me voir parce que je possède la seule autre paire de prasiolites dont on connaît l'existence ?

— Exactement.

— Aimeriez-vous les voir ?

Skip devança Nora.

— Et comment ! s'écria-t-il avec enthousiasme.

Nora lui adressa un regard d'avertissement qu'il ne vit même pas.

— Je conserve ces pierres dans mon coffre, annonça Nash en se levant.

Nora et Skip le suivirent dans un long couloir jusqu'à une porte anonyme. Nash l'ouvrit, repoussa une rangée de vieux manteaux et fit apparaître au fond du cagibi un battant blindé. Il composa un code sur un clavier, tourna le volant du coffre dont il ouvrit la porte, chercha des doigts un interrupteur et fit la lumière.

— Ah, la vache ! souffla Skip, médusé.

Le coffre était une véritable pièce, de trois mètres sur quatre, rempli du sol au plafond de trésors : des pectoraux en or richement travaillés, des médailles de la paix indiennes, des calumets, des lettres encadrées, des photos anciennes de grands chefs amérindiens et de nombreux autres objets de valeur plus ou moins insolites. Au fond de la pièce se dressait un sarcophage de bois peint contenant une momie égyptienne, les bras croisés sur la poitrine. Dans des vitrines s'étalait une abondance de bijoux en or d'origine colombienne et péruvienne, tandis que les étagères étaient pleines à craquer de boîtes et d'écrins. L'un d'eux abritait des rubis et des émeraudes, dans un autre étaient empilées des pièces de vingt dollars Saint-Gaudens en or, tandis qu'un troisième débordait de monnaies en or de cinq et dix dollars.

— Entrez, je vous en prie, les invita Nash.

— Ce sont de vrais lingots ? s'enquit Skip en désignant un coin de la pièce qui avait échappé jusque-là à la curiosité de Nora.

— Vous voyez là cent lingots d'un kilo chacun, gloussa Nash. Ils me seront utiles le jour où le château de cartes de ce pays s'écroulera. Je possède beaucoup d'or. Tenez, par exemple…

Il décrocha une clé accrochée au mur, déverrouilla une petite armoire métallique dont l'un des tiroirs contenait plusieurs dizaines de pépites d'or sur un tissu de velours noir.

— De véritables pépites datant de la ruée vers l'or, découvertes dans les eaux de l'American River à Grass Valley. L'immense majorité des pépites récoltées à l'époque ont été fondues en lingots, celles-ci font partie des rares qui ont survécu.

— Et cette momie ? demanda Skip. D'où provient-elle ?

— Ça ? Un simple compagnon de voyage rapporté d'Égypte.

Nash, dopé par l'enthousiasme de Skip, prenait le plus grand plaisir à exhiber ses collections. Nora jugea qu'il était temps d'en revenir à la raison de leur visite.

— Je serais ravie de voir vos prasiolites, monsieur Nash.

— Bien sûr.

Il ouvrit un autre tiroir plein de fétiches précolombiens dont un compartiment central contenait deux pierres de foudre quasiment identiques à celles découvertes dans les bad-lands.

Nash les sortit de leur écrin.

— Une petite démonstration ? proposa-t-il.

— À la vérité…

Nora n'eut pas le temps d'achever sa phrase, interrompue par son frère qui hochait vigoureusement la tête.

— Skip, si vous voulez bien fermer la porte et éteindre la lumière.

L'intéressé repoussa le lourd battant blindé d'un coup d'épaule et actionna l'interrupteur, plongeant la pièce dans l'obscurité.

Un frottement troua le silence, immédiatement suivi par plusieurs autres. À chaque fois, des étincelles d'une magnifique couleur d'un vert tendre mystérieux jaillissaient à l'intérieur des pierres, comme Nora en avait fait la démonstration à Corrie dans le laboratoire du FBI.

— Génial !

— Lumière.

Skip ralluma.

Nash, une pierre dans chaque main, observait ses visiteurs avec un sourire espiègle.

— Je vous remercie, dit Nora, que l'expérience n'avait pas laissée indifférente. Pour en revenir au sujet qui nous préoccupe, le FBI m'a demandé de retracer le parcours de vos prasiolites. Où ont-elles été découvertes, par qui, etc. Tout ce qui serait susceptible d'aider à l'identification de cette femme, à la compréhension de ce qui lui est arrivé.

— Naturellement, répondit Nash en reposant les pierres dans leur tiroir, qu'il referma avant de lui donner un tour de clé. Retournons dans mon bureau.

De nouveau installé à sa table, il se pencha vers ses visiteurs.

— Ces pierres font partie de la collection de mon grand-père. Il s'est fait tout seul et ne possédait aucun diplôme, pour avoir quitté l'école très tôt. Cela ne l'empêchait pas d'être un brillant collectionneur et d'avoir un œil très sûr, ce qui lui a permis d'acheter divers objets dans les années 1930 et 1940, à une époque où ils n'avaient pas grande valeur.

Il écarta les mains.

— En revanche, poursuivit-il, ce n'était pas le genre d'homme à consigner les détails de ses achats. Il se contentait de gribouiller quelques mots sur une feuille qu'il enfermait dans une boîte avec l'objet concerné. J'ai toujours le papier qui accompagnait ces pierres, sur lequel il est uniquement écrit : « Gallina, Hibben, 1935. »

— Hibben ? lui fit écho Nora. Vous voulez parler de Frank Hibben, l'archéologue très controversé ?

— Oui. Dans les années 1930, il a effectué là-bas des recherches auxquelles il a consacré plusieurs articles. Je vous recommande tout particulièrement la lecture de « Meurtre au pays Gallina », publié dans la *Southwest Review* en 1951. Il est disponible sur le site JSTOR.

— Vous êtes à peu près certain que votre grand-père tenait ces pierres de Hibben ?

Nash haussa les épaules.

— Je ne sais rien d'autre que les indications notées sur cette feuille. À en croire ses publications, Hibben a abondamment écumé cette région au cours de sa vie. On raconte qu'il n'hésitait pas à conserver pour lui ou à offrir à des amis les objets qu'il trouvait.

— On ne sait donc pas exactement où ces pierres ont été découvertes ?

— Non. Le peuple Gallina vivait dans un labyrinthe de canyons dont l'épicentre était Gallina Canyon, mais ils ont étendu leur influence jusqu'au Rio Chama, et même sur la Mesa Golondrina. Il s'agit d'une région particulièrement rude qui est aujourd'hui retournée à l'état sauvage. Les Gallinas formaient une tribu assez spéciale. Vous en avez entendu parler ?

— Un peu.

Les Gallinas étaient traditionnellement considérés par les archéologues comme un groupe mineur en qui les autres Indiens pueblos refusaient de voir leurs ancêtres. L'accès aux diverses ruines qu'ils avaient laissées, le plus souvent dans des falaises inaccessibles, était extrêmement ardu et les chercheurs s'y intéressaient peu.

— Il semble qu'ils aient été éradiqués vers l'an 1200 de notre ère. Le peuple Gallina a été entièrement massacré. Hibben, en procédant à la fouille de certaines de leurs ruines, a découvert les squelettes d'individus assassinés et démembrés, leurs dépouilles découpées en morceaux, les pieds sectionnés, les têtes des bébés broyées, parfois constellées de pointes de flèches. Leurs maisons ont été incendiées, leurs murs d'adobe noircis par les flammes.

— Pour quelle raison ? s'enquit Skip, passionné.

— Nul ne le sait. C'est l'un des grands mystères de l'archéologie du Sud-Ouest. J'ai échafaudé mes propres hypothèses, mais je n'ai jamais soutenu de thèse, de sorte que mon opinion n'a aucune valeur.

— À votre avis ? insista Skip.

Nora sourit intérieurement. Le courant passait manifestement entre Skip et Nash, dont on sentait bien qu'il n'était pas insensible à l'attention que lui portait son visiteur.

— Je suis convaincu que les Gallinas étaient des individus délétères. Sans doute pratiquaient-ils la sorcellerie. N'allez pas vous imaginer que je crois à la magie noire, mais la sorcellerie avait un pouvoir redouté chez les Pueblos et les Navajos. Les Gallinas étaient de vilains cocos et les Pueblos ont décidé un jour de les éradiquer. Leurs kivas sacrées, ces chambres souterraines circulaires où ils accomplissaient leurs rituels, ont été incendiées, les fresques qui s'y trouvaient ont été effacées et profanées.

— À vous entendre, on dirait une sorte de génocide précolombien.

— L'expression convient assez bien, approuva Nash. Je possède également une collection de couteaux gallinas à lame de pierre, hérités de mon grand-père. Je les ai fait analyser en laboratoire et les résultats confirment la présence de sang humain. Je pense qu'ils pratiquaient des sacrifices humains.

— À l'image des Aztèques ?

— Absolument. Vous aimeriez que je vous montre ces couteaux ?

— Oui, répondit Skip.

Nora comprit que la conversation dérapait une fois de plus. Surtout, elle avait obtenu les informations qu'elle cherchait.

— Je n'aimerais pas m'attarder et vous déranger trop longtemps, dit-elle en se levant. Il est déjà cinq heures passées, nous allons devoir vous quitter.

Le visage de Skip afficha sa déception.

— Et les couteaux ?

— Je suis désolée, mais je suis pressée, répliqua Nora.

Nash se tourna vers Skip.

— Vous êtes le bienvenu, si vous voulez rester un peu.

Nora échangea un regard avec son frère. Elle hésita quelques instants. Skip avait besoin d'amis et il aurait pu tomber plus mal.

— Pas de problème, sourit-elle. Je vous laisse tous les deux regarder ces couteaux.

— Génial ! s'écria Skip. On se retrouve tout à l'heure à la maison.

Nash se leva à son tour et tendit la main à Nora.

— Ravi de vous avoir rencontrée.

Elle remontait le couloir lorsqu'elle entendit la voix de Nash dans le bureau :

— Je ne sais pas si c'est votre cas, Skip, mais parler m'a donné soif. J'ai une bouteille de Don Julio Añejo…

Elle fut sur le point de rebrousser chemin et d'attraper Skip par la peau du dos, mais il ne lui aurait jamais pardonné un tel affront. Après tout, il était grand.

Elle referma la porte d'entrée derrière elle et regagna la Jeep en serrant les dents. Elle regrettait brusquement d'avoir proposé à son frère de l'accompagner.

13

Corrie s'avança dans la salle de réunion avec toute l'assurance dont elle était capable. Ses collègues Bellamy et O'Hara se trouvaient déjà là, leurs ordinateurs et attachés-cases respectifs posés sur la table, des dossiers étalés devant eux. On aurait pu croire qu'il s'agissait de jumeaux. Grands, les traits nordiques, les mêmes cheveux blonds coupés en brosse, ils portaient l'un et l'autre un costume bleu sur une chemise blanche, une cravate discrète nouée autour du cou. Ils avaient quelques années de plus qu'elle et Corrie imaginait bien leur réaction lorsque Sharp leur avait annoncé, d'une voix sans réplique, qu'elle prenait la direction de l'enquête. Pour avoir eu l'occasion de les côtoyer lors de l'affaire de la Montagne morte, elle savait qu'en dépit de leur ressemblance physique, ils avaient des caractères très différents. Bellamy, un sexiste dans l'âme qui passait son temps à geindre, était un connard de première alors que O'Hara, de nature plus taciturne, était aussi droit que fiable. Et s'ils se tiraient la bourre sur le plan professionnel en temps ordinaire, leur rivalité était plus marquée encore maintenant qu'on les affectait à l'enquête. Au FBI, toutes les affaires sont affublées d'un nom de code, celle-ci avait été baptisée « Badlands ».

— Salut, fit Corrie en posant sur la table sa serviette dont elle exhuma ordinateur et dossiers. J'ai cru comprendre que vous aviez des trucs intéressants à me montrer. Mais avant tout… un café ?

La réunion pourrait bien s'éterniser et elle rêvait d'en boire un.

— Volontiers, accepta Bellamy. Je prends le mien avec du lait et du sucre.

Corrie comprit qu'elle s'était bêtement fait piéger, mais avant qu'elle ait pu réagir, O'Hara se levait de sa chaise.

— Et vous, mademoiselle Swanson ? Comment voulez-vous votre café ?

Corrie se sentit encore plus gênée d'avoir déclenché un tel sketch entre les frères jumeaux.

— Le plus simple est que chacun se prépare le sien, suggéra-t-elle en éclatant d'un rire dont elle espérait qu'il ne sonnait pas trop faux.

Quelques instants plus tard, ils gagnaient la kitchenette réservée au personnel et rejoignaient la salle de réunion peu après, un gobelet à la main.

— Très bien, se lança Corrie avec une autorité feinte. Je vous écoute.

O'Hara avait à peine ouvert la bouche que Bellamy le coupait.

— On a fait de sérieux progrès, annonça-t-il en s'escrimant sur son clavier. On est partis de la dernière liste de 1 071 noms proposés par le copilote de NamUs pour n'en retenir que treize.

— Treize ? s'étonna Corrie. C'est formidable !

— Les personnes concernées se trouvent là-dedans, reprit Bellamy en sortant de sa mallette un dossier qu'il posa bruyamment sur la table et fit glisser en direction de Corrie.

Elle en écarta le rabat et découvrit un paquet de fiches, une photo agrafée à chacune d'elles. Elle les passa en revue rapidement, stupéfaite de constater à quel point les treize disparues ressemblaient à sa reconstruction faciale. À la photo de chacune s'ajoutait un certain nombre d'éléments : l'adresse, le parcours professionnel, le curriculum, le lieu où la personne concernée avait été aperçue pour la dernière fois, un résumé de l'enquête, parfois de nombreux autres détails.

— C'est génial, déclara Corrie en relevant les yeux. J'imagine qu'il n'a pas été possible d'écrémer la liste davantage ?

Cette fois, O'Hara prit la parole.

— Non, il aurait fallu s'appuyer sur des suppositions douteuses.

— Je vois.

Elle médita le problème. Il était possible, bien évidemment, que la victime figure parmi le millier de dossiers écartés, mais elle avait suffisamment confiance dans les capacités du copilote NamUs pour entamer ses recherches à partir de ces treize premiers noms.

— Qu'en pensez-vous, inspecteur O'Hara ?

Il lui adressa un petit sourire.

— Puisque vous me posez la question, il faut retenir à mon avis la fiche numéro 3. Suivie de près par la numéro 10.

Corrie s'empara de la troisième fiche, qu'elle étudia rapidement. Joyce Pollard Black, trente-huit ans, conceptrice de sites Internet indépendante à Albuquerque. Disparue six ans plus tôt. Titulaire d'une licence en anthropologie de l'Université du Nouveau-Mexique. Célibataire.

Elle releva la tête.

— Pourquoi elle tout particulièrement ?

— Elle ressemble à s'y méprendre à votre reconstruction faciale. Plus que les autres.

— Peut-être bien, intervint Bellamy, mais il faut prendre les reconstructions de ce genre avec des pincettes.

Sans un mot, Corrie sortit de la pile la dixième fiche. Martha Jane Markey, trente-neuf ans, professeur de sciences sociales au lycée de Corrales. Titulaire d'une licence en anthropologie de l'Université d'État du Nouveau-Mexique. Célibataire. Disparue cinq ans auparavant.

— Et pourquoi elle ?

— Le fait qu'elle soit diplômée en anthropologie et célibataire. Mais aussi l'absence de parents, ou de frères et sœurs, ce qui explique que personne n'ait tenté d'en savoir plus sur sa disparition. Si vous regardez sa fiche en détail, vous verrez qu'elle a fait l'objet d'une enquête superficielle. Et puis, elle avait un problème de drogue. Elle a été arrêtée pour possession d'opioïdes.

Corrie lut le résumé biographique de la jeune femme et apprit que ses parents étaient morts dans un accident de la circulation lorsqu'elle avait dix-huit ans. Elle parcourut le reste en diagonale sans découvrir d'autre détail pertinent. Cela dit, l'absence de preuve tangible lui interdisait d'écarter d'emblée cette hypothèse.

— Oui, ce sont des pistes prometteuses, qui méritent d'être étudiées de plus près, dit-elle à O'Hara.

Un coup d'œil en direction de Bellamy lui indiqua qu'il était impatient de donner son avis.

— Et vous, Bellamy ? Votre opinion ?

— La numéro 1, répliqua-t-il.

Corrie prit la fiche concernée. Molly D. Vine, quarante ans, professeure de sciences en lycée. Titulaire d'un master en anthropologie de l'Université du Nouveau-Mexique, disparue depuis cinq ans.

— Vos raisons ?

— Je vous conseille de jeter un œil à la troisième page.

Elle feuilleta le dossier et lut en diagonale le curriculum vitae de l'intéressée.

— En quoi son parcours est-il parlant ?

— Elle avait entamé une thèse en anthropologie quand elle a brusquement tout laissé tomber. Pour quelle raison ? Et je vous suggère de comparer sa photo avec votre reconstruction…

Elle nota avec amusement que le conseil émanait du même Bellamy qui émettait des réserves sur l'intérêt de son travail de reconstitution faciale quelques minutes plus tôt. À la vue du visage de la femme, Corrie se montra perplexe.

— Elle a les yeux bruns et, de toutes les disparues retenues, c'est celle qui ressemble le moins à la reconstruction.

— Et alors ? rétorqua Bellamy d'un air de défi. Vous dites vous-même dans votre rapport que seuls soixante-dix pour cent des blondes ont les yeux bleus. Ce qui laisse trente pour cent de femmes ayant des yeux d'une autre couleur.

Corrie, en dépit de son agacement, ne pouvait lui donner tort.

— Par contre, elle a le même menton de forme pointue un peu étrange, comme sur votre reconstruction, ce qui n'est pas le cas des autres. C'est le détail facial de loin le plus intéressant.

Corrie serra les dents sans mot dire.

— En plus de ça, jetez un coup d'œil sur son parcours. Tout montre que cette fille était instable, et pas seulement parce qu'elle a renoncé à écrire sa thèse. Son père a quitté le domicile familial quand elle avait deux ans. Il s'est remarié et s'est ensuite évanoui dans la nature. Elle en aura forcément souffert. Et puis, regardez la suite : mariée à vingt ans, divorcée à vingt et un ? C'est pour le moins parlant. Après ça, elle devient prof de sciences, mais elle change d'établissement à trois reprises en l'espace de neuf ans et déménage quatre fois. Allez savoir si c'était parce qu'elle avait la bougeotte, ou bien parce qu'elle n'était pas heureuse dans la vie… En fin de compte, on cherche quelqu'un qui a tout laissé tomber avant de s'enfoncer dans le désert, de se déshabiller entièrement et de mourir de soif. Pour moi, c'est elle.

Corrie devait bien reconnaître qu'en dépit de ses fanfaronnades, Bellamy n'avait pas tort. Elle se pencha à nouveau sur le parcours de Vine, qu'elle lut attentivement cette fois. Si la jeune femme n'était pas allée au bout de sa thèse, elle n'en détenait pas moins un master en anthropologie, en plus d'être professeure certifiée. Corrie, curieuse de savoir quel était le sujet de son mémoire de master, eut un choc en découvrant son titre : « Les cultures Chacos tardives au Nouveau-Mexique. »

Elle se raidit instinctivement. Pouvait-il s'agir de la preuve qu'elle recherchait, sachant que la culture Gallina faisait partie de la période Chaco tardive ?

— De mon point de vue, affirma Bellamy d'un air satisfait en tapotant d'un doigt le dossier concerné, votre victime est cette Molly D. Vine. J'en suis sûr.

Corrie posa sur lui un regard étonné. Bellamy n'était peut-être pas aussi bête qu'il y paraissait. Comme quoi il ne fallait jamais tirer de conclusions hâtives sur le travail d'un collègue au prétexte que c'était un connard de première.

— Bellamy, conclut-elle, il est bien possible que vous ayez raison.

14

— Alors ? Avez-vous découvert le manuscrit perdu du *Crépuscule des dieux*, au moins ? demanda Mark Finch avec son humour habituel en voyant Nora pousser la porte du studio d'enregistrement de l'Institut.

— Non, mais j'ai une énigme à vous soumettre.

Le lieu, de petite taille, était désormais équipé d'une table de mixage numérique trente-deux pistes, d'une cabine pour la voix et de logiciels d'enregistrement dernier cri, le tout financé grâce à la dotation de cent millions de dollars faite à l'Institut par Lucas Tappan, le compagnon de Nora. La modernisation du studio était intervenue au meilleur moment. En cherchant l'épée d'un conquistador théoriquement entreposée dans les réserves de l'institution, Nora était tombée sur un trésor autrement plus précieux : un coffre en bois dont les tiroirs recelaient une mine de vieux cartons contenant des cylindres de cire orange enveloppés dans du papier. Il s'agissait d'enregistrements, datant des années 1890, réalisés par l'un des premiers ethnologues de l'Institut, un certain Morrisby. Ce dernier avait préservé pour la postérité des chants pueblos, zuñis et hopis. Les cylindres étaient en parfait état, pour n'avoir quasiment jamais été écoutés à l'époque, avant d'être relégués dans les réserves.

C'était là une découverte majeure qui avait ravi Finch, l'ingénieur du son à temps partiel de l'Institut.

La fascination de Nora n'était pas moindre. Elle trouvait là une excellente occasion de conjuguer sa passion de l'ethnologie et son amour de la musique, elle qui avait longtemps pratiqué la flûte et le hautbois dans sa jeunesse. L'origine de la plupart des cylindres était parfaitement documentée grâce au registre dans lequel Morrisby détaillait la date et l'origine de chacun de ses enregistrements, ainsi que leur signification. Il y avait là des chants de célébration des récoltes, des danses réservées aux kachinas, des hymnes cérémoniels, des hommages aux cerfs, des airs de mariage, des chants et des mélopées, des enregistrements de tambours, ainsi que quelques mélodies interprétées à la flûte indienne. L'ensemble offrait un tableau inestimable des musiques amérindiennes, et l'écoute de ces chants d'outre-tombe était une expérience particulièrement émouvante.

Le principal obstacle était toutefois le transfert numérique de ces cylindres de cire vieux de cent trente ans. Les appareils permettant de numériser le contenu des bandes magnétiques et des vieux disques ne manquaient pas, mais la technique des cylindres était si ancienne que l'unique solution était de les écouter sur un antique phonographe tout en les enregistrant à l'aide d'un micro à condensateur relié à une console numérique. Cette solution était loin d'être idéale, ne fût-ce que par la perte de qualité sonore, mais aussi parce que chaque passage de l'aiguille dans les sillons du cylindre altérait la couche de cire. Celle-ci était susceptible de s'user en l'espace de dix ou quinze écoutes.

À force de recherches, Nora avait déniché une entreprise spécialisée dans le transfert d'enregistrements anciens qui avait mis au point un appareil révolutionnaire. Mike Finch s'était empressé d'en commander un qu'il avait installé dans le studio et grâce auquel il numérisait les précieux enregistrements depuis plusieurs semaines.

Nora le rejoignait ce jour-là avec l'intention d'écouter un cylindre en particulier qu'elle tendit à l'ingénieur du son.

— Une énigme ! Enfin ! s'enthousiasma Finch.

Il se frotta les mains et s'empara délicatement du rouleau de cire, qu'il examina attentivement.

— Je dirais qu'il n'a jamais été écouté depuis son enregistrement. Que précise la fiche qui l'accompagne ?

— Presque rien.

Nora lui désigna quelques mots tracés d'une écriture ancienne sur une étiquette collée sur la boîte.

Ne pas écouter
Pour éloigner les skinwalkers

— Les skinwalkers ? De quoi s'agit-il ? s'étonna Finch.

— Ce sont des esprits pueblos ou navajos des deux sexes. Ils acquièrent leurs pouvoirs maléfiques en sacrifiant des êtres humains à des dieux vengeurs. C'est ce que j'ai cru comprendre, tout du moins. Ils sont entourés d'un profond mystère et les rares initiés évitent d'en parler.

Nora avait eu l'occasion de s'apercevoir au cours de sa carrière que l'on ne plaisantait pas avec les skinwalkers. De nombreux Amérindiens de la région continuaient d'y croire et de les redouter.

— Voilà qui est prometteur, réagit Finch. Où avez-vous déniché ce cylindre ?

— J'ai bien failli passer à côté. Il était rangé à l'écart, derrière un tiroir. Le registre n'en fait pas mention.

— Vous souhaitez l'écouter tout de suite ?

— Oui.

— Vous êtes sûre ? En dépit de l'avertissement « Ne pas écouter » ? Au cas où ce truc vous volerait votre âme, insista-t-il avec un clin d'œil complice.

— Nous devrions survivre à une simple écoute, répliqua Nora sur le même mode.

Finch se lança dans la préparation de son matériel. Sachant qu'il en avait pour un moment, Nora se posa sur l'un des sièges placés devant la console. Finch procéda aux dernières vérifications à voix haute, fournissant à sa visiteuse des explications auxquelles elle ne comprenait rien. Il était question d'efflorescence, de sillons excentrés et de scories, des mesures qu'il fallait prendre avant de glisser le cylindre sur son mandrin, de l'importance du choix de l'aiguille et de sa verticalité. Les réglages effectués, il alluma le préampli et les convertisseurs d'un geste méticuleux, puis il lança une application sur son ordinateur. Le doigt posé sur un bouton, il fit pivoter son fauteuil en direction de Nora.

— Je peux procéder à la numérisation du master ?

Elle acquiesça.

Il ajusta le volume et posa l'aiguille avec délicatesse sur l'extrémité extérieure du fragile sillon gravé dans la cire. Le son d'une flûte pueblo, d'une clarté inouïe, s'échappa des haut-parleurs et emplit la cabine du studio. Et tandis que Finch veillait à ce que l'aiguille ne s'échappe pas du sillon, chassée par une impureté, Nora comprit que cette mélodie n'avait rien d'ordinaire. Le flûtiste égrenait la gamme pentatonique, propre à la plupart des mélopées pueblos, mais il y ajoutait des intervalles inhabituels qui lui conféraient une couleur obsédante, davantage inquiétante que belle. Nora sentit ses entrailles se contracter. À mesure que progressait la mélodie, les notes se bousculaient en s'aventurant dans le registre de la musique atonale, et l'air finit par s'éteindre sur une série de triades augmentées.

Ni Nora ni Finch n'osèrent troubler le silence retrouvé.

— C'était quoi ce truc ? s'éleva soudain une voix sur le seuil de la pièce. Du Charles Ives sous LSD ?

Skip avait ouvert sans bruit la porte du studio sans que ses deux occupants, emportés par l'écoute du cylindre, remarquent sa présence.

— Tu sais quoi, Nora? dit-il en s'attribuant d'office l'un des sièges de la console. Tu devrais apprendre ce morceau et le jouer à la flûte ou au hautbois. Ce truc est dingue.

Finch, qui avait retiré le cylindre de son mandrin avec mille précautions, le posa sur une feuille de papier non acide. Il se pencha sur ses machines, qu'il éteignit l'une après l'autre.

— ProTools possède une fonction très efficace qui permet la retranscription d'enregistrements sous forme de partitions, dit-il. Je me demande si le logiciel serait capable de coucher sur le papier ces drôles de quarts de ton.

— Il suffit d'essayer pour le savoir, suggéra Skip. Je trouverai bien un moyen de jouer les accords sur mon ukulélé pendant que Nora interprète la mélodie. On va former un duo comme celui de Billie Eilish et son frère qui s'appelle je ne sais plus comment.

— J'en ai pour une minute, réagit l'ingénieur du son.

Il fit rouler son fauteuil jusqu'à l'ordinateur, sur le clavier duquel il s'activa. Seul le cliquetis des touches troublait le silence de la cabine, auquel succéda bientôt le bourdonnement d'une imprimante. Une partition s'échappa de la machine, où des symboles spéciaux marquaient l'emplacement des quarts de ton.

— Montrez-moi ça, dit Skip.

Il étudia brièvement la feuille et se tourna vers sa sœur.

— Tu sais quoi ? Avec ça, on devrait avoir un tube dans le top ten de *Billboard*!

Nora avait parfois du mal à deviner si son frère était sérieux, ou bien s'il plaisantait. Comme elle l'entendait souvent s'entraîner sur son ukulélé le soir, elle se demanda si ce nouveau projet loufoque ne serait pas l'objet d'une fixation chez lui.

— Je vous inviterai à la soirée des Grammys, dit-il en guise d'adieu, la partition à la main.

Finch se tourna vers Nora.

— En tout cas, je pense avoir gardé mon âme intacte.

Nora lui répondit par un rire forcé, les nerfs à vif à cause de la mélodie qui continuait de la hanter.

15

L'adresse de Catherine Vine à Tesuque, au Nouveau-Mexique, correspondait à un vieux ranch, en retrait de la rue principale du village. Il était précédé par des champs irrigués, de vieilles écuries aux murs penchés de façon inquiétante, d'enclos et de dépendances ayant connu des jours meilleurs. Corrie trouva à l'ensemble un certain pittoresque, d'autant que le lieu, en dépit de son aspect délabré, avait des relents de fortune discrète. Elle avait mené des recherches sur cette charmante bourgade avant d'effectuer le déplacement. Quasiment inconnu du grand public, l'endroit était pourtant le refuge de quelques vedettes de l'écran, à l'image de Robert Redford, de têtes couronnées européennes, de milliardaires et autres célébrités en quête de quiétude.

Corrie sentit ses intestins se nouer en se garant sur l'espace gravillonné devant la maison. La perspective d'annoncer à sa mère la mort de Molly ne l'enchantait guère. En étudiant le dossier, Corrie avait appris que Mme Vine, après avoir signalé aux autorités la disparition de sa fille, avait suivi les recherches assidûment. Corrie savait aussi que si la victime des bad-lands était selon toute probabilité Molly, expliquer à sa mère les circonstances de son décès ne serait pas une partie de plaisir.

Elle descendit de voiture, gravit les marches vermoulues de la véranda en bois qui longeait la façade de la vieille maison d'adobe, s'immobilisa devant la porte et frappa. Le battant s'écarta presque aussitôt et une femme apparut sur le seuil, la mine grave. Catherine Vine portait une tenue qui devait lui être coutumière : jean, bottes, chemise de cow-boy et, autour du cou, un bandana retenu par un anneau en argent orné d'une turquoise. Elle était particulièrement belle en dépit de ses soixante-dix ans.

— Merci de vous être déplacée, déclara-t-elle avec un léger accent texan.

Elle fit volte-face, traversa le hall d'entrée et conduisit Corrie jusqu'au salon.

— Asseyez-vous, je vous en prie.

Corrie s'exécuta et Mme Vine s'assit en face d'elle, les mains croisées. Elle posa sur sa visiteuse un regard étrangement direct.

— Je suppose que vous l'avez retrouvée.

— Oui, madame Vine, je le crois.

La vieille femme attendit la suite sans quitter Corrie de ses yeux gris et alertes. Il était clair qu'elle escomptait davantage que les banalités habituelles, si bien que Corrie se contenta d'expliquer dans quelles circonstances avaient été découverts les ossements. Mme Vine l'écouta avec la plus grande attention, penchée en avant, sans laisser percer aucune émotion. Corrie conclut son récit par l'évocation des pierres de foudre, dont elle expliqua la nature à son interlocutrice.

Un court silence suivit ses explications.

— Auriez-vous des questions, madame Vine ? insista Corrie après un délai qu'elle jugea raisonnable.

L'intéressée posa sur Corrie un regard direct.

— J'aurais de nombreuses questions à poser, mais aucune à laquelle vous pourriez répondre, je le crains fort. Pour l'instant, tout du moins. En revanche, je suis bien certaine que *vous* avez des questions. Je suis toute disposée à vous aider de mon mieux.

— Je vous en suis très reconnaissante, répondit Corrie. Vous sentez-vous prête tout de suite ? Je peux très bien revenir à un autre moment si c'est trop difficile.

— Tout est difficile depuis cinq ans, entre une enquête bâclée et des services de police indifférents… J'ai le sentiment d'avoir trouvé en vous quelqu'un de concerné, mademoiselle Swanson. Enfin.

— Je suis désolée, dit Corrie, sensible au compliment, tout en veillant à ne rien laisser paraître. Je vous remercie de votre confiance.

Mme Vine hocha sèchement la tête.

Corrie sortit le carnet sur lequel elle avait noté ses questions.

— Avant de repartir, j'aurais besoin de prélever sur vous un échantillon ADN. Il devrait nous permettre de confirmer officiellement le lien de parenté.

Mme Vine acquiesça.

— Cela vous ennuierait-il de me parler de la vie de Molly au cours de l'année qui a précédé sa disparition ? Nous essayons de comprendre ce qui a pu la pousser à… euh, à s'aventurer de la sorte en plein désert.

— Molly enseignait l'anglais au lycée de Santa Fe tout en vivant à Tesuque, de sorte qu'elle effectuait le trajet tous les jours.

— Je crois savoir qu'elle avait changé d'affectation à plusieurs reprises. Une raison particulière ?

La vieille femme soupira.

— Molly a toujours été anxieuse, dès son plus jeune âge. Elle se posait constamment des questions et entretenait toujours l'espoir de trouver mieux ailleurs.

— Pourquoi avoir renoncé à soutenir sa thèse ?

Mme Vine haussa les épaules.

— Si seulement je le savais. Elle se passionnait pourtant pour le sujet qu'elle avait choisi, elle appréciait son directeur de thèse, aimait travailler sur le terrain. Et voilà qu'elle décide brusquement de tout abandonner… Après ça, elle s'est cherchée pendant un moment, elle a été mannequin et actrice. Et puis, quand j'ai coupé le robinet, elle a repris ses études afin de devenir enseignante. Sans grand enthousiasme.

— Elle vivait à Tesuque à cette époque-là ?

— Oui, mais pas avec moi. Nos rapports se sont distendus avec le temps. Plus exactement, ses rapports avec moi se sont distendus. Je ne sais pas pourquoi. Elle habitait une petite maison dans le village et venait de temps en temps dîner ici, mais je la sentais de plus en plus distante, en dépit de tous mes efforts.

Elle marqua une pause.

— Il n'y a jamais eu de dispute entre nous. Juste un éloignement progressif.

— J'imagine que vous lui en avez parlé. Vous lui avez peut-être demandé ce qui se passait, ou bien si elle avait des soucis ?

— J'ai essayé, mais elle restait évasive.

— Elle a obtenu un master en archéologie, reprit Corrie. Avec pour sujet la culture Gallina, si je ne m'abuse.

— Oui. Elle s'intéressait énormément aux Gallinas, elle a consacré plusieurs étés à des recherches sur le terrain dans des canyons isolés. Je n'ai jamais compris pourquoi elle avait tout abandonné. Je ne sais pas si vous le saviez, mais son directeur de thèse était Carlos Oskarbi.

Ce nom ne disait rien à Corrie.

— Oskarbi, dites-vous ?

— Oui, celui qui a consacré un best-seller aux Indiens totonaques du Mexique. Un travail majeur. Je l'ai rencontré plusieurs fois à l'époque où Molly travaillait sous sa direction. Un individu très intéressant.

— Savez-vous s'il enseigne toujours à l'Université du Nouveau-Mexique ? demanda Corrie en se promettant de contacter l'intéressé.

— Non. Il a quitté l'UNM il y a des années. Il est retourné au Mexique.

Corrie jeta un coup d'œil à ses notes.

— Que pouvez-vous me dire au sujet de l'enquête consacrée à la disparition de votre fille ?

Mme Vine s'enfonça sur son siège avec un air renfrogné.

— Un vrai cauchemar. La police, les inspecteurs, les chargés d'enquête, tout le monde m'a bien fait comprendre dès le départ que ça ne les intéressait pas. Ils étaient convaincus que Molly s'était enfuie afin d'échapper à une mère dominatrice.

— Quel rôle a joué le père de Molly à cette période-là ?

La réprobation de Catherine Vine se mua en dégoût.

— La dernière fois que j'ai eu de ses nouvelles, il y a vingt ans de ça, il vivait en marginal alcoolique sur les plages hawaïennes. Je doute qu'il soit même au courant de la disparition de sa fille. Si tant est qu'il soit encore en vie.

— J'en déduis que vous n'avez pas ses coordonnées ?

— Non.

Corrie parcourut ses notes et constata que ses ultimes questions risquaient d'être dérangeantes.

— Votre fille a-t-elle eu des pulsions suicidaires à un moment ou un autre de son existence ?

— Non.

— A-t-elle été traitée pour dépression, ou bien avait-elle des problèmes psychologiques ?

— Pas à ma connaissance. Je crois savoir qu'elle a consulté un thérapeute quand elle a abandonné sa thèse, mais c'était l'un des nombreux sujets qu'elle n'abordait jamais avec moi.

— Vous n'auriez pas le nom du thérapeute en question, par hasard ?

— Non, mais si vous suggérez que Molly a pu se suicider, je peux vous assurer que non.

— Ne m'en veuillez pas d'insister, mais comment pouvez-vous en être si sûre ? Tout indique qu'elle s'est enfoncée dans le désert de sa propre initiative.

La vieille femme ouvrit de grands yeux.

— Je n'étais plus aussi proche de ma fille que je l'avais été, cependant, quels que soient ses problèmes, elle était quelqu'un d'équilibré. S'il y a bien une qualité que je dois lui reconnaître, c'est celle-là. Jamais elle n'aurait mis fin à ses jours de façon aussi stérile. Jamais elle n'aurait agi sur un coup de tête, comme le font les gens qui se pendent dans leur salle de bains.

Corrie jugea opportun de changer de sujet de conversation.

— Puis-je vous demander d'où votre famille tient sa fortune ?

La femme afficha sa surprise.

— Quel est le rapport avec votre enquête ?

— Il n'y en a aucun, probablement, et je m'excuse à nouveau de mon indiscrétion, mais je m'efforce de recueillir un maximum d'informations. Dans mon métier, on ne sait jamais celles qui pourront nous être utiles.

— Le pétrole, répliqua sèchement Vine. Au Texas.

Corrie nota l'information.

— Molly s'est mariée à dix-huit ans avant de divorcer. Pouvez-vous me parler de cet épisode de son parcours ?

— Beurk. Elle venait de décrocher son diplôme universitaire et s'est mariée trop vite. Elle avait à peine entamé sa thèse quand elle s'est aperçue qu'elle avait épousé un bon à rien. Elle s'en est débarrassée.

— Pourquoi l'avoir épousé ?

— Je me suis souvent posé la question. Ce garçon n'avait pourtant rien pour lui. Vraiment rien. Peut-être était-il bien monté.

Corrie s'empressa de gribouiller quelques notes afin de masquer sa surprise.

— Pourriez-vous me fournir son nom ?

— Kenneth Curtis.

— Avait-elle un ami régulier à l'époque de sa disparition ?

— Pas à ma connaissance.

— Des amis proches ?

— Elle s'entendait bien avec certains anciens étudiants de l'UNM. J'ai conservé son carnet d'adresses, je peux y jeter un œil si vous voulez.

— M'autoriseriez-vous à l'emprunter ?

Vine hésita brièvement.

— Oui, je suppose.

Elle se leva et se dirigea vers un grand placard fermé à clé qu'elle ouvrit. De loin, Corrie vit qu'il débordait de souvenirs : des diplômes, des portraits encadrés, des lettres, quelques livres, un mémoire universitaire, quelques babioles et même un ours en peluche tout usé. Il s'agissait à l'évidence d'une sorte de mausolée à la mémoire de Molly.

— Excusez-moi, madame Vine, mais accepteriez-vous que nous vous empruntions certaines de ces affaires ?

Elle se retourna.

— C'est tout ce qui me reste de ma fille. J'y tiens énormément.

— Je comprends, mais je puis vous assurer que nous prenons le plus grand soin des éléments qui nous sont confiés. Je compte m'adresser à nos spécialistes de police scientifique, histoire qu'ils procèdent à un inventaire et emballent le tout. Je vous promets de tout vous restituer dès que nous en aurons terminé.

Corrie, en sondant les yeux gris de son interlocutrice, y vit briller pour la première fois depuis son arrivée une lueur d'angoisse. Le masque de la vieille Texane finissait par se fendiller alors qu'apparaissaient les premières marques de chagrin.

— Très bien, dit-elle en récupérant le carnet d'adresses et une brosse à cheveux dans le sanctuaire improvisé. Molly connaissait parfaitement le désert. Jamais elle ne s'y serait aventurée sans raison. Je prie le Ciel que vous puissiez découvrir ce qui a pu l'attirer là-bas.

16

— Ah oui, répondit Ralph Lemmon. Je me souviens très bien de Molly.

Le professeur d'archéologie, une jambe passée par-dessus l'autre, était confortablement installé derrière un bureau encombré. Le nez chaussé de lunettes sales, il portait une veste en tweed fripée aux coudières de cuir dont les épaules étaient couvertes de pellicules. Ses longs cheveux prématurément gris étaient tirés en queue-de-cheval, des favoris broussailleux couvraient ses joues et ses chaussettes étaient dépareillées.

Nora s'était installée en face de lui sur un canapé inconfortable, à côté de Corrie qui enregistrait leur conversation sur son téléphone professionnel. Il régnait dans la pièce une atmosphère oppressante, accentuée par les piles stratosphériques de revues et de livres, les montagnes de documents accumulés sur le bureau. Il avait même fallu libérer le canapé des bouquins qui s'y trouvaient pour que les deux femmes puissent s'y asseoir. Corrie avait demandé à Nora d'interroger elle-même Lemmon, estimant qu'il se montrerait plus ouvert face à une collègue. L'ADN des cheveux récupérés sur la brosse était venu confirmer les soupçons, les ossements découverts dans le désert étaient bien ceux de Molly Vine. Corrie avait souhaité rencontrer l'archéologue parce qu'il occupait la chaire Morris F. Cliffe d'Études américaines longtemps tenue par Oskarbi, l'ancien directeur de thèse de la victime. Nora se serait volontiers passée de cette corvée, pour avoir très mal dormi la nuit précédente, hantée par l'étrange mélodie numérisée par les soins de Finch. Elle était fatiguée et se sentait à cran.

— À quelle époque Vine a-t-elle préparé sa thèse ici ? demanda-t-elle.

— Laissez-moi réfléchir, répliqua Lemmon. J'ai soutenu ma propre thèse en 2009 et elle venait d'arriver. Il y a donc seize ans. Vine était une groupie d'Oskarbi.

— Une groupie ? s'étonna Nora. Je ne comprends pas ?

— Oskarbi adorait s'entourer de jolies filles. C'était son truc.

— Il couchait avec elles ?

La question provoqua un petit rire chez Lemmon.

— Ça ne me surprendrait pas.

— Qu'est-ce qui vous fait dire ça ?

— Oskarbi était un vrai don Juan. Beau gosse, drôle, charismatique, avec toutes sortes d'histoires passionnantes à raconter. Sans compter qu'il était relativement célèbre à l'époque, à la suite de la publication de son livre. Ce bouquin lui avait rapporté beaucoup d'argent et ses étudiantes l'adoraient. Cela dit, ce n'était pas un mauvais bougre et s'il couchait avec elles, je suis persuadé qu'elles étaient d'accord. Ces filles avaient toutes dans les vingt-cinq ans, ce n'est pas comme s'il avait couché avec des gamines de premier cycle.

Il haussa les épaules.

— Il était comme ça.

Nora crut détecter un soupçon d'envie dans la voix de son interlocuteur.

— Savez-vous si Molly couchait avec lui ?

— Aucune idée, mais il ne s'en sera pas privé si l'occasion s'est présentée. Vine était une créature magnifique.

Une *créature*. Corrie préféra ne pas relever.

— Savez-vous pourquoi elle a renoncé à passer sa thèse ?

— Pas précisément. Peut-être était-ce une conséquence du retour d'Oskarbi au Mexique afin de reprendre son… disons, son *apprentissage*.

Il ponctua le mot d'un ricanement.

— En quelle année ?

— Il y a douze ans, peut-être. Si je me souviens bien, Molly avait suivi le cursus complet, à l'exception de la rédaction de son mémoire. Un exemple parfait de TSM.

— De *TSM* ? intervint pour la première fois Corrie.

— « Tout Sauf le Mémoire », traduisit Lemmon avec désinvolture. C'est assez courant. Dans le cas de Molly, je ne crois pas que c'était la rédaction de son mémoire qui la… qui la bloquait. Je crois plutôt que c'était lié au départ inopiné d'Oskarbi. On aurait dû se douter qu'il n'était pas fait pour enseigner. Abandonner ses étudiants de cette façon était pour le moins irresponsable, mais il s'en fichait. Il abusait du peyotl, au prétexte que ça « l'aidait dans ses recherches », rit Lemmon en traçant dans l'air des guillemets imaginaires.

— Êtes-vous resté en contact avec Molly après son départ de l'université ? demanda Corrie.

— Moi non, mais j'ai cru comprendre qu'elle continuait de fréquenter le petit groupe des admirateurs d'Oskarbi. Ces gens-là étaient très soudés, à force d'effectuer des fouilles ensemble tous les étés. La plupart sont toujours là. Certains ont obtenu une chaire, y compris ici, à l'UNM. D'autres sont devenus archéologues dans le privé.

Il laissa s'écouler un battement.

— Vous devriez vous adresser à Olivia Bellagamba, qui a repris la direction du Centre d'archéologie. À l'époque, c'était l'une des favorites d'Oskarbi.

— Oskarbi n'avait donc que des admiratrices ?

— Non, non. Il comptait aussi quelques garçons parmi ses disciples, mais il ne couchait pas avec eux. Pas à ma connaissance, en tout cas. Ils l'adoraient tous.

Nora jeta un coup d'œil à ses notes.

— Molly participait chaque année à ces fouilles ?

— Oui. Oskarbi partait chaque été avec ses thésards. Ils campaient en pleine nature pendant quelques semaines. J'imagine qu'ils ne devaient pas s'ennuyer, entre les objets intéressants qu'ils pouvaient exhumer pendant la journée, les cocktails autour d'un feu de camp le soir et les parties de jambes en l'air sous la tente la nuit.

Il laissa échapper un petit rire cynique.

— Dans quel coin se rendaient-ils ?

— Ils exploraient le pays Gallina, dans les canyons du Rio Chama. Le secteur grouille de ruines, pour la plupart inconnues et inexplorées. La culture Gallina était la spécialité d'Oskarbi. Un univers très mystérieux.

— Mystérieux ? Qu'entendez-vous par là ?

— Je ne suis pas vraiment un adepte, se défendit-il d'un air supérieur. Vous feriez mieux de vous adresser à Olivia. C'est son domaine d'expertise.

La professeure Bellagamba occupait, au Centre d'archéologie, un grand bureau d'angle dont les fenêtres donnaient sur le campus. On apercevait, dans le lointain, la silhouette tourmentée du pic Sandia. Olivia Bellagamba, élégante et mince sur ses Louboutin, était vêtue d'un tailleur de laine grise sur un chemisier de soie que venait rehausser un rang de perles. Le contraste avec Lemmon était saisissant et Nora avait davantage le sentiment de se trouver en présence d'une figure de la haute couture que d'une archéologue de terrain.

Bellagamba avait accepté d'emblée de recevoir Nora et Corrie, auxquelles elle fit les honneurs du coin salon de son vaste espace de travail, tandis qu'un sous-fifre proposait aux visiteuses le choix entre thé, café et eau minérale. Bellagamba attendit qu'elles soient servies – café pour Corrie, Perrier pour Nora – avant de s'asseoir en face d'elles, de croiser les jambes et les mains, puis de s'enquérir d'une voix posée :

— En quoi puis-je vous aider ?

Nora, chargée cette fois encore de l'interrogatoire, expliqua la nature de leur visite, liée à la disparition mystérieuse d'une ancienne condisciple de leur hôtesse. Bellagamba laissa Nora aller au terme de sa présentation sans prononcer un mot.

— J'aimerais tout d'abord savoir si vous connaissiez bien Molly, se lança Nora.

— Assez bien, répondit Bellagamba. Nous avons préparé notre thèse ensemble.

— Sous la direction du professeur Carlos Oskarbi, si je ne m'abuse ?

— C'est exact.

— Auriez-vous une idée de ce qui a pu la pousser à s'aventurer de la sorte en plein désert ?

— Aucune, d'autant qu'elle connaissait bien les dangers d'une telle expédition. Je ne comprends vraiment pas.

— Nous aimerions en savoir davantage sur les recherches qu'elle consacrait à la culture Gallina…

— Elle s'y intéressait à cause du professeur Oskarbi. Ce dernier éprouvait une véritable fascination pour cette civilisation, c'est lui qui nous a inoculé le virus.

— Parlez-nous un peu des Gallinas. J'ai cru comprendre qu'il flotte un certain mystère autour de leur culture.

— C'est le moins qu'on puisse dire. Tout d'abord, il faut se souvenir que la culture Gallina est différente de celle des autres peuplements pueblos qui l'entouraient. Leurs poteries sont différentes, leur habitat est différent, leur mode de vie est différent. À ce jour, leur langue, leurs origines précises et leur fonctionnement restent mystérieux. On sait juste qu'ils se sont épanouis pendant deux siècles dans le dédale des canyons de la partie nord-ouest du Nouveau-Mexique, apparemment jusqu'à l'arrivée d'envahisseurs aux alentours de l'an 1200 de notre ère. Ceux-ci les ont éradiqués et tout indique que cet épisode a été brutal. Les premières fouilles ont permis de découvrir un grand nombre de squelettes d'individus battus à mort, démembrés et brûlés, hommes, femmes et enfants confondus. Leurs kivas sacrées ont été profanées et incendiées. Aucun des Pueblos actuels ne se prétend héritier des Gallinas, c'est même tout l'inverse, ce qui est curieux en soi.

— On nous a expliqué que Carlos Oskarbi effectuait des fouilles sur le terrain.

— Le *professeur* avait ses propres théories sur ce qui s'est passé.

À la façon dont elle avait prononcé le mot « professeur », on aurait pu croire qu'elle évoquait un saint.

— Il a effectué de nombreuses campagnes de fouilles avec ses étudiants dans l'espoir de mieux cerner la culture Gallina, ajouta Bellagamba.

— Est-ce le cas ? Je veux dire, ces fouilles ont-elles été fructueuses ?

— Il est malheureusement parti avant d'avoir publié les résultats de ses recherches.

— Un départ plutôt abrupt, si j'ai bien compris. Pour quelle raison précise a-t-il quitté l'université ?

Bellagamba ne répondit pas tout de suite.

— En dépit de sa fascination pour la culture Gallina, se décida-t-elle enfin, sa véritable passion était, à mon sens, la civilisation totonaque et sa religion fondée sur l'usage du peyotl. Il était littéralement obsédé par cette culture indigène, au point d'évoquer souvent son envie de retourner là-bas. J'imagine qu'il aura voulu reprendre ses études initiales auprès de son maître spirituel, Don Benicio.

— Molly faisait-elle partie du petit groupe associé à ces fouilles ?

— Comme tous les autres thésards.

— Comment se déroulaient ces séminaires ?

— Il s'agissait de travaux pratiques habituels. Le professeur Oskarbi déterminait une zone de fouilles et nous y installions notre campement afin d'écumer les lieux pendant deux ou trois semaines.

— À quelle date précisément ?

— Les fouilles se sont étalées sur quatre étés, la première il y a quinze ans et la dernière il y a douze ans. Nous nous sommes plus ou moins perdus de vue par la suite, entre la rédaction de nos mémoires de thèse respectifs et d'autres activités pour certains d'entre nous, à commencer par Molly.

Corrie, un carnet entre les mains, se pencha vers Bellagamba.

— Quand avez-vous vu Molly pour la dernière fois ?

Bellagamba ne répondit pas tout de suite.

— Il y a douze ans.

— Avait-elle des troubles d'ordre psychologique, à l'époque ? Une dépression, des tendances suicidaires ?

— Pas du tout.

— Quel genre de personne était-ce ? Ses centres d'intérêt, sa vie sociale ?

Bellagamba haussa les épaules.

— Elle était normale.

— Le terme « normal » est assez vague. Pourriez-vous être plus précise ?

— C'était une fille équilibrée. Gentille. Intelligente. Très efficace sur le terrain.

— Elle avait un petit ami ?

— Pas à ma connaissance.

— Elle couchait avec le professeur Oskarbi ?

Bellagamba se raidit sur son siège.

— La question me paraît déplacée.

— Vous m'en voyez désolée, s'excusa sèchement Corrie, mais il s'agit d'une enquête et il est parfois nécessaire de poser des questions déplacées.

— La réponse est non, déclara Bellagamba d'une voix un peu moins glaciale. Le professeur faisait preuve de la plus grande correction avec ses étudiantes, il ne s'est jamais rien passé de la sorte.

— À votre connaissance, insista Corrie.

Bellagamba ne répondit pas.

Voyant qu'un silence hostile s'installait, Nora reprit la main.

— Êtes-vous familière des pierres de foudre ?

— Bien sûr.

— On en a retrouvé deux près des restes de Molly. Deux prasiolites vertes d'une grande rareté. Avez-vous idée de la raison pour laquelle elle aurait pu les avoir en sa possession ?

— Non.

— Les deux autres prasiolites connues sont associées à la région Gallina, poursuivit Nora. Molly aurait-elle pu les découvrir sur place ?

— C'est possible, mais jamais nous n'avons ramassé d'objets de ce genre lors de nos campagnes de fouille.

— Aurait-elle pu les déterrer à l'insu des autres participants ?

— C'est très improbable. Ce n'étaient pas des colonies de vacances, le travail était effectué dans les règles. S'approprier un artéfact est contraire à l'éthique même d'une campagne de fouilles.

— Les résultats de ces travaux ont-ils été publiés ?

— Je vous l'expliquais tout à l'heure, le professeur est reparti au Mexique avant de pouvoir s'en charger.

Corrie s'interposa à nouveau. Au son de sa voix, Nora perçut son impatience.

— Professeure, en ma qualité de chargée d'enquête attachée au FBI, j'aurais besoin de la liste des étudiants qui préparaient leur thèse sous la direction d'Oskarbi entre 2010 et 2013. Je vous serais également reconnaissante de me fournir des informations plus détaillées sur ces fouilles. Les lieux concernés, en particulier. Puis-je compter sur vous pour nous aider ?

La requête fut accueillie par un silence glacial.

— Je crains bien que ce soit impossible. Il vous faudra vous adresser aux services administratifs de l'université.

— Pourquoi ce refus ?

— C'était il y a longtemps. Je ne me souviens plus précisément de la composition de notre groupe.

— Combien étiez-vous ?

— Je ne sais plus.

— Posséderiez-vous une carte des sites concernés par ces fouilles ?

— Ces informations figurent dans les notes du professeur, que je ne possède pas.

— Qui les a ?

— J'aimerais le savoir.

— Et vous avez oublié l'emplacement de ces fouilles.

Dans la bouche de Corrie, ce n'était pas une question mais une affirmation teintée de scepticisme.

— Je sais que nous nous trouvions dans la région du Rio Chama et qu'aucune route ne permettait d'y accéder. Nous faisions appel à un cow-boy qui se chargeait de transporter le matériel à dos de mule. Je ne saurais comment le retrouver aujourd'hui, précisa Bellagamba en écartant les mains dans un geste d'impuissance.

— Où est Oskarbi, à présent ? demanda Corrie.

— Je vous l'ai dit. Il vit très certainement au milieu des Indiens totonaques afin de mener à bien ses recherches.

— Vous n'avez eu aucun contact avec lui après son départ ?

— Non.

— Savez-vous si d'autres auraient pu maintenir un lien avec lui ? insista Corrie en s'efforçant de masquer son agacement face à un témoin aussi rétif.

— Non.

— Où vivent ces Indiens au Mexique, exactement ?

— Je ne me souviens plus. Vous trouverez tous ces renseignements dans l'ouvrage qu'il leur a consacré. Libre à vous de le consulter.

17

— Connasse, marmonna Corrie en quittant le bâtiment.

Nora, surprise par tant de véhémence, reconnaissait pourtant que Bellagamba ne s'était pas montrée très coopérative.

— Que cache-t-elle ? enchaîna Corrie. Tout ce qui touche à cet Oskarbi pue.

— Qu'il couche avec ses étudiantes, vous voulez dire ? Il n'est pas le seul. La sphère universitaire ne manque pas de chercheurs charismatiques entourés d'étudiantes qui les adulent et dont ils profitent à la première occasion. N'importe qui ayant passé une thèse connaît le phénomène.

— Ça ne m'étonne pas, répliqua Corrie. Vous avez vu la façon dont elle nous servait du *professeur* par-ci et du *professeur* par-là ? Elle en avait plein la bouche, comme si son nom était une sorte de talisman.

Le détail n'avait pas échappé à Nora.

— Vous pensez que cette histoire peut avoir un rapport avec la mort de Molly ?

Corrie secoua la tête.

— Tout ce que je sais, c'est que j'aimerais bien dire deux mots à ce *professeur*.

Elles montèrent à bord du SUV de Corrie, qui démarra aussitôt et prit la direction de la sortie du campus.

— Essayons d'établir un semblant de chronologie au sujet de Molly et de cet Oskarbi, proposa Nora. Vous avez rencontré la mère de cette fille. Que vous a-t-elle déclaré à ce sujet ?

— Molly s'était plus ou moins éloignée de sa mère. Celle-ci m'a simplement raconté que Molly se passionnait pour son sujet de recherche, que son directeur de thèse...

— Oskarbi.

— Oui. Sa mère m'a dit qu'elle avait effectué des campagnes de fouilles avec lui pendant plusieurs étés. D'après Mme Vine, elle avait effectué un travail de premier ordre, jusqu'au jour où elle a tout abandonné. Il semble qu'elle ait suivi une thérapie pendant un certain temps, après quoi elle a passé l'examen nécessaire pour enseigner dans le secondaire.

— Lemmon semblait dire que Molly avait renoncé à ses études quand Oskarbi était parti, ajouta Nora.

— Lemmon a utilisé le mot « abandonner » pour décrire la façon dont Oskarbi avait laissé en plan ses étudiants.

— Je prendrais l'expression avec des pincettes, tempéra Nora. J'ai senti beaucoup de jalousie professionnelle chez Lemmon.

Corrie opina.

— C'est vrai, la mère de Molly ne m'a dit que du bien d'Oskarbi. D'un autre côté, elle refusait de croire que sa fille ait pu se suicider, alors qu'elle traversait une mauvaise passe depuis une bonne dizaine d'années.

— Les autres « groupies » d'Oskarbi ne s'en sont pas trop mal tirées, en tout cas. Voyez Bellagamba, je n'ai détecté chez elle aucun reproche quant à la façon dont il est parti. Au contraire, j'ai trouvé qu'elle prenait sa défense.

— Exact, reconnut Corrie.

Les deux femmes, quittant le campus, prirent la direction de l'autoroute.

— Bellagamba nous a également précisé que Molly connaissait bien le désert. Si c'est vrai, jamais elle ne se serait enfoncée dans un univers aussi hostile sans eau, à moins de vouloir mettre fin à ses jours.

Corrie prit le temps de réfléchir, avant de hausser les épaules.

— Je dois reconnaître que cette prof prétentieuse m'a tapé sur les nerfs. N'empêche, je me demande si les deux disparitions ne sont pas liées.

— Oskarbi et Molly Vine, vous voulez dire?

Nora connaissait suffisamment Corrie pour savoir qu'elle avait parfois tendance à aller chercher midi à quatorze heures. Plusieurs années ne séparaient-elles pas le départ d'Oskarbi de la mort de Molly? Sans compter que le retour de l'universitaire au Mexique n'avait rien de mystérieux.

La sonnerie du portable de Corrie interrompit sa réflexion.

— Swanson à l'appareil.

Nora vit les doigts de sa compagne se crisper autour du téléphone.

— Oui... Oui... Je suis là dans trois quarts d'heure. Merci.

Corrie raccrocha et se tourna vers Nora.

— On vient de découvrir un nouveau corps.

— Quoi?!!

Corrie hocha la tête.

— Il a été repéré par l'un de nos hélicos dans les badlands. L'appareil regagnait l'héliport quand ses occupants ont aperçu un cadavre. Le pilote n'a pas pu atterrir car le terrain est trop accidenté, mais les photos prises au téléobjectif révèlent de nombreuses similitudes: un lieu totalement isolé, une victime presque nue et jeune... D'apparence jeune, tout du moins.

— Vous voulez dire qu'il y a un corps, cette fois, et pas seulement des ossements?

— Semble-t-il.

— Vous a-t-on précisé dans quel secteur?

— Près de Pierre's Ruins, si ça vous parle.

— Bon sang ! Votre pilote n'a pas menti. L'endroit est si isolé et difficile d'accès qu'un blindé ne passerait pas.

— Dans ce cas, comment parvenir jusqu'au corps ?

— À cheval. À moins que vous ne préfériez marcher.

Corrie poursuivit sa route en silence, le temps d'assimiler ce qu'elle venait d'apprendre.

— Je préfère m'y rendre à cheval. Et je connais le guide idéal.

18

Au volant du puissant Ram 3500, le shérif Homer Watts roulait à petite vitesse sur l'IS 7023, veillant à ce que les nids-de-poule ne secouent pas trop le van attaché à l'arrière du pick-up.

Il lança un coup d'œil en direction de Corrie.

— Depuis combien de temps tu vis au Nouveau-Mexique ? Dix-huit mois ? Eh bien, je peux te dire que tu connais mieux l'État que la plupart des autochtones.

— J'étais loin de me douter que c'était aussi grand. Et varié, répliqua Corrie sans quitter des yeux le paysage désolé.

À défaut d'être beau, celui-ci possédait une pureté apaisante qu'elle trouvait aussi presque intimidante.

Corrie avait collaboré avec Homer Watts sur plusieurs enquêtes par le passé. Le shérif du comté de Socorro avait toujours su éviter les politicailleries propres à son statut d'élu. En dépit de son grand chapeau de cow-boy Resistol et du six-coups qu'il portait à sa ceinture, Watts n'avait rien d'un shérif de l'Ouest ordinaire. Outre sa jeunesse surprenante, c'était un garçon vif d'esprit, modeste et infiniment plus expérimenté que ne pouvait le laisser croire son apparence juvénile. Corrie s'était sentie attirée par lui dès leur première rencontre et, si l'attrait était mutuel, ils s'étaient bien gardés de laisser percer leurs sentiments jusqu'à la conclusion de l'enquête de la Montagne morte, au cours de laquelle elle avait échappé à la mort de justesse.

Cet épisode avait convaincu Corrie que la vie n'attendait pas. Leur relation amoureuse était encore fraîche et ils se voyaient rarement, veillant à ne pas confondre plaisir et travail.

— Tu as choisi un endroit pas piqué des vers pour ton enquête, plaisanta le jeune shérif.

— Pourquoi dis-tu ça ?

— Le premier corps a bien été découvert dans les badlands d'Ashislepah Wash, non ?

— Oui.

— Eh bien, le deuxième se trouve dans un coin encore plus paumé.

Corrie avait conscience de la difficulté de la tâche qui les attendait. Le lieu était trop éloigné pour un drone, aucun sentier ne permettait d'y accéder et la sauvagerie même de la nature excluait l'usage de tout engin motorisé. L'unique moyen de rejoindre cet endroit perdu était à cheval, d'où la décision de Corrie de s'adresser à Watts, qui possédait de bonnes bêtes et l'expérience de cavalier nécessaire. L'objectif était de découvrir le corps, de réunir les indices éventuels et de contacter le FBI une fois sur place afin que soit envoyé un hélico capable d'hélitreuiller les restes de la victime.

Corrie en avait la gorge nouée. C'est vrai, rien ne prouvait que ce nouveau corps fût lié à la mort de Molly Vine, mais les quelques images floues prises depuis le ciel par l'appareil de reconnaissance l'avaient convaincue qu'il ne s'agissait pas d'une coïncidence.

Watts ralentit, s'engagea sur un petit chemin en laissant dans son sillage un nuage de poussière et s'arrêta. Il jeta un coup d'œil dans son rétroviseur.

— Il existe bien une piste, baptisée King of Dreams, un peu plus près de l'étendue sauvage qui nous intéresse, mais il est impossible d'y accéder avec la remorque.

Il détacha sa ceinture et regarda sa montre.

— Le mieux est encore de sortir les chevaux.

Dix minutes plus tard, ils étaient prêts. Corrie était admirative de la fierté affectueuse que manifestait son compagnon à l'endroit de ses bêtes, dans l'oreille desquelles il avait murmuré des paroles caressantes tout en les flattant au moment de les seller.

— On y va ? demanda-t-il en tenant la bride du cheval destiné à Corrie.

— Oui, répondit-elle d'une voix qu'elle aurait voulue pleine d'assurance.

L'animal, particulièrement imposant, l'observait de ses yeux vifs, les oreilles dressées. Si elle ne voulait en aucun cas le montrer, les chevaux l'intimidaient. Elle glissa une botte dans l'étrier, s'agrippa à la selle et se hissa sur l'animal en espérant ne pas paraître trop maladroite.

Watts s'assura que la sangle de la selle était assez serrée.

— Il s'appelle Jackaroo, précisa-t-il en flattant l'encolure du cheval avant de lâcher sa bride.

Corrie éloigna sa monture de quelques pas et se retourna. Watts vérifia que la sacoche du cheval de bât était bien en place et testa sa propre selle. Il se hissa d'un bond sur son cheval, Chaco, consulta la carte, donna un claquement de langue et lança Chaco au trot, suivi par l'animal de bât, dont il tenait la longe dans sa main droite.

Corrie, qui fermait la marche, put s'apercevoir que Watts lui avait choisi un animal docile. Pour avoir pratiqué l'équitation à plusieurs reprises par le passé, elle avait pu constater que certaines montures profitaient du manque d'expérience de leur cavalier, ce qui n'était pas le cas de Jackaroo. L'animal, parfaitement dressé, se contentait de suivre le shérif dans le dédale des rochers et des arroyos asséchés.

L'air, chaud et sec, était imprégné d'une forte odeur de poussière et d'armoise. Le paysage n'était pas sans rappeler à Corrie sa randonnée dans les bad-lands à la recherche du premier corps. Le décor était marqué par un mélange de rochers en forme de champignon, d'excroissances géantes, de débordements de grès figurant des arbres de pierre torturés. L'ensemble formait un cadre si dense qu'il était difficile de ne pas succomber à la claustrophobie. En l'espace de quelques minutes, elle avait perdu tout sens de l'orientation et se fiait aveuglément à Homer Watts, qui s'arrêtait régulièrement afin de consulter sa carte et de rajuster son chapeau avant de repartir.

— Tu n'as pas de GPS ? s'étonna-t-elle en le voyant s'attarder une nouvelle fois sur la carte.

— Je suis vieux jeu, répondit-il. Sans compter que les cartes ont une batterie qui ne se décharge jamais.

— As-tu déjà connu une enquête similaire ? Je veux dire, avec une victime morte en plein désert ? s'enquit-elle afin de chasser le sentiment de malaise qui l'étreignait.

— Oh oui, répondit-il. Il existe même une expression pour ça. Les médecins parlent de « décès désertique ». C'est une cause de mortalité qui mériterait d'être mieux étudiée. Rares sont les articles spécialisés qui s'y intéressent.

— Pour quelle raison ?

Watts haussa les épaules.

— Il y a à travers la planète des déserts de toutes sortes, présentant tous des dangers différents. Au Nouveau-Mexique, par exemple, les causes de mortalité sont l'hypothermie, l'hyperthermie, l'envenimation, la foudre, la déshydratation, les sables mouvants et les crues soudaines. Et je ne parle que des plus connues.

— Que t'a montré ton expérience en la matière ?

— J'ai été confronté personnellement à deux décès désertiques, répliqua-t-il après un court silence. Le premier cas était celui d'un randonneur d'une cinquantaine d'années qui s'était écarté par mégarde de son chemin. Il a parcouru des kilomètres en cherchant de l'eau, une fois sa gourde vide, avant de renoncer, de s'adosser à un rocher et de se laisser mourir. Par manque d'expérience, les gens n'imaginent pas à quelle vitesse on meurt de soif. Le second était un amateur de trial, un gamin cinglé qui s'est aventuré dans le désert pour rouler à pleine vitesse en soulevant des nuages de sable. Il se trouvait déjà loin quand il a fait une chute. Le réservoir de sa bécane crevé, il a été contraint de repartir à pied. On a mis plusieurs jours a retrouver son corps.

— Pas de meurtres ou de suicides ? Comme dans le cas qui nous préoccupe ?

Watts laissa échapper un petit gloussement.

— Pas de suicide, mais un meurtre. À la suite d'un règlement de compte entre trafiquants de meth à Albuquerque, le corps de la victime a été abandonné dans mon comté. Il nous a suffi de suivre les traces de pneus du véhicule jusqu'au labo clandestin où ils fabriquaient le speed, du côté de South Valley. Ces types-là sont infoutus de réussir quoi que ce soit, même un meurtre.

Watts examina une nouvelle fois la carte, s'orienta en scrutant le paysage et fit repartir Chaco d'un claquement de langue.

— Tu vois cette mesa, là-bas ? dit-il en pointant du doigt dans le lointain un plateau de grès perdu au milieu d'une forêt de cônes rocheux et de cheminées de fée. C'est là qu'on va.

Ils chevauchaient en silence depuis un moment lorsqu'il reprit la parole.

— Quand j'étais gamin, à l'époque où le shérif était mon père, il est tombé sur quelques affaires étranges. Des ossements retrouvés en plein désert. Même sans tenir compte des pionniers morts de soif autrefois, ce genre de truc était plus courant qu'aujourd'hui.

— Tu parles d'accidents ?

— Pas forcément. Rien de plus facile que de conduire quelqu'un loin dans le désert, de lui tordre le cou et d'abandonner son cadavre sur place. En l'espace d'un an, parfois moins, la nature se charge d'empêcher quiconque de connaître la cause du décès.

Connaître la cause du décès.

— C'est ce qui me dérange le plus, réagit Corrie. Molly Vine connaissait bien le désert, ce qui ne l'a pas retenue de s'y enfoncer sans eau et de se débarrasser de ses vêtements en sentant la mort approcher.

— Ça ressemble fort à un suicide. Cela dit, les coups de chaleur provoquent parfois des réactions inattendues chez certaines personnes.

Ils venaient de contourner une cheminée de fée coiffée d'un rocher en équilibre précaire et partaient à l'assaut d'un talus. Parvenu au sommet, Watts fit signe à Corrie de s'arrêter, le doigt tendu. À faible distance, au-delà des derniers blocs de grès, se situait la mesa qu'il lui avait désignée un peu plus tôt. Des habitations précolombiennes dressaient leurs silhouettes délabrées au sommet du plateau. Celui-ci était entouré de collines coniques elles-mêmes surmontées de ruines.

— Bienvenue à Pierre's Ruin, déclara Watts. Trois grandes maisons, plusieurs kivas et moins d'une dizaine de plus petites habitations. Le grand bâtiment qu'on aperçoit sur la mesa a été baptisé l'Acropole.

— Comment sais-tu tout ça ?

— J'ai étudié les cartes du coin avant de venir.

Corrie, gênée, s'en voulut de ne pas y avoir pensé.

Au-delà des cônes rongés par l'érosion, Corrie distingua une fondrière au pied d'un doigt rocheux tout noir. La cheminée ressemblait étrangement à celle près de laquelle avaient été découverts les restes de Molly Vine. Les photos aériennes, réalisées en fin de journée, ne donnaient qu'une idée imprécise de sa hauteur réelle.

Elle plissa les paupières en croyant percevoir du mouvement au pied du piton.

— Oh, oh ! s'écria Watts en lançant son cheval au petit galop.

En s'approchant, ils virent deux coyotes se disputer un morceau prélevé sur le corps de la victime.

L'un des deux animaux s'éloignait déjà en emportant sa proie, serrée entre ses dents.

— Saloperie ! hurla-t-elle.

Elle s'empressa de sortir son arme et fit feu. Son cheval, effrayé par le bruit de la détonation, se cabra et s'agita dans tous les sens. Prise de panique, Corrie s'agrippa aux rênes et faillit lâcher son arme. Comme de juste, elle avait raté sa cible.

Watts sortit son revolver d'un mouvement souple, visa et abattit le premier coyote d'une balle. La suivante faucha le second animal.

Corrie, parvenant enfin à maîtriser sa monture, rengaina son pistolet.

— Joli carton, dit-elle, gênée. Je suis moi-même une piètre tireuse.

— C'est super dur de tirer à cheval, la consola le shérif. Par chance, ces chevaux sont habitués à chasser avec moi, de sorte qu'ils ne craignent pas les coups de feu. Heureusement pour toi, sinon tu aurais eu droit à une petite séance de rodéo.

— Je déteste être obligée d'abattre un animal sauvage, mais je ne pouvais pas le laisser emporter des restes humains, se justifia Corrie.

— Évidemment. Je te propose de mettre pied à terre et d'aller jeter un coup d'œil.

Il sauta à bas de son cheval et lâcha les rênes qui tombèrent à terre, puis il détacha la longe du cheval de bât.

— Tu peux tout lâcher, conseilla-t-il à Corrie. Ces chevaux ne bougent pas.

Corrie, pas certaine d'avoir bien compris pourquoi les bêtes ne se seraient pas éloignées, suivit néanmoins le conseil de Watts. Quelques instants plus tard, elle s'approchait du corps. Celui-ci, desséché par le soleil, restait presque intact en dépit des mutilations infligées par les coyotes. Ceux-ci gisaient un peu plus loin, l'un d'eux tenait encore une main entre ses mâchoires serrées.

— Seigneur, murmura-t-elle.

Elle se pencha au-dessus du cadavre, qu'elle examina longuement sans esquisser un mouvement. Derrière elle, Watts se tenait silencieux. Le corps était recroquevillé en position fœtale au pied du doigt rocheux, les bras écartés. La main restante était entrouverte et l'on distinguait, lovée entre les doigts racornis, une pierre de foudre. Sa jumelle dessinait une tache d'un vert sombre, un peu plus loin, imperméable aux rayons du soleil de midi.

19

Skip Kelly, en avance, attendait nerveusement l'arrivée d'Edison Nash sur le parking de l'Institut. Lorsque le collectionneur se présenta enfin, vingt minutes plus tard, il était au volant d'un magnifique pick-up Ford F-100 de 1960. Le véhicule, blanc et turquoise, était repérable de loin et Skip pria le Ciel que personne ne le voie en compagnie de son invité. Fort heureusement, on était dimanche.

— Jolie bagnole, remarqua Skip en voyant Edison sauter à terre.

— J'adore ces vieux pick-up Ford. J'en ai trois autres dans mon garage, je vous les montrerai à l'occasion.

Il retira ses lunettes de soleil et s'intéressa aux bâtiments en adobe entourés de peupliers.

— Rien ne change jamais dans ce bazar, pas vrai ?

— J'avoue que c'est assez vieillot.

— C'est le moins qu'on puisse dire. L'endroit respire la rigidité. Je ne sais pas si je vous en ai déjà parlé, mais il y a dix ans, quand j'ai hérité des collections de mon grand-père, j'ai voulu donner quelques belles pièces à l'Institut. N'allez pas me prêter une âme de philanthrope, c'était uniquement une façon de payer moins d'impôts.

Il ponctua sa phrase d'un petit rire.

— Ces connards ont refusé sous prétexte que l'origine de ces trucs était « douteuse ».

Skip secoua la tête d'un air navré. Nash lui avait déjà raconté cette anecdote, il était clair qu'il ne s'en était pas remis.

— Ils ont toutes sortes de règles concernant la provenance des objets collectés, reconnut Skip.

— Peut-être, mais ça n'a jamais empêché les archéologues d'être les pires voleurs et pilleurs de tombe de tous les temps. Depuis qu'ils se sont assagis, ils jouent les saintes nitouches. Je vous fiche mon billet que la moitié des trucs qu'on trouve ici ont une origine « douteuse ».

Il ricana de façon cynique.

— Bon, allons voir ça de plus près, reprit-il. J'ai toujours voulu voir leur merdier. On dit que c'est l'une des plus belles collections au monde dans son genre.

— C'est vrai, approuva Skip avec une fierté mêlée d'inquiétude.

L'autre soir, Nash l'avait convaincu de lui organiser une petite visite privée des collections de l'Institut. Il s'était montré particulièrement persuasif, surtout après quelques verres de tequila *reposado*. Skip n'était pas certain d'être dans son droit. Il avait l'autorisation de laisser voir les collections aux visiteurs « accrédités », restait à savoir si Nash l'était. En même temps, personne ne risquait de les déranger un dimanche. Quand bien même ils auraient croisé quelqu'un, Skip pouvait toujours arguer que Nash avait été sollicité par le FBI dans le cadre d'une enquête, ce qui justifiait sa présence en ce lieu.

Skip glissa sa carte magnétique dans le lecteur électronique du bâtiment abritant les collections, puis il composa un code sur le clavier et poussa la porte, suivi par Nash. Le hall d'accueil était plongé dans la pénombre et Skip entraîna son visiteur en direction du bureau où se trouvait le registre des entrées. Il hésita à noter la présence de Nash et finit par signer de son seul nom. Pourquoi risquer des questions dérangeantes ? Les caméras de sécurité enregistraient tout, mais personne ne visionnerait jamais la vidéo concernée. À moins que survienne un vol ou un autre pépin, bien sûr.

— Par ici.

Les deux hommes empruntèrent le couloir conduisant aux réserves abritant les collections. Celles-ci étaient disposées de telle façon que les plus belles pièces soient exposées sur des étagères ou dans des vitrines, ce qui permettait aux chercheurs de les examiner librement.

Skip fit la lumière et Nash sursauta en découvrant les rayonnages de la grande salle, pleins à craquer de poteries pueblos.

— Incroyable ! marmonna-t-il.

Le terme n'était pas trop fort, y compris pour Skip, qui avait pourtant eu le temps de s'habituer, depuis tant d'années qu'il travaillait là. La première partie de la pièce accueillait les plus fins exemples de poteries précolombiennes : plusieurs milliers de cruches chacos noir et blanc, des bols mimbres décorés de poissons, d'oiseaux et d'insectes stylisés, des assiettes porteuses de libellules en provenance du site de Sikyátki, de superbes pots tontos multicolores, des ustensiles jedditos aux motifs noir et jaune, sans oublier une rangée entière de pots et d'urnes funéraires d'une extrême rareté en mica doré. En sa qualité de responsable[4] des collections, Skip avait appris à identifier tous ces trésors.

D'un regard en coin, il constata que Nash restait tétanisé.

— Je… je ne me doutais vraiment pas, bredouilla-t-il. C'est extraordinaire.

— Et ce n'est que la partie visible de l'iceberg, répliqua Skip avec un regain de fierté.

Nash s'avança en silence dans l'allée centrale, happé par les objets qui se trouvaient de part et d'autre, s'arrêtant parfois pour en examiner un.

— Puis-je prendre des photos ?

— C'est autorisé tant que ça reste pour un usage privé, répondit Skip.

Ils finirent par atteindre la partie où étaient conservées les pièces postérieures à la conquête du Nouveau Monde, tout aussi époustouflantes. Parvenu au fond de la salle, Nash se tourna vers son guide.

— Pouvez-vous me montrer les pierres taillées ?

— Suivez-moi, l'invita Skip en l'entraînant dans une pièce de dimensions plus modestes, aux murs couverts de placards et de meubles à tiroirs. Au centre de l'espace se dressaient, comme dans la salle précédente, des vitrines contenant les plus belles pièces.

Nash s'en approcha avec gourmandise et découvrit des rangées entières de flèches et de pointes de lance en silex, des couteaux de pierre, des fétiches figurant des ours, des pumas et des cerfs, des calumets, des pendentifs en os, en émail dentaire, en cristal et en turquoise. Il allait de vitrine en vitrine, prenant le temps d'admirer chaque objet, accumulant les photos. Seule sa respiration saccadée troublait le silence, achevant de convaincre Skip de son amour de ces reliques.

— Les pierres de foudre se trouvent ici, finit par déclarer Skip, inquiet de voir que la visite se prolongeait.

Nash s'approcha de la vitrine près de laquelle se tenait son guide, et dans laquelle il découvrit un nombre impressionnant de quartz blancs, tous rangés par paire. Aucune n'était en prasiolite verte, ce qui n'ôtait rien à la beauté mystérieuse émanant de leur eau, laiteuse ou claire selon les cas.

— Nom de nom, jura Nash. J'en ajouterais volontiers quelques-unes à ma collection.

— Peut-être, mais vous possédez les deux plus belles.

— Dommage qu'on ne puisse pas les sortir et les frotter l'une contre l'autre pour les tester.

Il hésita avant de suggérer :

— On ne pourrait pas… euh… ouvrir ces vitrines ?

Skip lui répondit par la négative, d'un mouvement de tête.

— Elles sont toutes verrouillées et sous alarme.

— Dommage, répéta Nash en les contemplant encore un moment.

Il se redressa, le front barré d'un pli.

— Je n'arrête pas de songer à cette femme retrouvée morte dans le désert avec des prasiolites. Plus j'y réfléchis, moins je comprends. Le FBI a-t-il deviné ce qu'elle avait derrière la tête ?

— Je ne pense pas. Pas encore en tout cas.

— Vous croyez qu'elle aurait pu s'aventurer dans le désert de nuit et se servir de ces pierres pour s'éclairer ?

Skip, à qui cette idée n'était pas venue, se promit d'en parler à sa sœur.

— L'idée est intéressante, dit-il.

— Estimez-vous vraiment que le FBI parviendra à résoudre cette énigme ? Je serais curieux de savoir ce que ces abrutis connaissent en archéologie.

Skip haussa les épaules.

Un silence pensif enveloppa les deux hommes.

— Il me semble…, finit par dire Nash, laissant sa phrase en suspens. Il me semble qu'on devrait mener nous-mêmes notre petite enquête.

20

Corrie repoussa le micro accroché au-dessus de sa tête, rejoignit l'évier, retira ses gants en nitrile, dont elle se débarrassa dans le panier réservé aux déchets biodégradables, puis elle se savonna et se récura les mains et les avant-bras pendant une bonne trentaine de secondes. Le temps de les sécher, elle gagna sa table de travail, devant laquelle elle se posa. Au fond de la pièce, derrière l'écran de son ordinateur, elle pouvait voir la rangée des tiroirs réfrigérés dans lesquels étaient conservés les cadavres.

Tout au long de l'examen du corps, elle s'était astreinte à la plus grande objectivité, se contentant d'observer et de noter les éléments tangibles. Assise à son bureau, elle allait enfin pouvoir s'accorder un peu de répit en analysant ce qu'elle avait pu constater.

Dans le désert, avec l'aide de Watts, elle avait enveloppé le corps avec le plus grand soin et récupéré les indices présents sur place, après quoi elle avait déposé le tout dans une nacelle bientôt hélitreuillée par l'appareil du FBI positionné en vol stationnaire au-dessus d'eux. Au nombre des objets réunis figuraient les pierres de foudre, mais aussi les vêtements dont s'était débarrassée la victime, ainsi que d'autres éléments susceptibles d'aider l'enquête, à commencer par les carcasses des deux coyotes, au cas où ils auraient ingéré une partie du corps. Le tout avait ensuite été rapporté par l'hélico du Bureau à l'antenne d'Albuquerque afin d'y être entreposé dans le laboratoire.

Les cadavres des coyotes se trouvaient à présent dans des tiroirs réfrigérés et Corrie allait devoir les disséquer, une perspective qui ne l'enchantait guère.

Elle ouvrit un nouveau document sur son écran et ses doigts restèrent figés sur le clavier, le temps qu'elle mette en ordre ses pensées avant d'entamer la rédaction de son rapport. Il lui faudrait attendre les résultats d'analyse si elle voulait intégrer à celui-ci tous les détails nécessaires, mais elle avait déjà une idée assez claire de ce qu'il s'était passé. La victime, une Afro-Américaine, morte de chaleur et de déshydratation comme Molly Vine, se trouvait là depuis deux mois, trois tout au plus. Tout comme Molly, elle s'était dénudée avant de mourir et ses vêtements, bon marché, étaient neufs. Proche de la quarantaine, elle jouissait d'une excellente santé et son corps était celui d'une femme menant une existence saine. Si elle s'était enfoncée dans un secteur des bad-lands différent de celui de Molly, en l'occurrence un désert appartenant aux Navajos, elle avait trouvé la mort au pied d'une formation géologique presque identique. Les traits communs entre les deux affaires étaient frappants, en particulier la présence dans les deux cas des pierres de foudre, tout comme le décor hostile dans lesquelles les deux femmes avaient trouvé la mort. Le corps nu de l'inconnue gisait sur le flanc, en position presque fœtale ; pourtant, à la vue de l'angle que formaient ses jambes, Corrie la soupçonnait d'avoir adopté la position du lotus, sans doute une pierre de foudre dans chaque main, avant de basculer sur le côté sous l'effet d'un coup de chaleur. Les coyotes s'étaient chargés de déplacer le corps et de lui ronger la moitié du visage. Contrairement à Molly, elle avait subi des soins dentaires et Corrie avait pu récupérer sur l'une de ses mains des empreintes parfaitement lisibles, mais celles-ci ne figuraient dans aucune base de données officielle.

La fenêtre temporelle de deux ou trois mois dont elle bénéficiait lui laissait entrevoir la possibilité de retrouver quelque part des images vidéo de la victime ou tout autre indice dont elle ne disposait pas dans le cas de Molly Vine. Elle avait demandé à Bellamy et O'Hara de visionner les images des caméras de surveillance de toutes les grandes surfaces situées dans un rayon de quatre-vingts kilomètres, dans l'espoir de repérer la victime lorsqu'elle s'était procuré ses vêtements neufs.

À présent qu'elle disposait de données de comparaison, Corrie espérait remonter le parcours des deux femmes jusqu'à leur point de départ. À sa demande, Homer Watts s'était attelé à la tâche, armé de cartes topographiques.

Corrie prit longuement sa respiration et entama la rédaction de ses observations tant qu'elles étaient encore fraîches. Elle s'activait sur son clavier depuis un moment lorsque ses doigts ralentirent et s'arrêtèrent sur les touches. Elle recula son siège, plongée dans ses pensées. Le laboratoire bénéficiait d'un appareil flambant neuf qu'elle rêvait d'étrenner : un scanner FireLight d'imagerie CBCT/3D. En dépit du fait que la moitié du visage de la victime avait disparu, elle se demanda si la machine ne serait pas capable de le reconstituer dans son intégralité si elle scannait la moitié intacte et la dédoublait en l'inversant, comme dans un miroir. Ce type d'équipement était encore relativement neuf dans le domaine criminel, mais la machine disposait d'une batterie de huit caméras infrarouges et d'un logiciel d'IA lui permettant de scanner les traits existants afin de reconstituer ceux qui manquaient. Il se disait chez les spécialistes que cette technique, sans atteindre le niveau de qualité de la reconstruction faciale traditionnelle par modelage, s'en approchait.

Corrie referma provisoirement son rapport, poussa la table roulante jusqu'à l'appareil FireLight et positionna le bloc de caméras au-dessus de la partie supérieure du corps.

En une trentaine de secondes, la machine avait procédé à la numérisation du visage de la victime grâce à ses caméras infrarouges. L'opération terminée, Corrie lança le processus d'analyse et attendit en silence que l'ordinateur, dopé par l'IA, passe en revue la masse des images contenues dans les bases de données et compare des centaines de points de référence anatomiques ténus afin de reconstituer en 3D le visage de la morte.

La manœuvre, particulièrement complexe, prit du temps.

Une fois en possession du résultat initial, Corrie s'appliqua à l'affiner en faisant appel à son savoir-faire en matière de reconstruction faciale. Comme elle s'était toujours intéressée à la photo et connaissait bien le maniement de Photoshop, elle put constater combien le fonctionnement du logiciel FireLight était similaire. Elle commença par utiliser la fonction symétrique du programme pour reconstituer les parties manquantes du visage. Sous ses yeux, la machine procéda à la reconstruction progressive des os, des muscles et de l'épiderme, comme elle-même aurait pu le faire avec de l'argile. Cette étape franchie, il ne lui resta plus qu'à utiliser les outils proposés par l'IA pour adapter le modèle à l'âge de la victime, à son excellente forme physique, sa couleur de peau, son ethnicité.

Une fenêtre s'afficha sur l'écran, lui demandant d'attendre pendant que la machine effectuait ses calculs. Quinze secondes plus tard, un visage d'un réalisme saisissant se matérialisait sous ses yeux.

Le cuir chevelu avait été abondamment mutilé par les coyotes, mais Corrie disposait de mèches de cheveux en quantité suffisante pour savoir que la victime portait des cornrows tressées près du cuir chevelu. Elle commanda au logiciel de lui en proposer trois variantes et imprima les modèles obtenus.

Elle se plongea dans la contemplation d'une femme noire proche de la quarantaine aux pommettes très marquées, à la peau très sombre, au regard limpide et à la longue chevelure noire. Il s'agissait d'une simple reconstruction par ordinateur, bien évidemment, et Corrie se demanda jusqu'à quel point elle était fidèle à la réalité. Elle avait toujours la possibilité de procéder à une reconstruction faciale traditionnelle afin d'établir une comparaison entre les deux résultats. L'exercice serait intéressant, surtout le jour où la victime serait identifiée, lorsque Corrie disposerait d'une bonne photo, mais le temps lui manquait et cette première tentative lui suffisait.

Dix minutes plus tard, elle retrouvait son box dans les étages du bâtiment et entrait la reconstruction par IA, accompagnée d'éléments temporels et de quelques détails additionnels, dans la base de données NamUs. En moins d'un quart d'heure, le résultat tombait. La morte, âgée de trente-huit ans, s'appelait Mandy Driver ; diplômée de l'UNM, où elle avait soutenu une thèse, elle était employée en qualité de consultante en géologie par une grande compagnie pétrolière.

À sa vive surprise, Corrie découvrit surtout que Driver avait été l'assistante de Carlos Oskarbi au cours de l'année qui avait précédé son départ de l'UNM. Quant à sa disparition, elle avait été signalée par son père deux mois plus tôt, jour pour jour.

21

Corrie ralentit en atteignant le centre de la petite ville de Bernalillo, une banlieue d'Albuquerque dans laquelle elle n'avait jamais eu l'occasion de se rendre et qu'elle découvrait avec intérêt. Peuplée de moins de dix mille habitants, Bernalillo était le siège du comté de Sandoval, dont le territoire abritait une douzaine de réserves indiennes. Le centre-ville n'avait rien de particulier et ressemblait au reste de l'agglomération d'Albuquerque, son seul charme étant de longer les rives du Rio Grande.

Les recherches effectuées par Corrie lui avaient permis d'apprendre que Mandy Driver avait grandi là avant d'entrer à l'université. Sa mère était décédée deux ans plus tôt et son père, Horace, vivait toujours à Bernalillo. Il travaillait pour Geo Solutions GMBH, la même compagnie qui avait employé sa fille. Tel père, telle fille, à ceci près que Mandy avait choisi de vivre à l'autre bout de la ville.

Corrie avait également appris qu'Horace Driver n'était pas resté inactif depuis la disparition de Mandy, apparemment sans grand résultat. Il faisait régulièrement du barouf dans les locaux de la police locale comme dans ceux du shérif du comté en exigeant qu'on retrouve sa fille, au point que les autorités avaient menacé de l'arrêter. De ce qu'avait pu comprendre Corrie, Driver avait pourtant raison de se plaindre car ni la police ni les services du shérif n'avaient enquêté sérieusement sur cette disparition.

Corrie avait trouvé le moyen de venger discrètement Driver en confiant au shérif la tâche d'annoncer lui-même au père que les restes de sa fille avaient été retrouvés, tout en lui précisant que le FBI avait pris l'affaire en main et ne tarderait pas à le contacter. Corrie avait de nombreuses questions à poser à Driver, mais elle avait souhaité lui laisser le temps de surmonter le choc de la mort de sa fille avant de l'interroger.

Driver avait reçu la visite du shérif l'avant-veille. Corrie, après avoir traversé une zone commerciale abritant un restaurant Applebee's et un Motel 6, rejoignit Enchanted Hills, un lotissement d'immeubles en faux adobe à l'écart de la Highway 550.

Driver père occupait au premier étage un appartement doté d'un balcon. Sa porte était uniquement identifiée par un numéro et il mit près de trente secondes à ouvrir lorsque Corrie frappa. Elle découvrit un soixantenaire aux tempes grisonnantes. Son visage mince et buriné était troué de deux yeux vifs et méfiants. Il portait un jean et une chemise d'épaisse batiste. Corrie, qui avait pris la précaution de lui annoncer sa visite la veille, se demanda s'il avait posé sa journée. D'un autre côté, il était midi et demi, peut-être la recevait-il pendant sa pause déjeuner.

Elle se présenta, son badge à la main. Son hôte s'effaça sans un mot afin de la laisser entrer et lui indiqua un salon faisant également office de salle à manger. On apercevait la grand-route au pied du balcon dont les fenêtres fermées étouffaient la rumeur de la circulation.

Il fit signe à Corrie de s'asseoir.

— Je peux vous offrir un café ? Du thé ? De l'eau ?

— Un verre d'eau, avec plaisir, je vous remercie.

Elle le suivit des yeux jusqu'à la cuisine voisine. Elle n'avait pas soif, mais cet intermède lui permettait de rassembler ses pensées et d'examiner le décor de la pièce.

Celle-ci, très sobre, était d'une propreté méticuleuse. Des aquarelles de paysages du Nouveau-Mexique et des photos de famille encadrées ornaient les murs. Corrie reconnut son hôte, une femme qui était à l'évidence son épouse, ainsi que Mandy.

Driver revint avec un verre rempli de glaçons et une petite bouteille d'eau minérale tout droit sortie du réfrigérateur. Elle le remercia, retira le bouchon, remplit son verre et avala une gorgée.

— Ces œuvres sont magnifiques, dit-elle en montrant de la tête les aquarelles, désireuse de briser la glace.

— Elles ont été faites par ma femme.

Un silence gêné s'installa. Le visage de Driver était fermé et dénué d'expression, mais il ne quittait pas sa visiteuse des yeux.

— Monsieur Driver, se lança-t-elle. Tout d'abord, je tiens à vous présenter mes sincères condoléances pour la perte de votre fille.

Il répondit par un hochement de tête sec.

— Je souhaite également vous assurer que nous nous efforçons de découvrir ce qui s'est passé.

Le silence de Driver, assourdissant, ne pouvait qu'alimenter le malaise de Corrie.

— Nous vous sommes extrêmement reconnaissants d'accepter de me recevoir à un moment aussi pénible.

Croyant deviner qu'il se passerait volontiers des formules de sympathie d'usage, elle sortit son carnet.

— Alors c'est vous qui l'avez retrouvée ? fit-il d'une voix de basse sonore.

Elle hocha la tête.

— En effet.

— Les flics qui m'ont demandé d'identifier le corps ne se sont pas montrés très bavards. En même temps, ils ne disent *jamais* grand-chose. Que pouvez-vous m'apprendre sur ce qui est arrivé à Mandy ?

Le regard incisif de son interlocuteur, couplé à son visage impénétrable, déconcertait Corrie. En règle générale, il n'était jamais conseillé de démarrer un interrogatoire en répondant à des questions au lieu d'en poser, mais elle décida de faire une exception. Elle sortit son portable, qu'elle posa sur la table à côté de son verre d'eau.

— Puis-je enregistrer notre conversation, monsieur Driver ?

Il jeta un coup d'œil en direction de l'appareil et hocha la tête. Corrie posa le doigt sur un bouton, procéda aux précisions verbales d'usage et reporta son attention sur son hôte.

— Je ne suis pas en mesure de vous fournir beaucoup d'informations, nous attendons les résultats des analyses de laboratoire. Je peux toutefois vous préciser…

Elle avala sa salive.

— … que Mandy n'est pas la première à mourir dans ces circonstances.

Driver prit longuement sa respiration sans la quitter des yeux. Corrie le savait, la police ne lui avait pas parlé de Molly Vine car l'enquête restait confidentielle.

— Que voulez-vous dire ? demanda-t-il.

— Monsieur Driver, ce que je vais vous dire devra rester entre nous.

En quelques mots, elle évoqua la découverte des ossements de Vine et les recherches en hélicoptère, engagées dans la foulée, qui avaient permis de retrouver Mandy.

Tout au long de cette explication, Driver ne manifesta aucune émotion. Il observa même un long silence avant de réagir.

— Voyons si j'ai bien compris. Les deux femmes ont été retrouvées dans le désert, où elles sont mortes après avoir retiré tous leurs vêtements. Sans eau, sans téléphone portable, sans papiers. Rien de rien. Des cailloux verts serrés dans leurs mains.

— C'est exact. La principale différence entre les deux affaires tient à la temporalité des événements. Molly Vine était morte depuis cinq ans approximativement, alors que le décès de votre fille remonte à deux mois.

— Cette autre fille… vous dites qu'elle faisait aussi des études d'archéologie à l'Université du Nouveau-Mexique ?

— Oui, monsieur. Votre fille connaissait-elle Molly, par hasard ?

— Tout ça à cause de cet enfoiré d'Oskarbi, éclata Driver sans répondre à la question. Il bousillait ses étudiants, avec ses manipulations.

Corrie, qui ne s'attendait nullement à une telle réaction, s'empressa de rebondir.

— Quelles manipulations, monsieur Driver ?

— J'ai rencontré ce salopard à deux reprises, à l'époque où Mandy entamait ses études de troisième cycle. Ça m'a suffi. Une punaise de hippie baratineur, un drogué bourré de belles paroles.

Les traits de Driver, impassibles jusque-là, traduisaient à présent toute la palette de ses émotions : le chagrin, la rage, le dégoût, l'impuissance.

— Euh… pourriez-vous vous montrer plus précis ?

— Quand j'étais jeune, à Détroit, j'ai travaillé pendant un moment au sein de l'administration d'un collège communautaire. J'ai vu une demi-douzaine d'individus de son acabit passer en conseil de discipline. Tu parles de *professeurs*. Il y en a quelques-uns comme ça, qui se font passer pour des types branchés, qui fument de la drogue sous couvert de pratiques mystiques et cherchent plus à fourrer les filles dans leur lit qu'à leur enseigner quoi que ce soit. J'ai tout de suite vu clair dans son jeu, ajouta Driver en secouant la tête, mais c'était un petit malin. Quand je lui ai posé des questions sur l'avenir de Mandy et le genre de boulot qu'elle pouvait obtenir avec son diplôme, comment elle allait gagner sa vie, il s'est montré tout miel avec moi en m'expliquant qu'il fallait laisser à Mandy le temps de « trouver sa voie ». Je le vois encore, c'est tout juste s'il ne se léchait pas les babines.

Corrie fronça les sourcils.

— Quand vous dites qu'il se léchait les babines, vous sous-entendez que Oskarbi… euh… couchait avec votre fille ?

— Je ne *sous-entends* rien du tout. C'est ce qu'il a fait. Et elle n'était pas la seule. J'ai vu toutes les filles dont il s'entourait.

— Il couchait aussi avec elles ?

— Il essayait, en tout cas. Au point que j'avais décidé d'aller le trouver et de lui en toucher deux mots, avant qu'il ne disparaisse.

Corrie, soucieuse de laisser Driver se calmer, consulta longuement ses notes.

— Pour en revenir à la question que je vous posais il y a un instant, monsieur Driver, Mandy connaissait-elle Molly ?

Il secoua la tête.

— Probablement, puisqu'elles suivaient toutes les deux les enseignements de ce salopard.

— Pour que tout soit bien clair, reprit Corrie. Vous pensez que Oskarbi… Comment dirais-je ? Vous pensez qu'il manipulait psychologiquement ses étudiantes ?

— C'est un euphémisme. Ce type-là était totalement narcissique. Il voulait faire croire que le bouquin qu'il avait écrit était un texte sacré. Il y a fait allusion les deux fois où je l'ai rencontré. À l'écouter, ce travail n'était rien à côté du suivant, dont il laissait entendre que ce serait une œuvre majeure.

— Le suivant ? Il travaillait à un autre livre ?

— Oui. C'était ce qu'il serinait à Mandy, en tout cas.

Il laissa échapper un ricanement amer.

— Il avait fait de Mandy son assistante en lui fourrant toutes sortes d'idioties dans la tête.

Corrie regarda machinalement les photos de famille dans leurs cadres. Mandy Driver était particulièrement jolie, plus encore que sur la reconstruction 3D du logiciel.

— Mandy vous a-t-elle déclaré qu'elle avait une relation avec lui ?

— Non, elle était muette à ce sujet, mais je le savais.

— Lui avez-vous fait part de vos réserves au sujet d'Oskarbi ?

— Bien sûr que oui. Mais comment voulez-vous que puisse entendre raison une fille qui a des étoiles plein les yeux ? Elle avait déjà eu des amoureux, mais c'était de la petite bière à côté de ce *Grand Professeur*.

Corrie se fit la réflexion que les lycéens fréquentés en son temps par Mandy ne devaient jamais plaire à un père aussi exigeant.

— Pensez-vous que la mort de votre fille puisse être liée à sa relation avec Oskarbi ? Il a quitté les États-Unis il y a douze ans et j'ai cru comprendre que Mandy avait mené son cursus jusqu'à son terme avant de trouver un emploi.

— Le départ d'Oskarbi l'a quasiment brisée, mais je ne vous cache pas que ma femme et moi n'étions pas mécontents de voir disparaître cet escroc. Nous avons toujours soutenu notre fille, avec ma femme. Mandy rêvait d'obtenir un poste de chercheuse à l'université. Oskarbi le lui avait promis, mais c'étaient bien évidemment des conneries. Jusqu'au jour où il s'est volatilisé. Je n'ai pas traîné mes guêtres pendant vingt ans dans les champs de pétrole pour que ma Mandy suive mon exemple.

Voyant qu'il s'énervait de plus belle, Corrie se plongea une nouvelle fois dans ses notes.

— Il me semble que vous étiez tous les deux employés par la même entreprise ?

Corrie avait tout naturellement pensé que le père avait veillé à ce que sa fille obtienne un bon poste dans sa boîte, mais peut-être n'était-ce pas le cas.

— On travaillait tous les deux chez Geo.

— Dans quel domaine exactement ?

— La fracturation hydraulique, répliqua-t-il, immédiatement sur la défensive.

— Geo Solutions est une compagnie pétrolière impliquée dans la… *fracturation hydraulique* ? s'étonna Corrie.

— C'est Geo qui gère les gisements pétroliers du bassin de San Juan.

Sa méfiance était montée d'un cran. Corrie avala sa salive. Elle n'était pas fan de la fracturation hydraulique, mais sa fonction au sein du FBI lui interdisait d'exprimer la moindre opinion personnelle à ce sujet. Pourvu que Driver n'ait pas senti sa réprobation à la façon dont elle avait posé la question. Il est vrai qu'il l'avait prise au dépourvu.

Elle releva la tête et la mine de son interlocuteur lui confirma qu'il avait parfaitement perçu son agacement. Il était furieux, à présent.

— L'eau que je vous ai servie vous convient-elle ? s'enquit-il.

Corrie s'empressa d'en boire une gorgée.

— Elle est très bonne, merci.

Un silence pesant s'installa entre eux, que Driver rompit le premier.

— Vous n'avez pas le droit de juger mon travail, ou celui de ma fille.

— Je vous assure, monsieur Driver, loin de moi l'idée de vous manquer de respect…

— Je n'ai pas honte d'effectuer un travail manuel. C'est grâce à mes mains que Mandy a pu suivre des études et décrocher une bourse pour sa thèse, ou encore que je suis passé contremaître.

Son regard se perdit de l'autre côté des vitres de la pièce.

— Elle méritait mieux, enchaîna-t-il. Elle était brillante, toujours première de sa classe. Elle rêvait d'obtenir une chaire de professeure, d'enseigner et d'écrire des livres.

Oskarbi était trop égoïste pour lui en donner l'occasion. Il lui a mis tous ces rêves en tête dans un premier temps, après quoi il s'est évaporé dans la nature… sans un mot… en abandonnant Mandy avec ses ambitions. C'est comme ça qu'elle s'est retrouvée chez Geo, comme moi, à réaliser des missions archéologiques pour la fracturation hydraulique. Que vous considérez d'un si mauvais œil.

— Pas du tout, monsieur.

— Bien sûr, grinça Driver. Je vous ai vue arriver dans un joli Tahoe financé par l'argent des contribuables. Je parie qu'il glisse sur la route comme sur un billard.

Il laissa s'écouler quelques secondes avant de poursuivre :

— Vous savez combien de litres aux cent vous consommez avec ce truc-là ? Et d'où vient l'essence ?

Corrie s'efforça de reprendre l'interrogatoire.

— Que pouvez-vous me dire d'autre au sujet du travail de Mandy ?

Il ne se décida à répondre qu'après l'avoir fusillée du regard.

— Elle étudiait les terrains concernés par la fracturation hydraulique de façon à éviter de tomber sur des sites archéologiques éventuels.

— C'était l'emploi qu'elle occupait au moment de sa disparition ?

— Oui. Elle était bien payée, c'est vrai, mais ce n'était pas le travail dont elle avait rêvé. Comme vous, elle critiquait tout ce qui touchait à la fracturation hydraulique et détestait son boulot chez Geo.

Corrie préféra ne pas relever.

— Je vais vous poser à présent une question délicate : Mandy était-elle dépressive ?

— En aucun cas. Question suivante.

— De quelle façon s'intéressait-elle à la culture Gallina ? Les pierres retrouvées dans ses mains y sont liées.

Driver observa un silence glacial.

— Il y a des années de ça, elle a effectué des fouilles dans le secteur avec Oskarbi, que la culture Gallina semblait brancher tout particulièrement. Il faut savoir que les champs pétroliers de San Juan débordent sur les terres Gallina. C'est même la raison pour laquelle Geo a engagé Mandy, pour sa parfaite connaissance de la région. Question suivante ?

Corrie, déroutée, s'empêtra dans ses notes.

— Avez-vous une idée de la raison qui a pu la pousser à se perdre de la sorte dans le désert ?

Ses yeux lançaient à présent des éclairs.

— Parce que vous pensez *vraiment* qu'elle s'est rendue là-bas de son plein gré ?

Corrie comprit qu'elle venait de commettre une nouvelle bourde.

— Pas du tout, mais cela fait partie des possibilités que nous étudions...

— Comment pouvez-vous savoir que quelqu'un *d'autre* ne l'a pas obligée ?

— Nous envisageons toutes les hypothèses et...

Driver l'interrompit en se levant brusquement.

— Vous me servez le même discours que les flics dont j'ai pu croiser la route depuis deux mois. *Envisager toutes les hypothèses*, la singea-t-il. Allez, assez discuté. Ma fille est morte, maintenant gérez vous-même votre merde. Jamais elle n'aurait fait un truc pareil d'elle-même. Jamais elle n'aurait été assez bête pour s'enfoncer dans un désert qu'elle connaissait et adorait pour y mourir de chaleur. Il y a forcément un coupable. Retrouvez-moi cet enfoiré.

22

Corrie, assise sur le siège passager du pick-up blanc aux armes de la police navajo conduite par l'inspecteur Benally, observait le paysage des bad-lands dans lequel ils s'enfonçaient. La seconde victime ayant été retrouvée dans des terres placées sous le contrôle de la nation Navajo, Benally était officiellement chargé de l'enquête. Ce n'était pas pour déplaire à Corrie, qui appréciait la droiture, la discrétion, l'intelligence et la décontraction de son collègue. Son seul défaut, partagé avec Sharp, était son habitude de conduire comme un fou sur les routes exécrables de la réserve. Résultat des courses, Corrie se cramponnait à la poignée du toit pour ne pas se cogner la tête à chaque embardée. Il accueillit par un rire sa suggestion de ralentir un peu.

— Si je roulais moins vite sur ces routes, je n'arriverais jamais nulle part.

Le paysage des bad-lands défilait de l'autre côté de la vitre. On était en plein mois de juillet, la chaleur était étouffante, et Corrie remercia le destin que l'habitacle fût climatisé. Ils se rendaient chez un certain Jack Bia, propriétaire de la parcelle sur laquelle avait été découvert le corps de Mandy Driver. Et comme Bia ne vivait pas sur place, ils avaient pris la direction de White Horse, le campement dans lequel il résidait, au sud des bad-lands.

— Vous connaissez ce type ? voulut savoir Corrie, secouée de tous les côtés.

— Jamais rencontré. On m'a dit que c'était un jeune qui se destinait à devenir guérisseur.

— Sans vouloir vous vexer, à quoi correspond précisément la fonction de guérisseur ?

— Aucun souci, répliqua Benally. Chez nous, le guérisseur dirige les cérémonies qui permettent aux gens de retrouver leur équilibre de vie, les met en harmonie avec le monde et les guérit de leurs problèmes physiques ou psychiques. J'ai entendu dire que Jack Bia s'initiait à la cérémonie de l'Ennemi.

— De quoi s'agit-il ?

— Elle s'adresse essentiellement à ceux qui sortent de l'armée, et plus particulièrement les combattants. La cérémonie se présente sous la forme d'une litanie d'invocations et de légendes navajos qui dure plusieurs nuits, le tout agrémenté de peintures sur sable et d'un simulacre de bataille, entre autres. Se déroule ensuite une danse destinée aux jeunes, la danse des Filles. Il s'agit de ce que l'on nommait autrefois la danse des Squaws, mais le terme est mal accepté aujourd'hui.

Il rit de plus belle.

— Et vous dites que cette cérémonie contribue à une meilleure harmonie ?

— Ceux qui rentrent de la guerre ont été confrontés à la mort. Je peux vous assurer qu'elle vous marque, surtout si vous avez tué des ennemis. Vous êtes perturbé par le *chindi*, c'est-à-dire les fantômes des morts. La cérémonie de l'Ennemi permet à ces fantômes de trouver le repos.

Il marqua une courte pause avant d'ajouter :

— Dans votre culture, les fantômes en question correspondent aux troubles du stress post-traumatique.

La formule fit mouche.

— Vous voulez dire que la cérémonie de l'Ennemi guérit des TSPT ?

— Elle aide notamment les soldats à gérer les horreurs de la guerre. Quasiment toutes les familles navajos ont des enfants dans les forces armées, si bien que la cérémonie de l'Ennemi a beaucoup d'importance chez nous.

— Et ça fonctionne ?

Benally posa sur Corrie un regard faussement réprobateur et elle comprit que sa question était malheureuse. Elle repensa à sa rencontre avec Horace Driver, qu'elle n'était pas près d'oublier. Pourquoi fallait-il qu'elle néglige systématiquement de freiner ses impulsions au lieu d'appuyer sur le champignon ?

— Bien sûr que ça fonctionne, répliqua Benally. Vous croyez peut-être que les psychiatres et toute leur pharmacopée sont plus efficaces ?

— Je suis désolée. C'était une question idiote.

— Pas de problème. Ah ! Nous arrivons.

Corrie avait pourtant l'impression de n'arriver nulle part, mais elle vit Benally quitter la mauvaise route et s'enfoncer sur une piste qui serpentait entre les collines de sable. Ils parvinrent en vue d'une maison préfabriquée et d'un hogan magnifique dont les murs de rondins équarris étaient surmontés d'un toit de terre. Corrie ne s'étonna pas cette fois en voyant Benally immobiliser son pick-up à bonne distance de la maison et attendre.

La porte s'ouvrit presque aussitôt et un jeune homme d'allure dynamique apparut sur le seuil. Il leur adressa un signe en leur criant de le rejoindre. Ils descendirent du véhicule, s'approchèrent, et il les invita à entrer. Corrie découvrit un grand salon confortable au sol recouvert de tapis, meublé d'un poêle à bois, d'un canapé, de fauteuils et d'une télévision à grand écran. Au-dessus du canapé étaient accrochés des portraits de jeunes gens des deux sexes en uniforme, posant devant le drapeau américain.

— Jack Bia, se présenta leur hôte en leur serrant la main avec une délicatesse inattendue. Le café est prêt.

Il s'activa sans attendre, remplit des tasses qu'il distribua à la ronde après y avoir ajouté automatiquement du sucre et du lait en poudre. Corrie, qui aimait casser l'amertume du café, ne songea pas à s'en plaindre, pas plus que Benally.

Bia s'assit, planta les coudes sur ses genoux et se pencha vers ses visiteurs.

— Alors, que se passe-t-il ?

Benally lança un coup d'œil en direction de Corrie. Dans la mesure où le corps avait été découvert en terre navajo, il était convenu entre eux qu'il prendrait la direction des opérations.

— Eh bien, comme je vous l'ai expliqué au téléphone, dit-il, nous enquêtons sur le décès d'une jeune femme dont le corps a été découvert sur vos terres du côté de Betonnie Wash. Il semble qu'elle se soit enfoncée dans le désert, où elle s'est débarrassée de ses vêtements avant de succomber à la chaleur.

Bia resta sans réaction.

— On se demandait si vous seriez en mesure d'éclairer notre lanterne.

Bia médita ce qu'il venait d'entendre avant de se décider à répondre.

— Je tiens cette parcelle de ma grand-mère mais je ne m'en suis jamais servi. Je n'ai pas le temps d'élever des moutons. Je me destine au métier de guérisseur.

— Quand êtes-vous allé là-bas pour la dernière fois ?

— Il y a au moins dix ans. J'étais encore ado et j'aidais ma grand-mère à garder ses moutons, à l'époque.

— Auriez-vous la moindre idée de ce qui aurait pu pousser quelqu'un à se rendre dans le coin ?

— Les seuls étrangers dont on m'a signalé la présence sont des amateurs de pierres qui cherchent des fossiles ou du bois pétrifié. Ah ! Sinon, j'ai cru comprendre que la compagnie pétrolière envoie des gens sur place de temps à autre.

— À propos, la victime s'appelait Mandy Driver et travaillait pour le compte de l'entreprise Geo, spécialisée dans la fracturation hydraulique.

— C'est logique. Ma parcelle fait partie des terres qui leur ont été concédées.

— Vous voulez dire qu'ils font de la fracturation hydraulique sur vos terres ? intervint Corrie.

— Pas encore, et ce ne sera peut-être jamais le cas, mais ils possèdent une concession sur ces terres.

— Comment fonctionnent les concessions en question ? s'enquit Corrie. Vous recevez de l'argent en contrepartie ?

Bia fit la grimace.

— De l'argent ? Si seulement ! Le secteur appartient à la nation Navajo, qui en cède les droits d'exploitation à la compagnie pétrolière en échange de royalties. L'État et le BLM, le Bureau of Land Management, chargé de gérer les terrains publics, possèdent également des terres dans ce damier. Tout le monde se met d'accord pour que la compagnie pétrolière ait la maîtrise de tout le secteur. Les royalties sont partagées entre la nation Navajo, l'État et les autorités fédérales, si bien que je n'en vois pas la couleur. Ces terres ne m'appartiennent pas, en réalité. Je dispose uniquement d'un droit de pâturage.

— Je comprends, dit Corrie en regardant ses notes. La victime vous aurait-elle contacté pour vous demander l'autorisation d'effectuer des fouilles archéologiques sur place au nom de Geo ?

— Non, les gens de la compagnie vont et viennent sans m'en avertir. De toute façon, je ne vais jamais là-bas.

— Il y a sur place une curieuse formation rocheuse noire, au pied de laquelle le corps de la victime a été découvert. Savez-vous si ce lieu a une signification particulière ?

Les traits de Bia se figèrent.

— Pourquoi cette question ?

— On a trouvé précédemment une autre victime près d'une formation rocheuse similaire. La coïncidence nous a paru étrange.

Bia baissa la tête.

— Selon les croyances des Navajos, répondit-il d'une voix lente, tout a une histoire : le moindre endroit marquant, les montagnes, les canyons ou les mesas. Notre terre, qu'on appelle Diné Bikéyah, est un peu l'équivalent de votre Ancien Testament, à ceci près que la topographie remplace les mots pour raconter l'histoire de notre création.

— Cette formation en particulier fait partie de cette histoire ?

— Oui.

Voyant sa réticence à en dire davantage, Corrie hésita à insister.

Benally prit le relais en adressant à Bia un signe de tête.

— Vous pouvez lui raconter. Elle est de notre côté.

Bia réfléchit longuement, puis il hocha le menton.

— Très bien. Au début des temps, lorsque la terre était jeune, est apparu le peuple Navajo, qui s'est installé dans cette région. Les Navajos se sont aperçus que ce lieu avait déjà été peuplé par d'autres en découvrant des ruines. On leur a donné le nom d'Anasazi, « le Vieil Ennemi ».

Il marqua une pause et prit longuement sa respiration.

— Je sais bien qu'on n'est plus censé utiliser le mot « *anasazi* » pour décrire l'ancien peuple pueblo. C'est aussi bien comme ça, mais une explication s'impose. La traduction du mot navajo « *anasazi* » par « vieil ennemi » est inexacte. Le mot « *ana* » signifie « l'étranger », et pas nécessairement « l'ennemi ». « *Anasazi* » est un terme navajo, en tout cas, et je vais continuer à l'utiliser.

Il but une longue gorgée de café, comme s'il avait besoin de se préparer à ce qui allait suivre.

— L'histoire qui m'a été racontée par mon grand-père remonte à la nuit des temps et joue un rôle important dans le cycle de notre création. La voici : les Anasazis qui vivaient ici avant nous étaient très puissants. Ils possédaient de nombreux guérisseurs, des turquoises sacrées en grandes quantités et pratiquaient d'importantes cérémonies. Le plus puissant de tous les guérisseurs avait été baptisé Noqoìlpi, le Grand Joueur. Le Grand Joueur trichait au jeu, de sorte qu'il a fini par gagner tout ce que possédaient les gens. Enivré par ce sentiment de puissance, il a pris le pouvoir. Il détournait les cérémonies, dont il se servait pour contrôler et asservir les autres, les obligeant à construire les grandes maisons que l'on trouve à Chaco Canyon et ailleurs. Son attitude a déplu aux dieux, les Yei. Le Vent, l'Obscurité, la Chauve-Souris et le Grand Serpent sont descendus sur terre et ils ont défié au jeu le Grand Joueur. Celui-ci a fini par tout perdre. Comme il les menaçait, les dieux se sont débarrassés de lui. L'Obscurité a fabriqué un arc grâce auquel elle l'a envoyé dans le ciel, loin vers le sud. Certains prétendent qu'il est devenu le dieu des Mexicains, d'autres le dieu des Américains. À son départ, les gens ont recouvré la liberté et quitté les grandes maisons. Elles ont été abandonnées et leurs ruines sont restées afin de dénoncer toute forme d'arrogance et d'abus de pouvoir. C'est ce qui explique le regard que portent les Navajos aujourd'hui sur les ruines de Chaco Canyon, dans lesquelles nous voyons un avertissement.

Le temps d'un court silence, il reprit.

— À en croire ma grand-mère, cette colonne noire sur ma parcelle et toutes celles de même nature sont les témoins du mal que nous a laissé en héritage le Grand Joueur. Je ne me suis jamais rendu là-bas, et je n'ai aucune intention d'y aller un jour.

Bia vida sa tasse et la reposa. À son expression, Corrie comprit qu'il serait inutile de lui poser d'autres questions au sujet du doigt de sorcier : il n'y répondrait pas.

23

En temps normal, lorsque Corrie se rendait au sous-sol de l'antenne d'Albuquerque du FBI, elle s'engageait dans le couloir de droite afin de rejoindre le laboratoire de police criminelle. Elle n'avait pas le souvenir d'avoir jamais tourné à gauche en arrivant au pied de l'escalier, même à l'époque de sa toute première visite des lieux. C'était néanmoins la direction qu'elle choisit ce jour-là.

Le couloir, interminable, se terminait en cul-de-sac par un mur percé d'une porte aveugle. Fixé au battant se trouvait un panneau carré sur lequel s'affichait une inscription en majuscules :

ANTENNE D'ALBQ / OPR

Elle hésita quelques instants avant de frapper. Son cœur battait fort dans sa poitrine et elle se décida. Dix secondes plus tard, la porte s'ouvrait et Corrie faisait face à une femme en tailleur bleu.

— Bonjour, je suis Corinne Swanson. J'ai rendez-vous à onze heures.

La femme s'effaça sans un mot et lui désigna un petit espace meublé de quelques chaises qui rappela à Corrie les salles d'attente des centres de vaccination. La femme regagna son bureau à l'accueil, où elle retrouva son ordinateur.

— Vous êtes effectivement notée pour onze heures, dit-elle alors que Corrie venait tout juste de s'asseoir. Suivez-moi, je vous prie.

Corrie se releva et suivit la femme jusqu'à la pièce voisine, dans laquelle s'alignaient plusieurs postes de travail. Les deux femmes poursuivirent leur chemin le long d'un petit couloir, rythmé de part et d'autre de portes munies dans leur partie supérieure de fenêtres translucides. Les murs avaient la même couleur beige que les salles d'interrogatoire et Corrie se fit la réflexion que ce n'était guère surprenant.

Horace Driver n'avait pas perdu de temps. Corrie venait à peine de reprendre la route en le quittant qu'il déposait une plainte officielle contre elle. Il s'y était pris dans les règles, sans doute aguerri par l'expérience acquise à force de se plaindre de l'inaction de la police et du shérif, en contactant cette fois l'OPR, l'Office of Professional Responsibility. Cet équivalent de la police des polices était une unité aussi redoutée que détestée au sein du FBI puisqu'elle était constituée d'agents chargés d'espionner leurs collègues, de faire respecter la loi à ceux dont le devoir était précisément de l'appliquer. Corrie avait entendu circuler de nombreuses rumeurs au sujet de l'OPR, le plus souvent à voix basse, sans y prêter attention. Ses employés ne fraternisaient jamais avec les autres agents, si bien que Corrie n'avait jamais vu auparavant la femme qui lui avait ouvert, pas plus que les collègues installés à leur poste de travail dans la pièce qu'elle venait de traverser. Elle connaissait pourtant la grande majorité de ceux qui travaillaient à l'antenne d'Albuquerque pour les avoir croisés à un moment ou à un autre dans les couloirs ou les cafétérias. Elle avait brusquement le sentiment de se trouver en terre étrangère.

L'endroit fit ressurgir chez elle des souvenirs pénibles. Elle repensa à ses années de lycée, aux quelques fois où elle s'était retrouvée enfermée dans la cellule du commissariat de Medicine Creek à la suite d'une peccadille ou d'un trouble quelconque à l'ordre public.

En attendant, Driver avait porté plainte officiellement et le Bureau disposait de règles précises en pareil cas. À commencer par un entretien avec les responsables de l'OPR, une façon pudique de parler d'interrogatoire.

Elle avait mis tant d'ardeur à obtenir les meilleures notes tout au long de ses études à l'Institut John Jay, à contrôler son tempérament volcanique en toutes circonstances, comment avait-elle pu merder aussi bêtement avec Driver ?

Sa guide interrompit le cours de ses pensées en poussant l'une des portes de droite. L'inspecteur Sharp se leva en voyant Corrie s'avancer dans une petite pièce meublée d'une table et de six chaises : deux d'un côté, quatre de l'autre.

— Mademoiselle Swanson, la salua-t-il en lui montrant l'une des deux chaises. Asseyez-vous.

Elle fit le tour de la table et s'installa sur le siège désigné. Les murs, au lieu d'être peints, étaient recouverts de tissu ou de feutre dont elle se demanda s'il n'était pas conçu pour insonoriser la pièce. Un gros micro à condensateur pendait du plafond, monté sur un support antichoc.

Sharp s'assit en face d'elle, devant une série de boutons de réglage installés à côté d'un enregistreur à microcassette intégré. La table, du côté de Corrie, se limitait à du bois lisse et elle fut un instant tentée de vérifier que des traces d'ongles ne la rayaient pas.

Elle découvrit en face d'elle un inconnu vêtu du costume traditionnel chez les agents du Bureau. La trentaine, il avait des cheveux blond pâle coupés court et parfaitement coiffés. Pour une raison que Corrie ne s'expliquait pas, il s'était assis loin de Sharp, laissant entre eux deux chaises vides. L'inconnu salua Corrie d'un simple mouvement de menton.

— Avant de commencer, déclara Sharp en regardant le dossier posé devant lui, puis-je vous proposer un verre d'eau ?

Corrie secoua la tête. Elle avait décidé de parler le moins possible et de ne rien montrer de ses émotions.

Elle ne connaissait pas suffisamment ses collègues pour se renseigner auprès d'eux sur la marche à suivre en pareil cas. En dehors de Lathrop, l'ancien responsable du laboratoire, personne de sa connaissance n'avait jamais dû affronter l'OPR.

Sharp enfonça l'une des touches.

— Je teste le bon fonctionnement de l'enregistrement, dit-il à l'intention de l'inconnu qui lui adressa un hochement de tête.

Corrie constata que ce dernier portait une oreillette dont le fil se perdait discrètement dans le col de sa chemise.

Alors que Sharp procédait aux ultimes réglages, Corrie remarqua sur le mur qui lui faisait face une plaque de verre de forme carrée. Sans doute celle-ci dissimulait-elle l'œil d'une caméra.

Face à elle, Sharp prit sa respiration. Il écarta le rabat du dossier dont il tira quelques documents, puis il indiqua à voix haute la date et l'heure, pour l'enregistrement, ainsi que les noms des présents.

— Mademoiselle Swanson, commença-t-il, comme vous le savez, Horace Driver a déposé une plainte officielle contre vous.

Il jeta un coup d'œil aux feuilles étalées devant lui.

— De façon plus précise, il vous accuse de l'avoir traité de façon cavalière, de lui avoir manqué de respect, d'avoir manqué d'empathie lors de votre questionnement et, plus généralement, d'avoir conduit l'interrogatoire de façon insultante, autant vis-à-vis de lui que de sa fille.

Il marqua une pause.

— Le ministère de la Justice nous impose d'enquêter en cas d'accusation de faute professionnelle portée contre un agent fédéral dans l'exercice de ses fonctions. Nous sommes tributaires en la matière de l'article 18 du Code des États-Unis, alinéa 242, visant à la protection des droits des accusés effectifs ou potentiels.

Il posa sur Corrie son regard léthargique habituel.

— Suis-je clair ?

— Oui, monsieur.

— Sur la base d'un examen préliminaire, rien dans votre comportement comme dans l'enregistrement de votre interrogatoire de M. Driver n'indique que vous ayez violé les droits civils de M. Driver, procédé à la moindre déclaration abusive ou contrevenu à la loi. Vous n'avez commis aucun délit fédéral de notre point de vue. Il n'en reste pas moins que nous sommes dans l'obligation d'examiner la plainte de M. Driver pour deux raisons : il s'agit tout d'abord de lui montrer que son recours a fait l'objet d'un examen assidu, mais aussi d'apporter la preuve que nous avons procédé à une enquête afin de lever tout doute éventuel à votre encontre.

Putain de merde. Corrie en avait la gorge sèche. C'est tout juste si elle n'avait pas l'impression de passer en cour martiale. Elle regretta de ne pas avoir accepté le verre d'eau qu'on lui proposait.

— Il est heureux que votre entretien avec M. Driver ait été enregistré dans son intégralité, ce qui nous permet de prendre la mesure de ses allégations. Vous êtes prête ?

Sans attendre la réponse de Corrie, Sharp mit en route l'enregistreur.

Corrie et les deux hommes qu'elle avait face à elle écoutèrent en silence la voix de la jeune femme présenter ses condoléances à M. Driver, lui expliquer qu'elle avait découvert le corps et, en réaction aux questions directes de son interlocuteur, lui fournir les détails entourant la mort de sa fille. Driver se lançait alors dans une violente diatribe contre Oskarbi. Dans la foulée, Corrie interrogeait Driver au sujet des activités professionnelles de Mandy. Sharp, cette séquence achevée, arrêta la bande, la rembobina et réécouta le même passage.

« On travaillait tous les deux chez Geo.

— Dans quel domaine exactement ?

— La fracturation hydraulique.

— Geo Solutions est une compagnie pétrolière impliquée dans la… fracturation hydraulique ? »

Corrie, les yeux baissés, regardait ses mains. Il ne faisait aucun doute que sa voix trahissait sa réprobation. Les antennes de Driver le lui avaient confirmé et il s'en était immédiatement pris à elle.

Fort heureusement, Sharp n'eut pas la cruauté de rembobiner une nouvelle fois la bande, préférant la laisser courir. Au terme d'une nouvelle diatribe, adressée cette fois à Corrie, Driver répondait à nouveau aux questions de cette dernière, désormais de façon mordante et suspicieuse, avec cynisme. Jusqu'à ce que survienne la seconde erreur de Corrie : interroger Driver sur la mort de sa fille en laissant planer l'hypothèse d'un suicide.

« Comment pouvez-vous savoir que quelqu'un d'autre ne l'a pas obligée ?

— Nous envisageons toutes les hypothèses et…

— Vous me servez le même discours que les flics dont j'ai pu croiser la route depuis deux mois… Allez, assez discuté. Ma fille est morte, maintenant gérez vous-même votre merde. »

Sachant qu'il arrivait à la fin de l'interrogatoire, Sharp arrêta l'enregistrement avant les commentaires désobligeants de Driver. Le silence retomba sur la pièce et Sharp posa un regard interrogateur sur le représentant de l'OPR, qui lui répondit en secouant la tête d'un mouvement à peine perceptible. Sharp reporta son attention sur Corrie.

— Mademoiselle Swanson, nous venons d'écouter la conversation qui a poussé Horace Driver à porter plainte.

À ce stade, il me paraît impératif de vous poser la question : cette plainte vous semble-t-elle justifiée ?

Justifiée ! se dit-elle. *Jamais de la vie. Ce salopard a tellement l'habitude de porter plainte depuis la mort de sa fille que les flics ont menacé de le coffrer. Je suis son nouveau bouc émissaire, c'est tout.*

Corrie eut la bonne idée de ne pas exprimer sa pensée. Se présenter comme une victime n'était pas la bonne stratégie. À son tour, elle prit longuement sa respiration.

— À l'écoute de cette conversation, monsieur, je comprends ce qui a pu choquer M. Driver. La mort de sa fille l'a plongé dans un chagrin insurmontable. Mon objectif en l'interrogeant était avant tout de recueillir des informations susceptibles de m'aider à conclure cette enquête.

Elle humecta ses lèvres sèches.

— Avec le recul, je me rends compte que j'ai été trop directe avec M. Driver. J'ai commis l'erreur de laisser filtrer mon opinion personnelle sur un sujet qui lui tient à cœur. Je n'ai pas fait preuve de tout le tact nécessaire, sachant combien Driver était sensible, alors que sa susceptibilité était manifeste à ce stade. J'ai insuffisamment tenu compte des préceptes qui m'ont été inculqués à l'école du FBI, et ensuite par l'inspecteur Morwood et vous-même. Je n'ai aucune excuse. Je suis désolée de ce qui est arrivé. M. Driver s'est senti blessé à juste titre. Je ne me suis pas montrée à la hauteur, vis-à-vis de vous comme du Bureau et j'entends tirer les leçons de cette erreur en veillant à ne jamais la reproduire.

Elle conclut sa déclaration par un long soupir. Voilà, elle avait dit ce qu'elle avait à dire en mettant tout sur la table sans se laisser interrompre par Sharp, qui avait pourtant tenté d'intervenir à une ou deux reprises. C'était important à ses yeux. Elle avait merdé, même si elle savait au fond d'elle-même que Driver et le Bureau avaient surréagi. Elle entendait reconnaître clairement sa faute sans qu'il soit besoin de lui mettre les points sur les *i*, mais à sa façon.

Elle observa l'un après l'autre Sharp et le représentant de l'OPR. Son tuteur avait l'air un peu moins endormi que d'habitude. Elle croisa son regard, leurs yeux restèrent soudés quelques instants et il finit par hocher la tête.

— Il me semble, mademoiselle Swanson, que vous avez parfaitement mis le doigt sur le nœud du problème, aussi bien que nous aurions pu le faire. Vous allez toutefois devoir présenter vos excuses à M. Driver. En pareil cas, il est essentiel de s'en expliquer directement au plaignant. Vous portez l'entière responsabilité de vos actes, il est important de lui signifier que cet incident vous aidera à vous améliorer.

Corrie s'était posé la question de savoir si on la contraindrait à une telle démarche. Voyant le représentant de l'OPR se lever et se diriger vers la porte en ajustant sa cravate, il était clair que la procédure n'irait pas plus loin. Il n'y aurait ni supplice de la planche, ni flagellation publique, ce qui était une bonne nouvelle. En revanche, se retrouver en face de Driver suffisait à gâcher le sentiment de soulagement qu'elle éprouvait.

Le représentant de l'OPR salua Corrie et Sharp, puis il quitta la pièce, dont il referma la porte sans bruit. Sharp rassembla ses affaires et éteignit l'enregistreur avec des gestes méticuleux. Il soupira, jeta un coup d'œil en direction du micro éteint et regarda Corrie.

— Je suis désolé que vous ayez dû subir un tel traitement.

Voyant qu'il attendait une réaction, Corrie hocha la tête.

— Ce n'est pas la première fois que je participe à un interrogatoire tel que celui-ci, poursuivit-il. D'un côté de la table comme de l'autre. Ces commissions ont toujours une raison d'être. Une double raison, dans le cas présent.

Il tapota d'un doigt le dossier.

— Tout d'abord, l'interrogatoire de Driver était extrêmement délicat. En plus d'être en souffrance, il éprouvait le besoin de s'en prendre à quelqu'un. Les services de police l'ont traité de façon inepte et vous en avez payé le prix.

Il marqua un léger temps d'arrêt.

— Il a perdu non seulement sa fille, mais aussi son boulot.

— Je l'ignorais.

— Il s'est absenté pour entreprendre des recherches et Geo, en digne géant industriel qu'il est, l'a purement et simplement licencié. Il arrive que les personnes les plus pénibles soient celles que nous nous sommes engagés à protéger. Nous n'y changerons rien. Pas plus que nous ne changerons la machine bureaucratique dont vous avez pu constater la réalité aujourd'hui dans cette pièce.

Il recula sa chaise.

— Maintenant que je vous ai exposé la première raison de cet entretien, peut-être avez-vous deviné la seconde.

Corrie, qui n'avait pas eu le temps d'encaisser la nouvelle du licenciement de Driver, s'en voulait encore davantage.

— À mon avis, monsieur, la seconde raison est que j'ai encore beaucoup à apprendre.

Sharp haussa un sourcil.

— C'était ce que j'espérais entendre de votre bouche, Corrie. Interroger une victime telle que M. Driver nécessite énormément de tact. Vous devez scrupuleusement veiller à ne rien laisser paraître de vos opinions personnelles. Vous avez eu droit à votre baptême du feu. C'est vrai, il vous reste beaucoup à apprendre, mais vous avez énormément progressé en très peu de temps.

Il sembla hésiter avant de se décider soudain.

— Vous êtes l'un des éléments les plus prometteurs qu'il m'ait été donné de rencontrer, débita-t-il d'un seul coup.

Sur ces mots, il se leva, imité par une Corrie aussi surprise que rougissante.

— Allez, au boulot, mademoiselle Swanson, dit-il avec l'ombre d'un sourire.

24

Skip, surmontant une hésitation devant la lourde porte en bois de mesquite, se décida enfin à frapper après avoir repris sa respiration.

Edison Nash lui ouvrit presque immédiatement.

— Salut, mon vieux ! Entrez donc.

Skip suivit son hôte jusqu'à la maison, traversant le grand hall pour gagner le bureau, subjugué une fois encore par la jeunesse de leur propriétaire. Nash devait être âgé de quelques années de plus que lui à peine, ce qui ne l'empêchait pas d'être milliardaire. Un feu se consumait dans l'âtre de la kiva, le crépitement des branches de genévrier ajoutant à l'ambiance crépusculaire de cette fin de journée. Sur la table basse se trouvaient une bouteille de tequila *reposado*, quelques citrons verts, une assiette de sel, des verres à margarita, un flacon de Cointreau, un bocal de sirop de canne, du jus de lime, un seau rempli de glace et un shaker.

Nash se laissa tomber sur un fauteuil en cuir tandis que Skip se posait sur le canapé.

— Il est forcément l'heure de l'apéro quelque part dans le monde, plaisanta Nash. J'ai tout ce qu'il faut. Qu'en dites-vous ?

— Je dis que je suis partant, répondit Skip.

Nash versa successivement dans le shaker le jus de lime, le Cointreau, le sirop de canne et une dose massive de tequila, ajouta de la glace, referma le shaker qu'il agita vigoureusement, puis il frotta de citron vert le rebord des verres, trempa ceux-ci dans le sel et les remplit du mélange d'un geste élégant sous l'œil de Skip, qui se léchait d'avance les babines.

Nash leva son verre et Skip fit de même.

— À notre enquête !

Skip avala une généreuse gorgée de margarita et se sentit envahi par une douce chaleur.

— Maintenant, reprit Nash, vous ne devinerez jamais ce que j'ai découvert.

— Je vous écoute, répondit Skip en tendant la main vers son verre avant de résister à la tentation.

Depuis ses dernières libations en compagnie de Nash, qui l'avaient laissé avec une méchante gueule de bois, il s'était promis de réfréner ses ardeurs.

— Figurez-vous que je me suis intéressé aux ruines de la culture Gallina que l'on trouve dans tous ces canyons. J'ai lu le bouquin de Hibben – que je vous conseille vivement de vous procurer, soit dit en passant – et je me suis renseigné à droite à gauche. À la suite de la visite de votre sœur, j'en suis arrivé à me demander s'il n'y aurait pas d'autres pierres de foudre à débusquer. Pourquoi n'y aurait-il pas un gisement de prasiolites dans le coin ? C'est comme ça que j'ai appris l'existence d'un meurtre étrange qui n'a jamais été élucidé.

— Ah bon ?

— Il y a douze ans de ça, on a retrouvé un corps, resté coincé sur un banc de sable à la confluence du Rio Gallina et du Rio Chama. Ce sont des adeptes de rafting qui l'ont découvert. Le cadavre était celui d'un type d'âge moyen qui avait été frappé et lacéré de coups de couteau. Mais ce n'est pas le plus beau : quand on a procédé à l'autopsie, on s'est aperçu que quelqu'un avait tailladé un symbole sur son ventre. Après la mort.

— Quel symbole ?

Nash se leva et récupéra sur son bureau une photo qu'il tendit à son visiteur.

— Seigneur ! s'écria Skip en posant les yeux sur un cadavre en état de décomposition avancée, allongé sur une table métallique. C'est quoi ce truc ? Une... spirale ?

— Exactement.

— Comment vous êtes-vous procuré cette photo ?

— J'ai de bons contacts.

— On sait à quoi correspond ce signe ?

Nash secoua la tête.

— C'est bien le plus curieux. Cette spirale ressemble à celle qu'on trouve sur certaines peintures rupestres, mais allez savoir ! Ça peut vouloir dire tout et n'importe quoi.

Skip lui rendit la photo.

— Qui était ce type ?

— Mystère. Personne ne sait de qui il s'agissait, ce qu'il fabriquait là, et qui l'a tué.

Il vida son verre et agita le shaker avec entrain.

— Un autre ?

— Bien sûr, accepta Skip, qui s'empressa de terminer son cocktail.

Nash le resservit et remplit son propre verre.

— J'ai également retrouvé les notes de mon grand-père. Aussi incroyable que ça puisse paraître, je me suis aperçu qu'il s'était rendu en secteur Gallina avec Frank Hibben en personne ! Ça se passait dans les années 1930. Ils ont campé sur place et Hibben lui a montré certaines de ses ruines préférées. Je suis persuadé qu'ils ont effectué des fouilles. Il faut dire que le domaine de l'archéologie n'était pas très réglementé, à l'époque. Mon grand-père a très bien pu découvrir les prasiolites à cette occasion.

Il resta un instant songeur.

— Ce serait logique. Je vous parie tout ce que vous voulez qu'il y en a d'autres dans le coin.

— C'est peut-être même là que se trouve le gisement, suggéra Skip, qui commençait à ressentir l'effet des margaritas.

— Exactement ce que je pense ! s'écria Nash, penché en avant, en sondant du regard son invité. J'adore les mystères. Pas vous ?

— Absolument.

— Vous aimez le camping ?

— Beaucoup. Se balader dans le désert en dormant à la belle étoile est une tradition, chez les Kelly. Mon père était une espèce de chasseur de trésor un peu fou. Quand on était gamins, il nous emmenait tout le temps en vadrouille, avec ma sœur.

Skip, emporté par ses souvenirs, afficha un large sourire.

— Je ne suis jamais aussi heureux que devant un feu de camp, un steak en train de griller sur les braises, mon ukulélé à la main… à des dizaines de kilomètres de tout.

— Vous jouez du ukulélé ?

Skip opina.

— Mon père avait un vieux uké soprano Martin des années 1930. Un Style-1, si ça vous parle. En acajou et bois de rose brésilien. Il l'avait gagné au poker. C'est lui qui m'a appris tous les standards et autres chants de cow-boy que je connais. J'ai un peu perdu la main avec le temps, mais je continue d'adorer ça. Chaque fois que je joue, ça me rappelle mon père.

Le regard de Nash se mit à briller.

— Laissez-moi vous montrer un truc.

Il se leva, quitta la pièce et revint une minute plus tard avec un objet allongé qu'il tendit à Skip.

— Une flûte en os anasazi ! reconnut Skip en manipulant l'objet avec respect. Je n'en ai jamais vu en aussi bon état.

Nash éclata de rire.

— Tout simplement parce qu'il n'y en a pas d'autres !

— Que voulez-vous dire ?

— Ces vieilles flûtes sont injouables. La plupart sont si abîmées qu'elles vous restent entre les doigts si vous essayez de souffler dedans. J'ai demandé à un luthier de Denver de me fabriquer cette copie.

— Vous voulez dire qu'on peut en jouer ?

Nash prit la flûte des mains de Skip, interpréta quelques mesures d'une mélodie plaintive et rendit l'instrument à son invité.

— Waouh, s'exclama ce dernier. Elle a un son magnifique.

— Et comment ! Il nous a fallu démonter trois flûtes anciennes pour prendre les bonnes dimensions et déterminer l'emplacement exact des trous.

Skip posa sur lui un regard étonné.

— Trois flûtes anciennes ?

— Bien sûr. Sinon on n'aurait jamais réussi à obtenir la bonne tonalité. Ce n'est pas comme si ces trucs avaient une grande valeur. J'en ai une demi-douzaine quelque part. Je me suis contenté de garder l'embouchure de la plus belle en demandant au luthier de la fixer sur celle-ci. Vous avez remarqué ces ornementations ?

Skip se pencha sur les motifs géométriques partiellement effacés que l'on devinait à l'extrémité de l'instrument.

— C'est extraordinaire, dit-il en rendant la flûte à son propriétaire, pas certain d'approuver la décision de ce dernier de détruire des instruments anciens pour fabriquer cette copie.

— Vous vous souvenez de ce que je vous ai dit la dernière fois ? reprit Nash. Pourquoi ne pas mener tous les deux notre petite enquête ? Il suffit de s'équiper de sacs à dos et de se promener dans ces canyons. On campera quelques jours, le temps d'explorer le coin. Rien d'illégal, je vous rassure. Vous prendrez votre ukulélé et j'emporterai ma flûte. Ce serait génial. Qu'en dites-vous ?

Skip allait répondre « Trop bien ! » lorsqu'il se retint. Il se sentait à la fois flatté de cette proposition et excité à l'idée de partir à l'aventure, d'autant qu'ils feraient peut-être des découvertes intéressantes. C'est vrai, se rendre en terre gallina n'avait rien d'illégal, mais il croyait deviner que Nora ne verrait pas d'un bon œil une telle expédition avec un type comme Nash alors qu'il travaillait pour le compte de l'Institut. Elle lui avait déjà laissé entendre à plusieurs reprises que Nash avait sur lui une mauvaise influence.

— Je… je…, bredouilla-t-il. L'idée est super. Laissez-moi juste le temps de… de m'arranger avec mon boulot au sujet des dates.

— Je comprends, mais ne traînez pas trop. Si ça me chatouille trop, je pars tout seul.

— Non, non ! tempéra Skip.

Il lui fallait trouver comment convaincre Nora, lui expliquer que c'était encore le plus sûr moyen d'empêcher Nash de s'emparer des artéfacts qu'ils pourraient découvrir.

Nash lui adressa un grand sourire.

— Je vous appelle demain. En attendant, je m'occupe de réunir des provisions.

Il tapota la bouteille de tequila d'un air roué.

— Sans oublier une solide réserve d'eau de feu à siroter au coin du feu. Pas vrai, Skip ?

Il leva son verre et les deux hommes trinquèrent avant de vider leurs margaritas respectives.

25

Un épais volume atterrit bruyamment sur le bureau de Corrie, la tirant brusquement d'une rêverie peuplée d'idées sombres.

— C'est quoi, ce truc ? réagit-elle en relevant vivement la tête.

Elle se retourna et vit Nora debout à l'orée de son box. Un large sourire aux lèvres, l'archéologue arborait un passe visiteur accroché à l'aide d'un cordon autour de son cou.

— La thèse de Miranda F. Driver.

— Un vrai pavé ! Vous l'avez lue ?

Nora préempta l'unique chaise libre du box.

— Je l'ai feuilletée. Ce n'est pas la thèse du siècle, mais c'est un travail sérieux. Driver aurait fait une excellente chercheuse si elle avait choisi la voie universitaire.

— Des indications utiles pour notre affaire ?

— Apparemment, cette thèse réunit à peu près tout ce que l'on sait de la culture Gallina. C'est-à-dire presque rien. Elle contient un bref chapitre consacré aux fouilles dirigées chaque été par Oskarbi. Le compte rendu est moins détaillé que je ne l'espérais, mais ce n'est pas vraiment surprenant puisqu'il n'a jamais rien publié sur les découvertes effectuées par son équipe. Ses notes, ses photos et son journal ont, semble-t-il, disparu.

Corrie s'empara de l'épais volume, dont elle égrena rapidement les pages.

— Comment l'avez-vous trouvée ?

— Grâce au site de l'UNM. Toutes les thèses soutenues là-bas sont disponibles en ligne et on peut en commander des tirages.

Elle laissa s'écouler un silence, triturant machinalement le cordon de son passe.

— Cela dit, la thèse de Driver n'était pas aussi facile à dénicher qu'elle aurait dû l'être.

— Comment ça ?

— Elle avait été mal indexée, de sorte qu'elle n'apparaissait pas dans les résultats quand on effectuait une recherche. Je vous invite à jeter un coup d'œil au titre.

Corrie obtempéra. *Le Déclin de la culture Galina dans les bad-lands du Sud-Ouest américain.*

— Vous avez vu ? Le mot « Gallina » est mal orthographié. Maintenant, regardez le nom de l'autrice.

Corrie s'attarda une nouvelle fois sur la page de garde. « Miranda F. Diver. »

— Il y a aussi une erreur à son patronyme, de sorte qu'on ne risquait pas de trouver, que l'on cherche par le titre ou par le nom…

— C'est exprès, vous croyez ?

— Il est possible que quelqu'un ait commis une coquille au moment d'entrer la thèse dans la base de données… Mais deux ? On peut se poser la question.

— Qu'y a-t-il dans ce mémoire qui mériterait d'être caché ?

Nora prit le temps de choisir soigneusement ses mots avant de répondre.

— C'est plutôt ce qu'il n'y a *pas*.

Corrie haussa les sourcils tandis que Nora saisissait l'épais volume, l'ouvrait à la page de la table des matières, qu'elle montrait à Corrie.

— Tout semble normal, non ?

Corrie lut en diagonale la liste des chapitres.

— En apparence, oui. Que suis-je censée voir ?

— Les numéros de page sont tous dans l'ordre ?

Nouveau coup d'œil.

— On dirait.

Nora tourna la page.

— À présent, regardez la liste des illustrations.

Corrie s'exécuta. L'ensemble des illustrations étaient citées, chapitre par chapitre, conformément aux normes en pareil cas : numéro de chapitre / point / numéro d'illustration.

Comme elle ne remarquait rien d'anormal, elle examina la liste de plus près.

— Attendez… Les numéros de certaines illustrations ne correspondent à rien.

— Exactement.

Nora arborait un large sourire.

— Les deux derniers chapitres ont été retirés. Tout le reste a été modifié en conséquence, qu'il s'agisse de la pagination ou de la liste des chapitres sur la table des matières, mais pas sur la liste des illustrations.

Corrie ouvrit de grands yeux.

— Beau travail d'enquête, dit-elle d'un air admiratif. À votre avis, que pouvaient bien contenir les chapitres en question ?

— Aucune idée, mais en lisant cette thèse, j'ai eu l'impression que Driver ne disait pas tout, comme si elle gardait les éléments les plus importants pour la fin, au moment d'exposer sa théorie ou de parvenir à une conclusion inattendue. À ceci près qu'elle ne le faisait pas, donc je suis convaincue que la théorie en question a fait l'objet d'une coupe de dernière minute, laissant place à une conclusion plus banale.

— Une coupe effectuée par qui ?

— L'hypothèse la plus logique serait le directeur de thèse… Comme vous pouvez le voir au début du mémoire, il s'agit d'Oskarbi.

Nora laissa s'écouler un silence.

— En attendant, finit-elle par dire, on devrait pouvoir retrouver les chapitres manquants.

— Vraiment ? Comment ?

— Pour avoir soutenu moi-même une thèse, je sais qu'on rédige généralement une douzaine ou une dizaine de brouillons différents avant de parvenir au résultat final. En pareil cas, on ne jette jamais ses brouillons. Si ceux de Driver ont survécu…

Elle sourit à Corrie.

— … je suis prête à parier qu'ils sont en possession de son père. Et si c'est le cas, mademoiselle l'agente du FBI, c'est à *vous* d'aller les chercher.

Quelques heures plus tard, un nœud géant à l'estomac, Corrie se garait devant l'immeuble d'Horace Driver, descendait de voiture, gagnait le premier étage et sonnait à la porte de l'appartement. Elle avait volontairement omis de prendre rendez-vous par téléphone, de peur qu'il refuse de la voir. En plus de lui présenter ses excuses, elle espérait consulter les papiers de sa fille, s'il les avait en sa possession. Corrie pensait avoir de meilleures chances de le persuader en allant le trouver.

Au terme d'une attente interminable, Driver finit par ouvrir la porte. Son regard se durcit lorsqu'il la reconnut.

— Entrez, l'invita-t-il en s'effaçant.

Corrie, les nerfs à vif, s'avança en s'efforçant de dissimuler son malaise.

— Asseyez-vous.

Corrie opta délibérément pour un fauteuil différent cette fois.

— Monsieur Driver, se lança-t-elle en commençant à réciter le laïus longuement répété dans sa tête en faisant la route. Je suis sincèrement désolée d'avoir pu vous offenser lors de ma…

Driver l'arrêta d'un geste.

— Pas un mot de plus. Je ne sais pas ce qui m'a pris ce jour-là et j'ose espérer que ma plainte ne vous a pas causé d'ennuis.

Il se remplit lentement les poumons.

— C'est juste que… j'étais au comble de la frustration face à l'inaction de la police. Il ne faisait aucun doute que ces gens se contrefichaient de cette histoire depuis le début, persuadés que ma fille avait fugué. Je ne peux m'empêcher de penser qu'ils auraient été plus concernés si ma fille avait été blanche. Je me suis laissé emporter par la colère.

Corrie s'y attendait si peu qu'elle en fut décontenancée.

— Je suis réellement désolée de n'avoir pas su me montrer plus… délicate dans l'expression de mes opinions personnelles.

Driver balaya l'argument d'un geste.

— Si vous voulez vraiment m'aider, faites progresser l'enquête. Avez-vous du nouveau ?

— Pas vraiment, répondit Corrie, mais j'aurais tout de même quelques questions supplémentaires à vous poser… ainsi qu'une requête.

— Si je peux vous être utile en quoi que ce soit, il vous suffit de demander.

— Vous avez fait allusion aux étudiants qui gravitaient autour d'Oskarbi. Je m'efforce d'en établir la liste.

— L'université ne vous l'a pas fournie ?

— Leurs archives sont très incomplètes.

Il hocha lentement la tête.

— Voyons un peu. Mandy parlait beaucoup d'eux, ils formaient un petit groupe très soudé, même si je n'ai guère eu l'occasion de les rencontrer. Molly Vine en faisait partie, bien évidemment. Et puis il y en avait une autre, avec un nom italien… Bellagamba ! Je crois qu'elle travaille toujours à l'université.

— Olivia Bellagamba ?

— Exactement. À part ça, il y avait Susan Franco… Une femme qui s'appelait Élodie Bastien… Un grand garçon costaud, un certain Bromley. Morgan Bromley. Un certain Grant, aussi. Grant était son prénom, j'ai oublié son nom de famille.

Il se plongea dans ses souvenirs.

— Il y en avait d'autres, mais je ne sais plus, dit-il en secouant la tête.

Tout en notant les noms que lui fournissait son interlocuteur, Corrie s'étonna d'une telle mémoire. Sans doute avait-il ressassé douloureusement toute cette période de sa vie en songeant à sa fille, à tout ce qu'elle avait pu lui dire avant de disparaître.

— Combien étaient-ils en tout, à votre avis ?

— Pas tant que ça. Je dirais huit, dix…

Corrie acquiesça. Elle jugea le moment propice pour exposer sa requête.

— Je pensais trouver des informations utiles en consultant les notes et les brouillons de thèse de votre fille. Les auriez-vous conservés, par hasard ?

— Bien sûr. J'ai tout ça dans un placard. Elle n'avait pas la place pour tous ses bouquins et ses papiers dans son petit appartement, si bien qu'elle les a entreposés ici, dans la chambre d'amis.

Il se leva et Corrie le suivit dans le couloir voisin. La dernière porte s'ouvrait sur une petite chambre débordant de vieux meubles à classeurs, de livres, de cahiers, de documents. Le lit, minuscule, était relégué dans un coin.

— C'est là qu'elle dormait quand elle venait me rendre visite. Et c'est là qu'elle gardait tout son bazar.

Il écarta les mains.

— Regardez tant que vous voulez et n'hésitez pas à prendre ce qui vous intéresse.

Il ajouta, après une pause :

— Je suis heureux que quelqu'un se sente enfin concerné par ce qui s'est passé.

Corrie jeta autour d'elle un regard circulaire. Ces papiers pourraient bien être une mine d'informations.

— Je peux vous assurer que je me sens concernée, monsieur Driver, déclara-t-elle avec conviction. Et je vous promets qu'on ira jusqu'au bout de cette affaire.

26

Corrie se mura dans le silence tout au long du trajet, laissant le soin à son collègue O'Hara de les conduire jusqu'à la prison du comté de Sandoval. Malgré les paroles rassurantes de Sharp et les excuses mutuelles échangées avec Driver, elle gardait en bouche un goût amer dû à son passage en commission disciplinaire. Elle parvenait par moments à ne plus y penser, et puis elle se mettait brusquement à douter d'elle-même, à s'interroger sur sa capacité à dompter sa nature impulsive, à s'imposer au FBI comme une enquêtrice pondérée.

Elle avait demandé à son collègue de l'accompagner, ce matin-là, et pas uniquement parce que le règlement exigeait la présence d'un coéquipier en pareil cas. Avant tout, elle souhaitait prendre de la distance et laisser le soin à un autre de poser les questions. Elle appréciait Brendan O'Hara. C'était un type bien, intelligent, amical et consciencieux. Surtout, il ne semblait pas s'offusquer de travailler sous les ordres de quelqu'un de plus jeune, contrairement à son meilleur ennemi, Bellamy.

Elle voulut jeter un nouveau coup d'œil à ses notes et releva aussitôt la tête en sentant le véhicule ralentir. La prison du comté se trouvait à Bernalillo, comme par un fait exprès. La petite ville était en passe de devenir son pire cauchemar, un lieu maudit, comme dans les jeux d'aventure sur ordinateur auxquels elle jouait quand elle était gamine.

Le centre de détention formait un ensemble trapu, peint d'un gris uniforme, dont on aurait pu penser qu'il abritait des entrepôts s'il n'avait été entouré d'une enceinte grillagée surmontée de barbelés. Les environs, quasiment dépourvus de végétation, se limitaient à un grand terre-plein bétonné de la même teinte terne que les bâtiments.

Corrie emboîta le pas à O'Hara, qui se dirigea vers les bureaux de l'administration. Ils montrèrent patte blanche, laissèrent leurs armes de service à l'entrée et se firent conduire jusqu'au parloir en empruntant une série de couloirs. Le lieu ressemblait à tous les espaces similaires, avec ses deux rangées de sièges installées l'une en face de l'autre, son mur de Plexiglas épais muni d'hygiaphones et ses caméras de surveillance pendant du plafond aux quatre coins de la pièce. Jamais Corrie ne l'aurait avoué à O'Hara, mais son expérience de ce genre d'endroit se limitait essentiellement aux exercices de simulation effectués à Quantico quand elle apprenait le métier.

— Vous êtes prêt ? murmura-t-elle, mettant à profit les quelques minutes dont ils disposaient avant l'arrivée du détenu. Je vous laisse prendre la main, quitte à intervenir moi-même en cas de besoin s'il se montre peu coopératif.

— C'est vous qui décidez, répondit O'Hara.

La porte s'ouvrit et une silhouette massive apparut à l'entrée du parloir. Kenneth Curtis fit quelques pas et s'arrêta, examinant longuement les deux agents du FBI à travers la vitre. L'insolence de son regard, la façon dont il les déshabillait des yeux semblaient signaler à Corrie et son collègue que c'était lui qui avait provoqué cette rencontre, et non l'inverse. C'est tout juste si l'on apercevait derrière Curtis les deux gardiens qui l'accompagnaient, tant il était imposant. L'un des gardiens lui retira ses menottes tandis que le second, un pas en arrière, se tenait prêt à utiliser sa matraque et sa bombe lacrymo en cas de besoin. Le premier gardien recula, la porte se referma dans le claquement sec de son verrou et Kenneth Curtis daigna enfin s'asseoir, en se massant les poignets.

Le prisonnier et ses visiteurs se mesurèrent du regard. Corrie avait consulté le dossier de Curtis, mais les photos du détenu reflétaient très imparfaitement l'allure menaçante de l'individu qu'elle avait en face d'elle. Il ne devait pas peser loin de cent cinquante kilos, et son poids devait essentiellement à son impressionnante masse musculaire. Sa chemise à manches courtes dévoilait la litanie des tatouages qui lui couvraient les bras jusqu'au cou. Non content d'avoir la tête rasée, il s'était également défait de ses sourcils.

Corrie avait préparé cet interrogatoire avec tout le sérieux requis. Curtis entretenait des relations pour le moins tendues avec les autorités judiciaires depuis vingt ans. Même en oubliant les problèmes qu'il avait connus à l'époque de son divorce, au nombre desquels figurait une ordonnance restrictive concernant Oskarbi, il avait été arrêté une demi-douzaine de fois pour trouble à l'ordre public ou coups et blessures. Et s'il se trouvait dans la prison du comté ce jour-là, c'était pour avoir cassé plusieurs côtes à un manifestant écologiste hostile à la fracturation hydraulique. Il avait reconnu les faits, ce qui lui avait valu une condamnation à trois mois d'emprisonnement seulement. L'avocat chargé de le défendre lui avait été fourni par son employeur, Geo Solutions, ce qui n'était pas anodin.

Corrie observa le détenu en silence pendant que O'Hara relisait rapidement la liste des questions qu'il avait préparées. Elle se demanda ce qu'une femme aussi intelligente et cultivée que Molly avait bien pu trouver à ce type.

Au nombre des objets, lettres et autres éléments fournis par Mme Vine figuraient une petite photo en mauvais état, dépourvue de cadre, sur laquelle on voyait Molly dans sa robe de mariée. La silhouette de Curtis était en partie coupée, mais on devinait un beau jeune homme mince, et

Corrie avait du mal à croire que l'individu assis de l'autre côté de la vitre était la même personne.

Les formalités d'usage terminées, O'Hara entra dans le vif du sujet.

— Monsieur Curtis, savez-vous pour quelle raison nous avons souhaité vous rencontrer aujourd'hui ?

Curtis haussa les épaules.

— Je vous demanderai de répondre à voix haute, s'il vous plaît, puisque cette conversation est enregistrée.

— Non.

— C'est au sujet de votre ex-femme, Molly Vine.

Aucune lueur d'intérêt ne s'alluma dans les yeux du prisonnier. S'il était forcément au courant de la disparition de Molly, peut-être n'avait-il pas appris la découverte de son corps. En prison, il est rare que les détenus regardent les actualités télévisées.

— Vous étiez au courant de sa disparition ? insista O'Hara.

— Bien sûr. Bon débarras.

— Savez-vous que son corps a tout récemment été retrouvé dans le désert ?

Curtis ne réagit pas immédiatement.

— Son… *corps* ?

— Oui.

— Et vous êtes là pour quoi ? Pour que je passe aux aveux, c'est ça ? railla Curtis.

— Elle était morte depuis cinq ans, précisa O'Hara.

Curtis se contenta de passer lentement la langue sur l'émail de ses dents. La rangée du haut, puis celle du bas.

Corrie se pencha vers lui.

— Quand avez-vous vu Mme Vine pour la dernière fois ?

Curtis posa sur elle un regard faussement étonné.

— Elle *parle*, celle-là ? dit-il en faisant le malin. Elle sait faire quoi d'autre ?

— Répondez à la question, intervint O'Hara.

— Écoutez, j'ai rompu avec cette conne il y a quoi ? Vingt ans ? Il m'est arrivé de la croiser une ou deux fois il y a peut-être… je sais pas, neuf ou dix ans.

— Où ?

— Dans une station-service de Tesuque.

— Vous avez discuté avec elle ?

La question provoqua l'hilarité de Curtis.

— Honnêtement, j'étais même pas certain que c'était elle jusqu'à ce qu'elle me voie. Elle est remontée dans sa bagnole avant de filer comme si elle pilotait une formule 1.

— Vous saviez ce qu'elle était devenue après votre divorce ? poursuivit O'Hara.

Nouveau haussement d'épaules.

— Le monde est petit. Les gens parlent. Je sais qu'elle a renoncé à passer sa thèse et qu'elle a trouvé un boulot de prof quelque part.

— Savez-vous pour quelle raison elle a arrêté ses études ?

— Elle était probablement minée par le chagrin d'avoir perdu un mâle de mon acabit.

— Répondez sérieusement, le rappela à l'ordre Corrie.

Curtis la dévisagea longuement à travers le Plexiglas rayé et sale.

— J'ai pensé qu'elle avait enfin compris à quel point son prof était un imposteur et un loser.

— Vous parlez d'Oskarbi, dit Corrie. Celui qui a obtenu du juge une ordonnance restrictive vous concernant.

— Ouais. Un sale con.

— Quelle raison avait-il invoquée ?

— Un jour, en rentrant du boulot, je l'ai trouvé en train de tringler ma femme. J'ai essayé de lui casser la tête, mais Molly s'est interposée et il s'est barré. Putain d'enfoiré.

— Vous aviez donc des problèmes de couple ? voulut savoir Corrie.

— C'était ce prof, notre problème de couple. Avec ses airs charmeurs de hippie branché, sa façon de botter en touche d'un ton sentencieux quand on lui posait une question et tout le reste. Il puait la beuh. Un enfoiré et un obsédé. Ça m'aurait pas étonné qu'il trempe sa nouille un peu partout.

Corrie consulta le dossier qu'elle avait sous les yeux. Les ennuis qu'avait connus Curtis par la suite n'étaient plus liés à Molly. Tout indiquait qu'il l'avait laissée en paix. D'un autre côté, il n'était pas en prison cinq ans plus tôt, à l'époque où Molly s'était enfuie dans le désert. Et il avait un mobile tout trouvé.

— Comment vous entendiez-vous avec votre femme avant l'arrivée du professeur Oskarbi ? demanda-t-elle.

— Elle était dingue de moi. Je fais cet effet-là aux femmes. Je les attire comme des mouches avec du sirop.

Avant qu'elles ne s'engluent dedans, pensa Corrie.

— Je m'étais dit qu'une fois passée sa thèse, elle commencerait à gagner sérieusement du fric. Et même sans ça, sa mère était blindée.

En plus du reste, Curtis était un profiteur.

— Vous dites avoir voulu casser la tête d'Oskarbi. Pouvez-vous nous dire plus précisément ce qui s'est passé lors de cette altercation ?

Curtis prit quelques secondes pour réfléchir. Peut-être procédait-il à un rapide calcul mental pour savoir si les faits étaient prescrits.

— J'ai eu le temps de lui en coller une paire avant que Molly nous sépare. Il est reparti avec un œil au beurre noir et quelques côtes cassées.

Ce souvenir le fit sourire.

Si Oskarbi avait obtenu une ordonnance restrictive, il s'était empressé de retirer sa plainte. Pour quelle raison ? Corrie venait à peine de se poser la question que la réponse lui apparaissait comme une évidence : Oskarbi n'avait aucune envie que tout le monde sache qu'il draguait ses étudiantes.

— L'avez-vous revu par la suite ? poursuivit O'Hara.

— Non. J'ai entendu dire qu'il était retourné au Mexique.

Comme Curtis n'allait pas plus loin, Corrie voulut tenter une expérience.

— Vous n'étiez pas en prison quand Molly a trouvé la mort dans le désert, dit-elle d'une voix lente.

Curtis ne répondit pas tout de suite.

— Tout ce que je peux vous dire, c'est que je n'ai pas tué Molly. *Si, je dis bien si* je l'avais fait, on n'aurait jamais retrouvé son corps.

Il dévisagea l'un après l'autre ses interlocuteurs.

— Je vous laisse tirer vos propres conclusions.

Sur ces mots, il se leva.

27

Corrie et Sharp rejoignirent ensemble les salles d'interrogatoire de l'antenne du FBI. Elle avait demandé à O'Hara de retrouver tous les thésards qui avaient travaillé sous la direction d'Oskarbi et de convaincre ceux qui étaient restés dans la région de répondre à quelques questions. Faute de pouvoir les convoquer officiellement, il s'agissait de dépositions volontaires – ce qui n'empêchait pas de leur tordre gentiment le bras si nécessaire.

Corrie s'était aperçue que O'Hara était doué à ce petit jeu-là. Sur les cinq anciens étudiants concernés, il avait réussi à en réunir trois. Sharp, qui ne s'était mêlé de rien jusque-là, avait tenu à assister aux interrogatoires, arguant du fait que Corrie manquait encore d'expérience en la matière. En sa qualité de simple observateur, il s'était engagé à intervenir uniquement en cas de besoin. Et Corrie, qui n'aurait pu lui donner tort sur ce point précis, n'était pas mécontente de sa présence.

Les salles d'interrogatoire, situées au rez-de-chaussée du bâtiment, étaient sinistres. Chacune d'elles était équipée d'un miroir sans tain derrière lequel il était possible d'espionner le questionnement des témoins. C'est dans la petite pièce voisine de la salle concernée que se retrouvèrent O'Hara, Corrie et Sharp afin de discuter de la suite, un café à la main.

— Quel est votre objectif exact ? demanda Sharp aux deux autres en posant sur eux son regard léthargique. Quel type d'information recherchez-vous précisément ?

— Le mieux serait peut-être que je vous explique à quelle conclusion je suis parvenue, répondit Corrie. En fait, je me demande si Oskarbi n'était pas le chef d'une sorte de secte.

Sharp haussa les sourcils.

— Une secte ?

— Oui. Nous sommes en présence d'un universitaire charismatique, auteur d'un livre à succès dans lequel il évoque l'usage de la drogue et propose des théories fumeuses sur l'univers spirituel amérindien. Il s'entoure d'une cour d'étudiants qui l'adulent, persuade les filles de coucher avec lui et fait preuve d'un ascendant inhabituel sur les garçons.

Comme elle n'allait pas plus loin, Sharp l'aiguillonna.

— Poursuivez.

Du coin de l'œil, elle vit que O'Hara affichait une moue dubitative.

— Des années plus tard, deux de ses disciples s'enfoncent dans le désert, se déshabillent entièrement et meurent dans des circonstances abominables, sans doute de façon suicidaire. Elles portent sur elles des pierres anciennes très rares. Autant d'éléments qui peuvent laisser penser à une secte.

Sharp pencha la tête de côté.

— Pourtant, les deux victimes, comme les autres étudiants d'Oskarbi, semblent avoir mené des carrières et des vies normales.

— J'en suis bien consciente, inspecteur. J'ai effectué des recherches dans les bases de données du FBI et vous avez raison de souligner que rien n'indique une dérive sectaire caractérisée chez ces gens. Les deux victimes avaient réussi dans la vie, elles ne buvaient pas, ne se droguaient pas, ne souffraient pas de troubles mentaux, n'ont pas connu d'enfance abusive, tout le contraire des cibles privilégiées par les gourous. En outre, Oskarbi s'est évanoui dans la nature il y a douze ans, si bien qu'on peut difficilement le soupçonner de diriger une secte ici depuis son refuge actuel. On ne trouve pas davantage de traces de nouveaux membres.

— Vous venez de résumer à merveille les raisons pour lesquelles il n'y a pas de secte dans le cas présent.

— Pourtant, s'entêta Corrie, on note chez les victimes un comportement suicidaire, ce qui est caractéristique d'un fonctionnement sectaire. Les anciens étudiants d'Oskarbi que nous allons interroger ce matin devraient nous permettre de vérifier qu'ils ne nous cachent rien.

Sharp hocha lentement la tête.

— Comment comptez-vous vous y prendre ?

Corrie y avait longuement réfléchi.

— Je suis partisane d'une approche frontale.

— En quoi pensez-vous qu'une telle technique puisse être plus efficace, disons, qu'une approche moins agressive ?

— Vous le dites vous-même, monsieur. Nous avons affaire en apparence à des individus normaux. Je tiens à m'assurer que ce n'est pas une simple façade.

— Quel rôle jouera votre collègue O'Hara ?

— Ce sera le « bon flic », répondit-elle, la gorge serrée. Je sais que c'est assez cliché, mais ça marche.

Sharp se tourna vers O'Hara.

— Qu'en pensez-vous ?

— Nous en avons discuté entre nous et je suis partant. Ça ne me gêne pas de jouer le bon flic en lui laissant le rôle de salope… je veux dire, de « mauvais flic ». Excusez-moi.

Sa gêne fit rire Corrie.

— Le terme ne me dérange pas. C'est même tout à fait ça. Je vous propose d'interroger notre premier témoin.

Quelques instants plus tard, toujours postée derrière la vitre sans tain, Corrie voyait Morgan Bromley s'avancer dans la pièce voisine entre deux agents qui lui demandèrent de s'asseoir et lui offrirent du thé ou un soda, ce qu'il déclina. Les agents s'éclipsèrent et le témoin resta seul pendant cinq minutes, conformément à une méthode bien établie. Bromley, qui avait belle allure avec son mètre quatre-vingt-quinze, avait des yeux bruns enfoncés, un nez aquilin et des cheveux prématurément gris rassemblés en queue-de-cheval.

— C'est bon, allons-y, décréta Corrie une fois les cinq minutes écoulées.

Tandis que Sharp restait enfermé dans la cabine afin d'observer la scène, Corrie et O'Hara rejoignirent la salle d'interrogatoire. Bromley, assis devant la table, posa sur eux un regard arrogant.

— Monsieur Bumly, le salua Corrie, je suis l'inspectrice Swanson. Je vous présente mon collègue O'Hara.

— Je m'appelle *Bromley*, corrigea-t-il. Professeur Bromley, puisque je suis titulaire d'un doctorat.

Corrie, loin de s'excuser, se contenta de lui adresser un sourire railleur. O'Hara s'installa en face du témoin tandis que Corrie choisissait de rester debout.

— Professeur Bromley, commença-t-elle, cet entretien est enregistré et je vous signale que vous déposez sous serment. Vous voudrez bien décliner vos nom et profession, nous confirmer que vous témoignez de votre plein gré en ayant toute liberté d'exiger la présence d'un avocat ou de vous en aller.

— Professeur Morgan C. Bromley, docteur ès lettres, bibliothécaire et archiviste à la bibliothèque de l'État du Nouveau-Mexique. Je précise qu'en fait de témoigner de plein gré, j'ai été menacé d'une assignation si je ne me rendais pas à ce rendez-vous.

— Je vous demanderai de répondre par oui ou par non : êtes-vous ici de votre plein gré ?

— Oui, je suppose.

— Il est noté officiellement que le témoin se trouve ici de son plein gré, déclara Corrie sur un ton agressif. À présent, monsieur Bromley…

— *Professeur* Bromley.

— Voici ma première question : étiez-vous au courant que le professeur Oskarbi couchait avec un grand nombre de ses étudiantes ? Vos condisciples, en l'occurrence ?

— À quoi rime cette question ? Vous vous prenez pour la police des mœurs ?

Corrie accorda mentalement un point à Bromley pour son sens de la repartie, ce qui ne l'empêcha pas de lui opposer une expression revêche.

— Je vous demanderai de répondre à la question.

— J'y suis obligé ?

— Non, mais je vous fais remarquer que vous témoignez sous serment et que mentir à un agent fédéral constitue un délit.

— Eh bien, je vous répondrai que *personnellement*, je ne couchais pas avec lui.

— Et les autres étudiants ? Je veux dire, les étudiantes ?

Il hésita.

— Oui.

— Lesquelles ?

Bromley partit d'un rire grinçant.

— Toutes, à ma connaissance. Et pourquoi pas ? Il s'agissait de relations consenties.

Corrie prit le temps de lire ses notes.

— Connaissiez-vous Miranda Driver et Molly Vine ?

— Oui.

— Vous les connaissiez bien ?

— C'étaient des condisciples. Nous avons fait nos études de troisième cycle ensemble.

— Êtes-vous au courant de ce qui leur est arrivé ? Qu'elles se sont rendues dans le désert et se sont entièrement déshabillées, ce qui revenait à se suicider ?

— Je l'ai appris par les journaux.

Si le FBI avait fini par communiquer certains détails à la presse, il avait en revanche soigneusement omis de parler des pierres de foudre.

— La mort de deux anciennes étudiantes d'Oskarbi dans des circonstances aussi bizarres est une coïncidence pour le moins étrange. Savez-vous ce qui a pu les pousser à une telle extrémité ?

— Non, pas du tout.

— Quand avez-vous vu Miranda Driver pour la dernière fois ?

— Je ne me souviens plus.

— Vous l'avez pourtant revue depuis l'époque où vous étiez étudiants ensemble, non ?

— Il m'est arrivé de la croiser. Tout comme Molly, mais nous ne sommes pas restés en contact.

— Vraiment ? Plusieurs témoins affirment le contraire.

C'était faux, mais Corrie voulait voir la réaction de son interlocuteur.

— Excusez-moi, c'est une question ?

— Je questionne en effet la véracité de vos dires. Je crois savoir que vous êtes resté en contact avec elles.

— Ce n'est toujours pas une question.

— Êtes-vous resté en contact avec ces personnes ?

— J'ai déjà répondu à cette interrogation.

Putain, ce type aurait pu être avocat.

— Qu'en est-il d'Oskarbi ? Êtes-vous toujours en contact avec lui ?

— Non.

— À quand remonte votre dernier contact ?

— Au moment de son retour au Mexique. C'est-à-dire il y a… à peu près douze ans.

— Oskarbi était votre directeur de thèse. Parlez-moi de lui.

— Que voulez-vous que je vous dise ? Il avait beaucoup de charisme, c'était quelqu'un de très attirant. Ce qui ne m'a pas empêché de m'apercevoir assez rapidement que c'était un imposteur.

— Dans ce cas, pourquoi être resté son étudiant ?

— Parce que changer de directeur de thèse en cours de route relève du suicide, à l'université.

— Savez-vous à quoi correspondent les pierres de foudre ?

— Oui.

— Et les prasiolites ?

— Oui.

— Que savez-vous à leur sujet ?

— Ce sont des pierres associées à la culture Gallina, si je ne m'abuse. C'est tout ce que j'en sais.

— À propos de culture Gallina, vous avez effectué des recherches à ce sujet avec Oskarbi et d'autres étudiants, dont Vine et Driver. C'est exact ?

— En effet.

— En quoi consistaient ces campagnes d'été ?

— On procédait à des fouilles, mais il s'agissait de week-ends prolongés, et non de campagnes à proprement parler.

— Ces sorties étaient agrémentées d'activités sexuelles ?

— La police des mœurs est de retour ? Bien sûr que certaines personnes changeaient de tente en cours de nuit, mais c'était surtout Oskarbi qui passait son temps à renifler les filles.

— Vous n'aimiez pas Oskarbi ?

— Ça se voit tant que ça ?

Corrie commençait à ronger son frein.

— À combien de campagnes de fouilles avez-vous participé ?

— Trois.

— À quelles dates ?

— 2011, 2012 et 2013.

— En dehors des fouilles et des activités sexuelles nocturnes, que se passait-il d'autre ?

— On mangeait, on buvait, on dormait. Et on nageait dans la rivière. On faisait aussi griller des marshmallows entre deux biscuits le soir autour du feu de camp.

— Rien d'inhabituel ?

— Pas dans mon souvenir.

— Avez-vous découvert des prasiolites ?

— Non. Hélas. Il en existe uniquement deux, qui appartiennent à un collectionneur louche, un certain Nash.

— Alors, qu'avez-vous découvert ?

— De nombreux artéfacts intéressants : des objets lithiques, des poteries, des restes humains. Oskarbi n'a malheureusement jamais publié les résultats de ces fouilles, ces trucs moisissent toujours quelque part dans les sous-sols de l'UNM. En dehors des restes humains, que nous avons laissés sur place, conformément aux dispositions de la loi NAGPRA qui réglemente les découvertes de ce genre.

Corrie, dans une impasse, se tourna vers O'Hara.

— Je crois que vous aviez quelques questions à poser au témoin ?

O'Hara acquiesça.

— J'ai une question, dit-il d'une voix acerbe en se penchant vers Bromley. Nous avons tout lieu de croire que Oskarbi était membre d'une société secrète prônant la consommation de drogue, et que vous en faisiez partie. Est-ce exact ?

Bromley éclata de rire.

— Une société secrète ? Une secte, vous voulez dire ? Les sociétés secrètes sont réservées aux Pères fondateurs des États-Unis et aux étudiants des universités de l'Ivy League…

— Contentez-vous de répondre à la question.

— Vous êtes toujours sur la défensive depuis l'affaire de Waco, au FBI, pas vrai ? Ma réponse tient en un mot : non.

O'Hara se tourna vers Corrie.

— À vous, mademoiselle Swanson.

— Je n'ai pas d'autres questions, dit-elle en adressant un regard sévère à Bromley, dont la mine amusée trahissait une certaine incrédulité. Je vous remercie, professeur Bromley. Vous pouvez partir.

Il se leva en secouant la tête et claqua la porte derrière lui.

Corrie se tourna vers O'Hara.

— Je croyais que vous deviez jouer au gentil ?

Il sourit.

— Ce type était une vraie anguille, il fallait bien que je me défoule, moi aussi. Je me suis dit que ça vous rendrait service si je pouvais contribuer à éliminer votre théorie. Ce type est peut-être un beau connard, mais il n'appartient à aucune secte.

Corrie devait bien reconnaître que Bromley, aussi évasif fût-il, s'était montré convaincant.

— C'est noté. Passons au suivant.

28

Nora savait depuis le début que c'était une mauvaise idée. Corrie n'était pas joignable, elle passait le week-end dans le cabanon de Watts. Skip avait du boulot en retard, qui l'occuperait samedi et dimanche. Tappan se trouvait sur la côte Est, comme prévu. Quant à impliquer quelqu'un de l'Institut, il n'en était pas question.

Résultat des courses, elle s'était résolue à partir seule.

Corrie avait réussi à retrouver les deux chapitres manquants de la thèse de Driver et Nora, qui les avait lus avec un intérêt mêlé d'étonnement, était impatiente de laisser « parler le terrain », comme le voulait l'expression consacrée en archéologie. Elle entendait s'assurer que les conclusions de Driver dans ses derniers chapitres étaient fondées.

Elle ralentit l'allure de la Jeep à l'approche du chemin de terre dans lequel elle devait tourner. Elle contourna une cheminée de fée et reconnut l'emplacement qui avait servi de parking à l'équipe de tournage. Elle avait stocké de l'eau en abondance dans le 4 × 4 et comptait en emporter suffisamment dans son sac à dos. La journée n'était pas torride, le thermomètre oscillant aux alentours des trente-cinq degrés, et des bancs de nuages traversaient épisodiquement le ciel. En outre, la formation rocheuse au pied de laquelle avaient été retrouvés les ossements de Vine se trouvait à moins de deux kilomètres. Nul besoin d'être accompagnée pour entreprendre une randonnée aussi modeste. C'est vrai, l'ascension finale était raide, mais elle s'en tirerait facilement, même sans corde ni personne pour assurer ses arrières. Du moins l'espérait-elle.

Nora se gara, descendit de la Jeep et examina les alentours. L'endroit était infiniment plus désolé qu'en présence des membres de l'équipe de cinéma. En revanche, il avait plu dans l'intervalle et le sol, s'il avait séché, avait permis l'éclosion de fleurs sauvages qui jetaient de petites taches de couleur sur la toile morne du désert. Le vent avait dessiné des ridules de sable qui donnaient à l'ensemble une touche rassurante. Dans le lointain se dressait le doigt de roche noire, plus sinistre que jamais.

Nora enfila les bretelles de son Camelbak, chargé de quatre litres d'eau et de quoi grignoter. Elle avala une longue gorgée, étala une épaisse couche d'écran total sur son visage, son cou et ses bras, se coiffa d'un chapeau, chaussa ses lunettes de soleil et se mit en route.

Le sentier était facile à suivre car il portait toujours les nombreuses empreintes de pas de ceux qui l'avaient précédée. Elle avançait d'un bon pied, son énergie dopée par le sentiment de malaise qui l'étreignait. Nora était bien placée pour le savoir, il n'était jamais prudent de s'aventurer seul dans le désert, et encore moins d'escalader des rochers sans accompagnateur. Elle avait toutefois pris la précaution de laisser un message sur le répondeur de Corrie en lui précisant où elle se rendait si jamais il lui arrivait quoi que ce soit. À ceci près qu'on était dimanche matin et que Corrie ne retrouverait du réseau qu'à son retour en fin de journée.

Elle poursuivit son chemin à grandes enjambées, guidée par le rocher plat qui coiffait le doigt rocheux. Elle marchait vite et atteignit en vingt minutes le bas de la colonne noire au pied de laquelle avait été découvert le squelette.

Elle fit le tour de celle-ci, à la recherche de la voie la plus praticable, et s'agaça de constater que l'escalade serait plus difficile qu'elle ne l'avait pensé. Rien de bien méchant néanmoins, une escalade de classe 4, la partie la plus ardue se trouvant au sommet du pylône rocheux. Sans qu'il soit besoin de cordes, toutefois. La roche, de la lave rugueuse, offrait de nombreuses prises. Oubliant tout danger, elle voulut se convaincre que ce n'était pas plus difficile que de grimper à une échelle. Cela ne lui ressemblait pas de prendre des risques inconsidérés, c'est vrai, mais elle brûlait d'envie de voir ce qui se trouvait tout en haut. Dans sa thèse, Driver avançait une théorie révolutionnaire sur la fonction de ces doigts de sorcier, bien qu'elle n'ait jamais pris la peine d'aller vérifier en escaladant l'une de ces colonnes, de façon assez curieuse.

Nora examina la colonne, choisit la voie la plus porteuse et entama l'ascension en s'aidant des deux mains. Elle ne s'était pas trompée, ce n'était guère plus difficile que de se hisser sur une échelle. La lave était pourtant friable et elle se fit une belle frayeur en perdant l'appui de l'un de ses pieds, sans chuter pour autant puisqu'il lui restait trois points d'accroche solides.

Le vide sous elle commençait à devenir vertigineux. À mesure qu'elle grimpait, la roche se faisait de plus en plus inclinée. Au terme d'un quart d'heure d'efforts, elle atteignit la partie la plus difficile : la ceinture rocheuse qui ceignait le toit en forme de mesa.

Elle reprit son souffle et leva la tête. Vacherie ! Cette putain de ceinture était très technique et correspondait au moins à une escalade de classe 5. Elle n'aperçut en tout et pour tout qu'une seule fissure dans laquelle se faufiler afin de s'y hisser en crabe en s'aidant des doigts et des pieds. *Espèce d'idiote. Ne fais pas ça. Tu reviendras une autre fois avec quelqu'un, des cordes, des pitons et des mousquetons.*

En même temps, c'était trop bête. Elle y était presque.

Elle allait devoir regarder le vide sous elle, ne fût-ce qu'en cherchant des appuis pour ses pieds. Une chute serait probablement fatale ; quand bien même ce ne serait pas le cas, elle le regretterait toute sa vie, coincée dans un fauteuil roulant.

Elle s'obligea à se concentrer. Hisse. Une prise pour les doigts, une autre pour un pied. Hisse. Sa main chercha le rebord qu'elle finit par trouver, en quête d'un appui. En levant un pied à la recherche d'une aspérité, le second glissa et elle se retrouva pendue dans le vide par une seule main, jusqu'à ce qu'elle finisse par s'agripper avec l'autre et glisse l'extrémité de sa chaussure dans la fissure.

Quelques instants plus tard, elle atteignait enfin la mesa, le souffle court et le cœur battant sous l'effet de la peur.

— Quelle conne, maugréa-t-elle, furieuse contre elle-même.

Elle n'en avait pas moins atteint son but.

Elle regarda autour d'elle. À l'une des extrémités du plateau rocheux se dressait une hutte de pierre à toit plat. Quasiment intacte, elle était recouverte de petits rondins de bois calfatés avec de la terre. Une minuscule ouverture permettait d'accéder à l'intérieur. La mesa, tout autour de la hutte, était couverte de pierres plates. Elle s'en approcha et découvrit les traces noires laissées par des flammes.

Nora rejoignit la hutte mystérieuse avec anxiété. Les murs du petit bâtiment, très épais, lui donnaient un aspect trapu. En passant la tête à travers l'ouverture, elle distingua une masse informe. Elle tira de son sac à dos une lampe frontale qu'elle ceignit autour de sa tête et alluma. La porte était si basse qu'elle se vit contrainte d'avancer à quatre pattes en espérant ne pas croiser la route d'un serpent à sonnettes ou d'une veuve noire.

Le faisceau de la lampe s'arrêta sur le tas qu'elle avait deviné dans l'obscurité et elle poussa un cri d'horreur. Elle recula si précipitamment qu'elle se cogna le crâne contre le linteau de l'ouverture. Le cœur battant, elle peinait à recouvrer une respiration normale tout en essayant de comprendre la signification de ce qu'elle venait de voir.

29

Nora pouvait compter sur Watts pour s'être choisi une retraite dans un cadre particulièrement beau. Elle venait d'apercevoir son cabanon sur une crête, un petit chalet en rondins au toit de tôle ondulée verte, lové au milieu des pins et surplombant une prairie parsemée de fleurs sauvages. La lumière de cette fin d'après-midi recouvrait d'une chaude lumière dorée le paysage tout entier. La Jeep peinait le long de la route escarpée et Nora s'en voulait de troubler le week-end des deux amoureux, mais après tout, c'était Corrie qui l'avait entraînée dans cette aventure.

Elle arrivait en vue du cabanon lorsqu'elle vit sortir sur la véranda une première silhouette, puis une seconde. Corrie et Homer avaient sûrement vu arriver la Jeep. Nora se sentit soulagée de ne pas avoir débarqué chez le jeune couple au plus mauvais moment.

À voir leur mine, leur agacement ne faisait aucun doute, mais le visage de Corrie s'éclaira lorsqu'elle reconnut le 4 × 4.

— Quelle surprise, fit Watts. Quel bon vent vous amène ?

— Je suis sincèrement désolée de vous importuner, répondit Nora, mais j'avais besoin de mettre Corrie au courant d'une information importante.

— Entrez donc, l'invita Watts. Un café, un verre de vin, de l'eau ?

— Je vous remercie.

Nora récupéra sa mallette sur le siège passager et suivit le shérif à l'intérieur.

Il s'agissait d'un véritable cabanon de chasse à l'ancienne, construit avec des rondins équarris à la main, ajustés et calfatés par de l'étoupe. Un poêle Franklin trônait à l'une des extrémités de la pièce, allumé car on était à plus de deux mille cinq cents mètres d'altitude et que la soirée s'annonçait fraîche. La tête d'un élan doté de bois gigantesques était accrochée sur l'un des murs, de vieilles raquettes de neige, disposées en croix, clouées en vis-à-vis. Un antique fusil à silex pendait au-dessus de la porte. Un plateau de jeu était suspendu à un clou et sur une étagère poussiéreuse s'alignaient des paquets de cartes, des jeux de société, ainsi que des bouteilles à moitié pleines de whisky et de bourbon. Quelques fauteuils de cuir et un canapé fatigués étaient placés, face au poêle, autour d'une table de bois brut.

— On s'y croirait, remarqua Nora en posant sa mallette sur la table.

— Merci, répondit Watts. Ce cabanon appartenait à mon grand-père et je n'ai touché à rien.

— J'aurais aimé pouvoir attendre jusqu'à demain, reprit Nora, mais c'était trop urgent. Surtout après ce que j'ai appris en lisant les chapitres manquants de la thèse de Driver que vous avez retrouvés.

Corrie écarquilla les yeux en voyant Nora tirer de sa mallette les chapitres concernés, ainsi qu'une série de cartes qu'elle étala devant elle après avoir posé son portable à côté.

— Avant de vous laisser commencer, intervint Watts, c'est l'heure de l'apéro. Je me sers un bourbon. Qui veut quoi ?

— Si c'est du café que j'aperçois sur le poêle, je suis partante, répondit Nora.

— Moi aussi, ajouta Corrie.

Le shérif remplit deux mugs et se versa deux bons doigts de bourbon.

— Très bien, dit-il en reposant son verre. À présent que j'ai eu mon petit remontant, je vous écoute.

— Avant d'entrer dans les détails, se lança Nora, il faut que je vous parle de ce qu'on appelle le « phénomène de Chaco ».

— Le « phénomène de Chaco », lui fit écho Corrie.

— C'est le nom qui a été donné par les archéologues à la civilisation qui a connu son apogée dans la région de Four Corners il y a mille ans, avant de disparaître mystérieusement. Cette culture, d'une grande sophistication et d'une complexité extrême, a prospéré entre l'an 900 et l'an 1200 de notre ère. Les tribus concernées, auxquelles on a longtemps donné le nom d'Anasazis, se sont alliées pour construire une ville constituée de grandes maisons à Chaco Canyon. Ces dizaines de structures en pierre gigantesques, de trois ou quatre étages, abritaient des milliers de pièces. La plus peuplée de toutes, Pueblo Bonito, aura été la ville américaine la plus importante de l'époque précolombienne.

— J'ai déjà visité Chaco, intervint Watts. L'endroit est extraordinaire.

Il avala une nouvelle gorgée de bourbon.

— Ces gens ne se sont pas contentés de construire Pueblo Bonito, poursuivit Nora. Ils disposaient notamment d'un système routier très impressionnant qui partait de Chaco dans toutes les directions, à la façon des rayons d'une roue : vers diverses parties du Nouveau-Mexique, mais aussi de l'Arizona, du Colorado, de l'Utah. Il ne s'agissait pas de « routes » dans le sens où nous l'entendons aujourd'hui. Le peuple de Chaco n'avait pas encore découvert la roue et ne possédait pas de bêtes de somme, ces gens n'avaient donc pas besoin de routes plates, larges et droites, mais ça ne les a pas empêchés de construire des chemins en ligne droite qui avaient tous une largeur de dix mètres. Au lieu de contourner les collines et de zigzaguer dans les canyons existants, ils traçaient des routes rectilignes en n'hésitant pas à creuser les reliefs qu'ils trouvaient sur leur passage. La plus longue de ces routes, celle que l'on nomme la Grande Route du Nord, s'étend sur près de deux cents kilomètres dans le sens nord-sud. Elle suit un tracé parfait, plus précis que celui des ingénieurs américains du début du XXe siècle. Tout ça sans l'aide de la moindre boussole, en se guidant uniquement sur le soleil et les étoiles.

Elle trempa les lèvres dans son mug de café.

— Notamment pour cette raison, les chercheurs et les historiens sont convaincus que ces routes avaient une fonction cérémoniale et ne servaient pas seulement aux déplacements des habitants de Chaco.

— Les chapitres manquants de la thèse parlent de ces routes ? s'enquit Corrie.

— Oui, de façon indirecte. Dans son travail, Driver évoque les routes, mais également les phares qui les bordaient.

— Des phares ? réagit Corrie avec scepticisme. Dans le désert ?

— Les habitants de Chaco avaient aménagé, au sommet de buttes ou de formations rocheuses, d'énormes foyers de pierre sur lesquels ils allumaient des brasiers gigantesques, visibles de très loin. Ces phares étaient disposés de telle façon que des messages puissent être envoyés en l'espace d'une nuit dans tout le pays Chaco, vaste de plus de deux cent cinquante mille kilomètres carrés. Les routes de Chaco s'étendaient le long de ces lignes de phares.

— À quoi pouvaient-ils bien servir ? demanda Watts. À se repérer ?

— En aucun cas puisque le paysage de la région ne manque pas de repères visibles de loin. La raison d'être de ces phares reste mystérieuse. Il s'agissait peut-être d'une façon de réunir les fidèles en les appelant à se rassembler lors de cérémonies religieuses, ou bien alors d'un moyen de communiquer avec les dieux. On évoque aussi la possibilité que ce système ait permis la transmission d'informations essentielles liées au climat ou aux récoltes, à moins que ces routes et ces phares aient présenté un intérêt sur le plan militaire. Dans ce cas, pour quelle raison ? Quels ennemis ces gens craignaient-ils ?

— Les extraterrestres ? suggéra Watts, pince-sans-rire, son verre de bourbon à la main.

— Très drôle, répliqua Corrie en lui donnant un coup de coude.

— Ces phares sont quelque part encore plus mystérieux que les routes elles-mêmes. Personne ne sait précisément combien il y en avait. Ce ne sont pas les colonnes rocheuses qui manquent dans la région de Four Corners, les examiner toutes prendrait une éternité.

— Une tâche toute trouvée pour les archéologues, remarqua Watts.

— Si le cœur vous en dit, répliqua Nora. En attendant, revenons-en aux derniers chapitres de la thèse de Driver. En les lisant, il m'est apparu clairement que tout son travail tendait vers une même conclusion. Je vous invite à jeter un coup d'œil à cette carte qu'elle a établie.

Nora désigna à ses hôtes l'un des documents dépliés sur la table.

— Vous voyez ces points en ligne droite qui se dirigent vers le nord-ouest ? Ils indiquent les emplacements des phares de Chaco dont on connaît l'existence. Maintenant, regardez ici, un peu plus loin.

Elle pointa du doigt plusieurs lieux, marqués sur la carte, disposés en arc de cercle.

— Vous voyez cette courbe ? Elle figure sept autres phares dans le prolongement des premiers. Chacun d'eux est un pylône de lave noire. Celui-ci et celui-là sont ceux au pied desquels on a retrouvé les corps des deux victimes. Il en existe cinq autres.

— C'est dingue ! murmura Corrie, hypnotisée par la carte.

— Dans ses chapitres manquants, Driver avançait l'hypothèse que les ennemis tant redoutés des habitants de Chaco n'étaient autres que les Gallinas. Ces phares disposés en arc de cercle, au-delà de ceux dont on connaissait déjà l'existence, se dirigent vers le Rio Chama, la région où vivaient les Gallinas. Driver supputait que ces sept phares constituaient un premier réseau d'alerte, une sorte de ligne DEW[1] destinée à prévenir les gens de Chaco en cas d'attaque des Gallinas.

— Sur quels éléments se fondait-elle ? interrompit Watts.

— Je ne sais pas exactement. Il semble que Driver ne se soit jamais rendue sur place. Du moins, qu'elle n'ait jamais escaladé ces colonnes éparpillées à travers les bad-lands. Tout indique qu'elle a renoncé à inclure ces chapitres dans la version finale de sa thèse avant d'avoir pu vérifier que ces pylônes volcaniques étaient effectivement des phares.

Corrie et Watts se penchèrent sur la carte.

— C'est très bizarre, nota la première.

— Et ce n'est pas tout, reprit Nora. Dans son travail, Driver avance une hypothèse qu'elle attribue à Oskarbi. L'origine de la culture Gallina reste une énigme. Driver, citant Oskarbi, affirme que les Gallinas étaient une branche des Indiens totonaques du Mexique. À la suite de luttes intestines ou d'une scission, les Gallinas se seraient exilés au nord en apportant leur culture et leurs pratiques religieuses. Ils seraient entrés en conflit avec les habitants de Chaco. Ceux-ci, voyant en eux des sorciers ou des représentants du mal, les auraient éradiqués.

1. La Distant Early Warning line, ou « ligne avancée d'alerte précoce », est un ancien réseau de stations de radar datant de la guerre froide, situé dans le Grand Nord canadien et le Nord de l'Alaska.

Elle marqua un temps de silence avant de reprendre.

— Cette conclusion correspond à ce qu'on sait déjà, à savoir que le peuple Gallina a été victime d'un génocide brutal aux alentours de l'an 1200.

— Seigneur, réagit Corrie en secouant la tête.

— Je suis un peu perdu, dit Watts. Qui étaient les bons et qui étaient les méchants dans votre histoire ?

— En notre qualité d'archéologues, nous évitons de porter des jugements moraux de ce genre. On sait uniquement que le peuple de Chaco vivait paisiblement jusqu'à ce que les Gallinas arrivent et commettent des actes de violence et de sorcellerie. Les habitants de Chaco auraient construit ces phares pour se protéger et, comme le peuple Gallina continuait de les menacer, peut-être même de les tuer, les gens de Chaco ont fini par envahir le territoire ennemi afin de l'anéantir.

— Je comprends mieux, sourit Watts. En tant que shérif, j'ai besoin de savoir qui a tort et qui a raison.

— Dans le cas présent, et je vais vous en apporter la preuve, l'agresseur était le peuple Gallina. En fait…

Nora, hésitante, finit par enchaîner :

— … je viens vous trouver ce soir pour vous expliquer ce que j'ai découvert en escaladant le promontoire rocheux des bad-lands au pied duquel ont été retrouvés les ossements de Molly.

— Vous vous êtes rendue là-bas ? Mais quand ? voulut savoir Corrie.

— Aujourd'hui.

— Toute seule ?

— Euh… oui.

Corrie éclata de rire.

— C'est dingue. À part moi, je ne connais personne qui serait capable d'un truc pareil.

— Ça ne me surprend pas de vous. Sauf que vous ne pratiquez pas l'escalade. Quoi qu'il en soit, en arrivant au sommet de la colonne de lave, je suis tombée sur un immense foyer de pierres plates noircies par les flammes et sur une sorte de hutte ou de réserve. Et voici ce qui s'y trouvait.

Nora prit son téléphone et le tendit à Corrie.

— Vous n'avez qu'à regarder les photos.

Corrie s'exécuta et son visage devint pâle comme un linge.

— Ces pylônes n'étaient pas seulement des phares. Vous voyez tous ces ossements ? Ils sont vieux de mille ans, mais on voit clairement qu'ils ont été brûlés après avoir été fracturés, les crânes défoncés. Autant de signes de mort violente.

Elle laissa s'écouler un temps de silence.

— Driver n'est jamais montée au sommet des sept phares noirs qu'elle avait identifiés. Pour être allée voir ce qu'il en était sur celui-là, je suis persuadée que les restes humains que vous distinguez sur ces photos sont ceux des gardiens du phare.

— Vous voulez dire qu'ils appartenaient au peuple de Chaco ? s'enquit Watts.

— C'est le plus logique. Les habitants de Chaco détestaient et redoutaient les Gallinas. De leur côté, ces derniers n'étaient sûrement pas ravis d'avoir, le long de leur frontière, des guetteurs qui épiaient leurs faits et gestes. Je suis prête à parier qu'ils auront pris des mesures de rétorsion. Le fait que ces corps aient été brûlés semble indiquer que les Gallinas les ont offerts en sacrifice. En allant jusqu'au bout de ce raisonnement, on est en droit de penser que le meurtre des gardiens de phare, de ces gens qui gardaient la ligne DEW locale, pour reprendre ma comparaison de tout à l'heure, aura servi de déclencheur à l'invasion des terres Gallinas par le peuple de Chaco et au génocide qui a suivi.

Elle se tut et un profond silence s'abattit sur le cabanon, uniquement troublé par le crépitement du bois dans le poêle.

— Un sacrifice humain, finit par déclarer Corrie dans un souffle. Si je comprends bien, ces deux femmes qui sont mortes au pied de ces phares seraient les victimes d'un rite sacrificiel hérité d'un passé lointain ?

— Cette histoire a des ramifications complexes, répondit Nora. Je n'ai pas toutes les réponses, loin de là, mais vous avez raison : tout indique que nous sommes en présence de sacrifices humains. Au XXIe siècle.

— Une secte, murmura Corrie, une note de satisfaction dans la voix.

— Oui, finit par confirmer Nora. Une secte.

30

Au terme d'un long silence, Corrie reprit la parole :

— Je crois que j'ai besoin d'un petit remontant, moi aussi.

Watts lui versa une rasade de bourbon dans un verre et interrogea Nora du regard.

— Non merci. Je dois conduire.

— Il est tard. Ce n'est pas prudent de rouler dans ces montagnes de nuit. Vous feriez mieux de rester ici, si ça ne vous ennuie pas de dormir sur le canapé. Je peux vous fournir un sac de couchage.

— Dans ce cas, répliqua Nora, reconnaissante de la proposition, je veux bien un peu de bourbon, moi aussi. Une longue discussion nous attend.

Le jeune shérif lui tendit un verre dans lequel elle trempa les lèvres, instantanément ragaillardie par l'alcool qui lui brûlait agréablement la gorge.

— En résumé, Driver avait dénombré un total de sept phares érigés par les gens de Chaco en guise de système d'alerte pour se protéger du peuple Gallina.

Corrie hocha la tête.

— Et vous vous demandez si on ne trouvera pas des corps au pied des autres.

— Exactement.

La nuit tombait et Watts alluma plusieurs lampes à pétrole.

— Très bien, reprit Corrie, l'air songeur. Le mieux serait que le FBI fouille les alentours des cinq autres sites concernés, à la recherche de restes humains éventuels.

Elle montra d'un geste l'ensemble des documents étalés sur la table.

— Vous pouvez me laisser tout ça ?

— J'ai apporté ces documents à votre intention. Je vais également vous transférer les photos par AirDrop.

Corrie afficha sa perplexité en secouant la tête.

— Je n'arrive toujours pas à y croire. Des sacrifices humains. De nos jours ? Sans compter qu'il s'agirait de sacrifices consentis. Qui pourrait bien tirer les ficelles de tout ça ?

— Oskarbi, répondit Watts.

Nora se tourna vers lui.

— Exactement. D'une façon ou d'une autre, Oskarbi se trouve au centre de l'affaire. Il a réuni autour de lui un certain nombre d'adeptes, fédérés autour du livre évoquant la prise de drogues hallucinogènes qui a fait sa renommée. Il organisait des campagnes de fouille tous les étés en territoire Gallina, et c'est lui qui a poussé Amanda Driver à renoncer aux derniers chapitres de sa thèse. Sans doute ne souhaitait-il pas qu'on soit au courant des sacrifices d'autrefois.

— Une petite minute, l'arrêta Watts. J'avais cru comprendre que cet Oskarbi avait disparu il y a douze ans, bien avant que ces femmes ne trouvent la mort ?

— On prétend qu'il est retourné au Mexique afin d'y continuer ses recherches, dit Nora, mais je le vois bien rester en contact avec ses disciples.

Elle poursuivit, à l'intention de Corrie :

— Il faudrait que le FBI se rende dans la Sierra Madre, retrouve sa trace et le ramène pour l'interroger.

Corrie médita la suggestion.

— Ce n'est pas aussi simple.

— Pourquoi donc ?

— Le FBI obtient très rarement l'autorisation d'envoyer des agents à l'étranger. C'est particulièrement vrai en ce qui concerne le Mexique. C'est un vrai cauchemar bureaucratique et il est probable que la démarche n'aboutirait même pas. Nous ne disposons d'aucun élément solide susceptible de mettre en cause Oskarbi, et encore moins de preuves irréfutables. Nous en sommes au stade des suppositions.

— Dans ce cas, j'irai sur place moi-même.

— Au Mexique ? Vous êtes cinglée !

— Je compte m'y rendre en simple touriste. Beaucoup de gens vont dans la Sierra Madre visiter Copper Canyon, ou à la rencontre des Indiens Tarahumaras. Je vais là-bas incognito, je m'arrange pour tomber sur Oskarbi et j'ai une petite conversation avec lui.

— Comment le localiserez-vous ?

— J'ai énormément voyagé au Mexique. Je parle suffisamment bien l'espagnol pour me débrouiller. Grâce à son livre, on sait approximativement qu'il se trouvait dans la région des Indiens totonaques.

— Ce projet me semble bien dangereux, remarqua Watts. Au fin fond du Mexique, avec tous les trafiquants de drogue et les cartels ? En outre, si Oskarbi est mêlé de près ou de loin à la mort de ces femmes, même s'il s'agit d'actes volontaires, il est forcément dangereux.

— Ne vous inquiétez pas pour moi, le rassura Nora.

— S'il vous arrive quoi que ce soit, insista Corrie, je m'en voudrai toute ma vie de vous avoir entraînée dans ce guêpier.

— J'y suis déjà, dans le guêpier en question. Pour le meilleur et pour le pire. Je suis tout à fait capable de me défendre seule. Il faut impérativement que quelqu'un parle à Oskarbi. C'est le chaînon manquant.

— Ne…, répliqua Corrie, aussitôt interrompue par Nora.

— Je n'en reviens pas que vous me demandiez d'abandonner à un stade aussi avancé. Je ne vous laisse pas le choix. Ma décision est prise.

— Rien de ce que vous pourrez découvrir sur place ne sera recevable par un tribunal ou utilisable par le FBI.

— Peut-être, mais l'interroger permettra au moins d'apporter un éclairage sur ce qui se passe en nous aidant à dissiper les zones d'ombre. J'en profiterai pour avoir une discussion avec Don Benicio, le maître à penser d'Oskarbi.

Nora posa la main sur la carte.

— En attendant, je vous laisse conduire les recherches autour des phares restants.

31

Skip trouvait insensée la décision de Nora de se rendre au Mexique seule, qui plus est dans une région aussi isolée. Il le lui avait dit et répété, les mains sur les hanches, le front barré d'un pli, pendant qu'elle achevait de boucler son sac dans le petit salon de la maison qu'ils partageaient.

— Tu n'emportes que ça ? s'étonna-t-il. Prends au moins une arme. Je te prête n'importe laquelle des miennes.

— Mais enfin, Skip ! Tu sais bien que je ne peux pas franchir la frontière avec un pistolet.

— Tu n'as qu'à le cacher derrière la garniture de l'une des portières de la Jeep.

Nora secoua la tête.

— Pour me retrouver dans une prison mexicaine ?

Skip posa sur sa sœur un regard navré.

— Tu as pris ton couteau, au moins ?

Nora fouilla son sac et brandit son Zero Tolerance 0888 noir.

— Combien de temps penses-tu t'absenter ?

— D'après Google Maps, j'en ai pour douze heures de trajet. J'ai calculé un jour pour l'aller, deux jours pour retrouver Oskarbi et lui parler, et un jour pour le retour. Quatre jours en tout.

— Tu n'as aucune idée de l'endroit précis où il vit, juste un nom de village. Le localiser pourrait bien se révéler difficile, surtout dans un pays comme le Mexique.

— D'accord, alors disons cinq jours.

— Tu risques d'être arrêtée par les Federales, qui chercheront à te soutirer des pots-de-vin.

— Les Federales ne me font pas peur. J'emporte une réserve de billets de vingt dollars et une cartouche de cigarettes.

— Tu vas te faire descendre par les narcotrafiquants.

— Jamais ils ne s'en prendront à une touriste américaine. Ils me ficheront la paix.

— Une jolie femme seule dans un pays aussi macho, c'est très risqué.

— Je serai en voiture et je ne compte pas m'arrêter en chemin. Skip, je t'en prie, cesse de penser au pire.

— Où vas-tu aller quand tu arriveras dans ce village dont j'ai oublié le nom ? Celui où est censé vivre Oskarbi ?

— San Luis de Majimachi. Dans ce genre de patelin, tu trouves toujours quelqu'un pour te loger. Je suis prête à dormir par terre chez l'habitant s'il le faut.

Elle sortit de sa poche une feuille de papier.

— Pendant ce temps-là, je t'ai préparé un pense-bête avec une liste de trucs que je voudrais que tu fasses pendant mon absence.

— J'ai horreur de cette expression.

Skip, en dépit de son agacement, avait rendu les armes depuis longtemps. Sa sœur, d'un naturel autoritaire, avait l'habitude de tout assumer. À la maison, mais aussi dans sa vie. De ce point de vue, ces quelques jours allaient lui permettre d'arpenter en douce le territoire Gallina avec son copain Edison. Nora n'aurait pas apprécié de savoir qu'il partait en plein désert avec Nash. Il la soupçonnait même d'avoir établi cette liste à son intention dans le seul but de l'occuper.

On aurait pu croire que sa sœur devinait ses pensées, car elle reprit aussitôt :

— Écoute, Skip. Pendant mon absence, je voudrais que tu sois… euh, que tu fasses preuve de prudence avec ton nouveau copain.

— Edison ? Qu'est-ce que tu lui reproches ? s'énerva-t-il.

— Je ne suis pas certaine qu'il soit très franc du collier. En tant que collectionneur, je veux dire. N'oublie pas que tu travailles pour l'Institut.

— Ma vie privée ne regarde pas l'Institut, se défendit Skip, blessé dans son amour-propre.

— Tu as raison sur le principe, mais on ne vit pas dans un monde idéal. Nash est un collectionneur douteux alors que tu es responsable des collections d'un institut archéologique officiel. Les deux ne font pas très bon ménage.

Hésitante, elle ajouta :

— En fait… je trouve ce type assez bizarre.

— Je suis libre d'avoir les amis que je veux, rétorqua sèchement Skip.

— En plus, il boit comme un trou, insista Nora. Mets la pédale doucc avec sa tequila de luxe. OK, mon frère ?

Skip sentit le rouge lui monter aux joues. Nora avait raison, bien évidemment. Cela dit, quelques verres de temps à autre n'avaient jamais fait de mal à quiconque.

— C'est noté, acquiesça-t-il. D'ailleurs, je t'enverrai des textos tous les jours. À condition d'avoir du réseau, bien sûr.

— Et moi, je t'appellerai dès mon arrivée à San Luis.

— Super. Ne te fais pas de bile pour moi, et prends bien soin de toi.

Ils se serrèrent dans les bras l'un de l'autre, puis Nora fit un gros câlin à Mitty, leur golden retriever, et boucla son sac de voyage. Quelques instants plus tard, avec un pincement au cœur, Skip la regardait se diriger vers la Jeep et charger son sac dans le coffre. Mitty, à côté de lui, ne semblait pas plus rassuré, comme toujours lorsqu'il voyait partir l'un de ses maîtres. Ce séjour improvisé au Mexique ne disait décidément rien qui vaille à Skip, mais du moins lui laissait-il les coudées franches.

Il chassa ses pensées sombres alors que la Jeep s'éloignait et tira de sa poche son portable.

— Edison ? Salut, c'est Skip. C'est bon pour notre petite virée, et tout de suite. Préparez votre barda, on part au pays des Gallinas !

32

La voiture de Skip était une véritable épave, si bien qu'il avait accepté avec plaisir la proposition de Nash d'utiliser son imposant pick-up F-150 pour leur expédition. Gallina Canyon, où se cachaient les ruines de la culture Gallina, se trouvait dans le parc naturel du Rio Chama, ce qui signifiait qu'il était impossible d'aller en voiture jusqu'à l'emplacement prévu pour leur campement. S'y rendre avec une mule de bât aurait été trop compliqué, aussi avaient-ils pris la décision d'effectuer la fin du trajet sac au dos. Ils avaient commencé par étudier la carte afin de déterminer le chemin le plus propice, mais il y avait un hic : arriver au plus près du parc naturel avant de laisser le pick-up les contraignait à traverser la partie ouest de l'exploitation pétrolière du bassin de San Juan en empruntant le dédale des pistes de terre aménagées par les équipes de fracturation hydraulique, dont l'usage était strictement réservé aux équipes de la compagnie pétrolière.

— Rien à foutre de ces connards, avait décrété Nash en consultant la carte entre deux tournées de tequila pure. Ces terres sont publiques, elles appartiennent au peuple américain, le tout sera de rester discret.

Sur le moment, Skip avait trouvé l'idée raisonnable, mais il avait des états d'âme à présent qu'ils se trouvaient en face d'une menaçante pancarte « ACCÈS INTERDIT ». Il avait connu tout récemment des déboires avec la police, avec arrestation, emprisonnement et procès à la clé[1]. Il avait été acquitté, bien sûr, mais l'expérience l'avait traumatisé et il n'avait aucune envie de rencontrer de nouveaux problèmes.

— Il faudrait asperger de chevrotine cette fichue pancarte, maugréa Nash qui fit un doigt d'honneur au panneau en passant.

Comme le collectionneur était au volant, Skip le guidait en se servant de Google Earth sur son iPad. À vue de nez, ils avaient parcouru les trois quarts du chemin avant de s'aventurer en terrain interdit. Quelques kilomètres plus loin, dans le labyrinthe des lits de torrent asséchés, des formations rocheuses et des arroyos, ils découvrirent une armée d'énormes cuves vertes au centre d'un vaste espace aplani au bulldozer, entouré d'un remblai de terre. L'ensemble formait une horrible verrue dans le paysage, et l'endroit paraissait désert.

— Regardez-moi ça, siffla Nash.

— Incroyable.

Ils contournèrent le chantier et se trouvèrent confrontés à un nouvel embranchement. Skip se pencha sur son iPad : aucune route n'apparaissait sur son écran, mais il disposait heureusement des données du GPS.

— Prenez le chemin de droite qui grimpe sur cette mesa.

Le pick-up s'élança sur la voie en zigzag et rejoignit le plateau couvert d'armoise. Ils dominaient à présent le paysage, ce qui leur permettait de voir les cicatrices laissées par la compagnie pétrolière : une pléthore de pistes de terre, courant dans tous les sens, qui conduisaient toutes à des esplanades artificielles sur lesquelles on apercevait chaque fois un puits et une rangée de cuves au milieu d'un entrelacs de conduites. L'exploitation s'étendait à perte de vue.

— Quel scandale, remarqua Nash.

1. Lire *La Montagne morte* (L'Archipel, 2024).

De son côté, Skip contemplait ce spectacle avec angoisse, conscient qu'ils allaient devoir traverser cette zone. Il distingua en contrebas de la mesa trois pick-up blancs garés près d'un puits et une équipe d'ouvriers occupés à une tâche quelconque.

Skip consulta le GPS.

— Euh… j'ai comme l'impression qu'il va falloir passer par là.

— Aucun moyen de contourner l'obstacle ?

— Non.

— Alors le mieux est encore de passer le plus rapidement possible.

— Ils vont nous voir arriver.

— Rien à braire. Ces terres nous appartiennent.

Nash avait peut-être raison, mais ce genre d'argument n'empêchait nullement les exploitants pétroliers d'interdire l'accès à leur zone de forage à l'aide de pancartes. Skip se rassura en se souvenant que son compagnon était un milliardaire et qu'il trouverait toujours le moyen de graisser la patte de quelqu'un en cas de problème. Le privilège des riches.

Nash traversa la mesa de l'autre côté de laquelle une route de terre descendait en direction de la vallée suivante. Skip se demanda si les ouvriers ne risquaient pas de voir la silhouette du pick-up se découper au sommet du plateau. Il ne s'était pas trompé, plusieurs individus les pointèrent du doigt et se ruèrent vers leurs véhicules.

Nash accéléra, coupant à la corde les virages en épingle à cheveux du chemin qui rejoignait la vallée. Si la température extérieure était raisonnable, la piste était desséchée et le F-150 laissait derrière lui un sillage de poussière qui devait se voir à plusieurs kilomètres à la ronde.

Nash enfonça la pédale d'accélérateur en atteignant la vallée.

— Doucement, le tempéra Skip en s'agrippant à sa portière.

— Il faut absolument passer avant qu'ils aient le temps de nous bloquer la route.

Le puits était à présent caché derrière les formations rocheuses des bad-lands, mais alors qu'ils contournaient une cheminée de fée à vive allure, Skip vit soudain les pick-up blancs couper à travers l'esplanade et se diriger vers le chemin.

Nash accéléra dans un nuage de graviers, mais deux des pick-up avaient déjà atteint la piste.

— Ils nous bloquent la route, dit Skip.

Nash, les traits tendus et les mains crispées sur le volant, ne répondit pas. Devant eux, un troisième véhicule avait rejoint les deux premiers et il n'était plus possible de passer.

— Je vais les contourner par la gauche, décida Nash.

Skip comprit la manœuvre en voyant à côté de la piste une zone désertique parsemée de rochers et de creux.

Les ouvriers étaient descendus de leurs pick-up, armés de barres de fer pour certains d'entre eux. Ils souriaient d'un air sadique, ravis d'en découdre.

Nash, refusant de ralentir, donna un coup de volant à gauche à une trentaine de mètres du barrage et le pick-up franchit une butte de terre en direction d'un étroit passage entre deux rochers. Nash dépassa l'obstacle en rasant la roche, donna un coup de volant et freina le temps de parcourir un petit goulet, puis il tourna le volant dans l'autre sens en soulevant un épais nuage de poussière. En roulant à la hauteur des ouvriers, il leur adressa un doigt d'honneur.

Une bordée d'injures suivit le pick-up et Skip, en se retournant, vit les hommes remonter en hâte à bord de leurs véhicules.

— Ils nous pourchassent ! s'écria-t-il.

— Bien sûr.

Nash retrouva la piste au même moment et accéléra.

La poussière formait un nuage si épais que Skip ne voyait plus rien derrière eux, mais alors que la piste décrivait un virage, il constata qu'il ne s'était pas trompé : deux des pick-up au moins leur donnaient la chasse.

Le F-150 décolla brièvement sur une bosse et Nash laissa échapper un cri de joie alors que le véhicule retombait lourdement.

Skip regarda le GPS. Ils avaient traversé la moitié du champ pétrolier. Devant eux, à l'horizon, les bad-lands cédaient la place à une forêt de pins et de genévriers, au-delà de laquelle se trouvait le parc naturel.

— Essayez de voir s'il n'y a pas un moyen de semer ces connards, préconisa Nash.

Dans le dédale des chemins de terre et des formations rocheuses, il aurait été facile d'échapper à leurs poursuivants si le nuage de poussière soulevé par le F-150 ne les avait pas trahis.

— Prenez à droite au prochain embranchement, conseilla Skip.

Il continua de guider Nash au milieu du labyrinthe de pistes, de lits de torrent à sec, de pompes abandonnées, de cuves à pétrole et de cheminées de fée. Restait à savoir si les ouvriers abandonneraient la poursuite une fois qu'ils seraient sortis de la zone d'exploitation. Skip regrettait amèrement que Nash leur ait fait un doigt d'honneur.

Derrière eux, les deux pick-up blancs continuaient de les suivre. Ils pénétrèrent enfin dans le secteur boisé, hors de la concession pétrolière.

— Ils gagnent du terrain, dit Skip.

— Merde, gronda Nash. Ce putain de pick-up est trop lourd pour leur échapper. Il est temps de réfléchir à un plan B.

— Un plan B ?

D'une main, Nash ouvrit la boîte à gants, dont il tira un énorme pistolet.

— Holà ! réagit Skip. Pas de ça. Vous êtes dingue ?

— Ne vous inquiétez pas, je n'ai pas l'intention de leur tirer dessus, répliqua Nash en agitant l'arme. C'est uniquement pour nous défendre.

— Qui vous dit qu'ils ne sont pas armés, eux aussi ?

— J'en doute. C'est forcément interdit par leur employeur. De toute façon, je ne compte pas leur montrer ce joujou, à moins que nous soyons directement menacés.

Skip sentit s'accentuer son angoisse.

— Écoutez… je ne suis pas venu pour me battre.

— Ils n'ont aucun droit de nous poursuivre, rétorqua Nash. Ces types ne sont pas flics. Et vous avez vu leurs barres de fer ? Nous sommes en état de légitime défense.

Nash venait de contourner un petit repli de terrain lorsqu'il freina brusquement, quitta la piste et s'immobilisa dans un coin d'ombre.

— Allez, on y va,

Il glissa l'arme dans le creux de ses reins et ouvrit sa portière.

— Où ça ? cria Skip, pris de panique.

— Suivez-moi. Vous sortez votre portable et vous filmez la scène en douce. Pas de souci, Skip, j'ai la situation bien en main.

Nash rejoignit la piste, suivi par Skip, dont le cœur battait à tout rompre, son téléphone à la main. Quelle folie !

Les deux pick-up arrivaient déjà. Nash leur adressa un grand geste et ils stoppèrent dans un crissement de freins. Les portières s'ouvrirent à la volée et quatre silhouettes menaçantes, armées de barres de fer, jaillirent des véhicules. Les hommes s'approchèrent en bombant le torse et se plantèrent à quelques mètres de Nash. Des types bedonnants taillés en armoire à glace, le visage maculé de noir. Deux d'entre eux étaient en maillot de corps et un autre portait une chemise crasseuse tandis que le quatrième, de façon inattendue, était vêtu d'un uniforme impeccable. Skip, le portable en main, filmait subrepticement la scène en s'efforçant de ne pas trembler.

— Vous vous trouvez sur une propriété privée, déclara M. Propre en faisant un pas en avant.

Il s'agissait à l'évidence du responsable.

— Nous sommes sur un domaine public, rétorqua Nash avec un calme surprenant.

— Vous n'avez pas vu les pancartes ?

— Si, mais je viens de vous le dire, c'est un domaine public. Maintenant, laissez-moi vous poser une question : à quoi riment ces barres de fer ? Vous nous menacez ?

Nash s'exprimait avec une assurance telle que Skip ne le reconnaissait pas.

— Vous allez nous suivre, répliqua M. Propre. On vous conduit chez le shérif.

— Vous n'avez pas le droit de nous arrêter.

— Allez vous faire foutre, s'énerva M. Propre, qui perdait patience. Vous allez nous suivre, que ça vous plaise ou non.

— Pas question, rétorqua Nash. Vous n'êtes même plus sur votre putain de concession, mais dans un parc naturel.

Le responsable, rouge de colère, se tourna vers ses hommes.

— Allez, les gars ! Montrez un peu à ces enfoirés qu'on ne plaisante pas.

— Nous sommes en état de légitime défense.

— Va te faire foutre, connard, gronda l'un des ouvriers en s'avançant, barre de fer levée.

Ses collègues l'imitèrent.

Nash glissa une main dans son dos, récupéra son arme et la laissa pendre négligemment au bout de son bras.

Les ouvriers se figèrent.

— Putain, cet enfoiré à un flingue.

— Pour que tout soit bien clair, reprit Nash, je n'hésiterai pas à agir en état de légitime défense si vous faites un pas de plus. Essayez toujours si vous ne me croyez pas, vous verrez si je plaisante.

Il dévisagea ses interlocuteurs l'un après l'autre et son regard s'arrêta sur M. Propre.

— Comme vous êtes visiblement le responsable, vous allez gentiment récupérer les papiers de tout le monde et me les montrer. J'ai l'intention de porter plainte auprès de votre employeur. Mon ami a filmé entièrement la scène, je ne suis pas certain qu'elle soit du goût de vos patrons.

Les hommes regardèrent Skip d'un air étonné. Il brandit nerveusement son téléphone et la fureur du responsable laissa progressivement place au doute et à la peur. Nash avait réussi à inverser les rôles avec une rapidité stupéfiante.

— Alors, monsieur le responsable ? Ces pièces d'identité ? Jetez-les à vos pieds, que mon collègue puisse les filmer avec son téléphone.

— Allez vous faire voir. Vous n'avez pas le droit de relever nos noms ou quoi que ce soit d'autre.

Les paroles de M. Propre étaient infiniment plus belliqueuses que la façon dont il les avait prononcées.

— Tout comme vous n'avez pas le droit de nous arrêter.

Un silence interminable s'installa.

— Bon, se décida Nash en remettant son pistolet dans le creux de ses reins avec un sourire. Je suis tout disposé à passer l'éponge, dit-il sur un ton sarcastique. Vous retournez d'où vous venez, on reprend notre route et tout le monde est content. Qu'en dites-vous ?

Les ouvriers se regardèrent en dansant d'un pied sur l'autre. Leur responsable se racla la gorge, cracha par terre et fit volte-face sans un mot en faisant signe à ses hommes de remonter dans les véhicules. Quelques minutes plus tard, les pick-up opéraient un demi-tour et disparaissaient.

Nash éclata soudain de rire et regagna le F-150 avec Skip en secouant la tête.

— Comme le dit le bon sens populaire, il faut savoir ce qu'on veut dans la vie. La plupart des gens sont des crétins. Ils sautent dans le bain sans réfléchir et finissent par se retrouver dans la merde.

Skip feignit de rire de cette petite leçon de philosophie.

Nash sortit à nouveau son arme, qu'il montra à Skip.

— Vous aviez déjà vu un revolver comme ça ?

— Jamais.

L'engin était impressionnant.

— On surnomme ce modèle le « Juge ». Ce modèle-là s'appelle même le « Juge en colère », sourit Nash. Tout en inox, six balles dans le chargeur, canon de 6.5, viseur laser. Ça en impose, non ?

— C'est le moins qu'on puisse dire.

Skip ne mentait pas. Ce flingue était proprement terrifiant.

— Vous pouvez utiliser des balles de Colt .45 ou bien des cartouches à chevrotine calibre 410. Ou même des balles de 410 si vous avez le poignet assez solide. Ce petit joujou m'a tiré d'affaire plus souvent qu'à son tour.

Skip, tout en s'interrogeant intérieurement sur les « affaires » en question, évita de demander des détails. L'instant suivant, ils remontaient à bord du pick-up et Nash remisait son arme dans la boîte à gants.

— Allez, mon cher navigateur. On repart, dit-il sur un ton triomphant.

33

Nora se serait crue au bout du monde, montagne après montagne se perdant à l'infini dans un univers de bleus et de mauves, le paysage comme figé sous le ciel brûlant de cette fin d'après-midi. La climatisation de la Jeep peinait à maintenir un peu de fraîcheur dans l'habitacle assailli par un soleil implacable. Nora, qui avait quitté Santa Fe à cinq heures du matin, avait pénétré au Mexique par le poste-frontière de Columbus aux alentours de dix heures et poursuivi sa route dans l'État de Chihuahua.

À son arrivée à San Luis de Majimachi, elle s'était rangée sur le bord de la route au sommet d'une crête afin d'observer les quelques maisons qui s'étalaient à ses pieds. Il était dix-sept heures et le village baignait dans une lumière dorée qui illuminait les maisons de parpaings badigeonnés de blanc et les cabines en rondins aux toits rouges de tôle ondulée éparpillées au milieu des champs poussiéreux, des pins et des formations rocheuses décolorées par le soleil. Elle distingua, au centre du hameau, les deux clochers rustiques d'une petite église de pierre entourée d'herbe jaunie.

Rejoindre San Luis s'était révélé nettement plus ardu qu'elle ne l'avait imaginé. Depuis des heures déjà, elle ne bénéficiait plus d'aucun réseau, ce qui l'avait empêchée de se guider grâce à son téléphone, mais elle avait pris la précaution de se munir de cartes à l'ancienne pour cette éventualité. Pourtant, à mesure qu'elle s'enfonçait dans les campagnes mexicaines et que les villes laissaient place à des villages tels que La Junta ou San Juanito, les routes correspondaient de moins en moins à ce qu'elle voyait sur la carte. Il lui avait fallu traverser à gué plusieurs rivières, certaines si profondes qu'elle avait craint de voir l'eau s'engouffrer dans la Jeep. À deux reprises, elle avait demandé son chemin à des paysans, ce qui l'avait menée dans les deux cas jusqu'à des hameaux dépourvus de nom. Elle s'était même demandé si le fait de mentionner le nom de Don Benicio n'était pas la raison réelle de ces indications erronées, de sorte qu'elle n'avait rien dit la troisième fois qu'elle s'était adressée à un autochtone, ce qui lui avait permis d'atteindre enfin son but.

Elle repartit, descendit la petite route qui menait jusqu'au village et se gara devant l'église. En sortant de la Jeep, elle fut brutalement accueillie par une forte odeur de poussière et de chaleur. Elle constata avec soulagement que la porte de l'église était entrouverte, signe que le sanctuaire n'était sans doute pas désert. Elle poussa le battant, qui s'écarta en grinçant, et s'avança sous la nef délicieusement fraîche, baignée de silence, dans laquelle flottait une odeur d'encaustique et de myrrhe. Après la lumière aveuglante du dehors, il fallut quelques instants à ses yeux pour s'accoutumer à la pénombre et distinguer une silhouette prostrée sur un banc, en train de prier. Elle remonta l'allée centrale dans l'espoir de trouver le prêtre, mais le chœur était désert. L'unique occupante des lieux était cette femme qui priait, tête baissée, la tête et les épaules enveloppées dans un châle de couleurs vives.

Nora s'installa sur le banc le plus proche et attendit pour ne pas l'interrompre dans ses prières. La femme finit par se lever et Nora la vit s'approcher de la rangée de cierges qui se dressaient sous une représentation de la Vierge de Guadalupe. Elle prit un cierge neuf, l'alluma, se mit à genoux et pria.

Nora commençait à trouver le temps long lorsque la silhouette féminine se releva et rejoignit l'allée centrale en passant entre deux rangées de bancs, avec l'intention évidente de quitter l'église. Alors que la femme relevait la tête, Nora découvrit son visage. Contrairement à ses attentes, il ne s'agissait pas d'une personne âgée, mais d'une jolie jeune femme.

Nora quitta son banc et vint vers elle.

— *Buenas tardes, señorita.*

La femme lui sourit.

— *Buenas tardes, señora.*

Nora se présenta dans un espagnol correct, expliqua qu'elle venait à San Luis à la recherche d'un certain Don Benicio Bawi, au cas où son interlocutrice aurait pu l'aider. Nora précisa qu'elle souhaitait le retrouver avant la tombée du jour, dans l'espoir qu'il puisse lui offrir un toit pour la nuit.

La femme, qui s'était présentée sous le nom de Maria, tiqua en entendant le nom de Don Benicio.

— Don Benicio vit dans les montagnes, répondit-elle. Très loin d'ici.

Nora s'efforça de cacher sa déconvenue. Très loin ? Voilà qui compliquait la situation. Elle s'était imaginé que San Luis de Majimachi, mentionné à plusieurs reprises dans le livre d'Oskarbi, était le refuge de Don Benicio.

— Loin comment? s'enquit-elle.

— Trente ou quarante kilomètres.

Nora grimaça intérieurement.

— Ce n'est pas... pas si loin.

— La route est très mauvaise. Elle ne figure pas sur les cartes. Jamais vous n'y arriverez avant la nuit. Surtout, vous risquez de vous perdre en chemin.

Voyant la mine inquiète de Nora, elle s'empressa d'ajouter qu'elle vivait avec les siens dans la maison de son père et que Nora était la bienvenue si elle voulait passer la nuit chez eux. Et partager avec eux le repas du soir, bien sûr.

Nora accepta la proposition avec gratitude et offrit à Maria de se rendre chez elle dans sa voiture. La Jeep traversa le village poussiéreux et la femme finit par indiquer à Nora une masure en rondins précédée par une grande avancée.

Au bruit du moteur, les occupants de la maison sortirent sur le pas de la porte : un vieil homme coiffé d'un chapeau de cow-boy en paille et deux garçonnets d'allure timide d'à peu près huit et dix ans. Maria descendit de la Jeep et s'adressa dans un patois local au vieil homme, qui s'appuyait sur une canne. C'était à n'en pas douter le *padre de familia* et Maria le présenta à Nora sous le nom de Don Alvaro. L'intéressé retira son chapeau, adressa un sourire édenté à la visiteuse, avec une petite révérence, le chapeau sur sa poitrine, sans tendre la main.

— Il ne parle pas espagnol, expliqua Maria.

L'intérieur de la maison était d'une fraîcheur apaisante.

— Je vais vous montrer l'endroit où vous allez dormir, proposa Maria, qui conduisit sa visiteuse dans sa propre chambre où se trouvait un *banco* recouvert d'un fin matelas de paille, d'un oreiller et d'une couverture tissée très colorée.

Elle fit ensuite les honneurs de la maisonnette à Nora avant de la ramener dans la pièce à vivre.

— Je vais préparer le dîner, dit-elle.

Dans un coin de la pièce se trouvait une cheminée de kiva remplie de braises rougeoyantes sur lesquelles Maria prépara un repas de tortillas, de *chicharrónes*, de *nopalitos* et de haricots rouges. Nora, qui voyait là une excellente occasion d'améliorer son espagnol, proposa son aide à la jeune femme pendant que Don Alvaro, installé près du feu dans un grand fauteuil, les mains sur sa canne, souriait béatement tout en fumant une pipe de maïs, attentif aux faits et gestes des deux femmes. Les deux garçonnets, timidement assis sur un banc, observaient Nora avec fascination. Une fois le dîner prêt, tous s'assirent autour de la table alors que les dernières lueurs du jour s'éteignaient au-dessus des montagnes et qu'une pénombre mauve envahissait la maison. Une lampe à pétrole, accrochée au plafond, éclairait seule le repas.

Don Alvaro, qui n'avait rien dit jusque-là, s'adressa à Maria dans son patois. La jeune femme se tourna vers Nora.

— Mon père demande si le dîner vous convient.

Nora lui assura que la nourriture était excellente et remercia une nouvelle fois le vieil homme pour son hospitalité.

La conversation se poursuivit par quelques questions banales, après quoi le vieux, toujours par l'entremise de sa fille, voulut connaître la raison pour laquelle Nora souhaitait rencontrer Benicio. Tout indiquait que Don Alvaro en savait long sur son compte.

Nora avait déjà réfléchi à la façon de répondre si on l'interrogeait à ce sujet. Bien qu'ayant le mensonge en horreur, elle ne pouvait se permettre de parler de l'enquête, des deux victimes et de divers détails qui auraient forcément déstabilisé ses interlocuteurs. Elle se présenta donc comme une anthropologue dont l'intérêt pour Don Benicio s'était trouvé éveillé par l'ouvrage du professeur Oskarbi.

La réponse de Nora, traduite par Maria, provoqua un froncement de sourcils chez le vieil homme dont le visage ridé exprima déplaisir et désapprobation. Il se lança dans une longue diatribe qui suscita un certain malaise chez Maria.

Nora s'empressa de rassurer cette dernière.

— Ne vous souciez pas de me froisser et traduisez-moi tout ce que dit votre père. Son avis m'intéresse.

Maria se tortilla sur sa chaise.

— Mon père dit que Benicio n'est pas un individu recommandable. Il pratique la sorcellerie des anciens. Il dit que vous avez tort de vouloir suivre ses enseignements spirituels.

— Pour quelle raison ?

Au terme d'un nouvel échange, Maria traduisit la réponse de Don Alvaro.

— Benicio mâche de la griffe du diable et ne se comporte pas en bon chrétien. Mon père ajoute que Benicio vit dans des montagnes reculées et que vous ne le retrouverez jamais, que vous risquez de verser dans un ravin avec votre voiture. En outre, personne n'a vu Benicio ou entendu parler de Benicio depuis des années. Mon père pense qu'il est probablement mort.

Nora, le front barré d'un pli, se pencha vers le vieil homme.

— Vous tenez ces informations d'Oskarbi ?

Maria traduisit la question, mais il était clair que ce nom ne disait rien au père comme à la fille.

— Qui ça ?

— Carlos Oskarbi, l'un des disciples de Benicio. En avez-vous entendu parler ?

Le vieil homme, à qui Maria traduisit la question, afficha une mine perplexe.

— Nous n'avons jamais entendu ce nom.

Quoi ? Il y avait forcément erreur.

— Il est pourtant revenu ici il y a plus de dix ans. Il souhaitait rejoindre Don Benicio afin de poursuivre son… apprentissage. Vous le connaissez peut-être sous un autre nom ?

Oskarbi, réputé pour son charisme, ne serait jamais passé inaperçu auprès des gens du village.

Le vieil homme secoua la tête.

— Il n'y a aucun homme blanc là-bas. Dans l'entourage de Benicio ou de quiconque.

Voilà qui était étrange.

— San Juan est pourtant le village le plus proche du lieu de résidence de Don Benicio, non ? Il faut bien qu'il s'approvisionne ici.

— Don Benicio quittait rarement sa maison. Autrefois, c'étaient ses adeptes qui lui apportaient ce dont il avait besoin.

— Il avait des adeptes ?

— Oui, et en grand nombre, il y a longtemps. C'était moins le cas ces dernières années. Aujourd'hui, plus personne ne va le voir.

— Êtes-vous au courant qu'un livre lui a été consacré ? Un livre écrit par le professeur Oskarbi ?

— Je ne connais pas ce livre.

Le vieil homme, pris d'une hésitation, se décida à ajouter, toujours traduit par Maria :

— Vous êtes à l'évidence une dame honnête, aussi je tiens à vous recommander la plus grande prudence. S'il est toujours en vie et que vous parvenez à le retrouver, ne croyez pas ce qu'il vous dit. Méfiez-vous, ne lui donnez pas d'argent. Ensuite, allez voir le prêtre de l'église locale et confessez-vous.

Elle promit à son hôte de respecter ses consignes de prudence et ils quittèrent la table, le repas terminé. Tous se levaient tôt et chacun se prépara pour la nuit, non sans que le vieil homme obtienne de Nora l'engagement qu'elle laisse l'aîné des deux petits garçons la guider sur une partie du chemin.

Plus tard, allongée sur son étroit *banco* de bois dur dans l'obscurité, Nora ne parvint pas à trouver le sommeil. Rien de ce qu'elle avait appris de Maria et de son père ne correspondait à ses attentes. Leurs révélations ne collaient pas avec l'affaire. Oskarbi, en sa qualité de disciple, vivait sans doute en reclus comme son maître. Restait à comprendre à quoi ressemblait le maître en question : s'il était encore en vie, Benicio serait-il resté, tel Yoda, le personnage plein de sagesse que dépeignait le livre d'Oskarbi, ou bien pratiquait-il la « sorcellerie », pour reprendre le terme utilisé par le vieil homme ? Elle obtiendrait les réponses à ces questions le lendemain, si tout se passait bien, lorsqu'elle rencontrerait Benicio et le mystérieux professeur Oskarbi.

34

Le chemin de terre qu'avait emprunté le puissant pick-up s'arrêta brusquement. Aucune pancarte ne précisait si la frontière avec le parc naturel se trouvait là, mais Skip en eut la confirmation en consultant son GPS. Devant eux, les bad-lands laissaient place à des plateaux de grès jaune successifs en direction de Gallina Canyon, encore distant de quelques kilomètres.

Skip était loin de se réjouir de la randonnée qui les attendait. Nash avait insisté pour qu'ils emportent toutes sortes de trucs lourds et inutiles dans leurs sacs à dos, y compris un énorme revolver, une machette, une truelle et bien plus d'alcool qu'ils ne pourraient jamais en consommer. Skip n'avait rien osé dire sur le moment, et voilà qu'il était récompensé de son silence par la perspective de crapahuter avec un sac de plus de vingt-cinq kilos sur le dos, en comptant son ukulélé. Le sac de Nash devait peser pas loin de dix kilos de plus. Pour avoir souvent pratiqué la randonnée, Skip savait pertinemment que trop se charger était une erreur, mais il n'osait rien dire, de peur de se prendre de bec avec son compagnon.

— Alors, cher navigateur ? Quelle direction ?

Skip se pencha sur son téléphone. Sachant qu'il n'aurait aucun réseau dans un lieu aussi reculé, il avait pris la précaution de télécharger les relevés de l'USGS, l'Institut d'études géologiques des États-Unis. Grâce au ciel, la liaison avec le satellite GPS était excellente et un point bleu montrait leur emplacement sur la carte. Skip se consola en se souvenant qu'ils avaient tout au plus dix kilomètres à parcourir, essentiellement en descente au terme de la petite montée initiale. Aucun sentier n'avait été tracé, mais les arbres étaient espacés dans la forêt et l'arête rocheuse qu'ils apercevaient devrait normalement leur permettre de rejoindre le fond du canyon.

— Par ici, dit-il.

Nash, d'excellente humeur, ouvrit la voie d'un pas vif. Les deux randonneurs parvinrent très rapidement à un point depuis lequel ils découvrirent le canyon. Celui-ci dessinait dans le paysage un profond sillon creusé par les eaux du Rio Gallina que l'on distinguait en contrebas, tel un ruban scintillant qui sinuait entre d'immenses peupliers de Virginie. Si le fond du canyon était tapissé d'herbe verte, ses parois sculptées par le temps et l'eau formaient un univers tourmenté de strates rouges et orangées.

Ils entamèrent leur descente en suivant le tracé de l'arête et finirent par rejoindre le fond du canyon. Skip, le dos en compote, posa avec bonheur son harnachement sur un promontoire verdoyant qui surplombait la rivière. L'endroit, situé à l'ombre, offrait un refuge idéal pour y camper. À plus de deux mille quatre cents mètres d'altitude, la température était fraîche et les pluies estivales avaient transformé le lieu en un tapis de fleurs sauvages.

— Il nous reste quatre heures avant la tombée de la nuit, déclara Nash. Plus de temps qu'il n'en faut pour partir en exploration !

Il laissa tomber son sac à côté de celui de Skip et s'élança presque au pas de course, jumelles à la main, faisant régulièrement halte pour scruter les parois du canyon tout en devisant allègrement sur la culture Gallina et ses mystères. *Ce type-là a trouvé son pays enchanté*, s'amusa Skip intérieurement.

Ils franchirent la rivière à gué et remontèrent le versant opposé. Nash avançait avec une telle aisance que Skip peinait à le suivre.

— Les habitations des Gallinas seront dissimulées et difficilement repérables, déclara Nash, essoufflé. La plupart d'entre elles se situent probablement dans des canyons de traverse.

Il étudia longuement les alentours à l'aide des jumelles et finit par tendre l'index.

— Vous voyez ce canyon en fente, là-bas ? Je suis persuadé qu'il recèle des ruines.

Il se lança à l'assaut de la pente, suivi par un Skip qui avait du mal à garder le rythme. Les deux hommes traversèrent une plaine inondable verdoyante et atteignirent la paroi rocheuse dans laquelle s'ouvrait la fente du canyon : une simple fissure lisse dans le mur de grès, sculptée avec le temps par les infiltrations et les crues. À mesure qu'ils progressaient, la fente se faisait plus étroite, les enveloppant dans une pénombre fraîche. Un mince filet d'eau s'écoulait dans un lit de sable.

— Holà ! s'écria Nash en se baissant.

Skip s'approcha et reconnut, à même le sable blond, une pointe de flèche taillée à la perfection dans de l'obsidienne noire.

— Waouh ! Elle est magnifique.

Nash la glissa dans sa poche.

— Euh... bredouilla Skip, mal à l'aise. En fait... on n'est pas censés ramasser quoi que ce soit.

— Une pointe de flèche ? ricana Nash. Tout le monde fait ça. Si je ne la prends pas, le prochain qui passera dans le coin la récupérera. À moins qu'elle disparaisse à jamais, emportée par une crue.

— Ouais, répliqua Skip avec une moue dubitative en se souvenant de toutes les pointes de flèche qu'il lui était arrivé de ramasser dans sa vie.

L'étroit canyon poursuivait sa route sinueuse, encombré de rochers et de troncs de sapins, parfumé par la fraîcheur apaisante du ruisseau.

Nash tendit soudain le doigt.

— Là !

Skip releva les yeux et aperçut avec stupéfaction une demeure érigée sur une large corniche à une dizaine de mètres au-dessus de leurs têtes. La paroi de grès surplombant la construction était couverte de pétroglyphes taillés dans la roche : des spirales, des silhouettes de cervidés, un ours stylisé d'une beauté à couper le souffle, son corps constellé d'étoiles à quatre branches. Une large fissure permettait de rejoindre le bâtiment en ruine. Le tout formait un spectacle magnifique.

Nash s'engagea dans la faille sans un mot et Skip lui emboîta le pas. La roche avait cédé à un endroit, ce qui obligea les deux randonneurs à enjamber le vide, mais ils arrivèrent sans peine à destination quelques minutes plus tard. La demeure, érigée au fond d'une alcôve, était précédée d'une sorte de patio de grès plat. Edison avança, sortit sa lampe frontale, se dirigea vers l'ouverture servant de porte et pénétra dans la maison.

— Putain de merde ! dit Skip qui l'avait suivi.

On aurait pu croire que les occupants du lieu étaient partis du jour au lendemain en abandonnant tout derrière eux. Au fond de la pièce était alignée une rangée de pots en argile fermés par des couvercles de pierre. Une petite poterie noir et blanc reposait dans une niche, encore remplie d'épis de maïs carbonisés. Sur le sol gisaient des tessons de pots sous un plafond noir de suie.

— Allons visiter les autres pièces, proposa Nash, rouge d'excitation.

Il baissa la tête et franchit au fond de la pièce une porte plus basse encore permettant d'accéder à plusieurs salles au toit de roche de plus en plus bas. Il fit courir le rayon de sa lampe autour de lui et Skip se tétanisa.

— Mon Dieu, souffla Nash, hypnotisé par un entassement d'os humains parmi lesquels il identifia sans peine un crâne fendu en deux.

À côté de la tête mutilée se trouvait une hache à manche de bois dont la lame avait été taillée dans un bloc d'obsidienne noire semblable à celui de la pointe de flèche.

Nash s'agenouilla et tendit la main en direction de la hache.

— Il vaudrait mieux ne toucher à rien, tenta de l'arrêter Skip, sans succès.

Nash saisit l'arme par le manche et l'examina à la lueur de sa lampe frontale, projetant dans la petite pièce des éclats de lumière. Il se tourna vers Skip.

— C'est un artéfact splendide. Regardez-moi un peu la façon dont a été taillée la lame ! Avec un manche intact !

Il se délesta de sa musette dont il souleva le rabat avec l'intention évidente de s'approprier la hache.

Skip, la gorge nouée, tenta de l'en empêcher.

— Vous êtes en train de commettre un délit, dit-il en guise d'avertissement.

Nash laissa échapper un gloussement.

— Vous ne voulez tout de même pas que je laisse sur place une telle merveille ?

— Si.

Nash poussa un soupir.

— Très bien, dit-il en reposant l'arme au milieu des ossements.

— Merci, dit Skip, gêné à l'idée de jouer au flic.

Pourtant, Nash était forcément au courant qu'emporter une relique aussi précieuse était contraire à la loi, mais aussi à l'éthique.

— Hé ! Vous avez vu ça ? s'écria le collectionneur en découvrant soudain à la lumière de sa lampe un puma en pierre cassé en deux. Il tendit la main et procéda à un examen minutieux des deux parties du fétiche sous le regard inquiet de Skip.

— Ne vous inquiétez pas, je n'ai pas l'intention de les prendre, dit-il en reposant les deux moitiés. Allons voir la suite. Après vous, Skip.

Les deux hommes quittèrent bientôt la maison et se retrouvèrent sur l'esplanade baignée de fraîcheur.

— Cet endroit est merveilleux, jugea Nash. Et nous n'en sommes qu'au début de nos découvertes.

Personnellement, Skip n'aurait pas choisi le terme *merveilleux* pour qualifier un lieu dont les occupants avaient connu une mort aussi violente. *Effrayant* aurait été plus adéquat. Il en avait encore la chair de poule.

Ils explorèrent les canyons annexes jusqu'à ce que la nuit les contraigne à regagner l'emplacement choisi pour leur campement, où étaient restés les sacs. Skip se fit la réflexion que si l'endroit était proprement extraordinaire, avec ses ruines intactes, il avait de quoi perturber le visiteur. Nash semblait avoir le don de dénicher les secteurs les plus intéressants, on aurait pu croire qu'il communiquait avec les Indiens Gallinas d'antan. Skip l'avait vu disparaître à plusieurs reprises dans le labyrinthe des habitations qu'ils découvraient, il s'était même absenté près d'un quart d'heure à un moment donné. Les deux hommes avaient retrouvé d'autres squelettes aux crânes fracassés, des pointes de flèches ou des haches gisant le plus souvent au milieu des ossements. En dépit des récriminations de Skip, Nash avait enfoui dans sa musette plusieurs artéfacts, laissant toutefois sur place les objets les plus précieux. Skip, que ce comportement dérangeait, évita d'en reparler à son compagnon après leur retour au camp. Nash était dans un tel état d'excitation que rien n'aurait pu l'arrêter. En outre, il n'était pas faux d'affirmer que des pillards finiraient bien par explorer ce canyon un jour ou l'autre. Il était même surprenant que personne ne soit passé par là plus tôt. Skip trouvait particulièrement étrange ce phénomène. Il se promit, dès leur retour, de parler à Nora de leurs découvertes. Il avait pris soin de noter les emplacements précis des ruines sur son GPS à l'aide d'épingles virtuelles, conscient qu'aucun relevé précis de ces ruines n'avait jamais été réalisé.

On avait beau être au mois de juillet, l'air était glacial à la nuit tombée, aussi les deux hommes allumèrent-ils un feu sur lequel ils préparèrent le repas du soir après avoir monté la tente. Nash avait apporté dans un sac isotherme d'excellents contre-filets de bœuf new-yorkais qu'ils arrosèrent d'une bouteille de vin, après quoi le collectionneur sortit plusieurs bouteilles de tequila. Il en déboucha une, avala une lampée au goulot et tendit le flacon à Skip qui en but à son tour une gorgée.

— Une *reposado* de vingt ans d'âge à cinq cents dollars la bouteille, annonça Nash.

— Elle est d'une douceur incroyable, répliqua Skip après y avoir goûté.

— C'est la meilleure. Sinon, vous ne trouvez pas cet endroit extraordinaire ?

Skip opina.

— Un mois sur place ne suffirait pas à tout explorer. Imaginez un peu à quoi pouvait ressembler ce canyon quand il connaissait son heure de gloire ! Les prairies qui longent la rivière, transformées en champs par l'irrigation, les enfants qui jouent dans l'eau, les femmes occupées à préparer à manger, les hommes rentrant de la chasse avec un cerf sur les épaules… Jusqu'au moment où…

Il marqua une pause dramatique.

— … où survient l'envahisseur.

Il téta longuement la bouteille de tequila, les yeux brillant à la lueur du feu.

— Je les vois volontiers déboucher des deux extrémités du canyon et prendre les habitants en tenaille. Des guerriers ont été préalablement postés en haut du canyon. Les Gallinas se retrouvent pris au piège. Les femmes ramassent les enfants à la hâte, tous fuient leurs habitations au milieu des cris en s'efforçant de rejoindre les canyons latéraux. Ils sortent les échelles, les guerriers gagnent les meurtrières avec leurs arcs et se battent avec l'énergie du désespoir.

Mais il est trop tard. Les assaillants sont trop nombreux et profitent de l'effet de surprise.

Nash embrassa d'un geste ample les falaises rocheuses plongées dans la nuit.

— Ce n'était pas une simple guerre mais un génocide. Les unes après les autres, les cités troglodytes tombent aux mains de l'agresseur et leurs habitants sont massacrés. Hommes, femmes, enfants… leurs crânes réduits en miettes. Les envahisseurs ne sont pas venus pour voler, mais pour tuer en masse. Ils ne prennent même pas la peine de piller les habitations. Bien au contraire, ils laissent tout en l'état, les cadavres comme les biens, afin de montrer au reste du monde ce qu'ils ont fait.

Nash se leva et s'inclina de façon grandiloquente.

— Telle fut, Mesdames et Messieurs, cette terrible tragédie.

Skip applaudit. Il se sentait bien, ses appréhensions dissipées par l'alcool et l'abondance du repas.

— Allez ! Sortez votre ukulélé, place à la musique ! s'exclama Nash.

— Sans problème, accepta Skip en tirant l'instrument de sa housse.

— Vous ne m'aviez pas parlé d'un vieux Martin ? s'étonna Nash en découvrant un ukulélé de couleur bleue à la touche de bois sombre.

— Si, reconnut Skip, mais il n'était pas question de le prendre avec moi dans ce trou perdu. Ce joujou…

Il tapota fièrement la caisse de l'instrument.

— … est aussi une très belle pièce. Un Enya 25D, moins de cent dollars en magasin.

— Si peu cher ?

— Ouais. Résultat des courses, je peux l'emporter partout avec moi.

Nash tendit la main en direction de son propre sac dont il sortit sa précieuse copie de flûte en os. Il tourna machinalement son regard vers les parois du canyon.

— Quand on voit la façon dont ces habitations étaient dissimulées au creux des falaises et dont les épais murs de pierre étaient percés de meurtrières, il est clair que les Gallinas avaient peur, dit-il d'une voix pâteuse. Et à juste titre ! On est en droit de se poser la question. Étaient-ils inquiets parce qu'ils connaissaient la présence dans les parages d'ennemis dangereux… ou bien craignaient-ils les représailles parce qu'ils étaient *eux-mêmes* dangereux ?

Il éclata de rire, avala une lampée de tequila et tendit la bouteille à Skip. Ce dernier avait beau être conscient d'avoir assez bu, il se rassura en se disant qu'une dernière gorgée ne lui ferait pas de mal. La tête commençait pourtant à lui tourner. Nash se pencha soudain en posant sur lui des yeux voilés par l'alcool.

— Mon ami, il faut que je vous fasse une confession, glissa-t-il dans un murmure.

— De quoi s'agit-il ?

Sans un mot, Nash reposa la flûte et récupéra sa musette. Il en sortit un grand sachet en plastique transparent dans lequel était enfermé un objet indéterminé, enveloppé de papier absorbant, qu'il déballa.

Skip reconnut la hache d'obsidienne et un sentiment d'inquiétude, partiellement émoussé par l'alcool, s'empara de lui.

— Je suis un vilain garçon, déclara Nash en tirant de sa musette plusieurs autres sachets dont il révéla le contenu : en plus de la précieuse hache, il y avait là une ravissante petite poterie ornée d'un oiseau peint, une pipe de pierre polie, une sandale d'enfant en fibre de yucca, ainsi que deux pierres que Nash avait dû ramasser à l'insu de Skip puisque ce dernier ne les avait jamais vues : une paire de prasiolites vertes.

35

Le feu achevait de se consumer. Les deux campeurs avaient fini par ranger leurs instruments au terme d'un concert improvisé, de plus en plus approximatif à mesure que baissait le niveau de la tequila. La bouteille vide, abandonnée un peu plus loin, rougeoyait à la lueur des braises. Skip posa les yeux sur le flacon et s'étonna qu'ils aient pu boire autant. Seigneur Dieu !

Nash, allongé sous un sac de couchage tout froissé, dormait la bouche ouverte, un filet de bave s'échappant de ses lèvres. Skip, malgré l'ivresse, était incapable de trouver le sommeil. Il avait la nausée et espérait ne pas vomir comme Nash tout à l'heure, lorsqu'il s'était levé brusquement pour se réfugier derrière un buisson. Le milliardaire était revenu près du feu en titubant, avait marmonné des paroles incompréhensibles, essayé vainement de se glisser dans son sac de couchage dont il s'était finalement couvert avant de sombrer. Skip, allongé sur le dos, les mains derrière la tête, écoutait la rumeur de la nuit.

Le froid était vif à présent et il avait besoin de dormir, mais chaque fois qu'il fermait les yeux, tout se mettait à tanguer dans sa tête, son estomac se révoltait et il écartait précipitamment les paupières pour ne pas régurgiter son repas. *Putain, quel con d'avoir tant bu.* Cette tequila était décidément traîtresse.

Quelle heure pouvait-il être ? Ils avaient parlé et parlé. Plus exactement, Nash avait parlé pendant des heures. Skip l'avait écouté d'une oreille distraite, pensant surtout aux objets volés par son compagnon. La présence de ces pierres de foudre l'intriguait tout particulièrement. D'où diable provenaient-elles ? Nash en avait-il découvert une dans une kiva l'une des fois où il s'était éclipsé ?

Skip referma les yeux, mais son vertige reprit de plus belle. Le mieux était peut-être de se débarrasser de cette fichue nausée en dégueulant tripes et boyaux, laissant le soin à quelque créature du désert de savourer ce qu'il restait de son contre-filet.

Il se mit péniblement à genoux et chercha à tâtons sa lampe frontale sans la trouver. *C'est quoi ce bordel ?* Il émergea de la tente. Les dernières braises achevaient de se consumer dans un ultime rougeoiement. L'absence de lune rendait le paysage si sombre qu'il avait l'impression d'être plongé dans un bassin de nuit. Il avança prudemment, faute de voir où il mettait les pieds, les mains en avant. C'est tout juste s'il crut distinguer la silhouette d'un pin à une quinzaine de mètres, suffisamment loin pour la corvée qui l'attendait.

Il tâtonna dans l'obscurité et atteignit son but juste à temps pour vomir une première fois, puis une seconde. Il resta là, prostré, pendant une bonne minute, se redressa, cracha à plusieurs reprises et s'essuya la bouche à l'aide de son bandana. *Putain, quel soulagement !* Vomir en pareil cas prenait des allures de libération.

La brise fit flotter une odeur de pin jusqu'à ses narines et il se remplit avidement les poumons. La brume commençait à se dissiper dans sa tête. Parfaitement immobile, il huma l'air de la nuit dont les effets bénéfiques ne tardèrent pas à se faire sentir. Il n'avait aucune envie de retourner s'allonger et de retrouver cette impression nauséeuse de vertige. Autant rester là un petit moment, sans bouger. Les braises qui achevaient de se consumer dessinaient des points rouges dans le noir. Il frissonna de froid. Se pelotonner dans son sac de couchage serait bien agréable, mais mieux valait s'éclaircir un peu les idées avant d'aller dormir.

Il vit soudain l'un des points rouges du feu s'éteindre et réapparaître une seconde plus tard, comme si une silhouette sombre était passée devant les braises. Il plissa les paupières. Rien. Au même instant, les cendres d'une branche s'effritèrent au milieu des braises qui se mirent à rougeoyer.

La lueur s'effaça dans la nuit, obscurcie par des formes invisibles qui se déplaçaient avec lenteur. Skip écarquilla les yeux, le cœur battant. Le doute n'était plus permis, il avait vu se mouvoir plusieurs silhouettes. Des animaux, peut-être ?

C'est tout juste s'il osait respirer, l'oreille tendue. Le seul bruit qui perçait la nuit était le murmure du Rio Gallina derrière lui. Il aurait voulu appeler, crier, n'importe quoi, mais une peur viscérale le paralysait. Seuls ses yeux restaient actifs.

Les braises ne bougeaient plus. Il tendit l'oreille, parfaitement immobile. Rien.

Il avait très bien pu être victime d'une hallucination provoquée par cette tequila. Que contenait précisément cette *reposado* au prix démesuré ? Il se promit, ainsi qu'à sa sœur, de ne plus jamais y toucher.

En attendant, il était incapable du moindre mouvement, tétanisé par la peur.

Un bruit se fit entendre. Un bruit de pas à peine perceptible, suivi d'un autre. Un murmure couvrit brièvement le chant de la rivière. Le vent, peut-être ?

Le même murmure se répéta.

Cette fois, il en était sûr : des gens s'approchaient furtivement. Il lui revint en mémoire l'histoire, racontée par Nash, de ce corps mutilé retrouvé dans les eaux du Rio Gallina bien des années plus tôt, de ce meurtre jamais élucidé.

Skip finit par se reprendre. Il lui fallait remettre au plus vite la main sur sa lampe frontale. Il l'avait probablement laissée à côté de la tente, sur sa droite.

Non, grave erreur. Pas question d'allumer sa lampe. La sagesse lui dictait de contourner la tente, de s'approcher du sac à dos de Nash et de récupérer son énorme revolver.

Il fit un pas, puis un autre, l'herbe étouffant le bruit de son avancée. Il eut soudain la certitude d'une présence humaine. Plusieurs inconnus encerclaient la tente.

Comprenant que son plan était voué à l'échec, il se figea. Le temps de rassembler son courage, il se mit à quatre pattes, avec l'intention de récupérer le couteau qu'il gardait à portée de main dans la poche frontale de son sac à dos.

Il entendit brusquement un bruit de toile déchirée, puis un son mat accompagné d'un gémissement.

Il reconnut la voix de Nash prononçant un « Vacherie de merde ! » étouffé.

Seigneur ! Ils attaquent Edison ! Mû par un réflexe de survie, il chercha des doigts son sac à dos, en quête du couteau. Un râle se fit entendre : Nash, à moitié hébété par l'alcool, se défendait tant bien que mal des coups de ses agresseurs.

— Hé, vous ! hurla-t-il en se relevant d'un bond.

Il voulut déplier le couteau, mais l'arme lui échappa des mains.

— Et merde…

Il se jeta à quatre pattes en cherchant le couteau à l'aveugle. Au même moment, il ressentit une violente douleur dans les côtes et roula par terre avec un grognement. L'instant suivant, un coup porté à la tempe lui faisait perdre connaissance.

36

L'hélicoptère Bell 407 du FBI avait décollé à l'aube de la base de Kirtland, emportant Corrie, Sharp et quatre techniciens de l'unité de police scientifique. Corrie était sur des charbons ardents. Sa demande de recherches sur les sites des cinq phares précolombiens n'avait pas été accueillie avec enthousiasme ; il lui avait même fallu répondre à toutes sortes de questions avant que sa requête soit accordée. Les heures de vol coûtaient cher, mobilisaient beaucoup de personnel et généraient une tonne de paperasses. Le Bureau avait déjà utilisé une part non négligeable du budget alloué aux sorties en hélico lors du survol des bad-lands grâce auquel avait été retrouvée la deuxième victime. L'hypothèse de Nora, soutenue par Corrie, selon laquelle d'autres cadavres auraient pu se trouver au pied des phares avait été considérée avec scepticisme par la hiérarchie du Bureau, et sans enthousiasme par Sharp.

Corrie et ses compagnons n'en étaient pas moins en vol alors que les premiers rayons du soleil apparaissaient à l'horizon. Sharp ne disait rien, mais il est vrai qu'il était difficile de discuter, avec le rugissement des rotors. Le Bell prit la direction du nord et suivit le cours du Rio Grande en survolant la réserve pueblo avant de bifurquer vers Chaco Canyon et les bad-lands.

Mon Dieu, faites qu'on découvre un nouveau corps, pria intérieurement Corrie. Elle s'en voulut aussitôt et s'efforça de chasser cette pensée de son esprit.

À mesure qu'ils approchaient, les pentes verdoyantes des montagnes cédèrent la place à un univers gris, blanc, orange et mauve. Sous le ventre de l'appareil, la terre mise à nu par l'érosion n'était plus qu'une masse de roche et de sable parsemée d'arroyos, de cheminées de fée, d'escarpements et de mesas. Au-delà du hameau navajo de Nageezi, Corrie aperçut les champs pétroliers du bassin de San Juan, qui connaissaient un renouveau depuis l'avènement de la fracturation hydraulique. Éparpillés au milieu des formations rocheuses s'alignaient des rangées entières de cuves et de pompes, un labyrinthe de pipelines et de chemins de terre fraîchement tracés.

— Ce coin est digne des enfers, remarqua Sharp, qui ouvrait la bouche pour la première fois.

Corrie acquiesça et jeta un coup d'œil à la carte étalée sur ses genoux.

— Nous approchons du premier phare, dit-elle.

Nora avait noté sur la carte l'emplacement des cinq phares du mieux qu'elle le pouvait, un exercice hasardeux car les pylônes de lave noire ne manquaient pas, à travers les bad-lands. Les phares étaient relativement éloignés les uns des autres, mais le Bell 407 était un engin rapide et Corrie pouvait espérer remplir sa mission en trois ou quatre heures.

Le grondement du moteur changea de registre alors que l'appareil ralentissait à l'approche du premier phare. Corrie porta les jumelles à ses yeux et scruta le paysage, à la recherche des points de repère figurant sur sa carte. Son objectif lui apparut soudain, un cône rocheux rongé par l'érosion dont la silhouette dominait les formations voisines.

Le pilote mit l'hélicoptère en vol stationnaire à une vingtaine de mètres au-dessus du phare et Corrie retint son souffle en apercevant, sur le sommet du bloc rocheux, des pierres plates noircies, ainsi que les ruines d'une hutte.

Driver ne s'était pas trompée, il s'agissait bien d'un ancien phare. Corrie aurait aimé savoir si la hutte renfermait d'autres restes humains, mais les ruines étaient partiellement enfouies sous un manteau de sable et elle n'avait aucun moyen de savoir ce que renfermait la cabane de pierre.

L'appareil fit lentement le tour du cône afin de permettre aux spécialistes de s'assurer qu'aucun corps ne gisait au pied du doigt de sorcier. Dix minutes plus tard, les observateurs adressaient un mouvement de tête négatif au pilote, qui prenait la direction de l'objectif suivant.

L'appareil poursuivit sa course en longeant la Great North Road des anciens Pueblos en direction de Bloomfield. Les recherches ne donnèrent rien à l'emplacement des deuxième et troisième phares, sur les sommets desquels aucune ruine n'était visible. Driver avait fort bien pu se tromper dans ses évaluations, à moins que le temps et les éléments ne se fussent chargés d'effacer les derniers vestiges.

Des ruines étaient bien visibles sur le quatrième emplacement, mais sans la moindre trace de présence humaine, et Corrie commençait à s'inquiéter : l'expédition tournait au fiasco.

Le cinquième et dernier phare se trouvait à Kutz Canyon, au sud de Bloomfield. À en croire Driver, cette formation correspondait à l'extrémité septentrionale de la Great North Road. Le canyon apparut soudain, telle une entaille géante dans le visage terrestre. L'endroit formait un dédale inouï de monticules, de pitons et de buttes au milieu d'un entrelacs d'arroyos blancs de sel. Le décor était sinistre.

Le pilote renouvela la manœuvre en se mettant en position stationnaire en surplomb du pylône de lave. Cette fois, on distinguait clairement, au sommet du piton, une esplanade pavée de pierres plates et une hutte au toit intact. Le soulagement de Corrie fut de courte durée : les observateurs avaient beau scruter les alentours à l'aide de puissantes jumelles, il était clair qu'ils ne repéraient rien d'anormal.

Elle jeta un coup d'œil en direction de Sharp et constata que ce dernier, loin de s'intéresser aux recherches, regardait fixement le sol métallique de l'hélico, les mains serrées et les coudes plantés sur les genoux. En dépit de son calme apparent, Corrie crut deviner son agacement.

Une vingtaine de minutes s'écoulèrent avant que les observateurs adressent un signe de tête négatif au pilote. Le rugissement des rotors augmenta d'intensité et l'appareil s'éleva dans le ciel.

Sharp releva enfin la tête.

— Mademoiselle Swanson ? La suite ?

Elle rougit.

— On retourne à la base. La mission n'a rien donné.

Comme il restait sans réaction, elle regarda une dernière fois à travers la vitre, le cœur serré. L'hélico virait déjà sur lui-même afin de reprendre la direction d'Albuquerque lorsqu'elle entendit dans son casque l'un des observateurs s'adresser au pilote.

— Vous pourriez ralentir et descendre un peu ? Je vois du mouvement au sol à deux heures.

Deux heures, c'est-à-dire du côté opposé à celui où se trouvait Corrie. Elle traversa l'appareil d'un bond.

L'observateur tendit l'index vers un point précis que Corrie chercha avec ses jumelles.

La netteté réglée, elle distingua une silhouette humaine qui titubait dans le sable du désert.

Le pilote, en vol stationnaire, descendit lentement. La silhouette leva la tête, la tache claire de son visage voilée par le nuage de sable soulevé par l'appareil.

L'hélico s'approcha à moins de trente mètres de hauteur et Corrie constata que la silhouette était celle d'une femme aux longs cheveux noirs. L'inconnue se mit à courir en direction du phare.

— Posez-vous ! ordonna Corrie au pilote.

L'appareil s'éloigna de la fugitive, en quête d'un point d'atterrissage. Quelques instants plus tard, le pilote posait le Bell au milieu d'une tempête de sable. L'inconnue, profitant de ce moment de répit, en avait profité pour disparaître.

Les rotors s'arrêtèrent, les techniciens de l'unité scientifique bondirent à terre et se précipitèrent dans la direction de la femme en se laissant guider par ses empreintes dans le sable. Corrie passa à la hâte les bretelles de son sac à dos et s'élança à son tour. L'inconnue avait profité de la manœuvre d'atterrissage pour prendre de l'avance, mais elle était à bout de forces et avançait d'une démarche erratique. En l'espace de quelques instants, les quatre membres de l'unité de police scientifique l'avaient rejointe et elle s'écroula à leurs pieds en sanglotant.

— De l'eau ! cria Corrie qui arrivait en courant. Donnez-lui de l'eau !

L'inconnue offrait un tableau effrayant. La chevelure en bataille, la peau brûlée et cloquée par le soleil, les lèvres couvertes de gerçures, elle avait les yeux injectés de sang. Corrie n'en détecta pas moins, derrière cette triste apparence, le palimpseste d'une quarantenaire en bonne forme physique.

Corrie saisit la gourde que lui tendait l'un de ses collègues et s'agenouilla près de la femme dont elle voulut prendre la main. L'inconnue se débattit en serrant dans son poing un objet invisible.

Corrie lui proposa la gourde.

— Nous sommes là pour vous aider. Vous avez besoin de boire.

La femme, hypnotisée par la gourde, hésita et finit par refuser d'un mouvement de tête. Voyant qu'elle était gravement déshydratée, Corrie dévissa le bouchon de la gourde et but elle-même une gorgée d'eau, laissant quelques gouttes s'écouler dans le sable, puis elle tendit à nouveau le récipient à la femme.

Au terme d'une nouvelle hésitation, celle-ci se décida enfin à prendre la gourde à deux mains et avala de longues gorgées alors que deux pierres de foudre vertes tombaient dans le sable à ses pieds.

L'inconnue, suivant le regard étonné de Corrie, se rua sur les pierres qu'elle enfouit dans une poche avant de boire à nouveau.

— Doucement, lui recommanda Corrie d'une voix posée.

La femme but à nouveau, recracha un peu d'eau et laissa tomber la gourde à ses pieds, le regard sombre.

— Je m'appelle Corrie. Et vous ?

La femme ne répondit pas.

— Nous appartenons au FBI. Qu'aviez-vous dans la main ? Ce sont des pierres de foudre ?

Pas de réponse.

— Où alliez-vous ? Vous vous dirigiez vers ce piton rocheux quand on vous a aperçue.

La femme, toujours muette, prit un air buté.

— Cet endroit est dangereux. Surtout sans eau. Vous avez besoin de soin. Vous allez venir avec nous.

Au grand étonnement de Corrie, l'inconnue, loin de résister, se releva en titubant. Corrie tenta de l'aider, mais la femme la repoussa et se dirigea vers l'hélicoptère d'une démarche mal assurée.

Corrie la fit monter dans l'appareil et l'aida à boucler sa ceinture.

— Que faites-vous ici ? s'enquit-elle.

Mais la femme restait murée dans le silence.

Corrie enchaîna avec d'autres questions, mais l'inconnue se contentait de regarder droit devant elle sans prononcer une parole, aussi apathique qu'un zombie.

37

Don Alvaro, Maria et ses frères s'étaient levés longtemps avant l'aube, si bien qu'il faisait encore nuit lorsque Nora prit la route en compagnie de l'aîné des deux garçons. Lorsque l'enfant se décida enfin à parler pour lui détailler le chemin, elle s'aperçut avec étonnement qu'il s'exprimait dans un anglais correct. Il était entendu qu'il lui indiquerait le chemin sur une quinzaine de kilomètres, après quoi il lui fournirait les explications nécessaires pour qu'elle atteigne son but par elle-même. Nora avait protesté à l'idée que le garçonnet soit contraint de rentrer chez lui à pied, mais il l'avait rassurée en affirmant que ce n'était rien et qu'il serait de retour avant la nuit.

La route était une piste étroite, taillée à même la montagne et dépourvue de toute glissière de sécurité, qui décrivait des épingles à cheveux vertigineuses, et il fallut deux heures à la Jeep pour parcourir la quinzaine de kilomètres au-delà desquels Nora allait devoir se débrouiller seule. Le petit garçon descendit et lui montra du doigt le chemin qui la conduirait à destination, précisant qu'elle ne risquait pas de se perdre puisqu'il n'y avait plus d'embranchements à compter de ce point. L'instant suivant, le garçonnet s'éloignait en direction de San Luis.

Nora le suivit des yeux dans son rétroviseur jusqu'à ce qu'il disparaisse dans le lointain, puis elle rassembla son courage et poursuivit son chemin en longeant une suite de gouffres effrayants. L'enfant ne lui avait pas menti, aucun croisement n'aurait pu lui permettre de se tromper et elle finit par rejoindre, deux heures et quinze kilomètres plus loin, une vallée de haute montagne. La température avait fortement chuté du fait de l'altitude, des forêts de pins couvraient les pentes et quelques fermes parsemaient le paysage au milieu de champs accrochés à flanc de montagne.

Elle s'arrêta devant la première maison afin de demander son chemin. Elle découvrit avec consternation que personne n'avait jamais entendu parler d'Oskarbi et qu'aucun Blanc ne vivait dans les environs. Le nom de Benicio était néanmoins familier à ses interlocuteurs et on la dirigea vers une petite masure blanche érigée sur un promontoire dominant la vallée.

La route, s'il était possible de qualifier de la sorte ce qui était un simple chemin de terre, s'arrêtait au-delà de la dernière ferme, ce qui obligea Nora à parcourir à pied, sac au dos, les derniers kilomètres qui la séparaient du cabanon. Après quelques lacets, le sentier déboucha sur une clairière. La maisonnette, rudimentaire, disposait d'une véranda dominant un canyon de l'autre côté duquel se dressaient des montagnes.

Un homme âgé, coiffé d'un chapeau de cow-boy en paille et vêtu d'une salopette au-dessus d'une chemise blanche, semblait somnoler sur un rocking-chair. Il avait à ses pieds un bâtard qui bondit sur ses pattes et aboya furieusement en voyant Nora.

Comme le chien se contentait de donner de la voix sans se ruer vers elle, elle s'approcha prudemment. Le vieil homme, les yeux fermés, ne se balançait pas sur son fauteuil, mais Nora avait le plus grand mal à croire qu'il pût dormir.

Elle s'immobilisa à quelques mètres de lui et prononça d'une voix conciliante, assez fort pour couvrir les aboiements :

— *Disculpe, ¿es usted el señor Don Benicio?*

Il écarta lentement les paupières et posa sur elle deux grands yeux d'un noir brillant.

— *Sí, soy yo*, acquiesça-t-il, puis il donna un ordre péremptoire au chien qui se tut instantanément.

Nora, sur ses gardes, s'avança en tendant la main.

— Je m'appelle Nora Kelly. Enchantée.

— Moi de même, répliqua-t-il en serrant les doigts de l'archéologue dans les siens.

Au regard de ce qu'avait pu dire Don Alvaro à Nora, la rencontre s'annonçait plus prometteuse que prévu. À commencer par le fait que le vieil homme était toujours en vie. Elle réfléchit brièvement au meilleur moyen d'entamer la conversation.

— Don Benicio, je suis venue recueillir vos conseils.

— Vous êtes la première depuis des années.

Nora dissimula de son mieux sa surprise.

— Je suis à la recherche de Carlos Oskarbi, *maestro*.

La surprise changea de camp cette fois et le vieil homme dévisagea longuement sa visiteuse.

— Pourquoi ? demanda-t-il après un silence interminable.

— J'ai cru comprendre qu'il vivait ici.

Benicio resta coi. Lorsque Nora comprit qu'il n'avait pas l'intention de lui répondre, elle poursuivit.

— Après avoir longtemps enseigné l'archéologie au Nouveau-Mexique, il a quitté son poste il y a douze ans pour revenir ici et redevenir votre *discípulo*.

Benicio laissa s'écouler un nouveau silence avant de demander :

— Du café ?

— Avec plaisir, accepta Nora.

Il se leva et rentra dans la maison avec son chien. Nora s'apprêtait à le suivre, mais il lui ferma la porte au nez. Elle mit ce geste sur le compte de l'originalité du vieil homme.

Il ressortit dix minutes plus tard en tenant un mug dans chaque main.

Il reprit place dans le fauteuil à bascule et tendit la tasse à Nora en lui faisant signe de s'asseoir sur le seul siège disponible : un tas de bois à l'extrémité de la véranda.

Elle s'y posa et un silence confortable s'installa entre eux. Comme il ne manifestait aucune curiosité à son endroit, Nora finit par se décider.

— Je suis heureuse de vous rencontrer en personne, Don Benicio.

Il resta de marbre.

— J'ai beaucoup entendu parler de vous grâce au livre du professeur Oskarbi. C'est lui que je cherche. J'espérais le trouver ici mais, s'il n'est pas ici avec vous, peut-être accepteriez-vous de me guider jusqu'à lui ?

Benicio, toujours silencieux, trempa les lèvres dans son mug à plusieurs reprises avant de répondre.

— Ce café vous convient ?

— Oui, je vous remercie. Pour en revenir à Oskarbi… puis-je lui parler ?

— Non, vous ne pouvez pas.

Sur ces mots, le vieil homme se leva, adressa un signe de tête à sa visiteuse avec gravité et disparut à l'intérieur de la maison en compagnie de son chien.

Nora se figea sur son tas de bois en voyant la porte se refermer, ne sachant que penser. Oskarbi se trouvait-il à l'intérieur de la maison ? Peut-être était-ce le cas s'il suivait une retraite spirituelle, ou bien s'il avait fait vœu de silence.

L'après-midi touchait à sa fin, le soleil ne tarderait pas à s'éclipser derrière les montagnes. Nora hésita à frapper à la porte, ou bien à appeler, mais son instinct lui soufflait que c'était inutile car Benicio l'ignorait sciemment.

Elle fouilla son sac à dos, à la recherche de barres protéinées et de sa gourde. L'air de cette fin de journée, sans être glacial, était frais, mais ce n'était pas avec l'intention de se réchauffer qu'elle sortit son blouson. Elle le posa sur l'assise du rocking-chair dans lequel elle s'installa à son aise en grignotant ses snacks tout en regardant la nuit tomber sur le paysage qui l'entourait. Un étrange sentiment de paix s'empara d'elle. À présent qu'elle était arrivée à destination, plus rien ne lui paraissait urgent. *Que será, será.*

L'obscurité prit peu à peu possession de la clairière. Nora étala son blouson sur le plancher de la véranda et s'y allongea le plus confortablement possible. Alors qu'elle s'attendait à trouver le sommeil difficilement, hantée par les questions qui se posaient à elle au terme de cette journée pleine de surprises, elle sentit ses paupières s'alourdir et finit par sombrer, bercée par les stridulations des grillons.

38

Nora fut réveillée par une bonne odeur de café. Elle écarta les paupières et vit Don Benicio. Penché au-dessus d'elle, il lui tendait une tasse.

Elle se mit en position assise, les muscles grippés par cette nuit passée à même les planches du sol. En dépit de son inconfort, elle avait bien dormi, même si elle s'était réveillée à plusieurs reprises, en particulier lorsque le chien, se souvenant de la présence d'une intruse dehors, avait aboyé avant de se rouler en boule et de reprendre sa nuit.

Cette fois, Don Benicio lui désigna la porte, restée ouverte. Elle se releva, franchit le seuil et s'avança dans un cabanon austère abritant deux pièces aux murs blanchis à la chaux. La première, qui servait tout à la fois de cuisine, de salle à manger et de pièce à vivre, était éclairée par une fenêtre unique à travers laquelle on apercevait l'horizon montagneux. La seconde, aveugle, était une chambre.

Tandis que Nora s'installait avec sa tasse de café à la table de bois brut, Don Benicio se lança dans la préparation d'*esquites*, une bouillie de grains de maïs blanc qu'ils dégustèrent en silence entre deux coups d'œil au paysage majestueux encadré par la fenêtre. Son petit déjeuner avalé, le vieil homme prit la parole.

— Il n'est pas ici.

Seul un exercice de gymnastique mentale permit à Nora de comprendre que son hôte reprenait la conversation à l'endroit où elle s'était arrêtée la veille. Restait à comprendre pour quelle raison il l'avait laissée passer la nuit dehors. Sans doute fallait-il y voir une manifestation de son excentricité.

— Où se trouve-t-il ?

Don Benicio haussa les épaules.

— Vous voulez dire qu'il s'est simplement absenté, ou bien qu'il ne vit pas du tout ici ?

— Je n'ai pas vu Carlos depuis des années, se contenta de répondre Benicio.

Si la réaction des gens dont elle avait croisé la route lui laissait entrevoir cette éventualité, Nora n'en fut pas moins troublée.

— Combien d'années ?

Nouveau haussement d'épaules.

— Il est parti il y a très longtemps et n'est jamais revenu.

— Attendez une seconde. Vous voulez dire que vous ne l'avez pas vu depuis la publication de son livre ?

— C'est le cas.

Nora n'en revenait pas.

— Mais alors…

Elle s'efforça de rassembler ses pensées.

— Vous n'avez reçu aucune nouvelle de lui ? Il ne vous a pas offert un exemplaire de son ouvrage ?

— Il ne m'a rien offert. Je ne savais même pas qu'il avait écrit un livre.

Nora, au comble de l'ahurissement, vida sa tasse. Cette découverte mettait à mal toutes ses suppositions. Si Oskarbi ne vivait pas ici, où était-il ?

— J'essaye de comprendre. Oskarbi a été l'un de vos disciples autrefois. C'est exact ?

On aurait pu croire que Benicio ne l'entendait pas. Son regard s'était perdu dans le lointain.

Nora s'aperçut qu'elle allait trop vite en besogne. Abreuver Benicio de questions alors qu'il venait tout juste de lui ouvrir sa porte n'était pas le meilleur moyen de parvenir à ses fins. Elle laissa retomber le silence de cette matinée paisible.

— Merci, dit-elle. Pour le *desayuno*.

Benicio hocha la tête.

— Un autre café ?

— Si ça ne vous dérange pas.

Il se leva, récupéra la cafetière sur le poêle et remplit les tasses.

— Don Benicio, reprit-elle après avoir bu la moitié de son café. M'autorisez-vous à vous poser quelques questions au sujet de l'apprentissage d'Oskarbi auprès de vous ?

Il répondit par la négative d'un mouvement de tête.

Nora, perplexe, se plongea dans ses pensées.

— Puis-je vous expliquer les raisons de ma présence ici ?

Pas de réaction.

— Quand Oskarbi s'est rendu aux États-Unis après avoir suivi votre enseignement, il a écrit un livre qui vous est consacré. C'était un travail universitaire, mais l'ouvrage a connu un grand succès. Plusieurs millions de lecteurs ont pu découvrir vos préceptes et la façon dont ceux-ci avaient transformé la vie d'Oskarbi. Celui-ci a obtenu une chaire de professeur et réuni autour de lui un petit groupe d'étudiants, jusqu'au jour, il y a douze ans, où il a disparu brusquement. Tout le monde était persuadé que, lassé de la vie universitaire, il était revenu vous voir afin de poursuivre son apprentissage. Manifestement, tout le monde se trompait.

Elle laissa s'écouler un battement.

— Et voici la raison de ma présence ici : au cours des cinq dernières années ont eu lieu au moins deux suicides rituels parmi ses anciennes étudiantes. Je cherche à comprendre ce qui a pu se passer.

Un changement à peine perceptible se produisit sur le visage de Benicio. Ses traits se firent plus marqués, son regard se fit plus froid et distant.

— J'ai besoin de votre aide, poursuivit Nora. *Nous* avons besoin de votre aide. Nous essayons d'expliquer ce qui a pu pousser ces anciennes étudiantes d'Oskarbi à se donner la mort. Il est fort possible que ce mystère soit lié à ce qu'il a appris auprès de vous.

Benicio se décida enfin à répondre.

— Il m'est impossible de partager ce secret avec vous.

— Pour quelle raison ?

— Parce qu'il est dangereux.

Nora médita cette réponse.

— Si c'est le cas, Oskarbi est dangereux. Je ne crois pas à une simple coïncidence. Il a forcément joué un rôle dans le suicide de ces femmes.

Elle se tut, dans l'attente d'une réaction.

Benicio, un long moment silencieux, finit par lui poser la question qu'elle espérait.

— De quelle façon sont-elles mortes ?

— Elles se sont enfoncées dans le désert en plein soleil, se sont entièrement déshabillées, et sont mortes de déshydratation et de chaleur.

Benicio se figea, le regard tourné vers la fenêtre derrière laquelle on devinait un univers de canyons et de mesas. Il resta sans bouger le temps d'une éternité.

Les minutes s'égrenaient. Un quart d'heure s'écoula.

Nora tritura machinalement sa tasse entre ses doigts.

— Don Benicio...

Il l'arrêta d'un geste.

Un nouveau silence s'installa. Nora crut deviner que son hôte, le front barré d'un pli et le regard perdu dans ses pensées, s'efforçait de comprendre. Lorsqu'il se décida à s'expliquer, il le fit d'une voix sourde et hésitante.

— Carlos est venu me trouver un jour. Il y a de ça une vingtaine d'années. Je ne sais pas comment il avait entendu parler de moi. Il s'est présenté comme un anthropologue désireux de s'initier aux anciennes traditions. Jusque-là, j'avais uniquement dispensé mes enseignements aux miens, dans le but de les ramener à la vérité, mais mes élèves se faisaient rares. Ils perdaient progressivement tout intérêt pour les savoirs d'autrefois. Et voilà que surgissait cet homme qui disait me connaître de réputation et venait me solliciter. J'ai accepté de l'initier, *provisionalmente*. Pendant longtemps, un an peut-être, il s'est révélé excellent élève. Jamais je n'avais connu de disciple aussi attentif et curieux. Il était à l'affût de tout ce que je pouvais lui apporter, jamais il ne…

Benicio laissa sa phrase en suspens et Nora attendit patiemment la suite.

— Traditionnellement, on accède à la connaissance en franchissant la porte du monde invisible qui nous entoure. La clé de cette porte est le *hikuri*. Le peyotl. Nombreux sont les esprits qui franchissent alors la porte ouverte par le *hikuri*. Certains sont des esprits de lumière. D'autres sont maléfiques. D'autres encore, ceux que nous appelons les *duendes*, hésitent entre les deux. Ce sont des esprits de ruse et de gratification.

Il vida sa tasse.

— Carlos a porté son choix sur un *duende*. Cet esprit a trouvé en lui une âme prête à l'accueillir, elle l'a pris par la main et l'a conduit sur le chemin du mal.

— Vous n'avez pas réussi à l'en empêcher ? En le guidant dans le droit chemin, ou bien en l'aidant à retrouver la lumière ?

Benicio secoua la tête.

— L'attirance exercée par les forces du mal est considérable. Lorsque Carlos est arrivé ici, il souhaitait apprendre. Il ne savait pas si mes enseignements touchaient à la vérité, ou bien s'il s'agissait de vieilles superstitions. Il a fini par consommer le *hikuri*, ce qui l'a conduit à la rencontre de son *duende*. C'est alors qu'il a pris conscience de la réalité d'un pouvoir qu'il était capable de maîtriser. Il en a oublié que les *duendes* sont doués de ruse, mais aussi de patience.

La métamorphose est lente et progressive. Quand j'ai compris ce qui lui était arrivé, il était trop tard.

— Que s'est-il passé ?

— Je lui ai demandé de partir et il a disparu, emportant avec lui la connaissance et le pouvoir. Je n'ai plus jamais entendu parler de lui.

— Mais…

Nora, sous le choc, en perdait ses moyens.

— Il a pourtant écrit un livre. Vous n'étiez pas au courant ?

Don Benicio secoua à nouveau la tête.

— Je n'étais pas au courant. Peut-être ne souhaitait-il pas que je le sois. Je crains fort…

Il se tut et Nora crut deviner sa pensée. Le travail d'Oskarbi faisait peut-être l'objet de railleries de certains chercheurs qui y voyaient un livre ésotérique, voire une œuvre de fiction, mais il révélait des vérités qui n'auraient jamais dû l'être.

— Pensez-vous que la mort de ces femmes puisse avoir un lien avec ce que vous venez de m'exposer ? Pensez-vous que Carlos ait voulu se servir de ses pouvoirs maléfiques ?

Benicio baissa la tête.

— C'est possible. C'est même probable. Les forces du mal aiment les sacrifices. Les sacrifices humains en particulier.

Le silence reprit ses droits. La température de la pièce, déjà fraîche, sembla baisser de plusieurs degrés.

— En attendant, Oskarbi a disparu il y a douze ans, déclara Nora d'une voix songeuse. Personne ne l'a revu, il s'est volatilisé sans laisser de traces.

Don Benicio posa sur elle ses yeux noirs.

— Il était déjà sur le chemin du mal lorsqu'il est parti d'ici. Ses pouvoirs n'ont pu que croître depuis. Où qu'il se trouve aujourd'hui, vous pouvez être certaine que son *duende* l'accompagne.

39

Skip, enveloppé jusque-là dans le froid et l'obscurité, reprit progressivement connaissance. Ne sachant où il était ni ce qui lui était arrivé, il céda à la panique. Il tenta en vain de se mettre en position assise, le souffle court, les tempes bourdonnantes et son champ de vision maculé de taches noires, lorsque le souvenir de l'attaque dont il avait été victime lui revint dans toute son horreur. Il était enfermé dans le noir, les poignets ligotés dans le dos à l'aide de lanières de cuir, les chevilles entravées. Depuis combien de temps était-il là ? Il avait l'impression étrange de nager entre deux eaux depuis plusieurs jours.

À nouveau pris de panique, le corps douloureux, il s'efforça une nouvelle fois de se redresser. On l'avait roué de coups, mais la brume qui envahissait son crâne commençait à se dissiper.

— Hé ! cria-t-il. C'est quoi, cette histoire ? *Hé !*

Pas de réponse. Il flottait dans l'obscurité une odeur de terre et de poussière qui l'étouffait. Qui donc avait bien pu les attaquer, Nash et lui ? Et pourquoi ? Où était son compagnon ?

Il se débattit et cria à s'en arracher la voix. L'écho de ses hurlements lui revint, comme assourdi. Pas un bruit ne filtrait dans l'obscurité totale qui l'aveuglait.

Il parvint enfin à s'asseoir et recula en s'aidant de ses pieds, en dépit des lanières de cuir. Ses talons s'enfonçaient à chacun de ses mouvements dans le sol de terre battue et son dos rencontra un obstacle. Un mur, qu'il explora avec ses doigts. Le côté lisse du matériau annonçait du plâtre et le mur était légèrement incurvé.

— Hé ! Il y a quelqu'un ? *Répondez !*

Il avait l'impression de hurler au fond d'un trou.

Skip lutta contre la terreur qui menaçait de le submerger.

Il lui fallait réfléchir, imaginer une solution. Si seulement il avait su de quoi il retournait, où il se trouvait, qui étaient ces gens, ce qu'ils voulaient, peut-être aurait-il pu…

Un léger grognement s'éleva dans l'obscurité de l'autre côté de la cave dont il était prisonnier. Il pivota sur lui-même au prix d'un violent effort et se dirigea à reculons vers le bruit en pliant et dépliant les jambes. Il avait un terrible mal de crâne et l'un de ses yeux, tuméfié, était à demi fermé. Une croûte de sang s'était coagulée autour de son nez. Il avait faim et soif.

Il laissa échapper un cri de surprise en sentant sous ses doigts la matière molle d'un corps. En tâtonnant, il reconnut des vêtements, de la peau.

Le corps s'agita et un nouveau gémissement se fit entendre. *Putain !* Il crut identifier la voix de Nash.

— Edison ! appela-t-il en secouant l'autre du mieux qu'il le pouvait. Edison, c'est vous ?

Pas de réponse. Skip insista, avec pour résultat un grognement plus fort. Il ne pouvait s'agir que de Nash. Grièvement blessé, probablement.

— Edison, appela-t-il dans un murmure. C'est Skip.

Un geignement lui répondit, suivi d'une respiration laborieuse.

Mon Dieu. Skip se sentit envahi de plus belle par une peur incontrôlable. Quel méfait avaient-ils pu commettre pour mériter un traitement pareil ? Seraient-ils tombés par hasard sur une bande de tueurs réfugiés dans un canyon isolé ? Ou bien alors un groupe de survivalistes complètement paranos ?

Un autre bruit traversa l'obscurité. Au-dessus de sa tête cette fois.

Il tendit l'oreille en retenant son souffle. Un raclement sourd lui parvint et un étroit rai de lumière se dessina au plafond, qui allait en s'élargissant à mesure que quelqu'un dégageait ce qui devait être une trappe. Un puits de clarté jaillit des ténèbres et Skip comprit qu'il était emprisonné au fond d'une kiva. Du carré de lumière s'échappa une échelle de fortune et un visage apparut en contre-jour.

En tournant la tête, Skip eut la confirmation que le corps voisin était bien celui de Nash. Il découvrit avec horreur le visage violacé et meurtri du milliardaire. On lui avait ligoté les pieds à l'aide d'un épais cordage relié à un câble en acier enroulé sur lui-même. Sa chemise était déchirée, ses yeux réduits à l'état de fentes. Seigneur ! Nash était visiblement entre la vie et la mort.

— *C'est quoi, cette histoire ?* s'écria Skip, incapable de contenir ses cris plus longtemps. Pourquoi vous nous faites *ça ?*

La silhouette qui se découpait dans le carré de lumière se contenta de l'observer sans un geste.

— Mon ami a besoin de soins !

L'inconnu resta sans réaction. Un frottement traversa l'air, le carré de lumière diminua jusqu'à disparaître et le silence reprit ses droits dans la fraîcheur des ténèbres. Skip, saisi de vertige, se laissa retomber sur le sol et sombra à nouveau dans l'inconscience.

40

Corrie toqua doucement. Comme elle n'obtenait pas de réponse, elle poussa la porte de la chambre d'hôpital. La femme aux longs cheveux noirs, assise dans son lit, fixait l'écran éteint de la télévision accrochée au mur. Pas un instant elle n'en détacha son regard tandis que Corrie s'asseyait sur la chaise voisine du lit.

Corrie dévisagea la femme. Si elle n'avait pas été reliée à une perfusion, personne n'aurait pu se douter qu'elle souffrait de déshydratation avancée seulement seize heures plus tôt. Les cheveux lavés et soigneusement peignés, elle offrait bien meilleur visage, à condition d'oublier ses lèvres gonflées et un méchant coup de soleil.

Dans un premier temps, les médecins avaient refusé que Corrie puisse interroger la patiente et elle avait mis à profit ce délai pour l'identifier, ce qu'elle avait fait sans difficulté. Partant du principe que la survivante du désert était une ancienne étudiante d'Oskarbi, Corrie avait consulté les dossiers réunis par O'Hara et reconnu sans peine Élodie Bastien, dont le nom avait été prononcé à plusieurs reprises au cours de l'enquête. Plus surprenant était le pedigree de cette archéologue réputée, dirigeante d'une entreprise qui effectuait des recherches archéologiques pour le compte de la Direction des transports du Nouveau-Mexique chaque fois qu'était mise en chantier une nouvelle route. Elle vivait à Santa Fe, dont elle était originaire, et menait une existence ordinaire, du moins à en juger par les éléments dont disposait Corrie : quarante et un ans, célibataire, elle était inscrite sur les listes électorales, payait ses impôts et n'avait pas de casier judiciaire. Un quotidien d'une banalité absolue. Et voilà qu'elle s'apprêtait à commettre un suicide rituel de la façon la plus étrange que l'on puisse imaginer. À en croire O'Hara, elle n'était apparemment pas très proche de sa famille et n'avait pas de liaison connue.

Sa disparition n'avait pas encore été signalée, sans doute parce qu'elle était toute récente. Désireuse d'encourager Bastien à parler, Corrie avait longuement hésité : était-il préférable de notifier ses parents tout de suite, ou bien d'attendre ? Elle brûlait d'entendre les explications de cette femme, de comprendre ce qui avait pu la pousser à agir, mais restait à savoir si impliquer sa famille serait un atout ou un handicap.

Après en avoir discuté avec Sharp, Corrie avait pris la décision de patienter avant de contacter les parents, le temps d'interroger elle-même Bastien. Il serait toujours possible de changer de stratégie par la suite.

— Élodie ? dit-elle d'une voix douce.

La femme manifesta enfin une réaction à l'énoncé de son prénom. Elle tourna la tête et vit Corrie pour la première fois. Elle s'empressa de détourner le regard et reprit son masque impassible.

— Je m'appelle Corinne Swanson et je travaille pour l'antenne locale du FBI. Je tiens à vous préciser qu'on n'a rien à vous reprocher. Vous n'avez enfreint aucune loi à notre connaissance et rien ne vous oblige à répondre à mes questions. Vous avez compris ?

Bastien ne dit rien.

— J'aimerais avoir quelques éclaircissements.

Comme la femme restait muette, Corrie se lança :

— Nous enquêtons actuellement sur la mort de deux femmes, Miranda Driver et Molly Vine. Je crois savoir que vous les connaissiez toutes les deux puisque vous avez mené ensemble des études de troisième cycle à l'UNM. Vous aviez le même directeur de thèse, le professeur Carlos Oskarbi.

Aucune réaction.

— Ces deux femmes sont mortes en s'enfonçant dans le désert en plein soleil, sans eau. Tout comme vous.

On aurait pu croire Bastien transformée en sculpture de glace.

— J'aimerais comprendre ce qui vous a poussées toutes les trois à agir de la sorte.

Corrie aurait tout aussi bien pu parler à un mur.

— Élodie, s'il vous plaît. Il est de la plus haute importance pour nous de savoir pourquoi ces femmes sont mortes.

Elle prit son mal en patience.

— Songez à leurs proches qui ne parviennent pas à faire le deuil, faute de saisir le comment et le pourquoi. J'ai récemment rendu visite à Horace Driver, le père de Miranda. Il ne se remet pas de la disparition de sa fille... Vous pouvez nous aider en nous expliquant de quoi il retourne.

Rien.

— Si vous ne le faites pas pour les parents de Molly et de Miranda, pensez aux vôtres.

Corrie n'arrivait à rien. Elle dut se retenir pour ne pas secouer la malade dans l'espoir de l'extirper de son silence. Il devait bien y avoir un moyen de l'atteindre ?

— Vous traversiez Kutz Canyon en direction d'une formation rocheuse, un ancien phare de l'époque précolombienne. Savez-vous de quoi je parle ?

Zéro.

— C'est bien là que vous vous rendiez, non ?

Comme rien ne sortait, elle passa à l'étape suivante.

— Je vais prendre contact avec vos parents afin de leur expliquer ce qui vous est arrivé. Ils viendront très certainement vous voir, j'espère que vous leur fournirez les explications que vous me refusez.

Rien de rien.

La situation était absurde. Cette femme, raide comme la justice dans son lit d'hôpital, se murait dans le silence, sans réaction. Comme si on lui avait fait subir un lavage de cerveau. *Comme une adepte de secte.* Car c'était bien d'une secte qu'il s'agissait, Corrie en avait la conviction. Une secte dont Oskarbi était le leader, contrôlant ses disciples par le sexe, la drogue, et tout un baratin pseudo-religieux. Corrie se demanda où en était Nora de ses recherches au Mexique. Pourquoi ne pas requérir un mandat d'extradition à l'encontre d'Oskarbi de façon à obtenir des explications ? Non, le plus sage était de patienter un jour ou deux, le temps que Nora rentre.

L'universitaire avait regagné le Mexique douze ans plus tôt. Dirigeait-il la secte à distance ? Pourquoi ces suicides intervenaient-ils seulement maintenant ? Y en avait-il eu d'autres dont on ignorait l'existence ? Tout ça n'avait aucun sens.

Mue par un dernier réflexe, Corrie tira de son attaché-case les pierres de foudre vertes, qu'elle montra à Bastien.

— Vous les aviez en main. Quelle est leur signification ?

Élodie Bastien tourna la tête et regarda brièvement les deux prasiolites. L'ombre de ce qui ressemblait à une émotion brouilla fugitivement ses traits. L'instant suivant, son visage redevenait un masque et elle fixait à nouveau la télévision éteinte.

41

Skip émergea à nouveau dans le noir absolu de sa prison. Il s'était assoupi, sous le double effet de la fatigue et des coups qu'il avait reçus. Restait à savoir combien de temps s'était écoulé. Un jour ? Deux ? Il se trouvait là depuis une éternité, en tout cas. La peur et un violent mal de crâne déformaient sa perception du temps. Il avait vaguement le souvenir que quelqu'un lui avait fait boire de l'eau. Mais pas de nourriture, si bien qu'il était tenaillé par la faim. Il avait renoncé à appeler, conscient de la futilité de ses efforts. À ce stade, le mieux était encore de ne pas attirer l'attention sur lui. Il procéda à l'évaluation rapide de ses maux : il n'avait rien de cassé, apparemment, et souffrait uniquement de plaies et de contusions.

— Edison ? dit-il dans l'obscurité. Vous êtes là ?

Seul le silence lui répondit.

— Edison, bordel !

Nash serait-il mort ? Skip s'obligea à ne plus songer à tous les scénarios de torture, de viol et de mise à mort qui lui venaient spontanément à l'esprit. Qui étaient ces gens ? Des cinglés de survivalistes ? Les membres d'un culte satanique ?

Il oublia instantanément les pensées qui l'obsédaient en entendant du bruit au-dessus de sa tête. Une main invisible fit glisser la trappe et un tourbillon de poussière apparut dans un rai de lumière. Le soleil brillait dehors, on était donc le jour suivant. Skip jeta un coup d'œil en direction de Nash et constata alors qu'il avait disparu.

On fit descendre une échelle qu'emprunta une silhouette. À mesure que l'éclat du soleil l'éclairait, Skip découvrit un inconnu. *C'est quoi, ce délire ?* L'homme, entièrement nu, s'était couvert le corps des pieds à la tête d'une épaisse couche d'argile rouge. Un masque de bois sculpté, peint en rouge, dissimulait ses traits. Il était coiffé d'une étrange perruque d'herbes tressées et tenait de la main gauche un bâton en bois dont l'extrémité, en forme de casse-tête, figurait un visage grimaçant.

L'homme se redressa en posant le pied sur le sol de la cellule. Son regard luisait à travers les ouvertures du masque. Il s'approcha de Skip d'un pas traînant, comme si ses jambes pesaient des tonnes. Était-il aveugle ? ivre ? défoncé ?

Skip sentit ressurgir sa peur.

— Qui êtes-vous ?

L'inconnu se baissa et dénoua les lanières de cuir qui emprisonnaient les chevilles de Skip, puis il les rattacha en laissant cette fois suffisamment de mou pour que le prisonnier puisse marcher.

— Debout, ordonna-t-il d'une voix neutre.

Skip se releva péniblement, pris de vertige, les mains ligotées dans le dos. L'inconnu en profita pour lui passer autour du cou une longe en cuir, puis il recula, son prisonnier en laisse.

Il tira d'un coup sec et Skip crut qu'il allait étouffer.

L'homme attendit quelques secondes avant de relâcher son étreinte.

— Tu as bien reçu le message, voleur ?

La diction presque sophistiquée de l'inconnu surprit Skip.

L'homme tira sur la laisse.

— Réponds.

Skip hocha la tête et l'homme lui délia les poignets.

— Grimpe.

Skip se dirigea vers l'échelle en clopinant. Ses blessures aux jambes constituaient pour lui un handicap et il gravit très lentement les échelons. Parvenu tout en haut, il cligna des paupières, ébloui par le soleil, et son gardien en profita pour lui attacher de nouveau les poignets dans le dos.

— Je ne suis pas un voleur.

— Sacrilège.

— Attendez une seconde, ce n'est pas moi qui...

Son tortionnaire le fit taire d'un coup de son casse-tête.

— Tais-toi.

La douleur se chargea de chasser tout le reste, Skip ferma les yeux afin d'apaiser son vertige et celui-ci finit par passer. Il souleva lentement les paupières et s'obligea à étudier le paysage qui l'entourait. Il se trouvait au sommet d'une grande mesa, près de trente mètres au-dessus de la rivière, mais toujours dans l'enceinte des falaises de l'immense canyon.

Trois autres individus étaient rassemblés un peu plus loin. Nus également, ils étaient couverts d'argile rouge et portaient aussi un masque et une coiffe d'herbes. Ils dansaient d'un pas traînant autour de l'un des deux grands trépieds, constitués de poteaux reliés entre eux par des cordes à leur sommet, qui avaient été dressés là. Un objet pendait du trépied, dont Skip ne voyait pas la nature exacte car il était en partie caché par les danseurs. Au moment où ces derniers cessaient leur ronde et entonnaient une psalmodie grave, Skip comprit avec un haut-le-corps qu'il s'agissait d'un corps humain sanguinolent, pendu par les pieds à l'aide d'un câble. *Edison!* Les cheveux de Nash, maculés de sang, étaient raides comme des baguettes et sa langue pendait.

Ces enfoirés l'avaient tué.

— Oh, putain! s'écria Skip, affolé.

— Je t'ai dit de te taire! le rappela à l'ordre son gardien dans un souffle en lui assenant un coup sur l'occiput.

Skip sentit ses genoux ployer sous lui. Son bourreau l'obligea à se redresser d'un coup sec sur la longe, lui agrippa le menton d'une main épaisse et lui souffla au visage la poudre qu'il tenait dans le creux de son autre battoir.

Skip toussa, s'étrangla et éternua en sentant l'étrange substance lui envahir les narines, la bouche, et même les yeux dans une explosion douloureuse. Il tenta de la recracher, mais la sensation de brûlure qu'il ressentait cédait déjà la place à des visions délirantes. Les silhouettes autour de lui perdirent de leur netteté et il s'écroula lourdement sur le sol sans que son gardien l'oblige cette fois à se relever. La vision brouillée par un afflux de larmes, Skip entendit, comme assourdi, le chant des danseurs qui tournaient autour de la dépouille de Nash. À peine conscient, il vit leur chef lever un bras au bout duquel brillait d'une lueur sinistre un long couteau en pierre noire taillée. Leurs psalmodies terminées, les trois hommes cessèrent leur danse, resserrèrent le cercle autour du trépied et de grands cris s'élevèrent.

Skip tenta en vain de se mettre à genoux. Les cris, de plus en plus perçants, semblaient d'une nature plus animale qu'humaine, mais Skip n'en reconnut pas moins la voix de Nash.

Edison n'était donc pas mort.

Skip battit désespérément des paupières dans l'espoir de chasser le brouillard qui flottait devant ses yeux, mais le chef du petit groupe lui bloquait la vue et il ne pouvait voir ce qui se passait. Les hurlements, loin de cesser, augmentaient en intensité et en douleur. Faute de pouvoir se boucher les oreilles puisqu'il avait les mains ligotées dans le dos, Skip laissa échapper une supplique :

— Arrêtez ! Je vous en prie, arrêtez. *Stop ! Stop !*

L'homme qui le tenait en laisse s'approcha, son casse-tête levé, et Skip bascula une fois de plus dans un trou noir bienvenu.

42

Nora avait l'habitude d'écouter des livres audio lorsqu'elle roulait sur de longues distances, si bien qu'elle s'était munie de quelques bons polars du tandem Preston & Child en prévision des trente heures de route de son aller-retour au Mexique. Elle s'aperçut très vite, au moment de regagner les États-Unis, qu'elle avait toutes les peines du monde à se concentrer, obnubilée par une mélodie : celle qui était enregistrée sur le cylindre de cire que Skip s'était chargé par la suite de retranscrire et d'harmoniser. Il l'avait interprétée en boucle sur son ukulélé, obligeant sa sœur à l'accompagner à la flûte. Comme toujours avec Skip, il avait fini par se lasser, mais l'étrange ritournelle était restée solidement ancrée dans la mémoire de Nora. Un air dissonant, dérangeant par ses quarts de ton inconnus de la grammaire musicale occidentale, qui n'était pas sans évoquer le dernier quatuor à cordes de Chostakovitch. De façon stérile, Nora se demanda ce qu'en aurait pensé le compositeur russe, mais cette pensée suffit à la débarrasser de cette mélodie obsédante. D'autres idées prirent aussitôt le relais, en particulier les révélations de Benicio sur la manière dont Oskarbi se serait laissé emporter par les « forces du mal ».

Il ne faisait plus guère de doute aux yeux de Nora que l'ancien universitaire avait créé une secte. Un culte d'un genre inédit, toutefois. Oskarbi n'avait rien d'un David Koresh ou d'un Jim Jones. Ses adeptes n'étaient pas des âmes perdues dont on avait lavé le cerveau en les enfermant dans un camp fortifié quelconque, loin de la réalité du monde. Il s'agissait à l'inverse de gens éduqués, intelligents et bien intégrés dans la société. En apparence tout du moins. Comment croire que des femmes telles que Molly Vine et Miranda Driver aient pu se laisser entraîner dans pareille aventure ? Où et quand les membres de la secte se retrouvaient-ils ? En quoi consistaient leurs rituels ? Quel était leur but ?

Tout en roulant dans la nuit mexicaine, Nora se laissa envahir par toutes ces interrogations. Au point de se demander si les affirmations de Benicio sur les forces du mal, les *duendes* et autres esprits invisibles n'étaient pas fondées. Existait-il vraiment un univers caché, derrière le monde réel, auquel on accédait par des rites secrets ou avec l'aide de produits hallucinogènes tels que le peyotl ? Ce concept n'avait rien d'original. En sa qualité d'anthropologue, elle savait pertinemment que de nombreuses cultures anciennes, partout sur la planète, croyaient aux vertus des hallucinogènes lorsqu'il s'agissait d'entrer en contact avec le monde invisible. Quels que soient les dogmes de la secte d'Oskarbi, Vine et Driver y adhéraient suffisamment pour se suicider rituellement de façon aussi horrible.

Il était minuit lorsque Nora s'engagea dans l'allée de la petite maison qu'elle partageait avec Skip. Celle-ci était plongée dans l'obscurité et elle rangea la Jeep à côté du vieux tacot de son frère, soulagée d'être enfin chez elle. Son séjour au Mexique l'avait épuisée moralement et physiquement, les quinze heures de route du retour se chargeant d'anesthésier son cerveau. Elle était impatiente de retrouver son lit.

Elle descendit de voiture, gagna la porte d'entrée et glissa sa clé dans la serrure. Elle aurait tout le temps de défaire ses bagages le lendemain matin. Mitty aboya de l'autre côté du battant et le golden retriever se rua sur elle en remuant la queue, lui léchant la main en signe de bienvenue. Nora tiqua intérieurement. Pour que le chien lui fasse la fête de la sorte, il était forcément seul dans la maison. Elle se rendit dans la cuisine, Mitty sur les talons.

L'atmosphère générale du lieu sentait le vide.

Elle sortit de la cuisine, traversa la salle à manger et remonta le couloir donnant sur les chambres. La porte de celle de Skip était ouverte. Elle fit la lumière. Le lit de son frère était défait, comme de juste. Elle retourna dans la cuisine. Mitty avait eu à manger et son bol d'eau était plein, signe que Skip était de sortie ce soir-là. À moins qu'il ait sollicité les services de l'amie qui s'occupait généralement du chien pendant leur absence. S'il était simplement sorti, comment expliquer la présence de sa voiture dans l'allée ? Un copain serait-il passé le prendre ? C'était de l'ordre du possible. Il arrivait parfois à Skip de découcher lorsqu'il se rendait à une fête bien arrosée. Ou bien s'il rencontrait une fille.

Une fois de plus, la conduite irresponsable de son frère fit naître en elle une pointe d'agacement. En attendant, elle était épuisée et il était trop tard pour tenter quoi que ce soit. Elle n'aurait qu'à téléphoner à la jeune femme qui gardait leur chien le lendemain matin afin d'en avoir le cœur net. Pour l'heure, elle était prête à s'écrouler dans son lit.

Les premières notes de l'*Ouverture solennelle 1812*, que Nora avait choisie comme sonnerie de téléphone, la réveillèrent en sursaut. Elle chercha l'appareil à tâtons sur sa table de nuit et regarda l'écran. Corrie, qui l'appelait à sept heures pile.

Putain. Cette fille ne s'arrêtait donc jamais ? Elle fit glisser la flèche afin de prendre la communication et colla le smartphone contre son oreille.

— Oui ?

— Nora ? C'est Corrie.

— Je sais.

— Désolée de vous déranger, poursuivit la jeune femme sur un rythme de mitraillette. J'imagine que vous êtes rentrée, j'étais impatiente de savoir si vous aviez du neuf.

Nora s'assit dans son lit afin de chasser le brouillard qui lui embrumait l'esprit.

— Je n'ai pas vu Oskarbi, mais j'ai tout de même réuni un certain nombre de détails plutôt... intéressants.

— On peut se retrouver d'ici une demi-heure ? Moi aussi, j'ai du neuf. Je suis sur la route, j'arrive à Santa Fe où m'attend un interrogatoire à neuf heures. On a le temps de prendre un café avant.

Nora grogna intérieurement.

— Bon, d'accord.

Les deux femmes s'étaient donné rendez-vous dans un coffee-shop situé à une rue de chez Nora. Cette dernière, qui avait tout juste eu le temps de se doucher et de s'habiller, débarqua à l'instant précis où Corrie se garait sur le petit parking de l'établissement. Elles y pénétrèrent ensemble. Nora commanda un triple expresso et un croissant au chocolat, Corrie un café sucré géant, et elles s'installèrent à l'extérieur.

Quelques gorgées de son expresso suffirent à remettre Nora d'aplomb pendant que Corrie lui expliquait dans quelles circonstances elle avait pu sauver la troisième femme, perdue dans le désert, qui se rétablissait de sa mésaventure tout en gardant un silence obstiné. Corrie, son récit terminé, mitrailla Nora de questions et l'archéologue lui détailla son périple. Corrie, penchée vers elle, les coudes plantés sur les genoux, était pendue à ses lèvres.

Le récit de Nora achevé, Corrie se cala sur sa chaise.

— Que je sois sûre d'avoir bien compris : Oskarbi a quitté Benicio il y a vingt ans, n'est jamais retourné le voir, n'a jamais eu aucun contact avec lui depuis, est devenu riche et célèbre grâce à son bouquin tout en étant passé du côté des « forces du mal », dit-elle en dessinant des guillemets dans l'air. Après quoi il a réuni autour de lui des disciples, essentiellement des femmes, avant de disparaître sans laisser d'adresse. Des années plus tard, plusieurs de ces femmes ont commis un suicide rituel.

— C'est à peu près ça, acquiesça Nora.

— Ce type-là m'a tout l'air d'avoir signé un pacte avec le diable.

— Du moins en est-il persuadé, précisa Nora.

Elle laissa s'écouler un court silence.

— En attendant, où se cache-t-il ? ajouta-t-elle, l'air songeur.

— Les bases de données du FBI indiquent qu'on perd sa trace il y a douze ans, répliqua Corrie. Ses cartes de crédit sont muettes, ses relevés bancaires vides, il n'a rien posté sur les réseaux sociaux, n'est entré en contact avec aucun de ses amis ou de ses proches, n'a jamais fait renouveler son permis de conduire. Rien de rien.

— Reste la possibilité qu'il se terre dans un lieu secret depuis lequel il dirige sa secte.

— C'est peu probable.

— Pour quelle raison ?

— Quand quelqu'un ne laisse dans son sillage aucune trace électronique, cela signifie en général qu'il est mort. Du moins est-ce la règle de base au FBI.

— Vous croyez vraiment que c'est le cas ?

Corrie se défendit en levant les mains.

— Il est extrêmement difficile de disparaître ou de se forger une nouvelle identité de nos jours. Sa secte l'aide peut-être à se cacher, mais dites-moi un peu quelle secte recrute exclusivement des gens très diplômés, parfaitement intégrés socialement ?

Nora esquissa un sourire ironique.

— Je me suis fait la même réflexion, même si je peux vous citer un bon nombre de gens cinglés qui ont soutenu une thèse. Parlez-moi de cette femme que vous avez récupérée dans le désert, Élodie Bastien. Elle refuse catégoriquement de parler ?

— Oui, mais ses parents l'ont récupérée chez eux, ce qui pourrait changer la donne. C'est avec elle que j'ai rendez-vous à neuf heures.

Nora, pensive, regarda sa montre. Huit heures.

— J'aimerais vous accompagner. Il faudrait que je passe à l'Institut en chemin, mais j'ai peut-être un moyen de provoquer une réaction chez elle.

Elle fit part de son idée à Corrie, qui hocha la tête.

— Je suis prête à tout, du moment qu'on obtient un résultat.

Nora estima que c'était une heure décente pour appeler la fille qui gardait leur chien.

— Ça vous ennuie si je donne un coup de fil rapide ? demanda-t-elle à Corrie. Je m'inquiète au sujet de Skip.

— Je vous en prie.

Quelques instants plus tard, Nora avait la confirmation que son frère était parti camper avec un certain Edison, sans préciser combien de temps il serait absent. Nora raccrocha, plus anxieuse que jamais.

— Tout va bien ? s'inquiéta Corrie.

Nora lui répondit par la négative d'un mouvement de tête.

— Il est apparemment parti le lendemain de mon départ pour le Mexique. Il allait camper avec cet Edison Nash.

— Le collectionneur friqué dont vous m'avez parlé ? Où sont-ils allés ?

— Aucune idée.

— Vous avez des raisons de vous inquiéter ?

Nora laissa échapper un petit rire amer.

— Avec mon frère ? Toujours.

43

Lentement, très lentement, Skip reprit à nouveau connaissance. Chaque fois qu'il se sentait sur le point d'émerger, il avait la tentation de s'enfoncer à nouveau dans le cocon noir rassurant qui l'enveloppait. La manœuvre ne pouvait se révéler efficace éternellement et il finit par écarter les paupières.

Le décor avait changé. Les trépieds dressaient toujours leurs silhouettes sinistres sur la mesa, Nash pendu à l'un d'entre eux, mais son corps n'était plus à présent qu'un mélange terrifiant de rouge et de blanc. Brusquement rappelé à l'horreur de la situation, Skip comprit que les autres salopards l'avaient écorché vif.

Ils étaient désormais plus nombreux autour du cadavre dépecé de Nash, peut-être une douzaine. Des femmes pour la plupart, nues et couvertes d'argile rouge, le visage dissimulé derrière un masque. Elles tournaient autour du trépied avec des mouvements saccadés et maladroits, comme droguées. *Ce qui est probablement le cas*, se dit Skip.

Il se redressa péniblement en position assise, les intestins noués par la peur. *Mon Dieu.* Ces cinglés avaient beau les avoir malmenés au moment de leur capture, la brutalité et le sadisme dont ils avaient fait preuve avec Nash le choquaient au plus profond de son être. *Pourquoi, mais pourquoi ? Et si c'était moi, le prochain ? Qu'a donc fait Edison pour mériter un sort pareil ?* Tout à l'heure, le type qui le tenait en laisse l'avait traité de voleur, de sacrilège. De quoi Nash et lui s'étaient-ils rendus coupables ? Entendait-on les punir pour avoir violé un lieu sacré, ou volé ces objets anciens ?

Nash avait insisté pour que leur petite équipée reste secrète. Ils n'avaient dit à personne où ils allaient. Personne ne savait où ils se trouvaient. Personne ne se lancerait à leur recherche. Sans compter que Nora était au Mexique. Elle avait bien promis à Skip de ne pas s'attarder longtemps sur place, mais il n'avait aucun moyen de savoir combien de temps elle serait absente.

Une autre pensée lui vint : jamais ces gens ne le laisseraient en vie après ce qu'il avait vu. Il était condamné. *Seigneur, pauvre Edison...* Skip voulut chasser de sa mémoire le souvenir des hurlements interminables de son compagnon.

Le groupe des danseurs s'arrêta soudain, au comble de l'excitation. Deux femmes apparurent au bord de la mesa. Elles soutenaient sur leurs épaules un palanquin constitué de deux étais sur lesquels reposait une plate-forme en bois. Dans leur sillage s'avançait un personnage élancé au corps recouvert d'argile blanche maculée d'empreintes de main noires. Au lieu d'être coiffé d'herbes tissées, comme les autres, il portait des bois de cerf qui signalaient son statut supérieur.

Skip, tout en observant la scène, était partagé entre curiosité et terreur. On distinguait la silhouette d'un individu assis en tailleur sur le palanquin. Malgré la chaleur, il était enveloppé dans un épais poncho à capuche de style pueblo.

L'assistance se tut respectueusement et s'écarta sur le passage des porteuses. Skip crut deviner que l'homme dissimulé sous le poncho était le grand chef auquel tous devaient obéissance, y compris le personnage blanc aux bois de cerf qui fermait la marche.

Les porteuses tournèrent autour du trépied, à l'évidence pour que l'homme au poncho puisse contempler le corps supplicié de Nash, puis elles s'éloignèrent et déposèrent le palanquin sur une large pierre plate. Elles se postèrent de part et d'autre, conformément à un rituel bien établi, tandis que l'homme en blanc saisissait l'extrémité du grand poncho, entonnait une courte psalmodie et tirait à lui le vêtement.

44

Les Bastien vivaient à Las Campanas, un riche lotissement doté d'un golf en périphérie de Santa Fe. Tout en se garant, Nora prit le temps d'admirer la grande demeure en pierre et adobe de style contemporain, le garage capable d'accueillir quatre véhicules, la piscine à débordement, le court de tennis, sans oublier une vue magnifique sur tous les environs.

— Pas mal, fit Corrie.

Les deux femmes descendirent de voiture. Elles remontaient l'allée dallée menant à la maison lorsque la porte d'entrée s'écarta. Une jeune femme blonde en tenue d'équitation apparut sur le seuil. Chaussée de bottes de cheval, habillée d'un jodhpur, d'une chemise en soie et d'un gilet, elle tenait d'une main une cravache et une bombe. Avant que les visiteuses aient pu prononcer une parole, la jeune femme se retourna et lança d'une voix forte :

— Randolph, le FBI est là.

Elle s'effaça pour laisser passer Nora et Corrie, négligeant de se présenter. Quelques instants plus tard apparaissait le dénommé Randolph, un individu corpulent et nettement plus âgé, à la barbe poivre et sel soigneusement taillée.

— Je te laisse t'occuper de ces gens, je pars monter, annonça la femme en quittant la maison dans un nuage de parfum capiteux.

— Oui, ma chérie, répondit Randolph en saluant ses visiteuses.

Nora, qui avait cru d'abord que la cavalière était une sœur d'Élodie Bastien, comprit son erreur. Il s'agissait à l'évidence de la maîtresse de maison. Encore un homme mûr fier de s'afficher au bras d'une jeunesse.

Corrie sortit son badge.

— Inspectrice Corinne Swanson, et je vous présente notre consultante, la professeure Nora Kelly. Nous venons interroger Élodie.

— Bien, bien, répliqua leur hôte en les invitant à le suivre dans un immense salon blanc. Élodie refuse toujours de parler.

— Vous êtes monsieur Bastien ? s'informa Corrie.

— Randolph Bastien, le père d'Élodie, se présenta-t-il sans tendre la main.

— Accepteriez-vous de répondre à quelques questions, monsieur Bastien, avant que nous voyions votre fille ?

— Allez-y.

Tous prirent place dans des fauteuils ultra-contemporains et ultra-inconfortables. Corrie sortit son téléphone.

— Cela vous ennuie si j'enregistre notre conversation ?

— Faites.

Corrie installa son portable en bonne position, le micro tourné vers Bastien, et Nora en profita pour s'intéresser de plus près à ce dernier. Il portait un blazer bleu à boutons dorés, un pantalon blanc, des mocassins noirs à boucle équestre et un foulard de couleur bordeaux autour du cou. Il avait les cheveux tirés en arrière et un visage épais, aux joues couperosées parcourues de veinules.

— J'imagine que la personne croisée à notre arrivée est Mme Bastien ? reprit Corrie.

— Oui.

— Puis-je vous demander où se trouve la mère d'Élodie ?

— Nous sommes divorcés et elle vit à Denver. Je vois mal en quoi ce genre de détail vous concerne.

Corrie lui adressa un sourire glacial.

— Je tente uniquement de me faire une idée de votre famille.

— Élodie refuse de parler, fit-il sur un ton sec.

— Vous nous le disiez il y a un instant, réagit Corrie. J'aurais quelques questions concernant sa vie, ses études, son travail, son état d'esprit. Si vous m'y autorisez ?

— Très bien, dit-il en jetant un coup d'œil à sa montre.

— Élodie est titulaire d'un doctorat en archéologie de l'UNM, c'est bien ça ? J'ai cru comprendre qu'elle avait été l'élève du professeur Oskarbi.

Il hocha sèchement la tête.

— Savez-vous si elle a eu une relation avec le professeur Oskarbi ?

— Qu'entendez-vous par là ?

— Je fais allusion à une relation amoureuse.

— Je n'en sais rien. Elle ne me demande pas mon autorisation quand elle a un petit ami. En quoi cette question est-elle pertinente ?

— Monsieur Bastien, rétorqua Corrie d'une voix nettement moins amène, c'est au FBI de décider ce qui est pertinent ou pas. Il est toutefois bien clair que rien ne vous oblige à répondre à mes questions.

— J'y répondrai, dit-il sans cacher son irritation. Élodie était adulte. Elle menait sa vie comme elle l'entendait. Je ne me sentais pas le droit de m'immiscer dans ses affaires privées.

— A-t-elle déjà été victime d'une dépression ? A-t-elle été traitée pour des problèmes d'ordre psychiatrique ?

— Pas à ma connaissance.

— Vous êtes son père, vous étiez forcément au courant, non ? En particulier à l'époque où elle était mineure.

— Il faudra interroger sa mère à ce sujet. J'avais des occupations très prenantes lorsque ma fille était enfant, c'est ma femme qui se chargeait du quotidien, expliqua-t-il en se tortillant dans son fauteuil.

— Des occupations de quelle nature ?

— J'assurais la gestion d'un fonds spéculatif.

— Je vois. Passons à la période qui a suivi sa thèse. Savez-vous si elle a continué à voir le professeur Oskarbi ou ses anciens condisciples ?

— Je n'en ai aucune idée. Je ne la fliquais pas.

— Elle dirige une petite entreprise d'archéologie industrielle, c'est bien ça ?

— Oui.

— Comment fonctionne cette entreprise ?

— Élodie en est l'unique employée. À ma connaissance, elle effectue des missions pour le compte de la Direction des transports du Nouveau-Mexique. Il s'agit essentiellement d'identifier des sites archéologiques éventuels au moment de la construction d'une route. Je n'en sais pas plus.

— Savez-vous si elle a, ou avait des petits amis ou des relations amoureuses ?

— Je ne sais pas. Je n'en ai jamais croisé aucun.

— À quelle fréquence voyez-vous votre fille ?

La question fut accueillie par un bref silence.

— Pas souvent depuis que je me suis remarié.

— Pourriez-vous être plus spécifique ? Quand l'avez-vous vue pour la dernière fois ? Avant son retour de l'hôpital, bien entendu.

— Un an ou un an et demi.

— Vous vivez pourtant dans la même ville.

— Je vous l'ai dit : elle mène sa vie, et moi la mienne.

— Lui apportez-vous une aide financière ?

— Évidemment que je lui donne de l'argent. Vous croyez peut-être qu'elle gagne sa vie comme archéologue ? Je lui avais bien conseillé de ne pas choisir cette voie, mais elle a refusé de m'écouter.

Nora s'apprêtait à intervenir lorsqu'elle se reprit. Corrie se montrait suffisamment pugnace sans qu'il soit besoin d'en rajouter.

— Parlez-moi de la relation d'Élodie avec votre épouse actuelle.

— Laurie a dix ans de moins qu'Élodie, ma fille a eu du mal à l'accepter.

Il ponctua sa phrase d'un rire dur.

Cet entretien ne mène à rien, pensa Nora, qui se contentait d'observer cet échange. Les réponses de Bastien avaient toutefois le mérite d'expliquer ce qui avait pu pousser Élodie dans les bras d'une secte. Elle n'avait certainement pas connu une enfance heureuse, dans l'ombre de ce père absent et indifférent. Tous les éléments se trouvaient réunis pour qu'elle tombe sous la coupe d'un gourou charismatique qui avait fait office de figure paternelle à ses yeux.

— Que pourriez-vous me dire d'autre, monsieur Bastien, qui m'aiderait à comprendre le geste d'Élodie ?

— Rien.

— Dans ce cas, nous est-il possible de lui parler ?

— Je vous en prie. Les médecins affirment qu'elle ne présente aucun trouble particulier. Elle refuse de s'exprimer, c'est tout.

Il se leva et entraîna ses visiteuses à travers une longue suite de pièces et de couloirs peints en blanc. Il les invita enfin à entrer dans une pièce magnifique dont les baies vitrées donnaient sur le mont Sangre de Cristo. Élodie, assise dans son lit, regardait fixement l'écran éteint d'une télévision, comme lors de son séjour à l'hôpital.

— La voici, déclara Bastien en se retirant immédiatement.

Corrie s'installa sur une chaise près du lit, Nora fit de même du côté opposé.

— Élodie, tenta Corrie d'une voix douce. Je suis l'inspectrice Swanson, du FBI, vous vous souvenez sans doute de moi. Je suis venue avec Nora Kelly, qui est archéologue et travaille pour nous en qualité de consultante. Nous aurions quelques questions à vous poser.

Pas de réaction.

Sans se décourager, Corrie se lança dans une série d'interrogations sans obtenir la moindre réaction chez Élodie, qui gardait les yeux fixés droit devant elle. Ce mutisme presque catatonique poussa Nora à tenter sa chance en prenant dans la sienne la main d'Élodie, posée sur le couvre-lit. Les doigts de la jeune femme étaient glacés. Elle se contenta de retirer sa main et de la glisser sous les couvertures.

Corrie adressa un mouvement de tête discret à Nora. Comme rien ne fonctionnait, il était temps de risquer l'expérience proposée par celle-ci. Nora tira de son porte-documents une boîte métallique contenant, soigneusement protégé par du rembourrage, un sachet hermétique transparent dans lequel était enfermé un morceau de roche allongé aux bords bruts, comme taillé dans la masse. Sur la face plate figurait un motif gravé. Nora sortit délicatement le sachet de la boîte en veillant à ce qu'Élodie ne puisse voir le dessin.

— J'aimerais vous montrer cet objet, Élodie.

Nora retourna la pierre afin que le motif entre dans le champ de vision de la jeune femme. Elle continua de fixer la télévision dans un premier temps, puis son regard s'anima et se posa sur la pierre. Elle écarquilla les yeux, hoqueta de surprise, blêmit, et sa bouche fut saisie d'un tremblement. Cette réaction dura quelques secondes à peine, car déjà elle se tournait vers l'écran éteint et reprenait sa pose initiale.

45

À peine était-elle montée dans la voiture que Corrie interrogeait Nora :

— Je suis curieuse de connaître la signification de ce dessin étrange.

Nora sortit de son sac la boîte métallique, l'ouvrit et montra à sa compagne le morceau de pierre sur lequel avait été tracée, avec minutie, une spirale dont l'extrémité figurait une tête de serpent.

— Cet objet fait partie des artéfacts de la culture Gallina dont dispose l'Institut.

— Comment pouviez-vous savoir qu'Élodie réagirait de cette façon en la voyant ?

— Je ne le savais pas à proprement parler. En revanche, je sais que la spirale inversée est un signe maudit chez les Pueblos. La croyance veut que les sorciers usent de ce symbole pour asseoir leurs pouvoirs maléfiques. Chez les Gallinas, cette spirale possède une tête en forme de serpent à plumes. Avant de venir, ajouta-t-elle après un léger temps d'arrêt, j'ai pris la peine d'emprunter aux collections de l'Institut ce spécimen authentique, jamais montré au public du fait de sa symbolique, en pensant que voir une relique véritable produirait davantage d'effet sur Élodie qu'un simple dessin. Il ne fait aucun doute qu'elle a reconnu ce symbole, ce qui ne lui a pas délié la langue pour autant.

— Si vous voulez mon avis, elle ne parlera jamais, affirma Corrie. Elle s'est définitivement coupée du reste du monde, ce qui n'a rien de surprenant quand on constate qu'elle a pour père un monstre pareil.

Nora ne réagit pas immédiatement. Elle se demanda si le moment était bien choisi d'aborder une question qui la taraudait. Après tout, pourquoi attendre, puisque cette rencontre avec Élodie n'avait rien donné ?

— Je repensais à ce que vous m'avez dit ce matin quand on a partagé un café, se décida-t-elle. L'idée selon laquelle la disparition d'un individu des bases de données officielles signale généralement sa mort.

Corrie acquiesça.

— Oui, et alors ?

— Vous vous souvenez de cet incident dont je vous ai parlé, ce corps mutilé découvert sur la rive du Rio Gallina il y a une douzaine d'années ?

— Bien sûr.

— Le cadavre était en piteux état, mais les mutilations encore visibles ressemblaient au pétroglyphe que je viens de montrer à Élodie.

— Sans blague ? s'écria Corrie.

Un instant perdue dans ses pensées, elle finit par demander :

— Ce symbole est-il courant ?

— Sa représentation est extrêmement rare, au contraire. La grande majorité des Indiens de la région refusent d'aborder le sujet de la sorcellerie, de peur de s'attirer le mauvais œil. Mais ce n'était pas ce que j'avais en tête. J'en arrive à me demander si ce corps ne serait pas celui d'Oskarbi.

Elle ne put qu'admirer la vivacité avec laquelle Corrie réagit.

— Waouh ! Quand précisément ce corps a-t-il été retrouvé ?

— Il y a douze ans. À peu près au moment où Oskarbi était censé avoir regagné le Mexique. J'ai vérifié en consultant la presse de l'époque : le corps n'a jamais été identifié.

— Waouh ! répéta Corrie. Très beau boulot, Nora.

Elle resta un instant silencieuse, le front barré d'un pli.

— Les services du shérif local auront forcément ouvert une enquête. Le rapport d'autopsie doit être archivé quelque part. Mais vous savez qui pourrait s'intéresser de plus près à la question ? Homer Watts, qui est lui-même shérif…

Corrie composa sans attendre le numéro de Watts sur son portable, lui exposa la théorie de Nora, l'écouta longuement, le remercia et raccrocha.

— Il s'en occupe, dit-elle. Il va jeter un œil au dossier et consulter le rapport d'autopsie.

— Super, remercia Nora. À part ça, vous avez des obligations cet après-midi ?

— Un peu de paperasse à remplir dans le cadre de l'enquête.

— Ça vous ennuierait si on faisait un crochet par le domicile d'Edison Nash ? J'aimerais demander à sa gouvernante si elle sait où ils sont partis camper, avec Skip.

— Le silence de votre frère vous inquiète ?

— Plus que jamais, laissa tomber Nora.

46

Corrie ne put s'empêcher de rire en découvrant la maison de Nash.

— Décidément, les gens ont de plus en plus la folie des grandeurs.

— Cette ville roule sur l'or, répliqua Nora. Pour avoir grandi ici, j'ai pu constater à quel point l'argent y coulait à flots, et ça n'a pas changé depuis.

Leur voiture garée, les deux femmes se dirigèrent vers le lourd portail de bois de mesquite. Corrie enfonça le bouton de la sonnette. Comme elle n'obtenait pas de réponse, elle recommença.

Une voix grésilla dans l'interphone.

— Qui qu'il est là ?

— Inspectrice Corinne Swanson, du FBI.

Un silence lui répondit.

— C'est oune plaisanterie ? finit par demander la voix.

— Pas du tout.

La porte, actionnée par un tire-suisse, permit aux deux femmes de s'avancer dans le jardin et de rejoindre la maison. Plantée sur le seuil, bras croisés, la gouvernante avait tout d'une sentinelle de l'époque médiévale.

— Qué c'est vraiment le FBI ? insista-t-elle en posant sur Corrie un regard méfiant.

Corrie lui montra son badge que la femme examina avec attention.

— Ah, dit-elle.

— Pouvons-nous entrer ?

— Ma qué oui.

Corrie et Nora traversèrent le patio et pénétrèrent dans la maison à la suite du cerbère. Nora ne put qu'admirer les nombreux objets amérindiens qui l'avaient déjà frappée lors de sa visite précédente.

— Nous aimerions nous entretenir avec M. Edison Nash, déclara Corrie.

— Moussieur il est pas là. Pourquoi ? Il avoir des ennouis ?

— Pas du tout, la rassura Corrie. Nous avions quelques questions à lui poser, c'est tout. Où est-il ?

— Yé sais pas.

— Quand l'attendez-vous ?

— Hier soir, mais il est pas rentré.

— Vous n'avez aucune idée de sa destination ?

— Loui est allé camper avec son ami, qu'ils ont mis tout son fourbi dans le pick-up et qu'ils sont partis.

— Qui l'accompagnait ?

— Oune grand tout maigre qué y'ai oublié son nom.

— Skip ?

— Oui, c'est ça.

Nora s'immisça dans la conversation.

— Nash ne vous a pas précisé où ils comptaient se rendre ?

— Non, qu'ils ont regardé des cartes et qu'ils sont partis.

— Quelles cartes ?

— Les cartes qu'ils sont dans le bureau.

La gouvernante entraîna ses visiteuses dans une pièce monumentale. Sur une grande table basse en marbre étaient étalées plusieurs cartes de l'USGS. Nora se pencha afin de les étudier et constata qu'elles concernaient Gallina Canyon et les bad-lands voisins. Un long trait de crayon suivait un dédale de pistes qui traversaient la concession de fracturation hydraulique jusqu'à la partie orientale de Gallina Canyon.

— Seigneur ! murmura Nora.

Elle se tourna vers la gouvernante.

— Ils ont pris la voiture de Nash ?

— Lé pick-up, oui.

— Quel modèle ?

— Oune F-150 marron.

Après un court silence, Nora insista.

— Qu'allaient-ils fabriquer là-bas ?

— Moussieur Nash, il aime bien camper et bisiter les bieilles rouines.

Corrie, voyant Nora plus inquiète que jamais, s'adressa à elle :

— Que fait-on ?

Nora jeta un coup d'œil à sa montre.

— Il est treize heures. À condition de partir maintenant, on devrait pouvoir rejoindre la piste vers quatre heures et demie, et le canyon aux alentours de sept heures du soir.

— Vous voulez qu'on se lance à leur recherche ?

— Oui.

Corrie, estimant que Nora se faisait du souci pour rien, ne répondit pas. Skip n'était pas le mec le plus fiable de la terre, mais c'était un grand garçon et Nora avait tendance à le couver.

— Il serait peut-être plus avisé d'attendre demain, au cas où ils rentreraient ce soir. Ils ont probablement décidé de rester un peu plus longtemps que prévu.

— C'est possible, mais cette histoire ne me dit rien qui vaille.

— Je ne comprends pas. Ils sont uniquement partis camper, non ?

— Je ne sais pas, mais Gallina Canyon…

Elle prit longuement sa respiration.

— En tout cas, je me rends sur place. Si vous décidez de m'accompagner, je vous en serai reconnaissante, sinon ce n'est pas grave.

— Vous ne croyez tout de même pas que je vais vous laisser partir seule ? répliqua Corrie en veillant à tempérer son agacement.

Nora n'avait-elle pas entrepris ce voyage insensé au Mexique pour les besoins de l'enquête ? Elle lui devait bien ça.

— Merci, Corrie. Du fond du cœur. J'apprécie vraiment votre geste.

47

Cramponnée au volant de son SUV noir de service, Corrie s'efforçait de trouver son chemin au milieu d'un paysage lunaire de cheminées de fée et d'aiguilles rocheuses. Les deux femmes étaient passées devant plusieurs pancartes interdisant l'accès à la zone d'exploitation pétrolière et voilà qu'apparaissaient dans le lointain une plate-forme de forage, une rangée d'énormes cuves vertes et plusieurs pick-up blancs. Des ouvriers en veste orange fluo, coiffés de casques de chantier, s'activaient près d'un nœud de canalisations. À l'approche du véhicule, ils se précipitèrent vers leurs pick-up.

— Qu'est-ce qu'ils fabriquent ? s'étonna Nora.

— On dirait qu'ils veulent nous bloquer le passage.

Corrie ne s'était pas trompée, les ouvriers positionnèrent les pick-up en travers de la route, ainsi que sur les côtés, puis ils descendirent de leurs véhicules et attendirent les intruses de pied ferme.

— Étrange, remarqua Nora. Je les trouve bien agressifs.

— Ils nous ont pris pour des maraudeuses.

Corrie ralentit à l'approche du barrage. Une demi-douzaine d'ouvriers crasseux, adossés nonchalamment aux pick-up, formaient le comité d'accueil, un petit sourire aux lèvres. Plusieurs d'entre eux en avaient profité pour fumer une cigarette, l'un d'eux tétait même un cigare.

— Ils n'ont pas vraiment le profil des Harvey Girls, plaisanta Nora, en référence à une vieille comédie musicale hollywoodienne.

Deux hommes s'avancèrent. Le fumeur de cigare tapota d'un doigt la vitre de Corrie qui la descendit.

— T'as vu ça un peu ces jolis petits lots ? railla le type à l'adresse de son collègue.

Il se pencha vers Corrie.

— Z'êtes venues rigoler avec nous ?

Corrie le dévisagea longuement. Mal rasé, sale et moite de transpiration, il était répugnant. Sans oublier son cigare qui empestait. Pour un peu, elle aurait éclaté de rire. Cela faisait longtemps qu'elle ne craignait plus les abrutis de son acabit.

— Nous voudrions passer, dit-elle.

Le type se retourna vers son copain.

— T'as entendu ? Ces groupies de rodéo voudraient passer.

— Faudrait encore qu'elles règlent le péage.

— Quel genre de péage ? interrogea Corrie.

— À ton avis, on leur demande quoi ? fit le type au cigare à l'adresse de son collègue.

— Elles pourraient nous montrer leurs nénés ?

— Il veut que vous lui montriez vos nénés, répéta l'homme au cigare en soufflant un nuage de fumée dans l'habitacle du SUV.

Corrie le regarda doit dans les yeux.

— Nos nénés ? De bons vieux gars comme vous, c'est tout ce que vous exigez comme péage ? Des nénés ?

Un instant désarçonné, l'homme au cigare partit d'un rire salace sous le regard appuyé de ses collègues.

— Pourquoi ? T'avais quoi dans l'idée, ma poupée ?

— Je pensais à un truc un peu plus corsé, répliqua Corrie.

— Putain, ma grande ! Tu sais parler aux hommes, toi.

— Vous vous sentez capable de voir mes nénés sans flancher, au moins ?

— T'inquiète pas pour ça, gloussa-t-il.

Corrie glissa la main dans la poche intérieure de sa veste et fourra sous le nez de son interlocuteur le porte-cartes contenant son badge du FBI.

— Ce sera suffisamment corsé comme ça ?

Le type ouvrit des yeux ronds, muet de saisissement.

Corrie marqua une pause avant d'ajouter :

— Inspectrice Corinne Swanson, FBI, antenne d'Albuquerque. Je dis ça au cas où vos compétences en lecture seraient aussi mauvaises que votre haleine.

Un voile de transpiration perla sur le front du type, hypnotisé par le badge.

— Euh… toutes nos excuses, m'dame. Sauf votre respect, on plaisantait.

Corrie rempocha son porte-cartes.

— Vous plaisantiez. Bien sûr. Et arrêtez de me coller votre putain de cigare sous le nez.

L'homme jeta l'objet du délit à ses pieds et l'écrasa d'un coup de semelle.

— J'aurais quelques questions à vous poser, poursuivit Corrie.

— Avec plaisir, se hâta de répondre le type avec tant d'obséquiosité que Corrie ne savait plus si elle devait rire ou pleurer.

— Je voudrais savoir si vous avez vu ces derniers jours deux individus circulant à bord d'un pick-up Ford 150 marron. Un grand maigre et un petit gros.

— Pour les avoir vus, on les a vus, s'empressa de répondre l'autre. Ils sont passés par ici. On aurait dit qu'ils étaient poursuivis par tous les diables de l'enfer. Quand on a fini par le coincer, le petit gros nous a fourré son flingue sous le nez en nous servant toutes sortes de salades pendant que le grand maigre filmait la scène. Vous les recherchez ?

— Quand est survenu cet incident ?

— Y'a trois jours.

— Quelle heure ?

— Je dirais vers trois heures et demie de l'après-midi. Ils ont fait quoi ? J'espère que vous allez coincer ces enfoirés, en tout cas.

— Dites à vos hommes de dégager la route.

— Bien, m'dame.

Il aboya des ordres aux ouvriers qui observaient la scène de loin sans vraiment comprendre de quoi il retournait. Quelques instants plus tard, les pick-up libéraient le passage.

— OK, déclara Corrie. C'est bon pour cette fois, mais si jamais vous vous avisez d'importuner quiconque à l'avenir, avec vos copains, je reviens dare-dare avec les miens, de copains. Du genre qui portent des badges. Ce jour-là, je vous garantis que vous serez dans la merde jusqu'au cou. Compris ?

— Oui, m'dame. Désolé, m'dame.

Corrie remonta sa vitre et le type s'écarta avec déférence. L'instant d'après, il ordonnait à ses hommes de retourner bosser.

Corrie démarra et Nora ne put se retenir de rire.

— C'était drôle, dit-elle avec un sourire narquois.

— Ouais. Je n'ai pas l'habitude d'abuser des privilèges liés à mon badge, mais ces têtes de cons ne l'ont pas volé.

Les deux femmes poursuivirent leur chemin et montèrent jusqu'à la forêt de pins où la piste, déjà précaire, se faisait de moins en moins praticable. Le SUV émergeait de l'abri des arbres lorsque Nora aperçut le pick-up de Nash.

Corrie se rangea à côté du lourd véhicule, à l'endroit précis où s'arrêtait le chemin. Les deux femmes descendirent, Corrie s'approcha du F-150, s'efforça de voir à l'intérieur et tenta d'ouvrir la portière.

— Fermée.

Nora fit le tour du Ford.

— Regardez, des empreintes de pas.

Elles enfilèrent de petits sacs à dos remplis d'eau et de quelques provisions, Nora attendit que Corrie ait accroché son arme de service à sa ceinture, puis elles s'élancèrent sur le sol sablonneux qui avait conservé la trace du passage de Skip et Nash. Moins de deux kilomètres plus loin, elles parvenaient au bord du canyon.

— On dirait qu'ils sont descendus en longeant cette arête, remarqua Nora.

Corrie, armée de jumelles, scruta le fond du canyon.

— Je me trompe ou c'est un campement qu'on distingue là-bas, au bord de la rivière ?

Nora porta à ses yeux les jumelles que lui tendait sa compagne.

— Ça m'en a tout l'air.

L'instant suivant, Nora s'engageait le long de la pente et Corrie lui emboîta le pas.

48

Tout en suivant le tracé de l'arête rocheuse qui filait vers le fond du ravin, Nora ne perdait pas de vue les traces laissées sur le sol par son frère et Nash. À en juger par la profondeur de leurs empreintes, ils étaient lourdement chargés. Nora voulut y voir le signe qu'ils avaient choisi de séjourner plus longtemps que prévu dans le canyon. Avec un peu de chance, elles risquaient de trouver Skip et son compagnon tranquillement installés sous la tente.

À mi-chemin, les arbres se firent plus rares, permettant une vue dégagée sur le canyon en direction du nord, et elles s'accordèrent une halte. Les falaises de grès bariolées de rouge et de jaune, le tapis vert qui s'étalait au fond de la gorge et les bosquets de peupliers offraient un tableau saisissant. Le canyon était parcouru sur toute sa longueur de failles transversales. Le soleil de cette fin de mois de juillet inondait l'étroite vallée en se reflétant sur les eaux sinueuses de la rivière. Le vent, en se renforçant, apportait des parfums de fleurs. Le soleil ne tarda pas à s'effacer derrière le bord du canyon et la vallée se trouva envahie de lueurs pourpres.

— Un vrai petit paradis, remarqua Corrie.

— Oui, on a du mal à s'imaginer qu'un tel lieu a pu servir de cadre à un génocide. Perpétré par des Amérindiens, qui plus est.

— La nature humaine est la même sous toutes les latitudes, commenta Corrie. L'homme est aussi violent que grégaire.

— C'est un jugement pour le moins cynique.

— Vous le pensez vraiment ? Vous ne me croiriez pas si je vous racontais certains trucs dont j'ai été témoin depuis mon arrivée au Bureau. Et ça n'est pas propre à la société actuelle. Vous avez fait des études d'anthropologie, on vous aura forcément enseigné les horreurs perpétrées par l'espèce humaine, non ?

— Sans doute, mais les anthropologues ne sont pas là pour juger. On nous apprend à accepter les différentes cultures du monde telles qu'elles sont.

Corrie partit d'un petit rire.

— Au FBI, c'est tout l'inverse. On nous demande de juger, de savoir trier entre le bien et le mal. Plus exactement, de connaître la différence entre la loi et le crime.

Nora s'arrêta et dévisagea sa compagne. Ce n'était pas la première fois qu'elle découvrait une Corrie aussi philosophe.

— Comment avez-vous atterri au FBI, en fait ? s'enquit-elle.

— Je me suis laissé porter par mon sens de la justice. Ou plutôt de l'injustice.

Corrie, après un instant d'hésitation, se décida à continuer.

— Tout a commencé chez moi, avec ma mère. Elle avait l'alcool mauvais et me traitait comme une moins que rien. Le shérif du patelin où je vivais s'inquiétait plus de son quota quotidien de doughnuts que de la loi. Ça me rendait dingue, mais dans un trou pareil, le seul moyen d'y échapper était de jouer les rebelles. Avec le recul, je sais maintenant que mon but, en grandissant, était de ne pas me résoudre à cet état de fait. C'est comme ça que je suis entrée au FBI, avec l'aide de notre ami commun[1]. Le crime

1. Il s'agit de l'inspecteur Pendergast, le personnage central d'une autre série de romans écrits par Douglas Preston et Lincoln Child.

n'est rien d'autre qu'une forme d'injustice que l'on impose à des innocents.

Nora ne cacha pas sa surprise.

— C'est une façon intéressante de définir le crime.

— C'est en tout cas de cette façon que la voit notre ami new-yorkais.

Elles repartirent en silence. L'arête qu'elles longeaient s'arrêta soudain sur un espace verdoyant. Cent mètres plus loin les attendait le campement de Skip et de Nash.

Nora comprit immédiatement que quelque chose clochait. La tente, en partie écroulée, était déchirée et les affaires des campeurs étaient éparpillées un peu partout.

Nora se précipita, prise de panique.

La réalité du drame qui s'était joué là leur apparut dans toute son horreur lorsqu'elles atteignirent la tente. Le feu s'était éteint depuis longtemps. Une bouteille de tequila vide traînait dans un coin. Les sacs à dos avaient été ouverts, leur contenu déversé n'importe comment dans un mélange de sachets de nourriture lyophilisée, de vêtements, de matériel de camping, entre une truelle, des pinceaux, une boussole et des jumelles de vision nocturne. Le détail le plus parlant était sans doute un amas de débris de couleur turquoise : les restes du cher ukulélé de Skip.

— Mon Dieu, s'étrangla Nora, horrifiée.

Corrie dégaina son arme et balaya des yeux les alentours. Le crépuscule, envahissant progressivement le canyon, ne tarderait pas à les envelopper. Paralysée par la peur à l'idée de ce qu'elle redoutait de découvrir, Nora se mit à quatre pattes et se glissa à l'intérieur de la tente lacérée. Elle y trouva les sacs de couchage en tapon par terre, mais aucun occupant. Une tache maculait la toile le long de la fermeture Éclair. Elle y frotta son doigt.

— Corrie, venez voir. C'est du sang, dit-elle d'une voix étranglée.

Corrie se précipita.

— Oh, merde ! OK, nous sommes en présence d'une scène de crime. On ne touche plus à rien, il faut d'abord décider de la conduite à suivre.

Nora acquiesça, s'efforçant de contrôler son émotion.

— Commençons par appeler des renforts.

— Des renforts ? lui fit écho Nora. Quel délai ça implique ? Il est huit heures et demie du soir. Le temps de remonter sur le plateau, de reprendre la voiture et d'atteindre une zone où passe le téléphone, il sera minuit passé. Non, il faut agir *tout de suite*, Corrie. Skip se trouve quelque part dans les parages, très certainement blessé !

— Je comprends, répliqua Corrie, mais réfléchissez une minute. Nous ne savons même pas qui sont les agresseurs, leur nombre et leurs motivations. Nous ne sommes que deux.

— On ne peut tout de même pas abandonner mon frère !

Corrie posa les mains sur les épaules de son amie.

— Il n'est pas question d'abandonner quiconque, Nora. Mais foncer tête baissée, sans grande chance de succès, n'aidera personne.

Nora resta un long moment silencieuse.

— Essayons au moins d'évaluer la situation.

— D'accord. Que proposez-vous ?

— Je vais monter au sommet de la colline qu'on aperçoit là-bas, au cas où je verrais ce qu'il y a aux alentours.

— Très bien, mais soyez prudente, Nora. Veillez à ce que personne ne puisse vous voir.

L'archéologue rejoignit au pas de course une éminence rocheuse au pied de laquelle s'étalait un petit bois de peupliers. Corrie la suivait et les deux femmes s'efforcèrent de rester invisibles, sous la protection des arbres. Elles entamèrent leur ascension, accroupies au milieu des rochers. Quelques minutes suffirent à Nora pour atteindre le sommet de la butte qu'elle traversa en rampant, Corrie à côté d'elle.

La vue était dégagée depuis le haut de la colline et la lumière du crépuscule était suffisante pour voir assez loin. Nora se délesta de son sac de randonnée, prit ses jumelles à l'aide desquelles elle explora méthodiquement le canyon sur toute sa longueur en direction du sud, puis elle fit de même du côté opposé. Corrie, armée de ses propres jumelles, imita son exemple.

— Je distingue des gens, là-bas, dit Nora.

Corrie suivit la direction qu'elle lui indiquait.

— Seigneur !

À peut-être un kilomètre, Nora venait d'apercevoir un groupe d'une douzaine de personnes sur une mesa dont le versant sud, incliné, se terminait sur un plateau à l'extrémité duquel on devinait un vide vertigineux. Deux trépieds se découpaient dans le ciel, un objet informe pendu à l'un d'eux. À cette distance, les images manquaient de précision, mais les inconnus étaient tous vêtus de rouge et coiffés d'étranges couvre-chefs. Plusieurs d'entre eux tournaient en rond en portant ce qui ressemblait à un palanquin.

Légèrement à l'écart, Nora distingua une silhouette habillée d'une chemise verte et d'un jean ordinaire. Les mains liées dans le dos, il était placé sous la surveillance d'un garde. Sans même voir son visage, elle reconnut Skip.

Les jumelles tremblèrent entre ses doigts et elle se força à respirer lentement afin de calmer ses nerfs.

— Vous avez vu ce truc pendu au trépied ? murmura Corrie à côté d'elle.

Nora fit glisser ses jumelles sur l'objectif indiqué. Un bûcher avait été érigé sous le trépied, restait à déterminer ce que ces gens s'apprêtaient à rôtir. Nora plissa les paupières afin de mieux voir.

La forme était celle d'une carcasse dépecée, pendue par les pieds. Elle comprit soudain avec un hoquet qu'il ne s'agissait nullement d'un animal, mais du cadavre d'un être humain.

Les mains plus tremblantes que jamais, elle vit le corps se balancer légèrement sous la poussée d'une rafale annonciatrice de tempête. Le vent, qui soufflait dans sa direction, lui apporta quelques bribes d'une psalmodie.

Elle se tourna vers Corrie.

— Vous pensez toujours qu'il faut aller chercher du renfort ? Nash est déjà mort et mon frère ne tardera pas à l'être.

— Vous avez raison, répondit Corrie après un temps de silence. Nous avons un pistolet et un couteau. Il ne nous reste plus qu'à mettre au point un plan d'attaque.

49

Skip, pétrifié d'horreur, ne pouvait quitter des yeux le palanquin. La couverture en forme de poncho brusquement retirée, il s'aperçut que l'individu qu'elle dissimulait n'était pas du tout le chef de la secte. Il ne s'agissait même pas d'une personne à proprement parler, mais d'un corps desséché, assis dans la position du lotus, les mains jointes en prière. Une momie grotesque à la peau blême, couleur de poussière, ridée comme une vieille pomme, dont les lèvres retroussées par la mort laissaient voir deux rangées de dents blanches. Ajoutant à la bizarrerie de cette vision, une paire de lunettes aux verres épais venait grossir, par un effet de loupe répugnant, les raisins secs ratatinés des yeux du mort.

Un murmure de vénération s'éleva du groupe, laissant progressivement place à une litanie bourdonnante. L'un après l'autre, tous les présents s'inclinèrent devant la momie en signe d'adoration.

Le garde chargé de surveiller Skip l'obligea à s'agenouiller au moment où arrivait son tour, puis il tira sur la longe du prisonnier pour le contraindre à se relever et l'entraîna hors du cercle. Skip, l'espace d'un instant terrible, crut qu'on l'emmenait vers le second trépied où l'attendait une fin atroce, au lieu de quoi on le poussa sans ménagement vers l'entrée de la kiva.

Quelques secondes après, bousculé par ses tortionnaires, il dégringolait le long de l'échelle et atterrissait brutalement sur le sol de terre battue.

À moitié assommé par sa chute, il ressentit à l'épaule une violente douleur qui se chargea de repousser sa colère et d'alimenter sa peur. L'image terrible du corps écorché vif de Nash, pendu par les pieds comme un bœuf dans un abattoir, ne le quittait plus. La présence d'un autre trépied à côté du premier lui laissait clairement entrevoir le sort qu'on lui réservait.

L'un des gardes descendit le long de l'échelle et se dirigea vers le fond de la kiva où il récupéra des torches, les alluma et les plaça dans des anneaux tout autour de la pièce. Skip découvrit avec stupéfaction les murs de la pièce, ornés d'une fresque très ancienne, ses couleurs passées marbrées de fissures, figurant un serpent gigantesque au corps couvert de plumes. La gueule ouverte sur des crocs qui crachaient un venin de feu, l'animal faisait le tour de l'espace. Au fond de niches taillées dans la paroi rocheuse étaient exposés toutes sortes de trésors précolombiens : des poteries recouvertes de mica doré, des pointes de lance et des poignards en obsidienne, des masques de kachinas aux visages grimaçants, un arc avec ses flèches, plusieurs casse-tête, ainsi qu'un grand bol rempli de pierres de foudre vert émeraude.

Au pied d'une niche imposante se dressait un trône de dalles de grès sur lequel était assis le personnage au corps peint en blanc.

Dans l'affolement des minutes précédentes, Skip avait oublié le chef de la secte. L'homme s'était éclipsé lors de la présentation de la momie sur son palanquin et il avait rejoint la kiva sans que Skip s'en aperçoive. Le garde traîna son prisonnier qu'il jeta aux pieds du chef.

Skip, tenté un instant par l'idée d'insulter le bourreau de son ami, tempéra ses ardeurs. Il observa l'homme en blanc aux taches noires en forme de mains. À travers les trous de son masque brillaient deux yeux injectés de sang dont la pupille était réduite à la taille d'une tête d'épingle.

— Pourquoi…

Skip avala sa salive, qui avait un fort goût de sang.

— Pourquoi nous réserver un sort pareil ?

Pas de réponse.

— Vous avez tué mon ami. Pour quelle raison ? Vous l'avez écorché vif ! Vous êtes complètement fou ?

Skip, s'il était conscient du ridicule de son babillage, savait aussi qu'il était en train de jouer sa vie.

— Nous… nous n'avons rien fait de mal. Laissez-moi partir. Laissez-moi partir et je ne remettrai jamais les pieds ici… Je vous le jure.

L'homme peint en blanc s'anima soudain.

— Vous ne comprenez pas.

Malgré la peur qui le paralysait, Skip s'étonna d'entendre dans la bouche de son interlocuteur une voix aussi policée.

— Je ne comprends pas quoi ?

S'il avait affaire à un personnage éduqué et cultivé, peut-être était-il possible de le raisonner ? Le tout était d'entretenir le dialogue, de chercher la faille.

— Vous pensez sans doute que venir jusqu'ici était une erreur, mais ce n'est pas le cas. Vous avez répondu à notre appel.

Un appel ? Quel appel ?

— Un appel lancé par qui ?

— Notre *diablero*.

Skip ne s'était pas trompé, il s'agissait bien d'une secte de cinglés. Du coin de l'œil, il vit s'approcher son gardien. Que pouvaient bien vouloir ces gens ? Le pouvoir ? Jouir du spectacle de victimes se traînant à leurs pieds ? Il lui fallait trouver un moyen de s'en tirer, et vite.

— Si j'ai répondu à votre appel, rebondit-il du mieux qu'il le pouvait, alors intronisez-moi.

— Vous introniser, répéta lentement l'homme en blanc.

— Oui, je n'ai pas répondu à cet appel sans raison.

Skip cherchait désespérément une porte de sortie. Il y a toujours un moyen de discuter avec les fanatiques. Le tout était d'avancer le bon argument.

— Je peux vous être utile. Je travaille pour l'Institut archéologique de Santa Fe, qui dispose de collections pleines de trésors qui pourraient vous servir.

L'homme en blanc ne répondit pas. On aurait dit qu'il écoutait. Skip, encouragé par cette première victoire, enfonça le clou.

— Je possède en outre des connaissances utiles pour vous. Je pourrais m'associer à votre mouvement. Devenir l'un des vôtres.

— Le souhaitez-vous vraiment ? Devenir comme… comme lui ? demanda l'inconnu en désignant le garde posté derrière Skip.

— Oui. *Oui !*

Mon Dieu, il fallait absolument les convaincre, gagner du temps, trouver le moyen de…

Le chef, aboyant un ordre dans une langue obscure, le rappela à la réalité.

Le garde s'inclina devant son maître, se dirigea vers le fond de la kiva et revint avec un objet invisible, enveloppé dans une peau d'animal. Il le tendit à deux mains au chef et recula respectueusement.

— Ceux qui nous rejoignent doivent renoncer à leur avenir et choisir notre voie, déclara le chef, la peau de bête entre ses mains. J'entends vous offrir une opportunité dont n'a pas bénéficié votre ami. Êtes-vous d'accord ?

— Oui. *Oui.*

— Puis-je compter sur votre sincérité ? Si c'est le cas, vous échapperez aux souffrances réservées à votre ami. Puis-je vous accorder ma confiance ?

— Je suis sincère, je le jure.

— Fort bien.

Le chef sur son trône déroula la peau de bête et fit apparaître un poignard d'obsidienne à la lame acérée, semblable à celui avec lequel Nash avait été écorché. Skip comprit qu'il s'agissait de la même arme en constatant que la lame était couverte de sang.

— Dans ce cas, je vous demande de vous sacrifier.

Skip crut avoir mal compris.

— Comment ?

— Je vous offre la possibilité de vous sacrifier vous-même. C'est une mesure de miséricorde au regard du sort réservé à votre ami.

Skip, fasciné par la lame noire qui brillait dans la pénombre, fut pris de nausée.

— Vous voulez que… je me tue ?

Le chef laissa s'écouler une pause avant de répondre.

— Bien sûr.

— Jamais de la vie. Ce n'est pas du tout ce que je vous proposais.

— Allons bon. Seriez-vous moins enthousiaste à présent ?

— Je veux me joindre à vous, mais pas de cette façon-là !

Le chef, un instant immobile, finit par remettre le poignard dans sa peau de bête et tendit le tout au garde. Soudain, au grand étonnement de Skip, il retira son masque.

50

La pièce réservée aux scellés dans les locaux du shérif du comté de Rio Arriba était très sommaire. Le lieu ressemblait à une bibliothèque abandonnée et poussiéreuse, ses étagères métalliques chargées de boîtes en carton toutes identiques, dont la plupart n'avaient pas été ouvertes depuis plus d'une décennie. Homer Watts ne s'était pas attendu à découvrir autant de scellés dans un comté aussi petit. Personne ne pourrait dire que l'endroit était mal rangé, en tout cas : chacune des boîtes, soigneusement étiquetée, faisait l'objet d'une fiche cartonnée dans le vieux meuble classeur en chêne installé à l'entrée. Le comté de Rio Arriba avait bien bénéficié d'une subvention pour numériser les scellés, mais le projet était en cours. Watts n'aurait pas songé à s'en plaindre, bien au contraire, car les systèmes de classement traditionnels lui parlaient bien davantage que les apports d'une modernité souvent synonymes de complexité et de confusion.

Il chercha parmi les fiches celle qui concernait l'inconnu dont le corps avait été découvert douze ans plus tôt. Il savait déjà que la dépouille n'était pas celle d'Oskarbi : ni la taille, ni l'âge, ni la couleur de cheveux, ni les yeux, ni la morphologie ne correspondaient. Le médecin légiste précisait dans ses conclusions que l'homme avait été torturé. On avait dessiné à vif sur son torse une spirale et il avait été garrotté avec une telle force que le cou avait presque été sectionné.

Si le corps n'était pas celui d'Oskarbi, Watts avait effectué le déplacement pour rien, mais il avait promis à

Corrie de ne rien laisser au hasard, d'où sa présence dans la salle des scellés.

La fiche établie au nom de l'inconnu précisait qu'une seule boîte lui était consacrée. Le mort, uniquement vêtu d'un short, n'avait dans ses poches que « divers objets non identifiés », ainsi que le spécifiait la fiche.

Watts regarda sa montre. *Vacherie, déjà huit heures du soir.* Sans compter qu'on était vendredi. À cette heure, il aurait dû être en pleine partie de billard avec ses copains. Qu'est-ce qu'il ne faisait pas pour Corrie !

Il remonta l'allée centrale en passant en revue les numéros des boîtes, bifurqua une première fois entre deux rangées d'étagères, puis une autre, et dénicha enfin ce qu'il cherchait. L'endroit, plus silencieux qu'une tombe, sentait le vieux papier et les produits de nettoyage. Le carton se trouvait tout en haut, comme par un fait exprès, ce qui l'obligea à rouler un escabeau jusqu'au bon rayonnage afin de récupérer la boîte. Celle-ci était particulièrement légère, en fouiller le contenu ne prendrait pas longtemps.

Il regagna l'entrée de la pièce où se trouvait une grande table et fit la lumière au-dessus de celle-ci. Le temps de remplir les formulaires d'usage, il dénoua la ficelle et souleva le couvercle. La boîte était quasiment vide.

Il en tira le short de la victime, conservé dans un sachet transparent, un caleçon, une bague en argent ornée d'une turquoise, un bracelet en corde tressée, un collier en argent, ainsi qu'un petit sachet en plastique dont la fiche précisait qu'il contenait « deux pierres de type inconnu, découvertes dans les poches de la victime ».

Watts examina le sachet à la lumière et fut étonné d'y trouver deux pierres d'un vert tendre prononcé.

Des prasiolites.

Corrie ne s'était pas trompée. Ce meurtre vieux de douze ans était bel et bien lié à son enquête.

Les faits s'alignèrent dans la tête de Watts à la vitesse de la lumière. Oskarbi important du Mexique un pseudo-rituel amérindien alimenté par la drogue. Oskarbi collectionnant les groupies. Oskarbi organisant des « fouilles archéologiques » l'été à Gallina Canyon. Oskarbi qui finissait par s'évaporer dans la nature. Le meurtre de l'inconnu à Gallina Canyon et, plus récemment, cette épidémie de suicides. Le doute n'était plus permis, ils étaient en présence d'une secte dangereuse dont Gallina Canyon était l'épicentre.

Le jeune shérif se sentit brusquement mal à l'aise. Lorsque Corrie lui avait demandé de se pencher sur le meurtre de l'inconnu, elle lui avait signalé en passant que Nora s'inquiétait au sujet de Skip, redoutant qu'il soit allé camper du côté de Gallina Canyon en compagnie de Nash. Les deux hommes, censés rentrer la veille, n'avaient plus donné de nouvelles.

Le front barré d'un pli, Watts contempla les prasiolites qui brillaient de tous leurs feux sur la table. Le mieux était d'avertir Corrie le plus rapidement possible. Il attrapa son téléphone et composa le numéro personnel de la jeune femme. Il tomba sur sa messagerie. Tentant sa chance avec le portable professionnel de Corrie, il obtint le même résultat.

Voilà qui ne lui disait rien de bon. Il appela Nora, dont le répondeur prit automatiquement le relais.

— Saloperie, jura-t-il entre ses dents.

Il avait également le numéro de Skip Kelly, et fut accueilli une fois de plus par la messagerie. Bizarre.

Watts n'avait pas les coordonnées d'Edison Nash, mais il n'eut aucun mal à se procurer le numéro de son domicile.

— Allô ? répondit une voix de femme. Résidence de moussieur Nash, qui c'est qu'il est à l'appareil ?

Watts se présenta et demanda à parler au maître de maison.

— Moussieur Nash il est pas là, répliqua sa correspondante d'une voix qui trahissait son agacement. Pourquoi tout le monde il veut loui parler ?

— Tout le monde ? lui fit écho Watts. Que voulez-vous dire ?

— Deux dames elles sont déjà vénoues ici. Une dame dou FBI avec oune autre.

Watts médita ce qu'il venait d'entendre.

— Savez-vous où se trouve M. Nash ?

— La dame dou FBI, elle a dit qu'il était parti camper à Gallina Canyon.

— *Muchas gracias, señora.*

Watts raccrocha, très inquiet. Skip et Nash campaient à Gallina Canyon, il ne faisait aucun doute que Nora et Corrie avaient voulu se lancer à leur recherche. Tous les quatre étaient à présent coupés du monde, loin de tout. Watts jeta un coup d'œil à sa montre. Huit heures et demie.

Un instant hésitant, il finit par composer le numéro de l'inspecteur Sharp.

51

Le chef de la secte retira son masque et Skip s'aperçut avec ébahissement que l'autre, loin de ressembler à un fou, était un quarantenaire blanc d'allure distinguée. Plutôt bel homme, il avait une barbe poivre et sel, des yeux marron et une élégante coupe de cheveux.

— Vous auriez mieux fait d'accepter mon offre, surtout en ce jour parmi les jours.

— Le jour parmi les jours ? répéta machinalement Skip.

L'inconnu hocha la tête.

— On a beau prier pour qu'il arrive, s'y préparer et savoir qu'il viendra, on n'en est pas moins ému lorsqu'il se présente à vous.

Il marqua un léger temps d'arrêt et poursuivit :

— Vous disiez aspirer à devenir l'un des nôtres. Votre vœu sera exaucé.

— De… de quelle façon ?

L'inconnu retroussa les lèvres dans un sourire.

— L'arbre à caoutchouc rêve sans doute de voler dans les airs tel l'oiseau, porté par ses feuilles, sans se douter qu'il finira sous forme de dalles antidérapantes dans les toilettes d'un avion de ligne.

Il secoua la tête.

— Vous êtes l'instrument par lequel nous allons atteindre l'objectif auquel nous nous préparons depuis si longtemps, tel que l'avait promis notre fondateur visionnaire.

— Quel fondateur ?

— Celui que vous venez de rencontrer : le professeur Carlos Oskarbi.

Skip, un instant perplexe, comprit brusquement que son interlocuteur faisait allusion à la momie ratatinée sur son palanquin.

— Oskarbi ? dit-il d'une voix rauque, la gorge sèche.

L'homme en blanc opina. L'instant suivant, il adressait un signe au garde et lui donnait ses instructions dans une langue inconnue.

Le garde s'affaira dans le fond de la kiva.

— Nous disposons d'un petit moment, le temps des derniers préparatifs, annonça le leader de la secte. Pour vous aider à comprendre l'importance de votre sacrifice imminent, je suis tout disposé à répondre à vos interrogations.

Mon sacrifice imminent ? Skip écarta les lèvres, mais aucun son ne sortit de sa bouche tant il avait la gorge nouée.

L'autre posa sur lui un regard bienveillant.

— Très bien. Dans ce cas, je vais vous expliquer. Dans votre monde, je suis le professeur Morgan Bromley. Ici, à Gallina Canyon, je suis le chef de la Convocatoria de Brujos.

— L'Assemblée des Sorciers, traduisit Skip d'une voix étranglée.

— Nous sommes à la recherche d'un savoir bien particulier qui nous confère des pouvoirs considérables. Ceux qui craignent ces pouvoirs s'efforcent depuis des siècles de les annihiler, de les anéantir à coups de massacres et de génocides. Il suffit de regarder ce qu'ils ont infligé à nos prédécesseurs du peuple Gallina, dans la kiva desquels nous nous trouvons à cet instant. Il aura fallu de longues années pour rebâtir ce qui avait été détruit. Combien de fois, dans cet autre monde où j'occupe les fonctions de bibliothécaire, n'ai-je pas éprouvé la tentation d'évoquer les efforts et la somme de connaissances nécessaires à cette reconstruction ?

Dans un premier temps avec notre père spirituel, Carlos Oskarbi, par la suite en ma qualité d'héritier de son savoir. Carlos a entamé son périple spirituel au Mexique auprès des Indiens totonaques qui avaient préservé cette tradition. Il s'est entêté en dépit de la volonté de son maître de l'en empêcher. Il a ensuite franchi les montagnes, riche de ces enseignements qu'il a voulu partager avec nous, ses étudiants. Il a publié un ouvrage en veillant à garder pour lui les pratiques les plus essentielles, celles que seuls peuvent connaître de rares initiés. Lorsqu'il s'est envolé vers des cieux plus lointains à la suite d'un regrettable accident, j'ai entrepris d'achever son œuvre. J'ai redonné toute leur gloire aux cérémonies et initié les sacrifices. Votre arrivée ici était le signe que nous attendions tous. Nos sacrifices n'ont pas été vains. Et comme vous avez pu le constater, les restes sacrés de Carlos Oskarbi président toujours à nos cérémonies.

— À quel signe faites-vous allusion ? parvint à demander Skip.

— Vous pensez sans doute être venu ici de votre plein gré ? Il n'en est rien, vous avez été convoqué par notre *diablero*. Votre présence est bien la confirmation que nos cérémonies annuelles, auxquelles s'adjoignent les sacrifices de trois de nos membres, ont plu au *diablero*.

Trois de nos membres ?

— Vous voulez parler de ces femmes qui sont mortes dans le désert ?

— Elles ne sont pas « mortes ». Elles se sont élevées dans la joie, de leur propre gré. Elles ont à présent rejoint le professeur Oskarbi dans les strates supérieures, infiniment plus belles, de la conscience.

Skip n'en revenait pas de ce tissu de conneries… ce type était complètement fêlé.

— Mais personne ne nous a conduits jusqu'ici, protesta Skip sans beaucoup de conviction.

— Vous nous avez été envoyés pour une raison essentielle : vos sacrifices vont donner toute sa force à la grande cérémonie finale permettant l'arrivée de Xuçtúhla.

— Xuçtúhla ?

— Au terme de longues années d'immersion dans l'ancienne tradition religieuse totonaque du Mexique, notre fondateur a appris qu'il existait un moyen d'accéder aux pouvoirs du monde invisible qui nous entoure. D'ouvrir une porte capable de réveiller le *diablero*, maître de la brume, créature à plume des ténèbres, à qui nous devons puissance et connaissance... Ah ! Je vois que les préparatifs sont terminés.

Bromley se leva soudainement de son trône. Il adressa un signe de tête au garde et ajusta à nouveau le masque sur son visage.

Skip avala péniblement sa salive.

— Attendez ! J'ai envie de connaître la suite.

— Un peu de patience.

Bromley fit un geste et le garde lui apporta un petit bol dont il avait longuement broyé le contenu à l'aide d'un pilon. Skip, tétanisé par la peur, vit l'homme en blanc s'approcher. Le récipient contenait une substance collante de couleur verdâtre. Bromley racla les parois du pot, roula entre ses doigts la matière élastique dont il fit une boule qu'il tendit à Skip.

Ce dernier écarta instinctivement la tête.

Le garde l'agrippa par les cheveux et lui bascula la tête en arrière tout en posant contre sa gorge la lame d'obsidienne qu'il tenait de l'autre main.

— Veuillez accepter ce présent, objet de métamorphose, prononça Bromley d'une voix douce.

Skip écarta les lèvres à contrecœur et Bromley lui enfonça la pâte dans la bouche, telle une hostie répugnante.

— Mâchez, lui ordonna le grand maître.

Skip s'exécuta et un goût aussi astringent qu'amer envahit son palais.

— Avalez.

Skip, la gorge sèche, se força à ingurgiter l'étrange substance qui descendit péniblement en collant aux parois de son œsophage.

Le garde tendit un gobelet ancien à Bromley qui l'offrit à Skip. Il était rempli d'un breuvage peu appétissant à la surface duquel flottaient des insectes morts et des ailes de scarabée.

— Buvez, ordonna Bromley en portant le gobelet aux lèvres du prisonnier.

Skip, pris d'une hésitation, sentit la lame d'obsidienne s'enfoncer dans sa gorge et un mince filet de sang s'écoula de la plaie. Il s'empressa d'avaler le breuvage, mais la présence de cette lame tranchante sur son cou ne lui facilitait pas la tâche.

Le garde s'éloigna en emportant le gobelet et le bol. Quelques instants plus tard, il était de retour, son poignard à la main.

— À l'aune des années d'étude et de préparation qu'il nous aura fallu, remarqua Bromley, votre sacrifice n'est-il pas bien modeste ?

Il hocha la tête et le garde fit un pas en avant, le poignard levé.

— Attendez ! Non ! Ne faites pas ça… !

— Ce soir, reprit Bromley, nous le *verrons*. Nous le *sentirons*. *Ce soir*, poursuivit-il en élevant la voix à la façon d'un prédicateur évangéliste, *tu seras la voie par laquelle nous recevrons Xuçtúhla* !

Le garde saisit la longe de Skip et le tira vers l'échelle sur laquelle il l'obligea à se hisser. Après avoir rejoint son prisonnier sur l'esplanade, il le poussa jusqu'au second trépied, au pied duquel il le jeta. Bromley ne tarda pas à se joindre aux fidèles.

Pétrifié de terreur, Skip entendit s'élever autour de lui une litanie psalmodiée par l'assistance. La cérémonie solennelle venait de débuter. Skip observait la scène avec le sentiment de flotter hors de toute réalité. Le grand maître dirigeait les opérations en se balançant d'un pied sur l'autre tout en agitant les bras de façon théâtrale. Des gémissements s'élevèrent, des bras fendirent l'air de façon étrange. À intervalles irréguliers, l'un ou l'autre des membres de la secte tombait en pâmoison et se tordait par terre, emporté par la transe. Un bûcher avait été érigé sous le corps supplicié de Nash. Sur un ordre de Bromley, tous les présents prélevèrent du bois sur un tas dressé un peu plus loin, puis ils le disposèrent sous le second trépied.

La suite ne faisait plus aucun doute.

L'un des gardes fixa un filin d'acier aux lanières qui entravaient les chevilles de Skip. Ce dernier vit deux femmes nues, le corps couvert d'argile rouge, des torches à la main, tourner autour du trépied et mettre le feu aux branchages entassés sous le cadavre de Nash.

La drogue administrée à Skip, ou peut-être était-ce un poison, commençait à produire son effet. Autour de lui, les couleurs se faisaient plus vives, les psalmodies plus obsédantes, le sol semblait se dérober sous ses pieds et la peur elle-même s'évaporait de son cerveau embrumé, remplacée par une sensation morne de résignation.

Une mélodie sourde et sifflante monta dans l'air à la façon d'un nuage vaporeux. Des flammes jaillirent, accompagnées de volées d'étincelles qui dessinèrent des traînées incandescentes dans la nuit.

52

Nora, accroupie derrière un tronc de peuplier abattu, observait avec une inquiétude croissante le drame qui se déroulait sur la mesa. Corrie et elle avaient improvisé un plan avant de se séparer et de se mettre en position. Au moment où elle s'apprêtait à passer à l'action, elle avait vu les gardes de Skip le jeter dans l'ouverture de ce qui devait être une kiva souterraine.

Nora, sur des charbons ardents, redoutait que l'on assassine son frère avant l'exécution de son plan. Corrie, conformément à ce qui était convenu entre elles, s'était postée de l'autre côté de la mesa, si bien qu'elle n'avait aucun moyen de la contacter et de bousculer leurs préparatifs. De façon tristement ironique, Nora en arrivait à espérer que le second trépied ait été érigé à l'intention de Skip, puisqu'il faudrait bien le maintenir en vie, s'il était prévu de le torturer.

Elle serra dans son poing le Glock de Corrie, dont la crosse garnie de caoutchouc était poisseuse de transpiration. À l'image de la plupart de ceux qui avaient grandi dans l'Ouest sur un ranch, Nora avait l'habitude des armes à feu, mais elle n'avait jamais eu l'occasion de se servir d'un Glock. Elle se rassura en se disant que le but n'était pas de tuer quiconque, mais de créer une diversion pendant que Corrie remplissait sa mission.

La nuit était tombée et Nora rongea son frein dans l'obscurité, les tempes battantes.

En l'absence de lune, seule une poudre d'étoiles éclairait le ciel. Du silence nocturne se détachait le murmure du Rio

Gallina, le coassement des grenouilles et la stridulation des grillons. Le vent, de plus en plus fort, agitait le feuillage des peupliers au-dessus de la tête de Nora, dont tous les sens étaient en alerte.

Soudain, à son soulagement, elle vit à la lueur tremblante du feu se découper la silhouette élancée de Skip. On le sortait sans ménagement de la kiva et on le jetait à terre devant le second trépied. La satisfaction de Nora fut de courte durée car elle vit surgir des flammes du bûcher érigé sous le premier trépied.

Il était grand temps de passer à l'action.

Nora, pliée en deux, courut jusqu'au pied de la mesa, dont elle grimpa la pente le plus rapidement possible, s'agrippant aux rochers d'une main tout en tenant le Glock de l'autre. Les chants rituels et le vent qui soufflait en rafale se chargeaient de couvrir le bruit de son ascension, mais la nuit était d'un noir d'encre et elle ne disposait d'aucune lumière pour trouver des points d'appui. Elle tomba une première fois, s'écorchant le genou, se releva et reprit son avancée en boitant, chuta à nouveau. Elle avait les poumons en feu, mais pas le temps de s'en inquiéter, pas plus qu'elle ne se souciait de son genou. Elle ne pensait qu'à Skip et à l'horreur du sort qui l'attendait.

Parvenue au bord de la mesa, elle se tapit derrière un bloc de grès et observa la progression de la cérémonie. Les mélopées se mêlaient aux fredonnements. Le brasier allumé sous le corps de Nash dansait d'une lumière vive, attisé par le vent. L'homme en blanc était de retour, dressé au-dessus du corps inerte de Skip. Un adepte au corps peint en rouge attacha autour des chevilles du prisonnier l'extrémité du filin qui courait jusqu'au sommet du trépied. Ces salopards s'apprêtaient à pendre Skip par les pieds.

Nora ne pouvait pas s'approcher davantage sans révéler sa présence, mais elle était suffisamment bien placée pour tirer. Et tant mieux si elle touchait l'un de ces cinglés. Elle leva le canon du Glock, visa la silhouette rouge, changea d'avis en estimant que l'homme était trop près de Skip. Elle voulut pointer la mire du pistolet sur l'homme en blanc, mais il n'était plus qu'une ombre de l'autre côté du feu. Les autres se tenaient plus à l'écart encore et la seule cible digne de ce nom à cette distance était le palanquin. Depuis le poste d'observation de Nora, la momie assise en tailleur sur sa plate-forme en bois formait un tableau particulièrement grotesque.

Tout indiquait que ce corps racorni était un objet de vénération. Quel qu'il soit, le défunt offrait à Nora une cible parfaite.

Elle visa son torse et pressa la détente. Le vacarme de la détonation résonna dans la nuit comme un coup de tonnerre qui noya les chants sacrés. La silhouette de la momie s'affaissa dans un nuage de poussière, sa tête se détacha et roula à terre en laissant derrière elle un sillage parcheminé.

L'effet sur les membres de la secte fut instantané. Ils se tétanisèrent tandis que l'écho du coup de feu se réverbérait sur les parois du canyon.

Nora fit feu à nouveau et l'épaule du mort se volatilisa dans une explosion de confettis.

La deuxième détonation produisit l'effet escompté. Brusquement tirés de leur paralysie, les membres de la secte s'égaillèrent dans tous les sens, certains trébuchant dans leur précipitation.

Corrie avait bien expliqué à Nora qu'elle disposait de quinze balles en tout et pour tout, lui enjoignant de ne pas gaspiller ses munitions, mais elle tira une troisième fois en direction d'une silhouette qui s'élançait dans sa direction. L'homme roula dans la poussière en laissant échapper un cri, ajoutant à l'affolement général. Corrie apparut de l'autre côté de la mesa au même instant, ses lunettes de vision nocturne sur les yeux. Tel un fantôme à la lueur dansante des flammes, elle courut jusqu'à l'endroit où était allongé Skip, sectionna ses liens avec le couteau de Nora, détacha le filin et voulut l'aider à se relever.

L'homme en blanc se précipita au même moment. Il tenait une arme dont il pointa le canon sur Corrie, penchée au-dessus de Skip. Nora fit feu et, à défaut d'atteindre sa cible, obligea l'homme en blanc à se jeter à terre. Il riposta, mais il n'avait visiblement pas l'habitude de l'énorme revolver et sa balle se perdit loin de Nora.

Skip était libre à présent, Corrie le traînait du mieux qu'elle le pouvait en direction de Nora, tapie sur elle-même. Le revolver aboya avec un bruit de tonnerre et souleva un nuage de poussière à plus de trois mètres de l'archéologue. Corrie et Skip profitèrent de ce répit pour franchir le rebord de la mesa et ils roulèrent sur la pente caillouteuse. Nora se releva d'un bond, glissa le Glock dans sa ceinture et aida son frère à se remettre debout pendant que Corrie bondissait sur ses jambes.

— Mais qu'est-ce..., bredouilla Skip, les yeux exorbités. Comment... ?

Nora le secoua.

— Tais-toi et cours.

Le trio dévala la pente sans demander son reste. Une nouvelle détonation tonna dans leur dos, mais ils atteignaient le pied de la mesa et se trouvaient hors de portée.

— On prend à l'est avant de bifurquer vers le nord, déclara Nora, conformément à ce qui avait été décidé avec Corrie.

En feignant de rejoindre l'endroit où était garé leur véhicule, elles donnaient l'impression de vouloir retrouver au plus vite une zone habitée, alors que leur intention était de s'évanouir au contraire dans la partie la plus sauvage du canyon afin d'égarer leurs poursuivants.

53

À dix heures du soir, Watts attendait impatiemment sur l'héliport fédéral de Santa Fe l'arrivée de Sharp à bord de l'appareil du FBI. Les rafales de vent qui balayaient le tarmac lui ébouriffaient les cheveux.

En contactant Sharp, le shérif s'était attendu à davantage de résistance. Il fallait de bonnes raisons pour mobiliser l'unité de libération d'otages du Bureau, et Watts ne pouvait même pas affirmer avec certitude que Corrie et ses compagnons se trouvaient en danger. L'inspecteur Sharp avait pourtant réagi au quart de tour et Watts n'en revenait pas de la rapidité avec laquelle l'opération de secours avait été mise sur pied.

Un vrombissement troua le silence et les lumières d'un hélicoptère apparurent au sud. Watts se recroquevilla sur lui-même dans l'espoir d'échapper au tourbillon de poussière et d'herbes sèches provoqué par l'appareil. À peine celui-ci était-il posé qu'il se précipitait, courbé en deux, la main solidement posée sur son chapeau, et montait à bord. Il s'installa sur un siège auquel il se harnacha, enfila des écouteurs, et l'hélico entama brutalement son ascension vers le ciel.

Watts se tourna vers Sharp, assis à côté de lui.

— Merci beaucoup.

Sharp, la mine grave, hocha la tête.

— Des nouvelles fraîches ? interrogea Watts.

— Oui. À la suite de votre appel, nous avons réussi à localiser Swanson à Gallina Canyon grâce à la puce GPS dont sont équipés les téléphones cellulaires du FBI. On a bien la confirmation qu'elle se trouve là-bas.

L'hélico prit la direction du nord-ouest, laissant les lumières de Santa Fe derrière lui, puis il survola Española et s'enfonça dans un océan montagneux désertique. À lueur rouge du tableau de bord, Watts constata que l'unité de libération d'otages était constituée de deux hommes et de deux femmes armés jusqu'aux dents, les traits impassibles. Si la confirmation du danger que courait Corrie à Gallina Canyon l'avait inquiété, la présence d'une équipe aussi aguerrie se chargeait de le rassurer. En espérant qu'il ne serait pas trop tard.

Watts avait beau être shérif, il avait rarement eu l'occasion de voyager en hélicoptère et le vent violent qui secouait l'appareil dans tous les sens n'était pas pour apaiser ses angoisses. La météo annonçait des rafales de cinquante à soixante-cinq kilomètres-heure, mais il ne s'y connaissait pas suffisamment en aéronautique pour savoir si c'était dangereux. En tout état de cause, il n'entendait pas montrer sa nervosité en posant la question.

— Le FBI a-t-il une théorie sur toute cette histoire ? finit-il par demander.

— Dans les grandes lignes, répondit Sharp. Nous sommes en présence d'une secte.

— Une secte constituée de gens hautement diplômés ? Voilà qui n'est pas banal.

— Ce n'est pas aussi inhabituel qu'on pourrait le croire, réagit Sharp. Le Bureau dispose d'une unité psychologique consacrée au fonctionnement sectaire. Contrairement à une idée reçue, la plupart des affiliés aux diverses sectes existantes ne sont pas des zombies auxquels on a fait subir un lavage de cerveau. Le plus souvent, ce sont des gens éduqués. Je pense par exemple à la secte NXIVM qui recrutait des stars hollywoodiennes comme l'actrice Allison Mack. Je pense aussi à la Scientologie, que le FBI considère comme une secte.

— Je comprends.

— Nous avons évoqué la question avec l'unité psychologique, ce qui nous a permis de reconstituer le déroulement des faits. Tout a commencé quand un jeune universitaire, aussi charismatique qu'influençable, s'est intéressé aux pratiques religieuses anciennes du Mexique. Il y consacre un ouvrage à succès, obtient une chaire à l'UNM et fédère autour de lui un petit groupe d'étudiants qui deviennent petit à petit ses disciples. Il prend progressivement de l'ascendant sur eux tout en étant persuadé de jouer un rôle prédestiné. Il couche avec les filles, renforce sa domination sur les garçons et se trouve peu à peu à la tête d'une véritable secte.

— C'est intéressant, répliqua Watts. Il m'est arrivé à plusieurs reprises de croiser la route de prétendus « Indiens », des Anglo-Saxons pur jus qui adoptaient les coutumes religieuses des Amérindiens et cherchaient à se mêler à eux. En général, les Amérindiens les vomissent.

— C'est vrai dans le cas présent, approuva Sharp. Les sectes ont une fâcheuse tendance à se focaliser sur l'apocalypse. Nombre d'entre elles annoncent la fin du monde, lorsqu'elles ne se disent pas victimes de l'État. Minées par la peur et la paranoïa, elles finissent par s'armer.

— Et elles recourent à la violence.

— C'est un trait caractéristique de la nature humaine. Je vous le disais, le FBI s'intéresse à la psychologie des sectes depuis plusieurs décennies. Le plus souvent, ces groupes éprouvent le besoin de présenter de façon simpliste un monde qui est complexe, de tout voir d'un point de vue manichéen. L'essentiel est de ne pas devoir penser par soi-même. Quant au leader, un homme la plupart du temps, il est animé par le désir d'établir sa domination, y compris sexuellement.

— Quelle étrange espèce que la nôtre, dit Watts en secouant la tête.

Au même moment, une forte rafale de vent agita violemment l'appareil, qui pencha dangereusement avant de se rétablir.

— Euh... faut-il s'inquiéter de ce genre de phénomène? s'enquit Watts par l'intermédiaire de son casque, d'une voix qu'il espérait calme.

Un silence interminable lui répondit.

— Je ne sais pas, mais ça ne me dit rien qui vaille, finit par réagir le pilote.

54

Corrie, à la tête du trio, remontait le défilé rocheux en direction du nord. C'était une nuit sans lune et ils ne pouvaient utiliser de torche, mais les lunettes de vision nocturne lui permettaient de voir dans l'obscurité et elle glissait régulièrement des instructions à ses compagnons, dans un murmure.

Le premier kilomètre ne présentait guère de difficultés et ils se contentèrent de longer le Rio Gallina d'un pas vif, sous la protection des peupliers. Le vent qui soufflait en rafales et le grondement de la rivière se chargeaient de masquer le bruit de leur course.

Corrie se félicita intérieurement que leur plan, improvisé en toute hâte, ait fonctionné aussi bien. Les coups de feu de l'archéologue, en plus d'interrompre la cérémonie, avaient semé le doute chez les membres de la secte, qui avaient assisté avec horreur à la destruction de la momie. Celle d'Oskarbi, selon toute probabilité. Sous l'emprise de la drogue, les adeptes avaient cédé à la panique, à l'exception de leur leader qui avait tenté de remettre un semblant d'ordre parmi ses fidèles, permettant aux fuyards de prendre de précieuses minutes d'avance. La ruse qui consistait à donner l'impression de s'éloigner vers l'est avant de bifurquer vers le nord avait parfaitement fonctionné.

Le vent redoubla de violence, soulevant des tourbillons de poussière. Tout en poursuivant sa course dans la nuit,

Corrie s'obligea à ne plus penser à la vision cauchemardesque de Nash pendu par les pieds au-dessus du bûcher, son corps suintant de graisse fondue sous le regard de tous ces gens nus, peints en rouge, qui psalmodiaient d'étranges mélopées. Rien dans sa formation n'aurait pu la préparer à tant de sauvagerie. Comment des gens aussi intelligents en arrivaient-ils à de telles extrémités ? La drogue ? La soif de pouvoir ? Un vide intérieur alimenté par une forme de colère rentrée, ou bien quelque motivation profonde encore plus dérangeante ?

Le poids du Glock dans sa poche la rassura. Nora lui avait rendu l'arme, allégée des quatre balles tirées pendant l'attaque, de sorte qu'il lui restait onze cartouches. Elle s'en voulait de ne pas avoir pris de chargeur de rechange. Les membres de la secte étaient armés, eux aussi. Ils disposaient de ce truc monstrueux qui n'était pas sans rappeler à Corrie certaines armes à feu saisies à des trafiquants lors de raids auxquels elle avait participé.

— Leur énorme flingue est un Taurus Judge, dit-elle à ses compagnons entre deux halètements. Une arme capable de tirer des projectiles de .45 et des obus de fusil de chasse à grenaille. Cela dit, le type en blanc n'avait pas l'air d'en connaître le maniement.

— Un Judge ? répéta Skip. Mais alors, c'est le « Juge en colère » de Nash…

Voilà qui explique la réaction des ouvriers de la compagnie pétrolière quand Nash leur a brandi ce monstre sous le nez, pensa Corrie. En attendant, les parois du canyon se rapprochaient et les eaux de la Gallina se faisaient plus tumultueuses au milieu des rochers. Pas besoin d'être devin pour comprendre que les fugitifs n'étaient pas au bout de leurs peines, ce secteur du parc naturel du Rio Chama étant particulièrement sauvage.

— Et merde, grommela Skip, qui avait fait une chute en se prenant les pieds dans un rocher.

Corrie fit halte, le temps que Nora relève son frère et lui recommande le silence.

Le petit groupe reprit sa route en réduisant l'allure, sous la direction de Corrie qui signalait à ses compagnons les rochers les plus dangereux et les troncs morts. Après quelques minutes de marche, ils atteignirent un éboulement d'apparence récente qui avait précipité dans la rivière des rochers gros comme des voitures, les obligeant à s'enfoncer dans l'eau glacée en se donnant la main pour ne pas être entraînés par le courant.

Au-delà de ce point, les peupliers s'effaçaient, remplacés par des sapins. À plusieurs reprises, il fallut à Corrie et ses compagnons escalader des troncs morts et traverser la Gallina en se hissant sur des roches glissantes couvertes d'algues. Si Nora parvenait à tenir le rythme malgré son genou, Skip manifestait des signes de faiblesse. Il tombait constamment, jurant à chaque fois entre ses dents.

Il s'immobilisa brusquement.

— C'est quoi ce truc ?! s'écria-t-il.

Corrie scruta l'obscurité à l'aide de ses lunettes à infrarouge.

— Il n'y a rien, chuchota-t-elle.

— Parle moins fort, recommanda Nora à son frère.

— Non, je vous assure que je le vois ! Un homme à tête de hibou !

Skip recula précipitamment, affolé, et Nora l'agrippa au passage avant qu'il ne tombe une nouvelle fois.

— Tais-toi ! Tu as des visions, c'est tout !

— Je te répète que non !

Il continuait de se débattre et Nora le saisit d'une main ferme.

— Arrête, lui dit-elle sur un ton apaisant. C'est à cause de la drogue, d'accord ? Si on veut s'en tirer, tu vas devoir te reprendre.

Skip finit par se calmer.

— Je ne me sens pas bien, geignit-il.

— Je sais, mais on doit avancer, répliqua sa sœur.

Il repartit en maugréant des paroles incompréhensibles tout en secouant la tête, comme s'il cherchait à chasser un mauvais rêve.

— Attention, un tronc, signala Corrie quelques pas devant.

Skip franchit l'obstacle, assisté par sa sœur.

Ils poursuivaient de l'avant et Skip donnait le sentiment de surmonter ses hallucinations, même s'il continuait à tomber régulièrement, entraînant parfois Nora dans sa chute. Le défilé, de plus en plus étroit, rendait l'obscurité presque totale.

— Peut-être qu'on devrait allumer une torche, suggéra Nora. Jamais personne ne nous verra, dans ce boyau.

Corrie médita la proposition. Il était clair que leur avance s'en trouverait grandement facilitée, d'autant que Skip pourrait finir par se blesser.

— Très bien, accepta-t-elle.

Les lunettes de vision nocturne étaient équipées d'une lampe frontale qu'il suffisait d'allumer lorsque le système à infrarouge n'était pas branché. Corrie appuya sur le bouton.

— *Fiat lux*, marmonna Skip.

À présent qu'elle pouvait le voir, Corrie prit la mesure des sévices qu'il avait subis. Le visage tuméfié, il avait le nez couvert de sang et les cheveux collés par mèches. Son jean déchiré laissait entrevoir des plaies dont certaines saignaient encore.

— Oh, Skip ! s'exclama Nora involontairement.

— Inutile d'en rajouter, réagit son frère. J'ai déjà suffisamment de mal à avancer. Vous ne les voyez peut-être pas, mais il y a des hiboux partout et cet horrible visage nous regarde.

— Ignore-le, lui recommanda Nora.

— J'essaye !

Ils reprirent leur marche et une demi-heure s'écoula, puis une heure. Devant eux, le canyon ne dessinait plus qu'une étroite fente. Corrie, épuisée par l'effort, s'inquiétait de ressentir les premiers effets d'une crampe lorsqu'un rocher géant surmonté d'un arbre déraciné lui barra la route, coincé entre les falaises.

— C'est quoi, ce bordel ? s'énerva Skip à voix haute.

— Nous allons devoir passer par-dessus, murmura Corrie en retour.

Ils entreprirent l'escalade de l'obstacle en s'aidant avec les racines et les branches de l'arbre mort.

Parvenue au sommet du rocher, Corrie plongea le regard dans les ténèbres devant elle. À son grand étonnement, elle constata que le canyon s'élargissait un peu plus loin et débouchait sur une prairie. En fouillant le paysage avec le rayon de sa lampe, elle aperçut le long d'une boucle de la rivière, au creux d'un banc de sable, une oasis aussi petite que charmante.

— Waouh ! Vous avez vu ça ? déclara Nora qui venait de la rejoindre.

— Dommage qu'on ne puisse pas en profiter. Il faut continuer à fuir.

— Je sais.

Skip rejoignit les deux femmes sur leur perchoir rocheux. La descente, très raide, s'annonçait périlleuse.

— Le visage ! dit Skip à voix haute. N'allez pas de ce côté-là !

— Mais enfin, il n'y a rien du tout, voulut le calmer Nora.

— Non ! dit Skip en serrant le bras de sa sœur. Ne fais pas ça. Il y a quelqu'un.

— Arrête, s'agaça Nora en se dégageant. Ce sont les effets de la drogue.

— Corrie ? appela Skip d'une voix qui tremblait de peur. Sortez votre arme ! Tenez-vous prête !

— Ne vous inquiétez pas, rétorqua Corrie en s'efforçant de cacher son agacement. Et puis j'ai besoin de mes deux mains pour descendre.

— Laissez-moi passer en premier, proposa Nora. J'ai l'habitude.

Elle se fraya un chemin jusqu'au pied du rocher et disparut dans la nuit.

— À votre tour, dit Corrie en se tournant vers Skip.

— Je n'y vais pas.

Corrie prit son mal en patience.

— Vous préférez retourner sur vos pas ? Affronter à nouveau l'autre enfoiré en blanc ?

Skip resta un moment silencieux, puis il descendit le long du rocher avec un long soupir, agrippé aux branches de l'arbre mort, cherchant des appuis pour ses pieds. Corrie, postée au-dessus de sa tête, l'éclairait du mieux qu'elle le pouvait, mais il finit par disparaître à son tour dans la nuit, caché par le ventre du rocher.

— Tout va bien ? s'enquit-elle à voix basse.

N'obtenant pas de réponse, elle se pencha et fit courir le pinceau de sa lampe en contrebas.

Skip était invisible, tout comme Nora. Elle refusa de s'inquiéter, consciente que la lampe de ses lunettes à infrarouge ne portait pas loin.

— Holà, dit-elle en élevant légèrement la voix. Où êtes-vous ?

Pas de réponse.

Sans doute ne l'entendaient-ils pas à cause du vent et du grondement de la rivière. Elle entama la descente à son tour. L'exercice n'était pas très difficile, le rocher mesurait à peine plus de quatre mètres. Quelques instants plus tard, elle atterrissait en douceur sur un lit de sable. Elle poussa un soupir de soulagement et se mit en quête de Nora et Skip.

Elle se figea en sentant un objet métallique froid contre son oreille.

— Ne bougez pas, lui ordonna une voix rauque. À présent, levez les bras en l'air.

Elle obtempéra. Une main se glissa dans sa poche et récupéra le Glock, puis on lui arracha ses lunettes de vision nocturne et son agresseur procéda à une fouille en règle. Il confisqua son badge et son téléphone portable.

— Très bien, reprit la voix. Retournez-vous. Très lentement.

Corrie, les mains en l'air, s'exécuta. Elle reconnut le cinglé au corps recouvert de peinture blanche marbrée d'empreintes de main noires. Il la menaçait avec l'énorme revolver. Derrière lui se tenaient une demi-douzaine d'adeptes peints en rouge qui retenaient prisonniers Skip et Nora. Ils leur avaient lié les poignets dans le dos et les menaçaient à l'aide de poignards de pierre.

— Vous allez revenir avec nous, décida l'homme en blanc. Nous allons pouvoir terminer ce que nous avions commencé.

55

Quelle drôle de réponse. Il y a un problème ?

À peine Watts avait-il verbalisé intérieurement son inquiétude que l'hélicoptère tombait comme une pierre. Le jeune shérif se retrouva un instant comme en lévitation, heureusement retenu par son harnais. L'appareil reprit aussitôt de l'altitude et la brutalité du mouvement plaqua Watts sur son siège. Le moteur gémit sous l'effort et Watts se força à ne pas céder à la panique. Il avait déjà vécu des trous d'air en avion, bien sûr, mais cette embardée était autrement plus inquiétante. Après cet épisode de montagnes russes, il était à présent ballotté dans tous les sens.

L'appareil connut un bref moment de répit avant d'être agité de plus belle par de violentes secousses. Watts, agrippé à ses accoudoirs, se pencha vers le hublot. Pas une lumière ne trouait la nuit noire. L'hélicoptère, qui avait pris la direction du nord-ouest, devait survoler les badlands d'Ashislepah et de Bisti à l'heure qu'il était, une zone inhabitée, sinon par quelques Navajos irréductibles.

— Attention, s'éleva la voix calme du pilote dans les écouteurs. Nous traversons actuellement une zone de fortes turbulences que je vais essayer de contourner.

L'appareil, malmené par la tempête, se déporta à nouveau sur le côté. Watts, inquiet, s'effrayait surtout à l'idée de le montrer. Il avala péniblement sa salive. Le mieux était de serrer les dents, de ne pas poser de question et de garder un visage imperturbable. Il observa du coin de l'œil les quatre membres de l'unité d'élite. Derrière leur masque impassible, il crut deviner qu'ils entretenaient des pensées comparables aux siennes. Quant à Sharp, les yeux fermés, il se tortillait sur son siège en donnant l'impression de chercher la position la plus confortable pour une petite sieste.

Watts voulut se rassurer en se disant qu'il n'avait aucune raison de s'en faire. Le FBI disposait de pilotes de premier ordre, et jamais ils n'auraient pris l'air en cas de danger.

Mais allez savoir...

Dans l'habitacle qui vibrait de toute part, personne ne disait mot. En levant les yeux vers le firmament, Watts distingua la couverture étoilée à travers un fin brouillard de poussière. Il connaissait bien ce phénomène propre au Nouveau-Mexique où il n'était pas rare qu'une tempête se forme au-dessus du désert par une nuit sans nuage, de violentes rafales transformant en tourbillons la poussière du sol.

Watts distingua en contrebas la faible lueur d'une ville. Une double lueur, à la vérité, qui devait correspondre aux lumières de Farmington et de Bloomfield, preuve que l'appareil avait modifié sa course.

— Combien de temps va nous coûter ce détour ? demanda-t-il au pilote.

— Difficile à dire. Une demi-heure, peut-être plus. Le souci, c'est que ce genre de phénomène est invisible sur les écrans radars, si bien qu'il m'est impossible d'en déterminer l'ampleur exacte. C'est ce qui le rend dangereux, du fait des courants ascensionnels et de la poussière.

À l'inquiétude de Watts s'ajouta un sentiment de frustration. Nul n'aurait pu dire ce qui pouvait arriver à Corrie et ses compagnons en l'espace d'une demi-heure.

56

Les mains ligotées dans le dos, les trois prisonniers quittèrent le canyon par le sentier caché que les membres de la secte avaient utilisé pour les contourner. Pendant que Nora et ses compagnons traversaient péniblement le canyon, leurs poursuivants leur avaient tendu une embuscade.

Le leader en blanc, en plus de son revolver, était équipé d'une puissante lampe torche et plusieurs de ses disciples disposaient de lampes frontales. Personne ne pipait mot, à l'exception de Skip qui multipliait les chapelets d'injures, sans doute sous l'effet d'une colère alimentée par la drogue qu'il avait ingérée.

— Vous n'êtes que des imposteurs. Des abrutis prétentieux qui jouent aux Indiens avec des couteaux en silex et des rituels bidon. Vous prétendez posséder la sagesse des anciens, mais ça ne vous empêche pas d'avoir des flingues et des lampes électriques. Dommage pour vous qu'on ait fait de la charpie avec la momie d'Oskarbi, votre naze de fondateur.

Comme les autres restaient sans réaction, il insista :

— Jamais tu ne voudras me croire, Nora, mais figure-toi que ce clown avec sa peinture blanche et ses empreintes de main noires est un honorable bibliothécaire du nom de Bromley dans le civil…

L'intéressé, n'y tenant plus, se retourna d'un bloc et envoya Skip rouler dans la poussière d'un coup de crosse. Deux de ses adeptes relevèrent le prisonnier qui tenait à peine sur ses jambes, le visage en sang.

L'espace d'un instant, Nora en resta comme pétrifiée. Le chef de cette secte sanguinaire n'était autre que Bromley, le crétin prétentieux qu'avait interrogé Corrie ? Les pièces du puzzle se mirent en place dans sa tête. Bromley n'avait pourtant rien d'un leader dérangé à la Charles Manson, mais n'était-ce pas le propre des tueurs en série ? En attendant, ce type était un psychopathe de première.

Tout était clair, à présent. Oskarbi, loin de rentrer au Mexique comme l'affirmaient ses partisans, s'était réfugié dans ce canyon où il avait trouvé la mort et Bromley lui avait succédé à la tête de la secte. Nora se demanda dans quelles circonstances exactes Oskarbi avait pu disparaître. Toujours est-il que ses disciples avaient préservé son corps avec amour.

Skip, réduit au silence, se remit en route, suivi par Nora, Corrie et les membres de la secte. Le sentier s'élevait jusqu'au sommet du canyon, qu'il longeait sur plusieurs kilomètres avant de redescendre à travers une faille rocheuse quasiment invisible.

Tout en marchant, Nora se fit la réflexion que le haut du canyon formait un poste d'observation idéal. Il avait suffi d'un guetteur armé de jumelles pour comprendre que les trois fugitifs avaient longé la rivière en direction du nord.

La faille qui s'échappait en direction de la vallée était constituée d'une longue suite de degrés habilement taillés dans la roche. Le petit groupe finit par retrouver le fond du canyon et Nora aperçut la lueur du brasier au sommet de la mesa. Le temps de regagner le plateau traditionnellement réservé aux cérémonies de la secte, on conduisit les prisonniers jusqu'à l'échelle de la kiva où on leur délia les mains.

— Descendez, leur ordonna Bromley en les menaçant avec son revolver.

Nora et ses compagnons obéirent, bientôt suivis par le leader et quelques-uns de ses adeptes. Quatre torches allumées projetaient dans la kiva une lumière sourde et Nora, interloquée, découvrit sur les murs incurvés de la pièce la fresque figurant le serpent à plumes emprunté à la mythologie aztèque, mais aussi les *nichos*, taillés à même la roche, dans le creux desquels étaient exposés les trésors des Gallinas. Dans la dernière niche trônait un grand bol rempli de prasiolites.

Nora sortit de sa rêverie en voyant Bromley s'installer pompeusement sur un trône ridicule.

— Apportez-moi le *hikuri*.

Deux de ses adeptes s'avancèrent avec le mortier et son pilon. Bromley préleva dans le récipient une grande quantité d'une substance collante avec laquelle il confectionna une boule d'un vert brunâtre. Un membre de la secte saisit Nora par les cheveux et elle sentit la lame d'un poignard de pierre se poser sur sa gorge.

— Tiens, lui ordonna Bromley en s'approchant, la pâte visqueuse à la main.

La pression de la lame d'obsidienne s'accentua sur le cou de Nora qui ouvrit la bouche sous la menace.

— Mâche et avale.

Nora obéit en faisant taire sa répulsion, sachant déjà qu'on l'obligerait à en prendre une autre bouchée si jamais elle régurgitait la première.

On lui présenta ensuite un bol contenant l'immonde soupe sur laquelle flottaient des insectes morts.

— Tu me diras des nouvelles de ce nectar, déclara Skip.

— Bois, ordonna Bromley.

Le rituel se répéta avec Corrie, sans qu'il soit question cette fois d'en donner à Skip.

Cette cérémonie répugnante achevée, Bromley recula de quelques pas et dévisagea longuement ses prisonniers à travers les ouvertures de son masque.

— Alors, professeur ? l'aiguillonna Nora. Que nous réserve la suite ?

— La suite, répliqua Bromley d'une voix triomphante, sera une démonstration de nos pouvoirs telle que tu n'en croiras pas tes yeux. Vous aurez le privilège d'y assister avant de connaître l'élévation finale.

Nora se retint de lui répondre. À la vue de ses yeux injectés de sang, il avait franchi toutes les bornes de la raison et de la compassion.

— Ah oui ? railla Skip, rendu imperméable à toute forme de prudence par la drogue. En attendant, va te faire voir.

Bromley se tourna vers lui, sans le frapper cette fois.

— Tu en resteras sans voix, toi aussi. Mais une ultime étape vous est à tous réservée. Liez-leur les mains !

Aussitôt obéi, Bromley attendit que les prisonniers soient à nouveau entravés, puis il éteignit les torches l'une après l'autre et la kiva se retrouva plongée dans l'obscurité. Quelques instants plus tard, un léger crépitement brisait le silence et des éclairs verts trouèrent les ténèbres tandis que résonnait une mélopée.

Frottant ensemble deux prasiolites, Bromley faisait jaillir des nuées d'étincelles tout en murmurant une psalmodie. Nora n'en revenait pas de le voir atteint d'une telle folie, emporté par la soif de pouvoir propre à tous les leaders de secte. Fort de ses recherches, des trésors de la culture Gallina qu'il avait réussi à mettre au jour et des pouvoirs qu'il en avait tirés, Oskarbi avait ouvert la boîte de Pandore. Dans un tout autre contexte, ces rituels auraient semblé risibles.

Les adeptes de Bromley s'emparèrent à leur tour de pierres de foudre et joignirent leurs voix à celle de leur chef en entamant une ronde autour des captifs, à la lueur d'une nuée de lucioles vertes.

Il doit bien y avoir un moyen de s'en tirer, tenta de se convaincre Nora. Ces gens étaient trop fous pour ne pas être crédules. Les sectes manipulent toujours les plus naïfs, c'est bien là leur point faible.

Restait à savoir comment en tirer profit.

57

Une secousse plus violente que les précédentes fit danser l'hélicoptère dans la nuit, projetant ses passagers les uns contre les autres. L'appareil chuta de façon vertigineuse et un nuage de gros sable s'abattit sur les vitres, telle une volée de chevrotine.

La voix du pilote résonna dans les écouteurs :

— Nous ne sommes pas loin de Gallina Canyon, mais nous devons nous attendre à de nouvelles turbulences. Ces tempêtes de poussière, totalement imprévisibles, peuvent gravement affecter les instruments de navigation comme la puissance des rotors. Je ne communique avec la base que par intermittence. Je vais tenter une approche par un côté différent, mais il n'est pas impossible que nous soyons contraints de renoncer à cette mission.

— Ce n'est pas acceptable, réagit Sharp en ouvrant les yeux.

— En ma qualité de pilote, je reste seul maître à bord, rétorqua l'intéressé sur un ton glacial.

— L'une des nôtres est en difficulté.

— J'en suis pleinement conscient, inspecteur.

— Vous le disiez vous-même, nous sommes quasiment arrivés.

Le pilote ne daigna pas répondre. En dépit de sa nervosité, Watts pria le Ciel que l'appareil ne rebrousse pas chemin.

L'hélicoptère s'entêta dans la nuit, malmené par la tempête, le pilote trouvant chaque fois le moyen de corriger le tir. Watts, incapable de dire s'il pourrait supporter encore longtemps les secousses, s'obligea à ne plus penser que l'hélico allait s'écraser au sol dans une gerbe de feu. Il convoqua dans sa tête des images infiniment plus rassurantes : le nettoyage de ses revolvers, une balade à cheval, un chili bien épicé. Mais il avait beau s'appliquer, seule surnageait son angoisse. En désespoir de cause, il s'imagina en invité d'honneur lors d'une réception donnée dans l'immense demeure de Hugh Hefner, le champagne coulant à flots, mais l'idée ne se révéla pas plus efficace.

La voix du pilote s'éleva à nouveau dans un grésillement.

— La base vient de me signaler la présence d'un haboob dans les bad-lands.

— Un quoi ? s'étonna Watts.

— Il s'agit d'une tempête de sable qui précède l'arrivée d'une dépression. Un phénomène aussi dangereux qu'imprévisible.

Imprévisible, imprévisible..., grinça intérieurement Watts.

— J'espère qu'il n'est pas question d'abandonner la mission ?

— Pas encore. La base suit la progression de la tempête et me tient informé minute par minute. Quand je parviens à maintenir la communication.

Les dix minutes suivantes s'écoulèrent en silence, et la tension était palpable à l'intérieur de l'habitacle lorsque le pilote fit une nouvelle annonce.

— La base me signale que le téléphone portable de Swanson a été détruit.

— Quand ? s'écria Watts.

— Il y a deux minutes.

— Comment peut-on le savoir ?

— Tous les appareils du FBI sont équipés d'une connexion satellitaire et d'un signal d'alerte, expliqua Sharp.

Le trajet n'en finissait pas, alors que chaque minute comptait. Peut-être même chaque seconde.

— Nous sommes en approche de la zone d'atterrissage, signala le pilote.

Il avait à peine terminé sa phrase qu'une rafale d'une force inouïe faisait basculer l'appareil de quatre-vingt-dix degrés sur le côté. Les rotors accusèrent bruyamment le coup et le moteur toussa violemment, alors qu'un océan de poussière et de sable s'engouffrait dans les grilles d'entrée d'air de la turbine. L'appareil tournoya sur lui-même, lentement dans un premier temps, puis de plus en plus vite, entraînant ses passagers dans un manège infernal.

— Cramponnez-vous ! Cramponnez-vous ! hurla le pilote. Atterrissage d'urgence en autorotation !

Watts, agrippé à sa ceinture, entendit crépiter sur le fuselage des nuages de petits cailloux. L'appareil, entraîné par un mouvement de toupie, ballotté dans tous les sens, donna l'impression de se déchirer au milieu d'une gerbe d'étincelles. Le cockpit bascula en avant avec un gémissement de bête agonisante, l'appareil tout entier se trouva brusquement en chute libre et s'écrasa au sol dans un vacarme de fin du monde avant même que Watts ait pu se préparer au choc.

58

La célébration des pierres de foudre achevée, les disciples de Bromley rallumèrent les torches et entraînèrent leurs captifs vers l'échelle de la kiva. Comme les prisonniers avaient les mains et les pieds ligotés, il fallut les hisser l'un après l'autre avant de les traîner jusqu'au trépied de Nash, à côté duquel se dressaient désormais, non plus une, mais trois constructions analogues.

Nora contempla avec un mélange d'horreur, de pitié et de crainte ce qui restait du collectionneur. Les adeptes de la secte ranimèrent le feu allumé sous le cadavre et des flammes partirent à l'assaut de la nuit.

Nora commençait à ressentir les effets de la drogue qu'on leur avait fait ingérer. Détachée du monde, elle avait le sentiment de l'observer de loin. Les chants lui parvenaient comme étouffés, tandis que le feu dansait sous ses yeux d'un éclat plus vif. Elle voulut résister à l'engourdissement qui s'emparait de son esprit et de son corps, consciente qu'il s'agissait d'une ultime étape avant la résignation.

Elle chercha son frère des yeux. L'heure n'était plus aux commentaires sarcastiques. Les traits de Skip, couverts d'une fine buée de transpiration, étaient d'une pâleur inquiétante à la lueur du feu, en dépit des traces de sang qui lui maculaient le visage et collaient ses cheveux par mèches. Nora supportait mal de lire la peur dans le regard de son frère, ajoutant à la terreur qu'elle éprouvait elle-même.

Comment des gens pouvaient-ils supplicier de la sorte leurs semblables ? À mesure que s'accentuaient les effets de la drogue, son esprit s'engourdissait et un curieux bourdonnement résonna dans sa tête. Elle jeta un coup d'œil en direction de Corrie et découvrit son visage affolé, une lueur étrange dans les yeux.

La fin était proche.

Plusieurs membres de la secte s'approchèrent de la forme ligotée de Skip. Ils tirèrent le filin accroché à ses chevilles et le passèrent dans la poulie fixée au sommet de l'un des trépieds.

Mon Dieu ! Ils vont nous pendre par les pieds et nous hisser à ces horribles potences avant d'allumer un feu en dessous, nous écorcher vifs et nous brûler… comme Nash.

— Non ! hurla Skip. Ne me touchez pas !

Les silhouettes rouges, sourdes à ses cris, poursuivirent leur tâche sans sourciller. Il voulut leur résister avec l'énergie du désespoir, sans succès, et les disciples de Bromley se mirent à tirer le filin en cadence.

— *Non ! Ne faites pas ça !* s'égosilla Skip.

Les jambes du malheureux se trouvaient à la verticale lorsque le filin resta coincé dans la poulie, et il fallut le dégager. Dans le même temps, le feu allumé sous le trépied de Nash brûlait toujours. Le corps, réduit à un amas de chairs calcinées desquelles s'échappaient quelques ossements noircis, continuait de se consumer, balancé par le vent qui en détachait des lambeaux que l'on voyait ensuite s'éteindre dans la nuit.

— Non, se révolta Nora. Non. *Non !*

Sa tête bourdonnait à présent, les sons lui parvenaient déformés, son crâne transformé en une immense chambre d'écho. Elle avait beau s'entêter à rester ancrée dans le réel, seul surnageait un amalgame absurde de panique et d'incompréhension.

— Seigneur ! hurla Skip.

Suspendu par les pieds, son corps se balançait au-dessus du tas de branches sèches que venaient caresser ses cheveux.

Dans son cauchemar embrumé par la drogue, Nora vit Corrie se débattre furieusement. Elle voulut imiter son exemple en s'en prenant à ses gardes avec ses mains ligotées, sa tête, ses jambes. Elle s'époumona à invectiver Bromley, ses dieux dévoyés et sa religion de pacotille.

— Faites-la taire, ordonna l'homme en blanc.

Une pluie de gifles et de coups de pied s'abattit sur Nora, mais elle refusa de renoncer et parvint à couvrir de ses hurlements les psalmodies des adeptes.

— Enfermez-la dans la kiva ! s'énerva Bromley.

Deux adeptes la traînèrent jusqu'à l'ouverture de la pièce souterraine et la jetèrent sans ménagement au pied de l'échelle, toujours empêtrée dans ses liens. Le choc, violent, l'étourdit brièvement, mais les cris et les suppliques de Skip qui s'élevaient dans le lointain se chargèrent de la ranimer.

59

Corrie regarda avec effroi les fidèles de Bromley jeter Nora au fond de la kiva. Plus aucun son ne s'échappait de la gorge de Skip, pendu par les pieds au-dessus du tas de bois, tel un chevreuil. Corrie se demanda s'il avait perdu connaissance, ce qu'elle lui souhaitait, ou bien si la peur le paralysait.

Elle savait que le même sort l'attendait. Le plan mis au point avec Nora n'avait pas fonctionné et ils allaient tous les trois en payer le prix.

Le vent s'était renforcé considérablement, laissant place à de violentes bourrasques dont le grondement se répercutait sur les parois du canyon. Le feu, attisé par la tempête, faisait voler braises et flammèches dans une nuit d'encre. Si seulement elle avait pris la précaution de prévenir Watts lorsqu'elle avait encore du réseau. Si seulement elle avait fait part de ses intentions à Sharp.

Si seulement, si seulement... Autant de regrets stériles et vains. Quand bien même le FBI aurait deviné par déduction où elle se trouvait, et dans quel pétrin, jamais les secours n'arriveraient à temps, aucun hélicoptère n'étant en mesure de voler dans de telles conditions météorologiques.

Deux adeptes de la secte s'approchèrent de Skip, tenant chacun un poignard d'obsidienne à la main. *Mon Dieu*, se dit-elle avec horreur, hantée par le souvenir du corps supplicié de Nash. *Ils vont l'écorcher vif.* L'un des bourreaux de Skip lui agrippa le torse pendant que l'autre découpait sa chemise, mettant à nu une poitrine livide. Skip, brusquement tiré de sa torpeur, se débattit en criant et en implorant les brutes de façon incohérente.

Corrie en arrivait à se demander si elle ne nageait pas en plein cauchemar. De telles horreurs étaient impossibles dans la vraie vie, seul l'inconscient était capable de faire surgir de ses recoins les plus sombres des images pareilles…

Skip une fois délesté de sa chemise, l'un des adeptes de la secte le saisit à bras-le-corps afin de faciliter la tâche de son camarade qui testait du pouce sa lame de pierre. Enfin prêt, il leva le bras, sur le point d'entailler le dos de sa victime.

Corrie détourna les yeux, incapable d'assister à une scène aussi barbare.

60

À plusieurs reprises dans sa vie, Watts avait été victime du même cauchemar : il se retrouvait au milieu d'un incendie, incapable d'esquisser le moindre mouvement, de respirer ou de crier à l'aide. En reprenant connaissance, il comprit qu'il ne s'agissait pas cette fois d'un mauvais rêve. Cerné par les flammes, il était comme paralysé.

Tout lui revint d'un coup : les turbulences qui secouaient l'hélicoptère, la tempête de sable, la chute finale. Et voilà que la carcasse de l'appareil dont il était prisonnier était transformée en un brasier dont le vent attisait les flammes. Comme dans son rêve, il avait beau se débattre, ses membres refusaient de lui obéir.

Enfin rendu à la raison, il s'aperçut qu'il était suspendu dans le vide, retenu sur son siège par son harnais de sécurité. Il cessa de se débattre inutilement, chercha des doigts l'attache de la ceinture, qu'il parvint à détacher. Mais c'était insuffisant car il restait prisonnier d'une forêt de sangles, alors que les flammes se rapprochaient inexorablement.

Porté par l'énergie du désespoir, il tâtonna à la recherche du manche de son couteau, grâce auquel il se libéra de ses entraves et tomba de son perchoir. Assis par terre, il s'efforça de se repérer à travers la fumée. Il n'était pas le seul à être resté empêtré dans ses sangles, Sharp avait connu le même sort. Watts se hissa jusqu'à lui et trancha les lanières de nylon de l'inspecteur, qui chuta lourdement à côté de lui. Il était conscient, mais hébété.

Asphyxié par l'odeur âcre de la fumée, Watts passa un bras sous les aisselles de son compagnon et le tira de l'épave de l'hélicoptère du côté opposé au sens du vent afin d'échapper à la chaleur qui se dégageait des flammes. L'une des jambes de Sharp était tordue de façon inquiétante.

Watts l'allongea sur le sable et regagna l'hélicoptère, qui gisait sur le flanc. Il constata que le feu avait pris au niveau du moteur et se propageait rapidement au reste de l'appareil. Les flammes pouvaient atteindre le réservoir à tout instant et provoquer une explosion. Le pilote, prisonnier du cockpit et à peine reconnaissable, était mort. Watts cherchait des yeux les autres lorsqu'il vit une silhouette massive émerger du nuage de fumée en titubant. Le rescapé parcourut quelques mètres et tomba à genoux en toussant violemment.

Watts se retourna vers la carcasse de l'hélico, dans laquelle se trouvaient encore les trois autres membres de l'unité de libération d'otages.

Il s'enfonça dans l'épais nuage de fumée et se hissa à bord de l'appareil en retenant sa respiration. Au milieu des décombres, il devina une silhouette féminine qu'il libéra et traîna hors de l'appareil pour se rendre compte que la malheureuse, en aussi piteux état que le pilote, était morte. Il s'apprêtait à retourner chercher d'éventuels survivants quand une violente explosion le plaqua au sol.

En l'espace d'une seconde, peut-être deux, la carcasse de l'hélico se transforma en une boule de feu. Watts sentit roussir ses cheveux tandis qu'il se protégeait le visage. L'onde de chaleur était si intense qu'il craignit un instant de prendre feu tout entier, mais les rafales de vent se chargèrent de rabattre les flammes du côté opposé.

Watts se releva, retomba aussitôt à genoux, à la limite de l'asphyxie, en s'efforçant d'aspirer des bouffées d'air frais. Il parvint à se redresser à nouveau et vit que Sharp et l'autre survivant s'étaient réfugiés à l'abri d'un rocher afin d'échapper à l'explosion. Il les rejoignit d'une démarche vacillante. Sharp, allongé à même le sol, grimaçait de douleur.

— Il a une jambe cassée, trouva la force de dire le troisième rescapé avant de s'évanouir.

— Tout va bien, mentit Sharp en serrant les dents. Et vous, Watts ?

— Ça va.

Les deux hommes contemplèrent un long moment les restes de l'appareil ravagé par les flammes.

— Vacherie, dit Sharp d'une voix étranglée. On laisse sur le carreau quatre éléments de valeur.

Watts ne sut quoi répondre, hypnotisé par l'incendie. Quelle catastrophe. Sans oublier Corrie, prisonnière du canyon avec Nora, sans doute en compagnie de Skip et de son copain. Depuis l'annonce que le portable de Corrie avait été détruit sciemment, Watts ne se faisait plus guère d'illusion. Sans même s'en apercevoir, il dressa dans sa tête la liste des sectes apocalyptiques dont il connaissait l'existence : le Temple du Peuple de Jim Jones, Heaven's Gate, la Branche davidienne… Autant de mouvements dont les membres s'étaient suicidés, emportant avec eux de nombreux innocents.

Il s'effondra en gémissant, vidé de toute énergie. Même au niveau du sol, de violentes rafales le fouettaient de milliers de grenailles, au point qu'il fut contraint de fermer les yeux et de se protéger le visage avec un bras. Il maudit à voix haute l'accident, son impuissance à sauver Corrie, toutes ces vies perdues inutilement.

En attendant, qu'allaient-ils devenir ?

— Où sommes-nous ? cria-t-il pour couvrir le hurlement du vent.

— Je veux bien que vous m'aidiez à récupérer mon portable, lui répondit la voix de Sharp.

Watts, tournant le dos à la tempête, fouilla la poche du blouson roussi de l'inspecteur dont il tira l'appareil.

— Donnez-le-moi.

Malgré la douleur, Sharp parvint à l'allumer et ses doigts coururent sur l'écran.

— Il marche encore ? demanda Watts.

— Oui. J'ai une connexion satellite. Il semble…

Il reprit sa respiration.

— Il semble que nous soyons sur la partie occidentale du canyon, à trois kilomètres au sud-ouest du lieu d'atterrissage prévu.

Watts, oubliant les gifles du vent, se redressa en position assise.

— Vous êtes sûr ?

— Apparemment. On dirait que…

Sharp se tut, le temps d'aspirer quelques bouffées d'air.

— … Que le pilote a réussi à contourner l'obstacle en rejoignant le canyon par l'ouest. La base saura que l'appareil s'est écrasé, on va nous envoyer des secours.

— Je ne peux pas me permettre de les attendre, décida Watts. Je vais essayer de localiser les autres.

Il s'assura que le dernier survivant, toujours sans connaissance, n'avait pas besoin de soins immédiats, puis il se releva péniblement.

Sharp leva les yeux sur lui.

— Prenez mon arme. Et bonne chance.

61

Nora, allongée sur le sol de la kiva, se débattait comme une diablesse dans l'espoir de se libérer de ses liens. Les lanières de cuir qui lui emprisonnaient les poignets étaient si serrées que jamais elle n'y arriverait. Elle finit par comprendre qu'elle meurtrissait inutilement ses chairs.

Elle resta un moment sans bouger, le souffle court. L'écho des cris de Skip résonnait étrangement sur les murs incurvés de la kiva et elle secoua violemment la tête dans l'espoir de dissiper les effets de la drogue. Ses efforts ne furent que partiellement récompensés.

Réfléchis, bon sang!

Elle balaya la pièce du regard à la lueur vacillante des torches. Toutes sortes d'objets anciens occupaient les niches de la kiva : des masques, des flûtes, des poteries, des pierres de foudre… mais aussi des poignards taillés dans de l'obsidienne.

À force de se tortiller comme un ver, elle gagna le mur le plus proche, contre lequel elle commença par s'adosser avant de se mettre à genoux, au prix d'un effort surhumain. Les pointes de lance se trouvaient là, au creux d'une coupe, dans l'une des niches. Elle avança la tête, agrippa le rebord du bol avec les dents, le tira et le fit tomber. Le bol se brisa et les pointes acérées s'éparpillèrent sur le sol. Nora se laissa retomber, rampa jusqu'à l'une d'elles et se retourna sur le dos. Une poignée de secondes lui suffit pour soulever la pointe et l'enfoncer profondément dans la terre battue, après quoi il lui suffit de frotter ses liens contre le tranchant de la lame, que le temps n'avait guère émoussée. Libérer ses poignets fut l'affaire de quelques minutes.

Elle s'empara de l'arme et sectionna en quelques gestes les lanières qui lui enserraient les chevilles. Elle se releva lentement et fut prise de vertiges.

Les plaintes et les supplications de Skip, sur la mesa, confirmaient qu'il était toujours en vie, Dieu merci. Son attention fut soudain attirée par un grognement guttural qui n'avait rien d'humain. Quel animal pouvait bien gronder de la sorte ? En dehors du puma et de l'ours noir, les superprédateurs sont rares au Nouveau-Mexique et ce n'était ni l'un ni l'autre.

Elle regarda autour d'elle pour mieux se concentrer. Elle était libre, mais comment empêcher ces salauds de tuer son frère ?

Elle crut discerner un mouvement du coin de l'œil, vers le fond de la kiva, et tourna vivement la tête. Le serpent à plumes, sur le mur, libérait lentement ses anneaux de l'adobe et s'approchait d'elle...

Nora s'administra une gifle afin de chasser l'hallucination. La joue brûlante, elle secoua la tête pour se débarrasser des vapeurs qui altéraient sa capacité à penser et se dirigea vers l'échelle.

Le pied sur le premier échelon, elle s'immobilisa. Affronter ces gens à mains nues serait de la folie pure. Ils étaient au moins une douzaine et disposaient d'une arme. De deux armes, plus exactement, puisque Bromley avait confisqué son Glock à Corrie. Nora avait besoin d'une idée, et vite.

Elle fouilla des yeux la kiva.

Des armes... Ce n'était pas ce qui manquait dans la pièce, entre les poignards en pierre, les casse-tête, et même un arc.

Elle se précipita sur ce dernier et constata avec soulagement qu'il était encore muni de sa corde. Elle n'avait pas pratiqué le tir à l'arc depuis ses années de scoutisme, mais à condition d'abattre Bromley, elle pouvait espérer soumettre ses disciples.

Elle tendit la corde et le bois de l'arc, rongé par les ans, céda.

Saloperie.

Elle explora les autres niches et se rabattit, en désespoir de cause, sur un imposant poignard d'obsidienne au manche en os dont la lame était aussi tranchante qu'un rasoir. Mais comment venir à bout d'une douzaine d'exaltés assoiffés de sang armés d'un revolver et d'un pistolet avec un truc pareil ? Ils auraient beau jeu de l'abattre avant même qu'elle puisse blesser quiconque. Elle n'en glissa pas moins le poignard dans sa ceinture et poursuivit ses explorations, sans succès.

Elle sentit un vent de panique souffler sur elle. À défaut de les affronter, quelle option lui restait-il ? Il lui fallait impérativement trouver le moyen d'interrompre la cérémonie…

Au-dessus de sa tête, les cris de Skip se transformèrent en hurlements. Nora entendit Corrie implorer leurs bourreaux d'une voix pâteuse, mais ses appels furent interrompus par l'horrible grognement de l'animal que ces cinglés devaient torturer.

Interrompre la cérémonie.

Le regard de Nora s'arrêta sur les flûtes en os. Elle saisit la plus proche, la porta à ses lèvres et souffla dans l'embouchure sans qu'en sorte le moindre son.

Elle souffla plus fort, sans plus de résultat, et finit par l'examiner de plus près. L'os, très ancien, s'effritait au niveau des trous prévus pour les doigts ; quant au corps de l'instrument, il était traversé de longues fissures. Inutile de s'entêter.

Elle jeta la flûte à ses pieds et tenta à nouveau l'expérience avec une autre. Cette fois, un mince filet sonore s'en échappa. Nora humecta ses lèvres couvertes de terre, souffla avec davantage de force et l'objet, vieux d'un millénaire, tomba en poussière.

Bordel de merde! Au comble de la frustration, elle comprit que son plan, ténu pour commencer, ne risquait pas de fonctionner avec ces flûtes à moitié fossilisées.

Elle était à court d'idées lorsqu'elle aperçut dans un coin une couverture sur laquelle les membres de la secte avaient rassemblé quelques objets collectés dans la tente de Skip et Nash. Il y avait là une pipe en pierre, une hache d'obsidienne, plusieurs pointes de lance, une vieille sandale, deux pierres de foudre... et une autre flûte. Nora la récupéra d'un bond, l'examina et s'aperçut qu'il s'agissait d'une copie d'un instrument pueblo ancien orné de turquoises. Elle prit longuement sa respiration, ferma les yeux, porta la flûte à ses lèvres et souffla doucement dans l'embouchure.

Il sortit de l'instrument un son d'une grande pureté.

Nora recommença, plus fort cette fois, en posant ses doigts sur les trous. Ceux-ci correspondaient à une gamme pentatonique dont les notes s'égrenèrent avec justesse. Elle tenait enfin la flûte dont elle avait besoin pour perturber la cérémonie.

Elle gravit en toute hâte les barreaux de l'échelle et constata que le rituel battait son plein. Skip, pendu par les pieds, était torse nu, son dos couvert de sang. Il avait apparemment perdu connaissance quand ses bourreaux avaient voulu lui écorcher le dos, mais son supplice s'était brusquement interrompu. Nora comprit la raison de ce répit en voyant que les adeptes de la secte, à commencer par Bromley, semblaient hypnotisés par le cadavre carbonisé d'Edison Nash, pendu au-dessus des flammes.

Elle suivit leurs regards et constata qu'ils ne s'intéressaient pas au corps en lui-même, mais à la forme nébuleuse qui se trouvait *à l'intérieur*, régulièrement masquée par les flammes et la fumée. Une *chose* faisait vibrer l'amas de chair et d'os en produisant le son animal qui avait intrigué Nora.

Les yeux écarquillés, elle se refusait à accepter ce qu'elle voyait. Elle était victime d'hallucinations, bien évidemment.

Mais était-ce bien le cas ?

Non, non, non !

Même sous l'effet d'une drogue puissante, jamais une hallucination n'aurait atteint un tel réalisme…

Ce constat saisissant la paralysa.

62

Sous les yeux affolés de Nora, la *chose* commençait lentement à sortir de ce qui restait du corps de Nash en multipliant les contractions spasmodiques, comme si le cadavre carbonisé était en train d'accoucher. La chose informe, nimbée de fumée, parvint à s'extraire petit à petit de ce ventre noir de chair et de sang en laissant échapper un vagissement à glacer les sangs. Au grondement guttural qui avait surpris Nora un peu plus tôt succédait à présent un hurlement de triomphe assourdissant qui la fit vaciller sur ses jambes. Entre deux écharpes de fumée, Nora vit paraître deux yeux bridés de lézard, une bouche dont les lèvres sombres s'ouvraient et se fermaient telles celles d'un poisson, un corps tout entier que venaient lécher les flammes.

Soudain, deux colonnes de fumée se formèrent de part et d'autre de la chose, qui dessinèrent des ailes plissées. Sous le regard incrédule de Nora, la créature les déploya lentement. En guise de plumes, le corps monstrueux de l'être ailé était couvert d'écailles de feu qui scintillaient au milieu des volutes de fumée, laissant deviner des appendices grotesques.

La créature vaporeuse battit alors de ses ailes géantes qui masquaient en partie le ciel nocturne. Sa bouche noire dessina un bec d'aigle et ses yeux de serpent se fixèrent alternativement, avec les mouvements de tête saccadés d'un rapace, sur les êtres vivants qui la contemplaient avec effarement.

La chose observa longuement ces êtres chétifs qui l'avaient invoquée sans rien laisser deviner de ses intentions.

Nora, soudain rappelée à sa mission, émergea de sa transe en voyant la créature vaporeuse ouvrir son bec monstrueux et pousser un cri d'un autre monde.

Bromley et ses adeptes restaient comme pétrifiés, tels des enfants terrifiés par l'explosion qu'ils avaient eux-mêmes provoquée en jetant une allumette enflammée dans une mare d'essence.

Détachant à grand-peine ses yeux de la créature, Nora porta à sa bouche la flûte dont elle tira une première note, puis une autre. Les paupières serrées pour échapper à cette vision horrible et mieux se concentrer, elle fit ressurgir de sa mémoire la vieille mélopée glanée sur le cylindre de cire qui avait tant plu à Skip et qu'ils avaient fini par jouer en duo. Les yeux clos, elle tendit la flûte vers le ciel auquel elle adressa cette mélopée millénaire destinée à chasser les skinwalkers.

À mesure que Nora gagnait en confiance, les notes s'élevaient au-dessus des flammes du brasier, plus assurées et plus rapides.

L'effet fut instantané. L'apparition, laissant échapper un cri surnaturel, battit furieusement de ses ailes squelettiques, attisant le feu sous elle. Les bûches crépitèrent dans une pluie d'étincelles. Le corps calciné de Nash tourbillonna sur lui-même, comme agité par une tempête venue tout droit des enfers, puis il se désagrégea, réduit en cendres.

— Non ! hurla Bromley, brusquement libéré de sa paralysie.

Mais Nora continuait de jouer, toujours plus vite, toujours plus fort, alors que le monstre squelettique se débattait au milieu des flammes en mêlant ses mugissements et ses cris perçants à la mélodie.

Voyant Bromley se ruer sur elle, Nora tira de sa ceinture le poignard d'obsidienne et attendit le choc, le bras tendu.

Aveuglé par sa folie, Bromley s'empala sur la lame. Il poussa un grognement rauque et son masque tomba, arraché par la violence de l'impact. Nora replia son bras et il regarda fixement le flot de sang qui s'échappait de son torse. Il recula d'un pas mal assuré et s'effondra au milieu de ses adeptes, qui avaient assisté à la scène sans réagir, tels des zombies.

Les ailes de la bête firent voler une gerbe d'étincelles autour de Nora tandis qu'un nuage de fumée enveloppait le sommet de la mesa. Nora entendit, comme si elle venait de très loin, la voix assourdie de Corrie qui lui lançait un avertissement, mais la créature vaporeuse noya ses paroles en poussant un hurlement suraigu presque… triomphant.

Au prix d'un grand effort, Bromley se releva et parvint à tirer le « Juge en colère » de la lanière qui lui ceignait la taille. Il écarta les jambes, en position de tir, rassembla le peu de forces qu'il lui restait et dirigea le canon de l'arme vers Nora de ses mains tremblantes.

Nora, sa flûte en bouche, recommença à jouer avec toute la puissance de ses poumons.

La créature, agressée par la mélodie, se replia au milieu des braises jusqu'à s'évanouir dans un tourbillon de flammes. L'une d'elles, plus longue que les autres, enveloppa Bromley à l'instant où il allait tirer et il disparut dans un nuage de fumée avant d'avoir pu presser la détente.

Lorsque les volutes se dissipèrent, quelques instants plus tard, Bromley réapparut. Il recula en titubant, le revolver lui échappa et il se prit la tête à deux mains en tournoyant sur lui-même, comme emporté par une douleur fulgurante.

— Xuçtúhla ! hoqueta-t-il. Xuçtúhla !

Les volutes diaboliques le caressèrent de plus belle. Sa bouche s'ouvrit sur un cri muet et une langue de fumée, avalée par sa gorge, envahit son corps tout entier. Il bascula la tête en arrière, esquissa un pas vacillant, puis un autre, telle une marionnette, et s'approcha du bord de la mesa d'une démarche désarticulée. C'est tout juste si ses cris parvenaient à couvrir le grondement des flammes et du vent. Nora, en tendant l'oreille, crut identifier quelques mots : *Jour sacré… pouvoir de transformation… Xuçtúhla… portail de fumée… le monde supérieur.*

Des éclairs strièrent le nuage de fumée et les membres de la secte s'avancèrent dans le sillage de Bromley en entonnant à l'unisson, d'une voix hésitante dans un premier temps : *Notre pouvoir de transformation… en franchissant le portail de fumée jusqu'au monde supérieur…* À mesure qu'ils approchaient du précipice, menés par Bromley, leur démarche devenait plus assurée.

— *À travers le portail de fumée… suivons le chemin…*, psalmodia Bromley.

Derrière ses incantations impérieuses et les psalmodies de ses disciples, Nora eut la certitude de discerner les vibrations d'une autre voix, infiniment plus ancienne et plus grave, qui répétait le même refrain.

Bromley, parvenu au bord de la falaise, bascula dans le vide. Le disciple qui se trouvait derrière lui, un instant hésitant, suivit son exemple, imité par un autre, puis par l'ensemble du groupe. En l'espace de quelques secondes, tous les membres de la secte s'écrasaient sur les rochers tapissant le pied de la mesa dans une longue suite de chocs sourds et de râles. Il ne resta plus que la litanie entonnée par la voix grave, qui céda la place à un rire démoniaque. Celui-ci se trouva bientôt emporté par la nuit alors qu'un vent violent dissipait les dernières écharpes de fumée.

Au sommet de la mesa, seules quelques braises rougeoyaient encore.

63

Nora laissa tomber la flûte à ses pieds et se précipita vers Skip. Il avait perdu connaissance. Le filin attaché à ses chevilles était accroché à un anneau fixé dans le sol. Elle saisit le câble à deux mains, tira de toutes ses forces et parvint à détacher le crochet, puis elle fit descendre le corps inanimé le plus doucement possible. Une fois Skip en position allongée, elle sectionna les lanières qui lui emprisonnaient les pieds, libéra ses poignets et examina les entailles dans son dos. Elle constata avec soulagement qu'elles étaient superficielles, les membres du culte ayant été interrompus par la créature avant d'avoir eu le temps d'écorcher Skip.

Ce dernier poussa un grognement, en quête d'air frais.

— Skip ?

Il battit des paupières.

— Dieu soit loué, dit Nora en le serrant contre elle. Tu n'as plus rien à craindre.

Ses lèvres remuèrent en silence jusqu'à ce qu'il trouve la force de murmurer :

— Ils allaient… m'écorcher vif.

— Ils ne sont plus là.

Skip ouvrit de grands yeux sous l'effet de la surprise.

— Que s'est-il… ?

— Ils se sont suicidés en sautant dans le vide.

Il releva péniblement la tête et balaya des yeux la mesa.

— Mon Dieu…

Il reposa sa tête.

— Je les entendais chanter, j'ai senti la lame du couteau dans mon dos...

Nora lui posa doucement une main sur l'épaule.

— Ils ont disparu. Tous autant qu'ils étaient.

Skip, qui respirait déjà mieux, commença à se détendre. Il referma les yeux et replongea dans l'inconscience. Rassurée, Nora se releva et se précipita vers Corrie. Celle-ci, ligotée à même le sol et plongée dans une profonde stupeur induite par la drogue, tressaillit en sentant Nora sectionner ses liens. Les pupilles réduites à la taille de têtes d'épingle, elle se débattit furieusement et voulut frapper Nora sous l'effet de la peur.

— Non ! s'écria-t-elle. *Non... !*

— Doucement, la calma Nora en lui immobilisant les poignets. Doucement. C'est moi, Nora. Tout va bien à présent.

Corrie, brusquement apaisée, tenta de rassembler ses pensées.

— Nora... Mon Dieu... Vous avez vu cette *chose* ? Elle s'est échappée des flammes... J'étais persuadée que ce truc allait tous nous tuer.

Au fond d'elle-même, Nora aurait préféré n'écouter que la part du rationnel. Corrie avait vu la *chose*, elle aussi.

— Ce sont uniquement les effets de la drogue, mentit-elle.

Corrie afficha une mine perplexe.

— Les effets de la drogue ? Mais ce truc avait l'air... si *vrai !*

— C'était la drogue, insista Nora.

Au sommet de la mesa, la tempête se calmait enfin et le feu allumé sous le premier trépied se trouvait réduit à de simples braises. Il ne restait rien du corps de Nash et seul le crochet de boucher, fixé en haut du trépied, rappelait que le malheureux avait connu là un supplice atroce.

Le sang de Nora se glaça dans ses veines lorsqu'elle entendit soudain un bruit au bord de la mesa. Quelqu'un escaladait lourdement la pente.

Merde! Un membre rescapé de la secte?

Le revolver! Où était ce bon sang de flingue? Une nuit épaisse enveloppait la mesa que seuls les restes du feu trouaient encore. Nora bondit sur ses jambes et se précipita vers l'endroit où se trouvait Bromley lorsqu'il avait lâché son arme.

Le Juge était là et elle s'empressa de le ramasser.

Ce fichu truc pesait une tonne. Elle se rapprocha du feu à moitié éteint et constata qu'il restait deux balles dans le barillet. Elle rassembla son courage, saisit la crosse à deux mains et pointa le canon en direction du bruit. Une tête se découpa dans l'obscurité.

— Pas un geste, je suis armée! cria Nora.

Un silence assourdissant lui répondit.

— Les mains en l'air! poursuivit-elle d'une voix qu'elle-même ne reconnaissait pas. Avancez lentement vers la lumière, que je vous voie!

Putain! Qu'est-ce que c'est encore que ce truc? Nora devina dans le noir une tête allongée que prolongeaient deux ailes. Une tête qui n'avait rien d'humain. Son cœur fit un bond dans sa poitrine.

— Holà, doucement! s'éleva une voix familière. C'est moi, Homer Watts.

Nora, stupéfaite, plissa les yeux afin de mieux voir dans la nuit. En le voyant déployer toute sa hauteur et s'avancer à la lueur des braises, elle comprit que la tête ailée monstrueuse qu'elle avait cru voir était en réalité le chapeau de cow-boy de Watts. Un chapeau en piteux état. Lui-même ne valait guère mieux. Il était couvert de suie, les vêtements en lambeaux, comme s'il venait d'échapper à un incendie.

Nora baissa le canon du revolver.

— Homer? Mais qu'est-ce que vous...?

Il embrassa la scène du regard et découvrit avec stupeur un tableau qui le laissa sans voix : Corrie et Skip allongés par terre, les trépieds, le brasier rougeoyant, les masques et autres reliques du drame qui venait de se dérouler là… Il rengaina son arme.

— Moi qui arrivais à la rescousse en me prenant pour la cavalerie, je constate que vous vous êtes parfaitement débrouillés sans aide extérieure.

Un autre bruit traversa la nuit : le halètement des pales d'un hélicoptère.

Watts tendit la main dans la direction concernée.

— Les hélicos vont vous rapatrier en un rien de temps à Santa Fe où vous pourrez être soignés. Vous avez dû connaître l'enfer, ce soir.

Il s'avança et s'agenouilla près de Corrie qui ne pipait mot, les yeux écarquillés, visiblement choquée. Il lui prit la main.

— Tu es en sécurité à présent, lui murmura-t-il. Tu seras bientôt sur pied et tout redeviendra comme avant.

Nora grimaça intérieurement. C'est vrai, ils étaient en sécurité, mais Watts se trompait : rien ne serait jamais plus comme avant.

64

Quatre mois plus tard

Nora n'avait jamais entendu parler de Piscator, un restaurant qui venait d'ouvrir ses portes dans le quartier de Sandia Heights, au nord d'Albuquerque. Mais le jour où elle eut la surprise de recevoir de Corrie une invitation à dîner dans ce lieu chic, elle accepta sans l'ombre d'une hésitation. Sans doute son amie tenait-elle à la remercier… voire à s'excuser de l'avoir entraînée une fois de plus dans une sacrée aventure.

Quelles que soient les motivations de Corrie, Nora ne serait pas fâchée de savoir comment tout s'était terminé. L'enquête avait suivi son cours habituel, dans une débauche de réunions, d'interrogatoires et de dépositions, et puis la machine bureaucratique avait fini par s'essouffler. Les médias ne s'étaient intéressés à l'affaire que de loin, sans doute parce que les pièces du puzzle étaient trop éparses et qu'elles brossaient un tableau trop baroque. En fin de compte, il avait uniquement été question dans la presse d'une série de suicides dans le désert. Edison Nash, en sa qualité de riche collectionneur passionné d'archéologie, avait eu droit à quelques notices nécrologiques, les journaux avaient également fait mention de l'arrestation de plusieurs universitaires à l'UNM, mais rien de plus précis n'avait transpiré. Dieu merci.

Nora, accompagnée de son frère, prit l'Interstate 25 en direction du sud. Skip, rétabli à présent, avait subi un traumatisme pire que le leur et sa convalescence avait été longue.

Cette période d'incertitude avait permis à Nora de comprendre à quel point elle tenait à son frère. Skip était la seule famille qu'il lui restait. Lucas Tappan, censé revenir de la côte Est la semaine suivante, occuperait peut-être à l'avenir une place importante dans sa vie – ce qui restait à démontrer – mais Nora entendait se montrer plus que jamais protectrice de son cadet.

Skip avait mis à profit cette période de repos pour lire et jouer de son vieux ukulélé Martin. À cette occasion, Nora avait pu constater à quel point il lui rappelait leur père, mais aussi, à bien des égards, son mari disparu, Bill Smithback. Au terme d'une période de reconstruction difficile, Skip n'en avait pas moins retrouvé sa nature première, celle d'un garçon à la fois drôle et irresponsable qui entendait vivre à sa guise, quoi qu'il lui en coûte.

Piscator était un établissement minimaliste perché sous le regard de Sandia Peak, au sommet d'une butte surplombant un terrain de golf. À peine avait-elle poussé la porte du restaurant que Nora découvrait Homer Watts, installé à une table ronde face à une baie vitrée donnant sur un paysage splendide.

Watts se leva en apercevant le frère et la sœur. Les effusions et les formules d'usage épuisées, avec leur lot de rires et de sourires, comme de juste entre amis qui ne se sont pas vus depuis quelque temps, Nora s'inquiéta :

— Je me demande ce que fait Corrie, dit-elle en regardant sa montre.

— C'est vrai, ça ne lui ressemble pas, approuva Watts. Elle s'imagine d'habitude être en retard quand elle n'a que dix minutes d'avance.

Ils avaient beau être à l'intérieur, Watts n'avait pas quitté son sempiternel chapeau de cow-boy. Un chapeau tout neuf, remarqua Nora, d'un crème légèrement argenté, qui venait compléter le tableau formé par une superbe chemise de cow-boy en soie, un jean serré et des bottes en peau d'autruche. Le contraste était saisissant avec Skip, habillé d'un tee-shirt trop large aux initiales du groupe NRBQ.

Corrie finit par les rejoindre vingt minutes plus tard, essoufflée.

— Désolée, s'excusa-t-elle en se laissant tomber sur une chaise. Sharp m'a convoquée à une réunion de dernière minute.

Elle lissa sa veste de la main et accepta le verre de vin qu'on lui proposait. Nora, lui trouvant le teint particulièrement animé, se demanda si elle n'avait pas attrapé un coup de soleil lors d'une mission de terrain. Ils passèrent commande et chacun se pencha bientôt sur son assiette. La cuisine du lieu était impeccable et la conversation navigua tout naturellement d'un sujet à l'autre, chacun évitant soigneusement de reparler du cauchemar qu'ils avaient vécu.

Skip rompit le charme le premier.

— J'ai profité de ces derniers mois pour effectuer quelques recherches, dit-il soudain. Je vous laisse deviner dans quel domaine.

Un silence général lui répondit tant la question était transparente.

— En m'intéressant à toutes sortes de sectes, j'ai pu constater combien celle-ci était différente, enchaîna-t-il.

— En quoi, plus précisément ? s'enquit Corrie.

— En *quoi ?* répéta Skip. Vous posez la question pour la forme, j'imagine ?

Il leva les mains, comme pour s'excuser.

— Désolé. Bon, d'accord. À bien des égards, on avait affaire à une secte ordinaire, avec un leader charismatique, des croyances partagées, une forme de domination sexuelle avérée.

Il se pencha vers les autres, sa fourchette chargée d'espadon aux câpres en avant.

— La différence, c'est qu'ils n'étaient pas prosélytes. La mission première de n'importe quelle secte est de recruter de nouveaux membres. Et n'oublions pas que les adeptes d'Oskarbi étaient hautement diplômés et occupaient des postes importants. Ce qui leur a permis de passer inaperçus pendant *des années*. Même après la disparition d'Oskarbi. Je vous laisse imaginer un peu le mal qu'ils se sont donné pour ne rien laisser paraître, au point de se retrouver une ou deux fois par an seulement.

— Oui, acquiesça Corrie. On appelle ça, en bon jargon, l'absence de dissonance cognitive. C'est d'ailleurs ce qui a le plus étonné les spécialistes des sciences du comportement au sein du Bureau.

— Le FBI a-t-il pu réunir d'autres informations relatives à Oskarbi et sa secte ? interrogea Nora.

Corrie marqua une légère hésitation.

— En ce qui concerne les membres de la secte, pas vraiment. Ils préservaient jalousement les apparences et n'ont laissé derrière eux que des éléments sans intérêt. En revanche, nous en savons bien davantage maintenant sur Oskarbi.

— Alors ?

Corrie, de plus en plus hésitante, baissa la voix.

— Je ne vous embêterai pas en vous demandant de jurer le secret et autres conneries du même style. J'estime que vous avez le droit de savoir, mais ce que je vais vous dire est strictement confidentiel.

Les trois autres hochèrent la tête et Corrie entama son récit.

— Nous avons retrouvé dans la kiva les notes, les papiers et les journaux rédigés par Oskarbi, ainsi que les archives de Bromley. L'ensemble de ces documents étaient dissimulés dans une cache secrète, comme s'il s'agissait d'écrits sacrés.

Elle dévisagea ses compagnons et finit par arrêter son regard sur Skip.

— Vous êtes certain de vouloir entendre la suite ? Ce n'est pas beau, vous préférerez peut-être en rester là.

— Après toutes ces semaines passées à réunir à peine quelques miettes ? répliqua Skip. Je veux savoir, et plutôt deux fois qu'une.

Nora et Watts hochèrent la tête à leur tour.

— Très bien. Vous êtes déjà au courant de certains détails.

Corrie reprit son souffle.

— Tout débute il y a vingt ans, quand un jeune étudiant de troisième cycle nommé Oskarbi se cherche un sujet de thèse. D'une façon ou d'une autre, il entend parler d'un Indien totonaque nommé Don Benicio qui perpétue les traditions religieuses de ses ancêtres dans la Sierra Madre mexicaine. Oskarbi se rend sur place et devient son disciple, mais voyant qu'il se passionne de façon morbide pour les aspects les plus dangereux de ces croyances, en particulier la façon d'utiliser les forces du mal, Benicio le renvoie dans ses foyers.

« Oskarbi retourne aux États-Unis, où il publie un livre parfaitement en phase avec l'air du temps qui se révèle un best-seller. L'ouvrage en question relève davantage de la fiction que de la réalité, mais Oskarbi livre à ses lecteurs un certain nombre de souvenirs fascinants sur son séjour chez Benicio, en habillant le tout de jargon pseudo-universitaire. Il veille pourtant à garder pour lui ses découvertes les plus importantes. Grâce à son bouquin, il obtient une chaire de professeur associé d'anthropologie à l'UNM. Il est branché, charmeur, beau gosse, si bien qu'il réunit autour de lui une petite coterie d'étudiants de troisième cycle qui l'adulent, en particulier les filles. Au cours des quelques années qu'il lui faut pour être titularisé, il s'intéresse de près à la culture Gallina et à sa disparition brutale. Il y va de sa petite théorie sur la question, affirmant que le peuple Gallina était à l'origine composé d'Indiens totonaques rejetés par leurs semblables pour avoir voulu jouer avec les forces obscures, comme lui. Ces renégats auraient émigré au Nouveau-Mexique où ils auraient trouvé refuge à Gallina Canyon. Ils auraient alors mis en pratique leurs sciences occultes, provoquant un conflit avec les habitants de Chaco Canyon. Les Gallinas, redoutés et haïs au prétexte qu'ils étaient des skinwalkers, qu'ils recouraient à la sorcellerie et adoraient les forces du mal, auraient alors été exterminés par leurs voisins au nom de la légitime défense.

« Toujours est-il que Carlos Oskarbi, soucieux d'apporter de l'eau au moulin de sa théorie, organise des fouilles archéologiques à Gallina Canyon avec ses étudiants. Dès la première expédition, il y a quinze ans, l'équipe met au jour la Grande Kiva du peuple Gallina, celle-là même que nous avons vue, avec tous ses trésors. Loin d'attribuer cette découverte à la chance, Oskarbi et les siens y voient un signe qui les pousse à créer une secte dédiée à la renaissance des pouvoirs maléfiques de la culture Gallina.

« Oskarbi partage alors avec ses étudiants les secrets les plus sombres qu'il a pu réunir lors de son séjour au Mexique. Le groupe prend l'habitude de se réunir à Gallina Canyon tous les étés, au prétexte d'y réaliser des fouilles. En réalité, ils se droguent et pratiquent des cérémonies visant à renforcer leurs liens avec les forces du mal. »

Corrie avala une gorgée de vin.

— Tout se passe bien pendant quatre ans, jusqu'au jour où Oskarbi se tue accidentellement en tombant du sommet de la mesa.

Elle reposa son verre, tenant en haleine un auditoire impatient de connaître la suite.

— Peut-être était-ce un accident, à moins que Bromley ait voulu forcer le destin. Toujours est-il que celui-ci prend tout naturellement la relève, après avoir été le bras droit d'Oskarbi. Il succède à ce dernier à la tête de la secte, mais aussi dans le lit de ses membres féminines. Tout indique que la mort d'Oskarbi a constitué pour le groupe un événement traumatique, au point d'inciter Molly Vine, par exemple, à renoncer à soutenir sa thèse, mais ce drame n'entame en rien l'ardeur des adeptes. Ils vont jusqu'à momifier son corps, qu'ils exhibent chaque année comme une sorte de dieu pendant leurs cérémonies. Bromley a joué un rôle de premier plan dans cette glorification, de même que c'est lui qui a poussé plusieurs disciples féminines à se sacrifier dans le désert. Tout indique qu'il avait de la secte une conception nettement plus sombre que celle d'Oskarbi, signe de ses propres déviances.

— Mais alors qui était le type dont on a retrouvé le corps dans les eaux du Rio Chama ? demanda Nora.

— Il s'agissait apparemment d'un individu qui a découvert par hasard la kiva dont il a voulu piller le trésor, et qui a eu la mauvaise idée de commettre son larcin au moment où la secte pratiquait sa cérémonie annuelle. Ils l'ont chopé, tué et mutilé, puis ils se sont débarrassés de son corps dans la rivière. On reconnaît dans cet incident la marque de Bromley et son goût des sacrifices humains. Il était persuadé de réveiller de cette façon un démon qui serait à leur solde et transformerait leurs vies. Voire les transformeraient eux-mêmes. Une sorte de pacte faustien.

Corrie écarta les mains en guise de conclusion :

— Et nous en arrivons à la cérémonie terrifiante à laquelle nous avons assisté.

Un long silence suivit l'évocation du drame, que Watts rompit en s'éclaircissant la gorge.

— Que pense Sharp de toute cette histoire ?

— Il en dit… qu'il cesse d'être mon tuteur.

— Quoi ? s'étrangla Nora.

— Il prend du galon. Il devient responsable de l'antenne d'Albuquerque et Garcia, notre directeur actuel, obtient un poste à Washington.

L'annonce fit naître des murmures de surprise autour de la table.

— Et toi ? insista Watts. Tu vas devoir te taper un *troisième* tuteur ?

Corrie baissa les yeux.

— Eh bien… justement…

— Allez, crache le morceau, la coupa Watts.

Corrie se cala sur sa chaise et tira de sa poche un courrier officiel qu'elle tendit au jeune shérif.

Il déplia la lettre, la parcourut et releva la tête avec un grand sourire.

— Comme quoi Sharp n'est pas le seul à bénéficier d'une promotion puisque notre amie Corrie accède au statut d'inspectrice du Bureau à part entière, catégorie GS-11, deuxième échelon.

La surprise passée, sifflets et applaudissements crépitèrent autour de la table, ce qui valut aux quatre amis de voir toutes les têtes se tourner vers eux, à l'intérieur du restaurant. Nora savait désormais que le teint lumineux de Corrie ne devait rien au soleil.

Watts profita du calme retrouvé pour féliciter Corrie avec un baiser fougueux.

— Super nouvelle, Corrie, déclara Skip. Et merci de toutes ces infos. J'avoue que… ça m'aide bien de savoir ce qui s'est vraiment passé. Mais il reste une question que vous n'avez pas abordée.

— Laquelle ? réagit Corrie en détachant ses lèvres de celles du shérif.

— Vous avez évoqué les croyances d'Oskarbi, de Bromley et des autres, mais *vous* ?

— Eh bien…

Corrie, gênée, laissa sa phrase en suspens.

— Votre question est pour le moins étrange, s'étonna Watts.

Skip se tourna vers lui.

— Je sais ce que j'ai *vu*. J'ai envie d'entendre les autres.

— Ce que vous avez vu était le produit d'hallucinations dues à la drogue. Je me trompe ?

Le silence embarrassé qui répondit à Corrie démontra clairement qu'elle se trompait, en effet.

— Waouh ! J'ai manqué un épisode ? questionna Watts en regardant alternativement ses compagnons, Corrie la dernière.

— Ce que j'ai vu, dit celle-ci, me hantera pour le restant de mes jours.

— Attends une seconde, reprit Watts à mi-voix. Ne me dis pas que tu crois vraiment avoir vu un démon tout droit sorti de l'enfer ? Tu en as fait mention dans ton rapport ?

Le silence qui suivit ne pouvait que trahir un malaise général.

— Tu te doutes bien que non, finit par répondre Corrie.

Elle brandit le courrier officiel.

— Si c'était le cas, on ne m'aurait pas titularisée. On m'aurait envoyée tout droit dans une unité psychiatrique.

— En tout cas, ajouta Skip, vous connaissez mon opinion. De là à vouloir me balader dans les couloirs de l'Institut en racontant à tout le monde que j'ai failli mourir sacrifié lors d'une cérémonie d'invocation aux forces démoniaques, il y a un gouffre et je ne suis pas complètement idiot.

Watts s'adressa cette fois à Nora :

— Et vous ? Vous croyez à la réalité de ce que vous avez vu ?

Nora soutint longuement le regard du shérif avant de répondre.

— Vous venez d'entendre Corrie et mon frère. Je n'ai pas non plus l'intention d'en parler, mais il n'en reste pas moins que… nous étions *là*… tous les trois.

— Rappelez-vous la déclaration d'Hamlet à Horatio, dit Skip : « Il y a plus de choses dans le ciel et sur la terre qu'il n'en est rêvé dans ta philosophie. »

— C'est exact, reconnut Corrie.

Elle sonda Watts des yeux avant de lui demander, d'une voix plus sereine :

— Alors ? Qu'en dis-tu, mon Horatio ?

La saillie était si inattendue que tout le monde éclata de rire, à commencer par le shérif.

— Mince alors ! déclara-t-il en retirant son chapeau dont il caressa le bord avant de le reposer sur son crâne. J'ai peut-être eu tort de ne pas rendre ma dissertation consacrée à Shakespeare, quand j'étais au lycée.

Et il prit la main de Corrie dans la sienne alors que de nouveaux rires chassaient définitivement les idées sombres autour de la table.

Au moins, on n'aura plus de raison de revenir là-dessus, pensa Nora avec soulagement. Elle croisa le regard de Corrie, puis celui de Skip : quelle que soit en fin de compte la version officielle, ils partageaient tous les trois une expérience qui relevait de l'indicible.

Nous étions là… tous les trois.

Note des Auteurs

La culture Gallina dont il est question dans ce roman a vraiment existé. Très mystérieuse, elle reste associée à la région de Gallina Canyon, au nord du Nouveau-Mexique. Elle précède de plusieurs siècles l'arrivée des Européens puisqu'elle est apparue aux alentours de l'an 1100 pour disparaître brusquement en 1275. Les rares archéologues qui ont effectué des fouilles dans ce canyon isolé ont retrouvé des preuves de la brutalité des violences subies par le peuple Gallina. Les restes de la centaine d'individus découverts sur place montrent qu'ils ont été assassinés avec sauvagerie, vieillards, hommes, femmes et enfants confondus. À la vue de ces éléments, certains archéologues ont émis l'hypothèse que le peuple Gallina avait été victime d'un génocide. Reste à comprendre qui étaient leurs agresseurs, et pourquoi cette culture a été éradiquée de la sorte.

Dans notre roman, nous émettons l'hypothèse que les ennemis du peuple Gallina étaient les habitants de Chaco Canyon. C'est loin d'être improbable. Aux alentours de 1275, les Chacoans ont traversé une grave crise économique et sociale due à la sécheresse. Ils ont abandonné leurs grandes maisons et leurs villages alors que la région des Four Corners sombrait dans la violence et le cannibalisme. Tout indique que la destruction de la culture Gallina est intervenue au cours de cette période de troubles.

Si la plupart des tribus pueblos actuelles font remonter leurs origines à des zones d'habitations anciennes bien précises, aucune d'elles ne revendique de lien avec la culture Gallina. On peut y voir une preuve supplémentaire que ces gens ont été décimés. Le mystère s'épaissit lorsque l'on ajoute que les poteries gallinas sont différentes de celles des tribus pueblos contemporaines, ou encore que les crânes des Gallinas ont une forme aplatie très inhabituelle, ce que l'on ne constate nulle part ailleurs à travers le Sud-Ouest. Un tel indice tendrait à indiquer que le peuple Gallina venait d'ailleurs, ce qui pourrait expliquer l'animosité de ses voisins. En revanche, nous avons purement et simplement inventé les affinités de la culture Gallina avec la sorcellerie et les sciences occultes, même si certains éléments indirects pourraient être appelés en renfort d'une telle théorie ; on sait notamment que les responsables de l'extermination du peuple Gallina ont sciemment brûlé ou enterré leurs kivas sacrées, peut-être dans un souci de contrecarrer leurs pouvoirs.

Les routes et les phares de Chaco sont une réalité, ce qui n'est pas le cas des sept phares disséminés le long de la frontière Gallina dont il est question dans le roman. Si les paysages évoqués dans le livre sont décrits avec justesse – qu'il s'agisse d'Ashislepah Wash, des bad-lands où se pratique le fractionnement hydraulique ou encore de Gallina Canyon –, nous avons pris certaines libertés avec la topographie précise des lieux pour les besoins de l'intrigue. On sait aussi que les Pueblos qui descendent de Chaco sont très hostiles à l'exploitation de ces bad-lands par ceux qui pratiquent le fractionnement hydraulique.

Quoi qu'il en soit, si notre représentation de l'ancienne culture Gallina et de ses relations (ou absence de relations) avec d'autres cultures, passées ou présentes, est purement fictive, l'ensemble des personnages liés au culte imaginaire évoqué ici (Oskarbi, Don Benicio, Bromley), de même que les pratiques afférentes, sont le fruit de notre imagination.

Nous avons toutefois veillé à aborder cette question avec le plus grand respect tout en nous efforçant d'écrire un roman haletant et, à bien des égards, instructif. Ce qui nous conduit tout naturellement à la question des noms. Les peuples, quels qu'ils soient, sont libres d'afficher l'affiliation culturelle qui leur convient. L'un de nous deux, Doug en l'occurrence, a passé la moitié de son existence au Nouveau-Mexique et vécu dans des réserves indiennes zuñis et navajos. Pour avoir demandé à de nombreux Amérindiens quelle appellation ils privilégiaient, il a pu constater à quel point les réponses à cette question pouvaient varier selon les individus. Certains se satisfont du terme « Indien ». D'autres préfèrent « Indien d'Amérique » afin d'éviter toute confusion avec les Indiens d'Asie du Sud. D'autres encore privilégient « Amérindien » ou « Indigène », mais tous préfèrent que l'on fasse référence à leur identité tribale : Navajo, Zuni, Pueblo, et ainsi de suite. Ultime précision, le mot « *anasazi* », synonyme de « vieil ennemi » ou « vieil étranger » en navajo, a été remplacé par l'expression « ancien pueblo », plus exacte et plus respectueuse.

DES MÊMES AUTEURS
CHEZ LE MÊME ÉDITEUR

(*Suite de la page 4*)

Les Croassements de la nuit, 2005.
La Chambre des curiosités, 2003.
Le Grenier des enfers, 1999 ; rééd. 2009.
Relic, 1995 ; rééd. 2008.

Série Gideon Crew

T comme tombeau, 2018.
A comme apocalypse, 2016.
S comme survivre, 2014.
C comme cadavre, 2013.
R pour revanche, 2012.

Romans indépendants

Les Sortilèges de la cité perdue, 2012.
Cauchemar génétique, rééd. 2011.
Le Piège de l'architecte, rééd. 2010.
Ice Limit, 2002.

DE DOUGLAS PRESTON

Le Tombeau oublié, 2025.
Extinction, 2024.
Le Projet K, 2015.
Impact, 2011.
Credo, le dernier secret, 2009.
T-Rex, 2008.
Le Codex, 2007.
Jennie, 1997 ; rééd. 2017.

DE DOUGLAS PRESTON & MARIO SPEZI

Le Monstre de Florence, 2010.

Cet ouvrage a été composé
par Soft Office
à Eybens (Isère)

Impression réalisée par
NORMANDIE ROTO IMPRESSION S.A.S.
à Lonrai (Orne)

en octobre 2025
pour le compte des Éditions de l'Archipel,
département éditorial de la S.A.S. Écriture-Communication

#lisez! engagé
www.lisez.com
Pour plus d'information :
Imprimé sur du papier issu de forêts gérées durablement.

Imprimé en France
N° d'impression : 2504360
Rang de tirage : 01
Dépôt légal : novembre 2025